渴
望

愿
望

盼
望

希望

安全生产

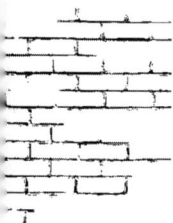

他站在一切开始的地方，他的心脏，
跳得好快。

……砂轮厂早就经过几次改革，如
今已经不存在了。不过，在它的旧
址上，修建起了漂亮的文化产业小
镇，原本的那些德式红砖房都没有
拆除掉。有人说，这是历史留下来
的宝贵文化遗产，是可以传承下去
的具有温度的记忆和符号……

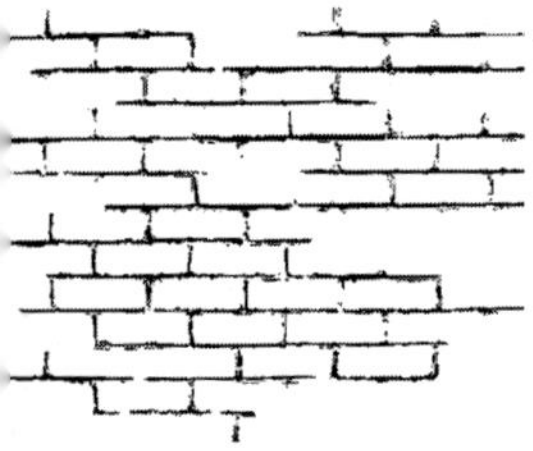

麦苏 著

我的黄河我的城

海燕出版社
·郑州·

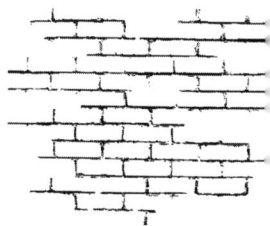

图书在版编目（CIP）数据

我的黄河我的城 / 麦苏著 . —郑州：海燕出版社，2023.12
ISBN 978-7-5350-9338-7

Ⅰ.①我… Ⅱ.①麦… Ⅲ.①长篇小说-中国-当代
Ⅳ.①I247.5

中国国家版本馆CIP数据核字（2023）第233121号

我的黄河我的城
WO DE HUANGHE WO DE CHENG

出 版 人：李 勇		责任校对：王 达 吴 萌	
选题策划：朱立东		康若怡	
责任编辑：朱立东		责任发行：贾伍民	
装帧设计：高 瓦		责任印制：邢宏洲	
美术编辑：刘 瑾 张 威		插 图：王 敏	

出版发行：海燕出版社

地址：河南自贸试验区郑州片区（郑东）祥盛街 27 号　邮编：450016

网址：www.haiyan.com

发行部：0371-65734522　总编室：0371-63932972

经　　销：全国新华书店
印　　刷：河南瑞之光印刷股份有限公司
开　　本：710毫米×1000毫米　1/16
印　　张：28
插　　页：16
字　　数：455 千字
版　　次：2023 年 12 月第 1 版
印　　次：2023 年 12 月第 1 次印刷
定　　价：68.00 元

目录

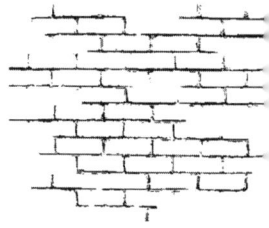

1968 年的冬天，中原大地极其寒冷。从东北老家来到郑州已经是第八个年头，邵中诚仍不习惯这里的冬天，看见儿子冻出了高原红的小脸，邵中诚忍不住又跟妻子提起了盘一铺东北大炕的想法。

　　"虽说本地没人这么做，可也没人规定不能做，等大炕盘好，中午和晚上做两顿饭，屋子里也就热气腾腾的了，虽然烟是大了些，但屋子里舒舒服服的，多好！"

　　这不知是邵中诚第几次提起要盘炕的事儿了，妻子李秀珍搓了搓冰凉的手，犹豫了好一会儿还是叹气道："咱房子是租的，盘一铺炕需要二十几块钱，将来搬家带不走的大炕就要白送给房东，娃他爹，咱能在这儿住多久都没个准信儿，还是不花这个冤枉钱吧。"

　　"老大和老二的手上都有冻疮了，住在黄河边上，水汽大，风也硬，一到晚上跟刮刀子似的，我真怕把你和孩子给冻坏了。"邵中诚一脸心疼地说。

　　李秀珍还是摇头："过完了年，天气暖和些，还是要去想办法找一处宅基地，咱们先把自己的房子起了，然后再盘炕，这样子就什么都不用担心了。"

　　他们不是本地人，宅基地的事儿得找领导想办法，不是一时半会儿能解决的。即使真的搞到了批条，起房子又是一笔不小的开支，邵中诚在心里边默默地算了又算，终究是没敢接下话茬，他不想给了家人巨大的希望后却迟迟没法做到。

当年妻子才与他成亲，就义无反顾地陪着他背井离乡来河南讨生活。他在这儿没熟人、没亲戚，自己也没什么文化，找不到什么好工作，就只凭着一股子力气，留在水利局下边的一个黄河维护小队内做起了淘沙工。工作的内容很简单，每隔一段时间，摇着船去河中，不仅疏通堵在黄河水道上的杂物，还要将淤积的泥沙清除掉，工作很累，也很危险。

黄河自带着大量的泥沙，河水污浊，看不清水下的状况。表面上一片平静，实际上却是旋涡暗藏，且河床内泥沙堆积，高低不平，若是人不小心掉了进去，转瞬间便没了踪影，连搭救的时间都没有。

在河面上工作的人是拿命换饭，工资虽然不低，但邵中诚得养着一家四口，媳妇儿的肚子里又怀了一个，有多少钱都不够用，得仔细算计着花才行。

他憨笑应声："还是你想得靠谱儿，成，就按照你说的去办，先不起大炕，我就把炉子升起来，给你做个红糖水炖鸡蛋，补补身子。"

"我身子好得很咧，不需要补，你快进去休息会儿吧，下午还得去河上，得养足精神。"李秀珍拒绝了丈夫的好意，笑吟吟地把男人往屋里让。家里虽然简陋，但收拾得干干净净，能看出女主人是勤奋利索的性格。

李秀珍从锅里舀了一碗炖成奶白色的鱼汤，清炒了一份菠菜，再拿了两个杂粮馍，这便是一家四口的午饭。鱼汤是用正宗的黄河大鲤鱼熬制，鱼是邵中诚在黄河里捕到的，他去河道作业时总会带上自制的鱼叉和兜网，运气好的时候，抓到一条大鱼回来加菜，能让家人美美地吃上两三天。只是日子过得依旧无比清贫，午饭实在不够吃，一家人便是你让我，我让你，都说自己吃饱了。

"爹，下午我想一起去河上，我去捕虾，多弄些回来让娘炒一炒，喷香喷香的。"长子邵大河瘦得跟竹竿似的，却遗传了邵家的高个子，才九岁就像是个半大小子的模样。水边长大的孩子，从小就胆子大，人也皮，可爹妈管教严格，平时是不准自个儿去河边的，一旦被抓到了准是一顿胖揍。邵大河虽然挨过几次打，但丝毫不减对黄河的热情，自己不能单独前往，他一有机会便会缠着邵中诚，希望能跟着一起去河上。

邵中诚揉了下儿子的脑袋："什么季节呢，哪还有河虾给你逮，别起幺蛾子，老实在家带着你弟弟玩，让你娘好好歇会儿，知道吗？"

邵大河不死心："爹不是刚从河上抓了大鲤鱼回家嘛，既然有鱼，肯定就有虾。"

"等开春天气暖和了再带你去。"邵中诚叮嘱几句，便出了门。

门外，维护小队的另一名同事老憨已等在那儿了，他跟邵中诚工作在一条船上。今天要负责清理最主要的三条水道，在天黑之前必须完工，工作量很大。邵中诚做这份工作已经很多年了，经验丰富，在维护小队里很有威信，虽然没有正式编制不能升为队长，但这些老伙计还是很听他的。

"晚上我做大酱烧茄子。"

大酱烧茄子那是标准的东北菜，在河南地界，也就只有他媳妇儿有那个手艺能发酵出老家味道的黄豆酱，进而做出大酱烧茄子、蘸酱菜这一类的纯东北美食。

邵中诚离家工作前是带着期待的，天黑透返家便多了几分迫不及待。邵中诚是湿淋淋地走进门的，嘴唇冻得青紫，整个人直哆嗦，说话都不完整，那模样可是把李秀珍给吓得够呛。

"他爸，你这是怎么啦？你没事儿吧？"

她赶紧帮忙把邵中诚的衣服全扒下来，用家里最厚的棉被给他裹住，让丈夫坐在烧得热腾腾的炉子旁边烤火，又连忙给他倒了一大碗热水，等邵中诚喝完后，现煮的生姜水也好了。邵中诚听话地又喝了一大碗，整个人这才缓和过来。

"怎么回事儿？"李秀珍心疼地责问。

"天快黑的时候，我看到有一大堆枯草把水道给堵住了，跟老憨一合计，就打算全都清理开再下班，免得明天还得再跑一趟，当时带的工具不是很顺手，干脆就用钩子和鱼叉往开推，老憨一个没注意栽进河里去了。"

邵中诚讲得简单，可把李秀珍的魂都吓飞了。黄河到底有多危险，没有人比他们这些住在河边的人家更了解。掉下去了，那真是凶险。

"人呢？救上来了吗？"李秀珍好半天才缓过神来。

"有我在，哪能救不上来？！放心吧，人没事儿。"邵中诚有些得意地说。

夫妻俩简单的一问一答，差点儿把李秀珍吓得动了胎气。

"你也下河了？"

"没事儿，真没事儿。"邵中诚连连摆手，为了转移妻子的注意力，他便吆喝着饿了，催着李秀珍快把大酱烧茄子给端上来。

这一顿饭，两个小孩欢腾着一直问邵中诚英勇救人的故事，李秀珍则是一直红着眼睛，拉长着脸，不怎么搭理人。

晚上，孩子们吃饱了就去睡了。等到只剩下夫妻两个，李秀珍还是忍不住爆发出来："你怎么能轻易下水呢？那可是黄河！万一出了点儿什么事儿，咱家两个儿子再加肚子里没出生的这个，你让我怎么活？！"

"老憨掉下去了，我总不能见死不救，看他沉下去吧？"邵中诚压低了声音。

李秀珍背对着他，压抑着情感抽泣起来。

邵中诚生怕她动了胎气，轻声劝着："咱的工作就是在那黄河之上，也是有些真本事在的，我心里有谱儿。"

李秀珍吸了几下鼻子："他爸，你不能换一份工作吗？我真的好怕……"

"咱在本地，没户没地，没钱没权，去哪儿换？再说，能有什么工作比现在赚得更多？咱家马上就三个孩子了，起房子盘大炕，还要把他们好好地养大成人，这都得依赖着这份工作。"邵中诚望向了窗外，视线落在极远的地方，在那一片没有光亮的黑暗里，藏着的便是蜿蜒奔腾的黄河。

这条母亲河，真的很危险，但也给一家人的生活带来无限希望。

他没有告诉过妻子，其实他心里边非常喜欢这条母亲河。清理它，陪伴它，保护它，是他的工作。有了这份工作，他便能让他的亲人好好地活下去。这日子比前几年从东北刚过来时，有上顿没下顿，有今天没明天，那不是好多了吗？

李秀珍也明白丈夫说的话没有错。

她又难过了好久，才叹息着说："希望咱的三个孩子，以后能找到别的营生，就别在黄河上讨生活了。"

邵家有两个儿子。老大邵大河，九岁；老二邵长江，七岁。在一家之主邵中诚的眼里，大河、长江这两个名字既好叫，又好记；而且"江""河"两个字中都含水，水便是财，名中多水，寓意着以后多财，能过上好日子，不愁吃穿。所以，叫这两个名字便是最好的祝福啦！

两个半大小子正是上蹿下跳的年纪，邵大河是经常在前像个弹射出去的小炮弹似的疯跑，身后跟着邵长江和隔壁村子里一群小孩。邵大河俨然就是个无法无天的孩子头儿。尽管他并不是孩子里年纪最长的，但他胆子最大，性子也最野，孩子们都很信服他。

邵中诚几乎每天都在黄河上作业，疏通水道，清理淤泥，跟船清查，时不时还要帮忙救个人，忙得昏天暗地，根本没空管儿子。李秀珍操持着家务，喂鸡养鸭，修补渔网，之后大量的时间都花在纺花织布上，布在集市上能卖不少钱，可以换些粗粮和细粮回来稍作补贴。所以，纺花织布也是家里主要的经济来源。

俩孩子也不用大人多管，吃过早饭跑出去，到饭点儿跑回来，很是省心。

但有一天，如往常一样，李秀珍从早饭后就一直忙着，孩子们早跑得没了踪影，但她叮嘱过，家里中午做烧鱼干，到饭点儿要准时回来。

院子里的破木门，突然被人使劲儿地推开了。

老憨急匆匆地跑进来大喊："老邵……你在不在家，出大事儿啦！"

李秀珍迎着走出来："老邵去队里了，出啥事儿了？"

所谓的"队里"，指的是黄河水利局大院里的几间办公室，在市郊，距离这边几十公里，一来一回，脚程快的也要小半天，追上去或者等他回来，都是很需要时间的。

李秀珍看他着急得要跳起来了，心里也跟着紧张起来。

老憨满脸焦急地问："你家大河和长江呢？他们在家吗？"

李秀珍习惯性地回头看了一眼自己家的房子说："俩娃出去玩儿了啊。"

"不在家？"老憨更急了，"知道去哪儿了吗？什么时候走的？"

"早早就走了，也没说要去哪儿，这一片的小孩儿都玩得风风火火，一会儿到这儿，一会儿到那儿的。"李秀珍有点蒙，"他憨叔，你这是……"

老憨深吸了一口气，盯着李秀珍隆起来的肚子，神情犹豫，可最后还是咬着后槽牙下定了决心：这事儿必须得说。

"刚才我听队里的同事说，今天黄河边上有几个孩子去捞鱼虾，那河边儿上的泥沙不瓷实，有两个孩子推推搡搡地闹腾时，不小心就掉到河里去了。当时岸边上也有大人，救得及时，拖上来一个，但还有一个就被水给卷走了。听救人的说，被卷走的孩子好像是——好像是你家大河。"

李秀珍的脑子嗡的一声炸响，整个人好像是被重物给砸中了脑袋，疼得她龇牙咧嘴，整个人都想往后栽倒。

她许久才回过神来，拔腿就往外跑："大河啊，长江啊……大河啊，长江啊……"

路上没人，也不见经常结队跑过的孩子们。李秀珍越想越怕，一个劲儿地抹眼泪。她的大河，是跟她从东北老家一起过来的，那年，他还是被她包在襁褓里的小娃娃。这是她第一个儿子，看得比眼珠子还要重，怎么可能会突然没了？她明明不停地叮嘱过，不准他去黄河边上玩，黄河水浪急，河底有淤泥，那里好危险啊，一脚踩下去就会拔不出来的，这个孩子一直都很听话的。

蓦地，李秀珍想起来几天前的对话，大河想跟他爹去抓河虾，说是要回来炒着吃，给她和肚子里的孩子好好补补。可当时被他爹拒绝了，大河会不会是因为这个才跟着一群孩子偷偷去了河边，想要捕河虾吧？

　　李秀珍越想越怕，越怕越想。好不容易，在路上看到了几个跑过来的孩子，看模样就是经常跟她家老大、老二在一起玩耍的那些个，她顾不得许多，跟跄着迎了过去。

　　"牛宝、周娃，看见我家大河和长江没有，告诉婶子，他们去哪儿了？"被点到名字的孩子怯怯地不敢答应，他们是在躲闪着李秀珍的眼睛，吓得不轻。

　　"说啊，大河和长江呢，他们在哪儿？在哪儿？"李秀珍的情绪崩溃了，一手一个，攥着牛宝和周娃的手腕，力道大到让孩子都疼得叫唤起来了。

　　"婶子，你家大河领着长江走的，好像……好像是去河边了。"

　　"可不关我们的事儿，是大河非要去，他说河里有虾，炒着可香了，他还吹牛说上次自己就去抓了一盆，吃得满嘴都是油呢。"

　　住在黄河附近的孩子，家里边的大人都会反复叮嘱不准去河边玩，念叨得久了，靠近河的地方，都仿佛是一种不可触碰的禁忌，单是想想都觉得刺激。孩子们平时最爱听的便是关于黄河里藏着鬼怪的故事，几乎每个孩子的口中，都能讲述出不同的版本。久而久之，那黄河也成了试炼胆量和勇气的地方，若是哪个孩子能去黄河边做一些事儿，且平安而归，这可是能在孩子们中间吹嘘很久很久的。

　　李秀珍的眼前突然一片漆黑，后边的话就听不到了。

　　她的孩子，真的去了黄河边，真的去了……

　　邵中诚在市里赶回来的路上，已经得到了消息，他也是吓得不轻，一路小跑着回到家，看见李秀珍蜷缩在木床上一动不动，正在流眼泪。二儿子小脸惨白地蹲在床边，像是也被吓到了。

　　"怎么回事儿？你快给我说说，别光知道哭！"邵中诚急得嗓门抬高了八度。

"老憨他们还在河上，一直没找到，他们说，可能被卷到水底下去了，得等浮上来，也可能永远都找不到了。"单是想到那种凄惨的画面，李秀珍都有点承受不住。

"别说不吉利的话，咱们的大河不是短命相。"邵中诚打断了她的絮絮叨叨，指着邵长江问，"他呢，哪儿找到的？"

"老二在村后头的空地上跟其他小孩儿在玩摔泥巴，没跟他哥一起走。我问过他了，他什么都不知道。"李秀珍在见到了二儿子的那一瞬间，跪下磕一个的想法都有了。她还以为两个全出事儿了。

"大刘村和张村的村干部已经清点过人数，除了咱家大河，两个村子各少了一个小孩儿。平时这仨孩子总是在一起玩，大家就在怀疑，他们是不是一起去了河上，现在已经派人一起去找了。"李秀珍死死地按着心脏，她心口拧着疼。

邵中诚听完，立即转头出了屋。

"你去哪儿啊，他爹？"李秀珍哭咧咧地喊。

"还能去哪儿，当然是去河上跟着一起找，放心吧，我一定把儿子带回来，咱儿命硬，不会出事儿的！"邵中诚像是赌咒发誓似的留下这么一句。

黄河上空的天，渐昏渐沉，眼看着要黑透了。

夜色之中却有几十号男人，撑着木船，在河上一遍一遍地寻着。

然而在黄河之中找一个落水的孩子，难度不亚于大海捞针。明知道希望渺茫，却也得再尽力试试，若真出了事儿，邵中诚一家也就半毁了。

隔壁村头的一处大草垛，是入冬之前全村人一起收集起来的喂牛用的荒草，看上去颇为壮观。此刻三个男孩在草垛上正挤成一团，还在呼呼大睡，浑然不知村里几十位大人因为要找他们，都去了黄河。

午间热烫的阳光一过，天气又冷了下来。邵大河坐起来，揉揉眼睛，茫然地看着草垛，身边一左一右挨着他的还有两个小伙伴。

"糟了，午饭没回家吃，我娘烧了鱼干，都要被我弟一个人吃没了。"邵大河心急火燎，手脚并用往草垛下边出溜。

跑到了家附近的时候，撞见了牛宝和周娃，俩孩子一见他就管他叫水鬼，气得邵大河逮着他俩一人踢了一脚。

牛宝和周娃看到了邵大河在地上的影子，这才相信他不是鬼，而是人，顿时，便幸灾乐祸起来。牛宝道："大河，你可惨了，你去黄河边网河虾的事儿被你妈妈发现了，大人都以为你掉进河里淹死了，现在好多人在河上捞你呢，你回家，肯定得挨揍。"

周娃补了一句："你爹肯定踹死你。"谁让邵大河刚才踹他来的，屁股被踹中的地方可疼了，他必须报仇。

邵大河都听傻了，他今天的确是去黄河边了，跟小伙伴吹了牛，说是要捕一盆河虾回来，到时候让他娘油炸了，端出来馋死他们。可是这么冷的天，河上哪里会有虾，他去晃悠一圈，什么都没看到，河边风又冷，他都没停留，立即返回来了。路上遇到玩得好的朋友，就去草垛分吃煮鸡蛋和江米条，吃完困了，直接睡着，酣梦了一场。

这种生活是邵大河平时生活的日常，他经常这么干都没什么问题，谁想到今天突然就惹了大祸。一时间，都不知道怎么办才好了。

"大河，我看见你娘都急得晕倒了，你爹刚才也跑着去河边了，今晚上你回家肯定很惨很惨。"周娃一脸的同情。

"要不，你还是躲一躲吧。"牛宝跟着出馊主意。

邵大河琢磨了一下，从小孩子的思维角度来考虑，的确是需要躲一躲，他爹打人可疼可疼了，这回估计他娘也不会护着他。于是，六神无主的邵大河真的在家附近找了个地方，藏了起来，一边观察着家那边的动静，一边自个儿瞎琢磨该怎么办。

邵中诚和自己的同事、哥们儿，以及两个村子里会水的男人，在黄河上找了半宿。从心中带着希望，直至希望耗尽到绝望，他还是不死心，撑着船，一遍遍地在河上搜索，最后还是被老憨强行拉回到岸边。

再这样漫无目的地瞎找下去，没准邵中诚都会跟着出事儿。已经找了那么久，能找到，早就找到了；找不到的话，八成是真的不行了。

"我这是造了什么孽，怎么不报在我身上？老天逮着我儿子欺负算什么？"邵中诚正抱着老憨伤心痛哭。

突然有个中年女人从远处小跑着过来："别找了，别找了，大刘村的一个孩子说，他和大河整个下午都在村边的草垛上睡觉，大河根本没下黄河，孩子肯定没事儿。"

就这么一句话，邵中诚感觉自己仿佛从鬼门关前绕了一圈，都已经绝望得要死了，突然就被拉回到了人间。

"不是说掉下去了两个小孩，还有一个被水卷走了没找到吗？"

女人摆摆手，笑声清脆："那孩子命大，遇到两个去打草的村民，用捆柴的粗绳套着拽上岸了，人没事儿，已经送回去了。"

邵中诚连按胸口，顾不上道谢，便深一脚浅一脚地直接往家跑。

可到了家里，已是晚上八点半，冰凉凉的屋子里就只有李秀珍和邵长江，哪里有邵大河的影子！

他问过妻子，说是邵大河根本没回来过。

"这个臭小子。"邵中诚扭头出去继续找。

不过这一次，心里有了谱儿，知道孩子没有生命危险，也没那么急了。

取而代之的是一股熊熊燃烧的怒火，他咬牙切齿，袖子撸起来老高，心里边盘算的全都是等找到那个不省心的臭小子后，该怎样收拾他。半小时后，邵大河被他爹从屋后边的猪圈里拎着耳朵给拽了出来。他吓得"哇"的一声大哭起来。

"你哭？你还有脸哭？给老子闭嘴！看我今天不打死你！"邵中诚气炸了肺，手高高地扬了起来，却没抽下去，看着孩子脏兮兮的小脸上，虽然写满了一脸的倔强和不服气，可也吓得不轻。他怎么都打不下去，突然就把孩子拽过来，死命地搂紧在了怀里，抱着，紧紧地抱着。

那一晚，吓得魂飞魄散的两口子悄悄地嘀咕，邵中诚说："他娘，你说得对，往后这仨孩子必须都得去城里生活，不能跟我一样，在黄河上讨生活了。"当父母的，能吃苦遭罪，但真的操不起那份心啊！

黄河上卷跑了小孩这事儿着实是把三个村子和河道养护员们折腾得不轻。邵大河虽然没有挨打，但过后因为这事儿还是被父母拎着耳朵教育了好多天，小孩记吃不记打，怕劲儿过了就又变回了老样子，照样满村子翻腾。

李秀珍受了一场惊吓，病了好些天。

怀孕九个月时，李秀珍倚在床头，看着窗外的杏树已开满了花，粉中带白，满树不见绿叶全是繁花，风儿吹过，花瓣随风飘落，好看极了。

她轻推半晕半醒的丈夫："我肚子里的这个，要是个妞妞就好了。"

邵中诚搭着她的话："也想要个儿女双全了？"

李秀珍摇头，甜蜜却也苦恼地叹气："女儿是贴心的小棉袄，总是比儿子乖巧一些。咱家已有两个淘小子，再来一个，我怕我这心都要跟着操碎了。还是要个闺女吧，让我少点儿担惊受怕。"

没过多久，李秀珍早起时破了羊水，不到中午就觉得肚子一阵疼过一阵，到傍晚时孩子就生了下来。果真是个娇娇小小的女儿，皮肤随了她，白得发亮，五官看起来也挺不错，综合了她跟丈夫的优点。心愿得成，可把李秀珍给高兴得不行。

邵中诚是典型的东北男人，心理上免不得有些重男轻女的念头。不过在这之前已有了两个儿子，家里的老三是个女儿，他倒也不觉得失望，反而也觉得儿女双全是件很不错的事儿。

女儿生了以后，他想了好几个名，什么邵小溪啊，什么邵山泉啊，反正就是离不开水，总是想把近水添财的好彩头，给贯彻始终。

倒是一向不管事儿的李秀珍，这回不愿意了。邵中诚自己在黄河上冒着巨大的风险挣钱养家，天天风里来水上去的还不够，还要给家里的孩子身上全都带了水？那怎么可以！

于是这次，她跟邵中诚呛了好几次，小溪、山泉、小湖什么的都不要，终于给女儿取了个满意的名字——邵永梅，跟水一丁点儿关系都没有，李秀珍感到非常满意。

邵家五口人的小日子，虽不富足，但也过得去。

时间过得飞快，转眼又是八年。

邵大河已经十七岁了，跟十五岁的邵长江在村东头的小学开的识字班里上学，一个读大班，一个读小班。邵家小女儿邵永梅也已满八周岁，小姑娘文静乖巧，就爱跟在她娘身边，干什么都给搭把手帮帮忙，俨然是贴心的小棉袄。

这一年，邵中诚朋友的妻子在市里开了个小吃店，专卖当地最有特色的炝锅烩面、羊肉汤和大拌菜什么的。店里人手不够，便找到了邵中诚这里，希望能让李秀珍过去上班。那个年代工作机会少，这份算是正式工作，一直在做家庭妇女，每天带孩子围着锅台转的李秀珍觉得很心动。既然妻子想试试，邵中诚就没有阻拦。

就这样，李秀珍成了小吃店内的一名服务员，平时的工作是端盘送菜、打扫卫生和招呼客人。

小吃店虽不大，但生意兴隆，客人来来往往的，每天都不得清闲。李秀珍本就是那种热情爽朗的性子，完全把这里当成了自家的生意来对待。她极其勤奋，店里的工作做完了，闲着没事儿的时候给小吃店里做了很多东北口味的小酱，来了客人便免费送一碟，若是经常来店里的熟客，走时要求带一些回家去下饭，她也会笑着应允。

没过多久，她就结交下了不少朋友，有的老顾客来店里就特意点她做的酸菜，说就爱那一口酸菜炖骨头，喷香。

店里老板娘看在眼里，对李秀珍愈发的好。她先找人帮李秀珍的小女儿拿到了上学名额，可以跟上小学开学，直接去读一年级；接着又在小吃店附近给李秀珍租了个小房子，让她能把大儿子和二儿子全带过来。十年的不太平马上就要过去了，各行各业，百废待兴，老板娘这边消息灵通，许多政策把握得很准，但也不好明说，便只劝李秀珍从河边的小村子里迁出来算了，在市里边谋个生活。

李秀珍心心念念的，就是让孩子们能离开黄河边，来市里边过日子那是最好不过。一听这个提议，李秀珍顿时高兴坏了，回去跟邵中诚商量了一下就拍板定下，让邵大河和邵长江跟着她进城去。

至此，一家五口，就只剩下邵中诚还在黄河边上住。休息的时候，他就搭车进城，跟家人团聚。

冬天的时候市里边能烧煤炉子，楼上住着，阳光足还不透风，暖和又干净。

河边的房子就剩邵中诚在住，李秀珍跟仨孩子很少回去，他一个人怎么都好熬，于是，邵中诚心心念念的东北大炕始终没能盘上。

离了黄河边，孩子们的生活有了巨大的改变。

从前的娱乐方式到了市里边是行不通了，但也有相应的改变。

市里的小学也才复学没多久，有一搭没一搭地教着识字、算数。邵永梅倒是很喜欢每天背着书包去读书的感觉，每天早晨都要洗脸、漱口，把头发梳理得整整齐齐。虽然衣服破旧了些，但收拾得干净利落，很像个城里的孩子。

放学后，路过篮球场时，总能看到她二哥邵长江在家属区的破篮球场跟人打球。邵长江最大的乐趣就是打篮球，一有时间就去打，投篮超准。邵永梅看一会儿后就得回家，乖乖地写作业，背课文，算数学题。

李秀珍再不用担心一个照顾不到，孩子们就跑黄河边去摸鱼网虾，随时处于危险之中了。

但她的工作也不轻松。心里总感念着老板娘帮了她那么多，这让李秀珍总是带着一种报恩的心在对待手边的工作。在小吃店内，她一个人做四个人的活儿，极忙也极累，但她从来不曾后悔过这种选择，满心期待着将来能让自己的小女儿跟那些城里长大的娃娃们一样认得几个字，不要变成个只会认自己名字的文盲；然后她的大河和长江有机会能找一份带有正式编制的工作，这样等于是端上了铁饭碗，这辈子都不用愁吃愁穿，也不必像她跟丈夫那样辛苦了。

愿望当然是美好的，但现实往往并不能尽如人意。

比如，去夜校里继续学认字的邵大河在学习上并不灵光，单单让他稳稳当当地坐在椅子上不动，就已经是非常非常困难的了，更别提书本上的那些内容，想要完全深入理解，绝不是一件容易的事儿。他虽然自己也想学，但身体的自然反应却是做不得假。就这样勉勉强强地读完了一年，也就算是交差了。

不过那时候的人，能认点字，做个简单的加减法，就算是不错了，并不需要多高深的学问。邵大河身边的同龄人很多根本不识字，就知道风风火火地到处瞎跑。

但邵大河自认是个有想法的人，他总琢磨着自己得想办法去拜师学一门能吃饭的手艺，或是找一份能赚钱的工作好好养活自己。

邵大河是很想开一间小吃店的，也卖烩面、小菜、羊肉汤，开在国棉二厂的边上，专门让那些上下班的职工吃。他妈一直在做工的那家店做的就是类似的菜品，几年之间，店面扩大了三四倍，饭点儿一到，几十张桌子全坐满，都是来吃面喝羊肉汤的顾客，赚钱极了。

邵大河把想法跟爸妈一说，李秀珍和邵中诚竟然一起反对。邵中诚的意思是开小吃店是要先投钱进去的，租房、买餐具、聘厨师、招服务员等，要忙的事情特多也特琐碎，此时邵大河才十七岁，是个没长开的半大小子，毫无开店的经验，也没有厨艺，更不懂得做买卖的规矩，赚的可能性很少，赔个底朝天的概率极大，家里是有点积蓄，那是为了在市里边能买一套属于自家的房子住下来，绝不能给他祸害。

李秀珍反对的理由则是，她跟着老板娘这么多年，那是真的特别累，每天天不亮就起床，每天晚上到深夜才睡觉，一日三餐从没有个准点儿，客人吃饭她得看着、服务着，客人离开她得迅速地打扫卫生、收拾好餐桌和房间，没个闲的时候。她自己苦点累点是为了一家人能过得好一些，但她是真的不希望自己的孩子也去遭这份儿罪。

邵大河却是不服气，少年血气方刚，心比天大。在他看来，开小饭店其实是件特别简单的事儿，买菜回来，厨师做饭、做菜，等到客人上门，端上桌给客人，然后坐等收钱就可以了。这可是能够改善整个家庭生活的大事儿，爸妈本应该支持他的，却说他好高骛远，怎么都不肯答应。

一气之下，邵大河在家里边闹起了绝食，他把自己反锁在房间内，不吃饭，不说话，不搭理家里的任何人，甚至不允许与自己同住一间房的弟弟邵长江进入房间。除了上厕所，他几乎不走出房门，对于李秀珍和邵中诚的询问也是充耳不闻。

总而言之，不让他试试去开小饭店，他就要抗争到底！

"你有本钱投入，你有办法把店开起来，你就去吧，我们不拦着你。"一个星期日下午，邵中诚如往常般在家里吃过了饭，临去上班之前，对大儿子这样子说道。

邵大河翻身而起："我哪儿来的钱？"

邵中诚憨厚地笑了："那是你该去考虑的事儿，因为那是你的理想。大河，你总不能拿你爸妈攒下的养老本，去实现你自己的梦想吧？你自己的白日梦当然你自己去追逐，克服一切困难，白手起家，等你赚到钱，我跟你妈也会以你为傲。好了，桌子上有一碗打卤面，赶紧出来吃饱了肚子，你才有力气出去干活。"

少年被他那一贯沉默寡言的父亲说得一愣一愣的，但仔细一琢磨，邵中诚说的话也是有道理的。他爸在黄河上清理水道，一个月就那么点儿粮票，还得拿来养活他们兄妹三个，他妈在小饭店里没日没夜地跟着忙，一个月拿的也是那么一点儿死工资，最多过年过节的时候，老板娘给拿半斤卤肉或是一只烧鸡架，这已经是极好的福利了，他们的确是很难存下什么钱。

再说，这可是他自己的理想啊，当然得靠着自己，一点点积累去实现。从爹妈这儿硬要钱，那是啃老呀！

邵大河想通了，反抗排斥的情绪也就没那么重了。他从屋里走出来的时候，见桌上果然放着一碗鸡蛋打卤面，妈妈选了最大的碗，并多放了两个鸡蛋，鸡蛋被炒成了橘黄色盖在面条上，冒起了一个诱人的尖尖。家里都多久没吃过白面了，在这个物资匮乏的年代，吃饱饭始终是个难以解决的大问题，可妈妈却给他煮了这么一大碗。

邵大河馋得直咽口水，家里也没人在了，不必故意藏着吃。他连忙搬把椅子坐到了桌子前，狠狠地往嘴里塞了一大口。这面好吃得差点儿要把舌头给咬下去，真的香啊，特别香！

这么好吃的面，如果放在他的小饭店里，肯定卖得特别好！

邵大河想着，眼前仿佛出现了一幅幸福的画面：他的小饭店经过筹备已经开了张，每天都有很多人来吃饭，走了一桌，他收了钱，便赶紧收拾。才把桌子给擦干净，后边来的客人已迫不及待地坐下开始点餐，点的就是这么一碗鸡蛋打卤面，端上来时，面上还要撒几粒切碎的细葱。啧啧，谁吃谁竖大拇指！

要开饭店！一定要开饭店！

斗志昂扬的少年，吃饱喝足后，洗了个凉水澡，神清气爽地出了门，他要为自己的大事业奋斗了。

李秀珍晚上领着小女儿回家的时候，开门看到邵大河坐在椅子上，耷拉着脸，垂头丧气的。邵大河见娘回来，有气无力地哼哼："娘，普通人不让开饭店。"

"啥开饭店？你还在琢磨那事儿呢？"

"我今天下午去工商所问过了，说是现在根本就不让个人开饭店，还跟我说了一大堆，什么投机倒把呀，什么资本主义尾巴呀，我也听不懂，反正他们就是不让。"邵大河抬起脑袋，可怜巴巴地看着李秀珍，"既然不让开，为什么蒋婶能开，而且还换了店面，从小铺子做成了大铺子呢？"

蒋婶就是邵中诚同事的妻子，也是李秀珍工作的小饭馆的老板娘。

李秀珍看着分明是已经长成了的大小伙子，眼神里却仍是淳朴跟天真的神情，火气也没了，拉着儿子到桌边坐下，给他讲了起来。

"蒋婶的饭店也不是个人的资产。蒋婶自己也有工作单位，这个饭店是单位的，说白了，她只是个级别高些的领导。"

"我真是没仔细想。"邵大河傻了。

"不是这样，你蒋婶哪有那么大的力量一两年就把这个小店铺换成了大铺子？"李秀珍给儿子递了一块粗饼，示意他边吃边聊，"大河，你那么想开饭店，要不我去跟你蒋婶说说，让你也来饭店后厨干活儿吧，你跟师傅们好好学一学，甭管是配菜还是掌勺，学会了本事就是自己的。"

"我想开饭店，我不是想做厨师。"邵大河固执地强调，这两者之间是有本质的区别。

"行行行，随你，你也不看看现在是什么时候，那是你想干什么就干什么吗？孩子，既然你来到市里边生活，平时一定要多读读书看看报，了解一下国家大事。"李秀珍放弃跟大儿子沟通，"你的字要是还没认全，最好是继续学，我听你蒋婶说，好日子要来了，有点儿文化去哪儿都不吃亏。"

李秀珍说完，又拿筷子打了下同样不省心的二儿子，继续教训："长江啊，别没事儿整天抱着那个球在外边疯跑，一天到晚都不着家，你也得想想看，快点儿找一份工作来做。不然过几年，还跟二流子似的没个正形，媳妇儿都娶不到。"

邵长江不想听李秀珍念叨，几口吃完了饭，就又抱着篮球出去了。他都想好了，好好练球，往后争取能进体校，去做国家运动员。这是一个有见识的老人跟他说的，国家要派人出国去参加运动会，运动员是很不错的职业，他有这个心思，但就跟他大哥想要开饭店一样，空有想法，不知道从哪里开始实现第一步。最近，也是很烦恼啊！

邵永梅吃完饭，帮忙收拾好碗筷，这才回房间里去，拿出课本，继续认真地看着。

三个孩子，各有各的性子。

李秀珍在椅子上坐了下来，一边缝补着邵中诚刮破的衣裳，一边时不时地看一看煤油灯下女儿认真的小脸，以及倚在椅子上一言不发想着心事的大儿子。

她啊，对这样的日子，其实心里边还是满足的。

这十年，国家乱糟糟，百姓的日子也不好过。

到处都是闹啊，吵啊，打啊，斗啊，他们在做什么，像李秀珍这样的家庭妇女是不懂的，而且她也不想懂。

好在黄河边上的人家位置偏僻，外人再闹腾，也闹腾不到那边去。

他们一家人，远离是非，悄悄地过日子。晴朗的天气，邵中诚每天都会去河道上走一圈，检查水道的同时，还会给家里弄些鱼啊，虾啊，贴补家用。虽然每天他都觉得很饿，似乎没有吃饱过，但清苦的日子总还算可以凑合着过下去。

一转眼，大家闹腾够了，也就不闹了。

作为一名家庭妇女还有机会进到国有饭店里做个服务员，很是长了见识呢。李秀珍坚信，这日子啊，只要给点儿耐心，多忍忍，多开解开解自己，一定是越过越好的。

邵大河颓废了两天，就又变得神采奕奕起来。

李秀珍早起，发现每天都习惯睡懒觉的大儿子，罕见地坐在饭桌边上，捏了一根铅笔在纸上勾勾画画，不知在做什么。

瞧着人变精神了，八成是在整事儿。李秀珍凑过去，想要看一眼。

邵大河迅速地趴在桌上直嚷嚷："别看，不能看！"

李秀珍一脸怀疑地警告道："你小子别瞎琢磨有的没的！你要是再闯祸，

你爹周日回来了，肯定抄棍子揍你。"

对于这种雷声大雨点小的威胁，邵大河满不在乎，还一个劲儿地喊："您就别磨蹭了，快去上班吧，去晚了小心蒋婶扣你的工资。"

李秀珍走后，邵大河才一点点地从桌子上挪开了，捧着那一页纸，爱如珍宝一般看了又看，少年黝黑的脸上露出了近似痴迷的笑容来。

"饭店不让开，推小推车卖油条总可以吧。嗯，也许还可以在火下边顺便烤白薯，喷喷香。"

万里长征第一步，他终于要开始做生意了。

等攒够了钱，没准哪天，政策又允许普通老百姓做买卖了呢。到那时，他一样能开个饭店，还是那种超级大饭店。邵大河想起那一天他路过火车站附近时看到的那栋富丽堂皇的建筑物，听说那就是一家大饭店，可以接待外宾，院门口还有人在站岗，他真的很想找机会进去看一看。

痴想了好一会儿，邵大河才把注意力挪回到了眼前，他小心翼翼地把折好的纸给摊开了，凑在眼前仔细观看。

这种卖油条的小推车是他在小街道里偶尔看到的，推车卖货的人把自己围了个严严实实，连脸都遮挡住。

买货的压低声音，票子送过来，焦急等待；卖货的手脚麻利，东西塞过去，推车便走。一切都进行得非常快，转眼交易就结束了，仿佛是在进行着某种秘密的、不可告人的地下活动。在那个年代，个体经商行为往往被扣上走资本主义道路的帽子，一旦被抓到，是要直接扭送到局子里去的！这可不是开玩笑！

邵大河也知道这事儿有着极大的风险，但毕竟还是有很多人在做着呢，不是吗？

他年轻，力气大，手脚麻利，也不拣着人多的地方去，每天能做几单生意就好，等一切熟练了，知道该如何进行，自然是能想出办法来的。

"砰——"一声巨响，邵大河吓得一激灵，原地弹跳而起。他连忙冲进睡觉的屋子里一看，原来是邵长江抱着篮球睡觉，一翻身，球掉下来了。

这种事儿在家里是经常发生的，今天碰巧邵大河在那儿想事儿想得正心虚，这突如其来的声音确确实实给他吓了一大跳。不过，这点小状况也绝对阻止不了他前行。他在心底里暗暗地鼓励自己。

邵长江进城之后就疯狂地迷恋上了篮球。只要一有时间，准是要往球场跑，有时候下了点小雨，不适合打球，他也不死心地想去看一看，等一等，直到确定真的不会有人来，他才会带着几分失落走回家去。毫不夸张地说，晚上做梦都是经常梦到自己在球场上飞奔。

在邵家，邵长江是寡言的，不会顶撞父母，也没有太多个性。可到了球场上，他感觉自己完全得到了一种释放，那种大汗淋漓的感觉，让他整个人都神采飞扬。

在这个物资匮乏的年代，吃喝都是问题，能拥有一个篮球，简直就是不敢去想的奢侈品。而没有球，便没办法自己去球场练习投篮；没有球，就永远得依赖着有球的人出现，才能玩篮球。

在很长一段时间里，邵长江日夜想着的都是能够拥有一个属于自己的篮球。为了这事儿，他天天都在跑供销社，整个市里有好多个供销社，却不是每一个都能找到篮球。

邵长江一个街区、一个街区地找过去，才在火车站附近那家最大，也是商品最全的店里，找到了一个篮球，摆在橱柜最上边，因为无人过问，都已经落满了灰尘。但在渴望拥有篮球的邵长江的眼里，那个篮球闪动着熠熠光芒，无时无刻不在释放着诱惑，向他发出无声的邀请。

可那个年代，在供销社购买货品，除了要有钱，还得有购物票。凑钱还好说，但是这个篮球的购物票，却实在是不好找，也不是他这样的半大小子能找得到的。他离那个篮球的距离，不仅仅隔着柜台，更隔着十万八千里的距离。

邵长江一有时间就会去看，每天都在想办法怎样买到那个球，每晚都在担心有人先他一步，将球给买走，结果竟然想出了病。他发着高烧，抱着被子瑟瑟发抖，嘴里边还在叨叨着篮球、篮球……

邵长江是个极其懂事儿的孩子，小时候就有点胆小，也从来不会跟家人提出过分的要求。就连这个篮球，他也从来没有打算张口索要，因为他知道家里条件实在很一般，不足以支撑他去购买这种并非家庭必需品的"奢侈品"。

可孩子这样，做父母的总是揪着心。

后来正好赶上有一处河道淤积，邵中诚跟老憨一起过去清理，就在那儿抓到了一条超级大的鱼，上称足有十三斤，如果在鱼嘴上系根绳子拎起来，得有半米长。

邵中诚没把鱼拎回家给孩子们加餐，他带着那条鱼，去了市里。等回来时，鱼没了，换成了一个篮球，是旧的，磨损得挺厉害，只有六成新。

他进门，很不经意地把篮球丢进了儿子的卧室，任由那个球砸在地面，发出砰砰砰的响声，然后就把门关上了。

卧室内，久久没有动静，时间好像静止住了，似乎邵长江对那个球根本没什么反应，很平淡地接受了它的存在。然而，邵中诚隐约又觉得不太对，他儿子想要篮球都想得发起了高烧，怎么见到了篮球，反而没感觉了呢？

十分钟后，邵中诚听到嗓子已经因为变声期的到来而变得粗哑难听的儿子，嗷嗷地叫着。

他的那个胆子很小、话也很少的二儿子，第一次冲到了他面前，因为兴奋脸颊变得通红。

"爹，那个球……那个篮球……"

"什么球？"邵中诚故意装作不知道，欣赏孩子难得的失控。

"就是你带回来丢进我房间里的这个篮球，是……它是谁的啊？能不能借我玩一下，哪怕玩几天，也行。"

他怀里就抱着那个篮球，丝毫不介意它已破损，一小块皮革掀开了缝，急需要修理，在这个渴望着篮球的少年眼里，世上根本找不到另一样东西，比他的心头渴望更加美好。

"这个是我领导家里的球。"邵中诚继续表现出一个做父亲该有的沉稳，语速放得慢慢的，讲话的时候还悠然地给自己点了根烟。

邵中诚手指上有烟草味，也有浓重的鱼腥味，那是大鱼留在他身上的气味。说起来，那鱼可是真大，带回来一家人吃，起码能吃两三天，拿去换一个破掉的篮球，是不是太浪费呢？

可看见邵长江兴奋到闪闪发亮的眼睛，邵中诚又想：算了，黄河里有的是大鱼，以后找机会再抓便是了，难得儿子高兴，这笔买卖不亏。

"爹，我能不能借一下，出去玩一会儿，就一会儿，天黑的时候我就给拿回来，保证不会弄丢的。"邵长江说这话的时候，声音是由大到小，再降到极小极小，那是经历了相当大程度的挣扎。

"噢，可以啊。"邵中诚磕掉烟灰，很有兴致地继续逗儿子。

"啊？真的啊！爹，那我去了！"邵长江喜滋滋地抱紧了球，抬步要走。

可他才走到门口，又听见身后传来了邵中诚的声音："领导家里买了新球，所以这个不打算要了。"

邵长江的脚步，停了下来，整个人都僵直了，站在那里，一动不动。偏偏身体因为紧张而动弹不得的时候，心脏却是不听话地跳得飞快。他可怜兮兮地转过身来，盯着邵中诚，等着。

邵中诚觉得自己要是再逗下去，这个半大小子都要被他给逗哭了。于是便"仁慈"地放过了他，正式宣布好消息："你不是挺喜欢打篮球的，领导不要想扔，我就给捡回来了，有点儿破了，也不知道能用不能，不能用的话你扔了就是。"

那可是非常漫不经心的一种表达了，没啥特别的，就是这样。

邵长江的眼睛却是瞪得溜圆。

邵中诚把这孩子从小养到大，今天还是第一次看到邵长江的情绪翻覆到如此大的地步。瞧，他都控制不住裂开的嘴角，又在笑了，开心极了。

"长江，你不想要？"

"想！"邵长江超大声地回答，震得人耳朵发麻。

邵中诚连忙摆摆手："那就赶紧抱着球出去玩儿吧，别在家里一惊一乍地吓唬老爹。"

如果这小子不走，他都要笑出声来了。

"这是我的球了，它破了，得修补好了才能玩，不然会更破的。不行不行，绝对不行，我要想个办法。"邵长江神经质地抱着篮球在房间内乱转，一脸焦急，宛若篮球是生了重病的人，若不及时处置，就要有生命危险。

邵中诚认真地给出主意："街上不是有个修鞋的大爷，他那儿有胶，修篮球准行。"

说完，还递上一张票子，足够修一个球的数目："还不快去？晚了人家收摊回家了。"

邵长江夺门而走。

等到儿子走后很久，邵中诚都还在笑，一想起邵长江刚才那副模样，他的笑容就没断过，等到妻子从小饭店下班回来，他的腮帮子都笑酸了。

"怎么，家里出了什么事儿吗？"李秀珍敏感地察觉到了一丝气氛不对。

邵中诚老实摇头："没出什么事儿，跟往常一样。"

顿了顿，他想起那个球，又补充道："我领导家里有一个旧篮球不要了，还能用，我捡回来给了长江。"

李秀珍："那他不是很高兴嘛，他早就想要篮球了。"

邵中诚："超高兴。"

邵大河最近几天总是早出晚归，进进出出，神神秘秘的。

　　邵中诚平时上班不在家，李秀珍在小饭店那边每天也要忙到深夜。这天夜里十点半下班，她进门后，洗漱完毕，正准备睡觉，就听见门吱扭一声响了。

　　"你去哪儿了？怎么才回？"李秀珍是位严厉的母亲，不喜欢自己的孩子深夜里还在外边乱窜，更不允许他们夜不归宿。

　　"没去哪儿，就在外边转转。"邵大河"嘿嘿"笑了两声，敷衍了一下就直接钻回到房里去。

　　一次是这样，两次是这样，在一个星期里，每天晚上邵大河回来得都比李秀珍还要晚，这个当妈的觉得，自己的孩子怕是学坏了。

　　周末，邵中诚回家，李秀珍也在，夫妻俩交换了一下意见，又把邵长江和邵永梅分别叫到面前询问，确定了在大人不在家的时候，邵大河也是日日往外跑，不着家，也不知道是在做什么之后，夫妻俩便关起门商量了会儿。邵中诚的脾气一向不太好，吃过晚饭后，搬了把椅子坐在门口，等着邵大河回来。

　　晚上十一点半，邵大河蹑手蹑脚，把门推开了一条缝隙。房间内没有灯光，他放了心，屏着呼吸开门，身子挪进来后迅速关好，顺便还落了锁。

正打算往卧室走，冷不丁地就发现面前有个人坐在椅子上，邵大河被吓得怪叫了一声。灯光大亮时，他看到的是邵中诚面无表情的脸，心里又是咯噔一下。

"爹，您在家啊？"

邵中诚："去哪儿了？"

邵大河眨了眨眼："去外边转转，我晚上吃得有点儿多，不消化，肚子胀气。"

邵中诚："在哪儿吃的？"

邵大河想都没想："家里啊。"

可一说出口，就知道自己这个谎编得实在是不高明。他爹是习惯了周六下班就立即赶回家，即使他娘不在，也会在家里吃这顿晚饭。如果他爹今天也是早早地返回家中，不是一下子拆穿了他的谎言了吗？再一瞧邵中诚黑着脸，邵大河便知道自己这次是撞到枪口上了。

"爹，我是在外边吃的小吃摊，我娘心疼钱，不乐意让我在外边乱买东西，所以我才不敢说的。"

邵中诚的手指着窗口那边："跪着去，什么时候想清楚要说实话了，什么时候再跟我讲。"

邵大河："爹，我都多大了，您还让我跪？"

邵中诚从椅子底下把擀面杖给抽了出来，这根擀面杖平时用来做饭，孩子犯错就用它打孩子，从小到大邵大河没少挨揍，以至于一看见它就心里发怵。

"我又没出去做什么坏事儿，不就是偶尔回来得晚了点儿嘛。"邵大河的眼珠子乱转，一看便知是在想什么鬼主意。

邵中诚对自己的孩子再了解不过，邵大河的那套说辞，甭想蒙混过关。他也不开口，就冷冷地盯着邵大河，一副不怒自威的样子。

邵大河哪里敢违抗，于是乖乖地又极不情愿地来到窗边，跪了下来。

邵中诚拎着擀面杖到堂屋的单人床上躺了下来，并不打算跟儿子一起苦熬着长夜。邵大河前后换了不下二十个借口，邵中诚听完了都不搭茬，也不准他站起来。

凌晨时，实在熬不住的邵大河打着哈欠把实话给讲出来："我去做了一个卖小吃的推车，没人帮忙，就得自己琢磨着做，还有做推车的铁料、钢板和木头，也都得一点点地找。爹，这几种东西也就西区的几个国营厂才有，很不容易凑齐的啊，而且白天人多，只能晚上去。"

"你小子，竟然敢去偷集体财产。"

邵中诚这下是真的愤怒了，一巴掌扇了过来，拍得邵大河头晕脑涨，疼得他嗷嗷叫。

"我是去捡的，厂子里不要的废料全部集中放在一个地方，都是废品，我得在废品堆里把能用的料给找出来。"

邵中诚仍是不消气，儿子的行为显然已触碰到了他的底线，不能容忍，于是吼道："没有相关负责人同意，也没人允许，你夜里跑去国营厂里拿废料，这不是偷是什么？"

"废料本来就是没人要的东西，不只我在拿，别人也有拿啊，这有什么？"邵大河试图狡辩。

邵大河的声音一大，邵中诚的火气就跟着往上蹿，还把邵大河当成小时候那个顽劣淘气的臭小子，一巴掌接着一巴掌地扇在脑壳上："别人去偷，你就跟着去偷了？废料也是国有财产要经过集中处理、变卖，你偷偷地拿回来还有道理了吗？我跟你娘从小都是怎么教育你的，你是一点儿不记在心上！还有你做的那个什么小推车，谁允许你这么干了？那些在街道上流窜着卖东西的小贩每天被撵得街头巷尾地逃，难道你也想有天被抓进工商局或是派出所，然后送去给法院判刑蹲监狱吗？"

"爹！你能不能盼我点儿好啊！只是拿了点儿人家不要的废料，你就一口一个偷，一句一个进局子，你儿子是在做正事儿，想给家里挣钱呢。你不支持就算了，可说的这些话是不是太难听了？"邵大河的脾气也上来了，脸红脖子粗地跟邵中诚一通嚷嚷。

"家里用不着你去赚这种钱，丢不起那人。"

父子俩的争吵声，将李秀珍和邵长江给吵醒了，他们各自开了房门走了出来，李秀珍看了一眼挂钟，才凌晨五点，邵长江困得还在揉眼睛，于是解劝道："他爹，你们一宿没睡？别吵了，那么大声会被邻居听到的，多丢人。"

"丢人丢人丢人，行，我给你们丢人了，以后我离你们远远的，你们就当不认识我，这总行了吧？"

被家里人用那种眼神看着，邵大河已然挂不住了，他想起这些天的辛苦——在垃圾堆里翻材料，躲躲闪闪地怕被人看到，扛了那么远带回来后还得躲起来组装，又是割又是锯又是砸，工具不趁手，自己做得也不熟练，进度非常慢，还老是受伤，脑子里魔怔了似的就想着做这个小推车，却不想，家里人不仅不支持他，还那样子讲他。邵大河再也控制不住，一股火气蹿了上来，像一头受惊的野兽一般横冲直撞地出了门，临走时，还泄愤似的将把门板甩得咣咣响。

才一出来，被晨起的冷风一吹，邵大河整个人便清醒了过来。站在家门口空无一人的大街上，他等了一会儿，都不见家里边有人追出来，顿时，好几年都没哭过的眼睛，不受控地直往外涌出泪水。

"都不让我干，我偏要干得很好，到时候，你们就知道我有多厉害了。现在看不起我，总有让你们看得起的一天！"他一边使劲儿地抹了一把眼泪，恼火地说着，一边往他藏着小推车的废旧屋子走。在这个有些凉的早晨，一位少年立下了铮铮誓言。

李秀珍没想到，自己晚上下班回家的时候，邵大河竟然还没回来。她问过了邵长江，才知道邵大河一整天都没见人，他爹不让出去找，提都不准提。

她来到丈夫身边轻声劝："你把大河撵出去了，孩子做了不该做的事儿，就该受到一些惩罚；可你想过没有，像他那种半大不小的孩子，万一跟城里的二流子学坏，做了坏事儿，或是把心给跑野了，往后整日不着家，待在外边让我们操心，将来应该怎么办才好？"

邵中诚摸了摸裤兜，里边藏着一盒烟，只剩下五根了，这烟是市里的领导给他的，平时也舍不得抽，就带在了身上偶尔充充门面。可今天，他烦得不行，忽然想抽根烟来平复一下心情。

"他爹，你明天下午就要回河边去了，等你不在家，我一个女人还得去饭店，还得操心家里的孩子们，再加上一个跑得不见踪影的大河，你让我可怎么过啊？！"

邵中诚猛然站了起来："我去找。"

到底还是夫妻俩彼此了解，李秀珍的每句话都能准确地打在邵中诚的心窝上。这一天下来，他对那个令人操心的浑小子不是不担心，只是撑着做父亲的面子拉不下去罢了。

但邵中诚出了门去，不到一个小时就返回来了。走时怒火已消个七七八八，回时脸色却又变回了铁青色，甚至比之前还要愤怒。李秀珍迎上来想要问一问，邵中诚走进了房内，把门给摔上了。

"这又是怎么啦？"李秀珍想要跟上去。

邵长江怕父母吵架，死命地抓住母亲的胳膊，一个劲儿地摇头。

"行行行，我不跟他吵，你放心吧，我跟你爹不吵架的。"二儿子吓得不轻，小女儿那边同样是惴惴不安，李秀珍只得先去安抚两个孩子。

第二天早晨，邵中诚的脾气稍微和缓了些，李秀珍才知道是怎么回事儿。

昨天晚上出门，邵中诚只用了不到一小时，就在家附近的一个被人废弃不用的半塌房子里，找到了正窝在干草上睡觉的邵大河。他弄得一身脏兮兮，像个没人要的野孩子似的蜷成一团。

见邵中诚找了过来，邵大河根本不搭理，还翻了个身直接拿背对着他，一副根本不想谈任何事儿的架势。看到邵大河脏兮兮的脸，乱糟糟的头发，像个乞丐，邵中诚气得当场想踹他。邵大河不仅不服软，不认错，还公然和他顶撞，说一些不着边的话。邵中诚怒不可遏，一巴掌扇在邵大河脸上，把他给打蒙的同时，自己也转头就走，直接回了家。

这一宿，邵中诚翻来覆去睡不着，脑瓜子嗡嗡作响，直到早晨起床，脸色仍是很差。平时一般下午才会去黄河那边，今天早早就走了。走之前，还凶巴巴地对李秀珍说："这小子从小没吃过苦头，不知天高地厚，就随他去吧。是他自己说不要这个家了，不要让我看到他又摸回来。你们谁给他开门，让我知道，我绝对不饶了他。"

"你这人，跟个孩子计较什么。"李秀珍被丈夫突然间的大嗓门给吓了一跳，恼怒地瞪着他。

"孩子孩子，眼瞅着快二十了，还算什么孩子？不懂事儿的东西，遭了罪吃了亏就知道家里好了，他要是在外边闯了祸，甭想我去帮忙收拾烂摊子。"

邵中诚摔门而去，吓得两个孩子久久不敢作声。

李秀珍还得强打精神，安抚了邵长江，让他先去打球，再送小女儿去学校。

至于邵大河的事儿，听了邵中诚转达的臭小子说的那些话，李秀珍心里边也有气。那个时代子女多，不流行娇生惯养，普通人家的孩子跟大人是一样使唤，更别说邵大河已经快二十岁了，这几年也没个像样的事情做，整日里游手好闲的。

不过李秀珍倒是琢磨着，想要去求蒋婶帮忙，看能不能在市里的几个国营厂内给邵大河找一份工作，做什么工种都行，苦点累点也没关系，好歹是个正经的营生。不只是他，二儿子邵长江也到了要工作的年纪，整天抱着一个球，还想做什么国家运动员。给国家做运动员是那么容易的事儿吗？她听都没听说过，也不知道邵长江是打哪儿知道的这些，他脑子里就没个靠谱的念头。当父母的，若是不帮孩子多考虑，还指望着这些贪吃贪玩的孩子能想出什么好事儿来？

"娘，给我五分钱，我想买个本子，本子已经用完了。"邵永梅扯了扯母亲的手臂。

"反面用了吗？"李秀珍问。

"连封面后边的白纸都用过了，我还拿橡皮擦掉了铅笔印又用了一次呢，纸都弄破了，真的不能再用了。"

李秀珍这才摸出来一张一毛钱的小票递给女儿："买两本吧，铅笔呢？还需要买吗？"

邵永梅摇头，意思是还有。她脑袋上扎着的两个小羊角辫随着她的动作一甩一甩的，但最近这两个月风大，小脸上都有些皴了，布满了红血丝，看着让人心疼。是不是应该去买一瓶雪花膏给女儿抹一抹滋润滋润皮肤呢？

但这个念头才冒出来，就又被现实给压制回去。这个月，她跟邵中诚两个人赚的工资，勉勉强强才够一家几口的开销，大河和长江正在长身体，饭量很大，小女儿每天去学校跟着一群孩子蹦蹦跳跳，吃得也不少，尽管时不时有黄河里捕到的鱼虾跟小饭店里拿回来的少量剩菜作为补充，可一家人的日子还是过得紧巴巴，根本抽不出钱来做其他的事儿。雪花膏什么的，对他们这个家庭来说，纯粹是奢侈品。不过，或许想办法把两个儿子的工作安排出去后，少了负担又多了进项，日子能过得宽裕些。到那时，再给小女儿买点儿香皂、雪花膏和润肤油什么的，好好养一养她的小脸。

日子依旧很难熬，但比起从前住在黄河边四处透风的房子里，几个孩子搂在一起挤着取暖的过去，还是变好了许多。

李秀珍把邵永梅送去了学校，就立即去小饭店上班了。说是小饭店，经过年初的简单改装、扩大，面积已经变大了三倍有余。其中有一半的空间依旧是在做饭店的生意，但客人不算太多，即使是饭点儿也坐不满人；而另一半的地方则被改成了窗口，卖一些卤肉、卤菜和油炸花生米、油炸黄豆什么的，菜品不多，摆放也不怎么讲究——素菜用大盆来装，肉菜用托盘来装，好在橱窗内擦得干干净净，看起来很有食欲，最重要的是这些菜不需要粮票和饭票，只要付钱就能购买。这无疑是相当具有诱惑的一项举措，中午和晚上到饭点儿的时候，国营厂那边有不少人会专程骑着自行车来买。

蒋婶把李秀珍的工作重新安排了，让她守着橱窗卖东西。她长得不错，皮肤白，牙齿更白，看起来干干净净，笑起来更是一团和气，用这种人招呼客人无疑是极其合适的。

李秀珍进店后就开始干活，擦擦洗洗，把午间饭点儿以前要做的准备工作全都处理妥当后，才来到了蒋婶跟前，只见她不好意思地笑了笑，欲言又止。

蒋婶是土生土长的本地人，只会说河南话，炝锅烩面和羊肉汤做得极为地道。她精明强干，不仅将饭店经营得红红火火，还跟厨师一起研发新菜，店里的生意一直这么好，跟菜品的推陈出新有着直接的关系。

蒋婶见李秀珍踌躇着到自己跟前，似乎有事儿要说，便急着问："什么事儿？直接说嘛，都不是外人。"

李秀珍吞吞吐吐地请她帮大河找工作的想法表达出来，蒋婶耐心地听着，并爽快地答应帮忙。

听蒋婶透露，下个月，西区的砂轮厂会集中招收一批工人，只要被选中了，进厂福利待遇好不说，还会得到不错的培养，听说还有机会送到外省学技术，学成回来，在厂内肯定会受器重的。

幸亏两个儿子全都上了夜校，多多少少认识一点儿字，也懂得最基础的加减法，多少有点文化。砂轮厂这次招工，最重要的要求就是能认字，不然的话，一些比较先进的技术怕是没法掌握。蒋婶还答应，等到招人的时候，跟自己男人吹吹枕边风，看能不能去找找朋友打个招呼，虽然并没有承诺一定能办成了这件事儿，可好歹也让李秀珍对两个儿子的工作充满了希望。

对于西区的砂轮厂，李秀珍特别有印象，那可是了不得的好单位，工资高，福利好，厂子里什么都管，只要能进得去，那可是不折不扣的铁饭碗。在找对象的时候，女方若是听说对方在西区砂轮厂上班，那都要高看一眼。她家大河和长江如果真能进这个单位，这一辈子可是不用发愁了。

日子有了盼头，李秀珍的心情立马欢快起来，一整天都把微笑挂在脸上。可等她晚上回家，一开门瞧见屋子里空荡荡，孩子们竟然一个都不在，她的脸色顿时沉了下来。

　　此刻才是傍晚七点左右，她没换到窗口岗位之前，从不曾这么早下班过。突然早回来一次，没有提前告知孩子们，这不就让她给堵了个正着？

　　邵大河跟家里闹别扭，处于离家出走的状态，没回来也就罢了。邵长江竟然也不在，他是带着篮球走的，肯定是去球场跟人打比赛，又或是自己去练投篮了。可邵永梅呢？她又去了哪里？

　　厨房内，灶台还是冷的，没人煮饭，孩子们也就是拿昨晚上的剩菜剩饭，泡点热水，凑合了一下。

　　李秀珍想到自己忙的时候，家里的孩子就是这样子各玩各的，然后在她下班之前回家，假装一切正常的样子敷衍给她看。

　　实际上，三个孩子平时在做什么，跟谁一起玩，脑子里在想什么，她是全都不知道的。今天若不是提前回家，她还会继续以为，自己不在的时候孩子们都是乖乖地待在家里，哥哥带着妹妹，一家人各司其职，井然有序——原来，全都不是她想的那样。

　　李秀珍可不像是邵中诚那样，发现孩子不对劲时，还能四平八稳地坐在椅子上等。她在屋子里转悠一圈，直接就拎着包走了出去。她先去球场找，没看见邵长江，又去隔壁小铺门前摆着的石桌附近找，没找到邵永梅。至于邵大河，她就更不知道他摸到哪里去了。

　　忙了一整天的母亲，浑身疲惫，还一肚子火，找不到孩子，丈夫又不在身边，李秀珍忽然没绷住，眼泪就涌出来了。等邵长江抱着球回来，邵永梅也跟在旁边，兄妹俩惊讶地发现，李秀珍就坐在家门口，一个劲儿地抹眼泪。

　　"娘，你怎么了？"邵永梅害怕地凑了过去。

　　邵长江也担忧地在一旁看着。

　　"你们两个，不好好在家待着，这是去哪儿了？一天到处乱跑，晚饭也没人做，你们是想气死娘吗？"

"娘，二哥带我去打球了，我们有吃的东西呀，昨天晚上剩下了一点儿菜和馍，我跟二哥分了吃，都吃饱了的。"邵永梅怯怯地解释，还把铝制的饭盒打开了，让李秀珍看。

饭盒还没刷呢，里边残留着菜味儿，其实就是普通的炖白菜，没有肉，油也少，加了一些土豆片，再拌着杂面馍来吃，虽然能吃饱，但是谈不上什么好吃。

"你大哥呢，今天回来过了吗？"李秀珍哭过一场，没有过度地沉浸在情绪之中，她从口袋里拿了一小袋鸡肉出来，捡着肉块大骨头小的给了女儿，让她夹到半块烧饼里吃。

接着又望向了儿子，皱了皱眉，他一身的汗，还有股味儿，直接给吃的实在不行，等会儿洗干净了再说吧。

邵长江回答："大哥没回来，但是我知道他在哪儿，娘，等会儿我去把他找回来。"

李秀珍叹了口气，开锁进门，想起了大儿子与丈夫如出一辙的倔脾气，觉得邵长江去怕是没有用。

她催着邵长江赶紧去冲澡，然后问明白了邵大河的位置，从布袋里取了一整个烧饼出来，夹好了肉，放进盘子里带着就出了门。

其实邵大河离家出走后住的破房子，离他们现在住的地方并不远，但位置已经很偏了，又是人家不住，塌了一半的房子，一般不会有人往那边去。

李秀珍深一脚浅一脚地到了房子边，抬头一看，立马伤心起来。住在这种地方，万一半夜风大，把房子直接给吹塌了，那不是太危险啦！

"大河啊……大河……"李秀珍喊了几声，不见回应，把烂掉一半的门推开了。

房子里没有光，漆黑一片，有点吓人，若是平时，就算是在白天，李秀珍也不会往这种地方走。可又有什么办法呢，她是来找儿子的，哪怕浑身起鸡皮疙瘩，哪怕头皮发麻，她也得一步一步试探着往前走。

"大河，你在里边吗？你跟娘说句话。"

邵大河的声音从身后突然传了过来："娘？"

李秀珍毫无防备，吓得低叫了一声，手上的盘子险些没抓稳。

"娘，你怎么来了？"邵大河赶紧过来，拉着母亲来到窗边。

那个位置已被他清理出来，摆着一张不知打哪儿捡来的破木床，他已经制作完成的小推车，以及一些堆积起来的瓶瓶罐罐。还有一根蜡烛，比较珍贵，邵大河即便是夜晚也舍不得用，就靠着窗外的自然光线照亮。

现在母亲在这儿，他也不吝惜，擦根火柴将蜡烛点上。多了点光线，哪怕只是蜡烛的暖光，破房子这边看起来也没那么吓人了。

李秀珍没说什么，在木床上坐下，把盘子送到了邵大河的面前。

"吃吧。"

邵大河的肚子直接咕咕噜噜地叫了起来，他咽了一口唾沫："娘，你带来了什么？"

"肉夹馍。"李秀珍没打算说什么，催促着他快吃。

邵大河一开始还觉得很忐忑，怕他娘翻脸骂人，可是等了一会儿，也没听见什么，便放心地吃了起来。一口吃下，他已吃出来烧饼里夹的是鸡肉，而且还是从鸡骨架上剔下来的碎肉，偶尔还能吃到一小块鸡骨头，不过这个没什么关系，他两天也就吃了小半块硬馍，就着凉水充饥呢，还是觉得味道特别好。风卷残云般把一个小烧饼给吃没了，他摸了摸肚子，还是觉得很空，看着盘子上还残留着几块很小的碎肉，就用手指头捏着往嘴里送，一点儿都不舍得浪费。

"收拾收拾，跟我回家去。"李秀珍开口说。

邵大河抬起头，傻愣愣地看着她。李秀珍知道他是什么意思，直接答："你爹去河上了，没在家里。"

"娘，我不能回家，我爹……"

李秀珍打断了他："你爹说你的话，难道不对吗？你爹是别人的爹吗？他不操心你，还能操心谁？"

"可是……"邵大河想要反驳。

李秀珍压根不给机会："不养儿不知父母恩，等你娶了媳妇儿自己做了别人爹的时候，就知道你爹有多不容易啦！"

邵大河低下头去，犹豫了好一会儿，咬着牙根说："我不回家，我要做出个样子，让我爹瞧瞧。"

"我明天买块猪肉，要做红烧肉，如果你不回，就只给你弟弟和妹妹吃，不会再给你送了。"李秀珍瞥了他一眼，"现在买块儿肉虽然比前几年容易些，但是也没法儿经常吃到，你确定你不吃？"

邵大河才想要硬气地摇头，不被一盘红烧肉给诱惑了。李秀珍又补了一句："家里还有点儿大米，再蒸个白米饭吧，肯定特别香。"

有红烧肉和大米饭，这个诱惑谁能抵抗得住？邵大河当天晚上就乖乖地跟在母亲身后回家了。尽管回到家里被他弟嘲笑了几句，还把邵中诚出门之前说的那些话转述了一遍，但为了能吃到红烧肉，邵大河还是决定留下来，大不了等吃完了红烧肉配白米饭后，他再回去破屋里边睡，或是在他爹下班回家之前，他赶紧离开，这样不就行了。

在外边混了两天一夜，邵大河身上的臭味比打球回来的邵长江身上的味儿还大。李秀珍催着他赶紧去洗洗，又去厨房，用家里仅有的材料，做了一盆疙瘩汤，加了自己种的西红柿和小葱花，还打散了一个鸡蛋放进去，那汤甭提多香了。这下，三个孩子全坐不住了，老早就围在桌边，眼巴巴地等着。一碗热腾腾的疙瘩汤下了肚，什么火气、什么烦闷、什么压力、什么忧愁，全都一扫而空。

当李秀珍宣布明天准备做红烧肉时，邵长江跟邵永梅的眼睛瞬时亮得吓人，倒是邵大河早知道了消息，比较淡定，起来帮忙收拾碗碟和厨房，顺便还要嘲笑弟弟和妹妹嘴太馋。兄妹三人闹了一会儿，就被李秀珍赶着去睡觉了。

邵大河被留了下来，李秀珍借着煤油灯的微弱光亮在做一双鞋子。

一家人，一年四季要穿很多双鞋，全都是李秀珍这样子一点一点地纳鞋底，抽空闲时间做出来的。

吃饱喝足，还洗了个澡，整个人都变得轻轻松松的邵大河，脾气小了不少，声音也降了下来，不再动不动就激动地瞎嚷嚷了。

李秀珍这才开始跟儿子聊正事儿。

"你爹说，你想要去街上做小摊贩，卖煮馄饨、炸油条和烤红薯？"

邵大河点头："这不是国家不让干饭店嘛，我就想做个小推车去卖，也算是个会移动的小饭店了，生意肯定好。"

"小摊贩也不是随随便便都能做的，你没有正经的营业执照，没有工商局给的许可证，回头是要被当作非法出摊来处理的，要是在街上不小心被抓到，不只你的小推车要被没收，没准儿连你自己都要被抓到工商局里去，这个你也清楚了？"

跟着蒋婶干了好一段的饭店，对于这里边的规定和流程，李秀珍还是懂的。正因为算是半个内行，说起来才头头是道，能正儿八经地跟邵大河讲理，而不是像丈夫那样，一上来就吵吵嚷嚷把双方的火气给点了起来。

邵大河又点头："娘，我会很小心，挑着小路走，等以后做熟了，会有客人专程去小路上找我，我看其他卖吃的那些小推车就全是这样，虽然是在外边卖，可也能积累下回头客。"

李秀珍一边静静听着儿子的话，连眼皮都没挑起来，一边全神贯注地纳着鞋底。仿佛这一场对话，就只是母子俩的闲聊，没什么要紧的。

"你做那种市里边不允许的生意，而且是每天都要去街上，即使再小心，也总有一天是要被抓到的。大河，你想过没有，如果被抓到了，小推车被砸了，你也被抓起来，到那时，你爹生气绝不会去保你出来，你应该怎么办呢？"

邵大河的表情渐渐变了："娘，你怎么也在说丧气话了，哪有人买卖还没做起来，就先开始说不好的事儿呢？太不吉利了。"

李秀珍叹了口气，把锥子放下："儿子，这可不是丧气话，而是要将所有要考虑的事儿，放在最开始想清楚。你蒋婶那个饭店，还是大单位投资的国营饭店呢，那又怎么样，每天工商啊，卫生啊，街道的人啊，来了一波又一波，毕竟卖出去的东西是给客人往嘴里吃的，那不就得负责到底？我在那儿工作的这两年，见到的麻烦事儿可多了。儿子，娘跟你说，只要你做了买卖，这些事儿是一定躲不掉的，还是早早地想好处理办法吧。"

邵大河年轻的脸上露出了茫然的神色，他听得懂他娘说的每一句话，但应该如何去应对，他真的就不知道了。

他本来是抱着船到桥头自然直的心态，脑子里想到的全都是做了生意以后，怎样迅速地赚一些钱回来，让爸妈瞧一瞧自己的能力有多强。这会儿，忽然就被他娘给问住了，邵大河的脸上一阵阵地发烧，越是想要答出来，就越是一个字都想不出。

李秀珍也不逼他，一针接着一针地在鞋底上缝着，很快，左边那只就做好了，她给邵大河比了比脚，很满意地放下，开始做另外一只。

"听你爹说，你去国营厂里捡了些废料，才做成了那个小推车？"

邵大河脸上直发烧，想起来昨天被爹指着鼻子骂，那根本不是捡，而是偷。还以为他娘也要重提这事儿，顿时紧张地防备着。

李秀珍若无其事地继续讲下去："我刚才看见那个小推车就摆在破屋的窗台下边，还伸手按了几下，看起来还算结实，但你的设计有不合理的地方。"

邵大河想反驳，李秀珍看了他一眼，没给他这个机会，继续说下去："你做的小推车摆在路边，不要挪动，就那么使用着，应该还是可以，但如果有管理员和工商局的人来撵你，你怕是跑不快，一使劲儿就会把车子推散架了。你要做的还是炸油条、烤红薯这样的生意，上边是油锅，下边的炭火盆，跑起来若是散了架，热油飞溅，热炭翻飞，那可是了不得，要出大事儿的，万一把你烫伤，或者把顾客、路人给烫伤，这就是大事故，后果难以想象，你想想，娘说得对不对呀？"

邵大河更是无从反驳，单单是顺着他娘讲的可能往下想，他就浑身冒冷汗。

他那个小推车就是用钉子、铁片、废弃不用的钢板碎片拼起来的，底下安装的轱辘还是他拿木头一点点削圆了装上去的。

忙活了这些事儿好多天了，邵大河始终兴致勃勃，脑子里全都是各种美好的幻想，这些仿佛在眼前唾手可得的一切，支撑着他忍着环境脏臭、忍着饥饿、忍着跟家人决裂，可现在，似乎一切还很遥远，甚至是非常不切实际。

"对了，还有一些做生意所需要的必要成本，你也得考虑吧？比如说，炸油条的那口锅，你去哪儿找？还有下边烧的炭火炉，你又要去哪儿弄？"

邵大河张大了嘴巴，他不知道，他真的不知道。

炭火炉还可以找个结实耐烧的物件来代替，可是铁锅这种东西就非常难找了，即使是有钱去供销社买，也得有相应的物资票才行。而现在，对于一穷二白的邵大河来说，钱、物资票什么的都是没有的，他瘪着嘴，发现自己的梦彻底碎了，他也快哭了。

"要不，我就只卖烤红薯？烤出来味道香也容易在小推车上操作，炭火炉也不需要，就找几块砖头垒在小推车内凑合着用，哪里有问题回头再去想办法。"

邵大河越说越起劲儿，不过，没等他说服自己，李秀珍就又是一盆冷水劈头盖脸地泼了过去："那红薯呢？你去哪里买来便宜的红薯？"

邵大河的汗都冒出来了，是啊，食材要去哪里找呢？他怎么就把最重要的事儿全放在后边，这几天一心一意地就跟小推车较上劲儿了。

"好了，我明天还得去饭店上班，今晚上要早睡，你也赶紧歇着吧。"李秀珍把没做完的针线活全收回到小草筐里，随意往桌上一放，就回房间去了。

这一晚上，隔着一道墙都能听见邵大河不停在翻身，还伴随着阵阵唉声叹气。李秀珍倒是睡得很好。

第二天早晨，李秀珍按时上班。在没开工之前，蒋婶特意凑过来跟她说了西区砂轮厂招工的事儿。她昨晚回家，就让丈夫问了这件事儿。她说，这一次招工要求比较严格，如果能进厂，一定会得到重点培养，是不会放到一线去做普通工人的。可以说，这是进厂的最好时机。临末了，蒋婶嘱咐，这件事儿的确可以找到人说上话，但李秀珍家的两个儿子也得自己争气，文化课考试的时候是实打实地要靠自己的能力通过，所以，趁着还有一个多月的时间，让他们在家里多复习一下，题目不会太难。

李秀珍赶紧答应下来。可晚上回到家里一看，邵大河又不知从哪儿弄了个挺大的砖瓦盆在研究了，显然是对出去推小车卖红薯的事儿不死心。

邵长江不见踪影，不用问都知道又去打篮球了。这孩子是一心一意地想当运动员，每天除了打球，就是闷着头在跑步，说他虽然也不反驳，但也不会听你的。

这一个两个的，全是随了邵中诚的倔强劲儿，想做什么就一定要去做，别人的劝根本不听，非要自己撞到南墙才会死心。

"娘，你瞧，这个瓦盆装上柴，是不是就可以代替炭火炉了？"邵大河兴奋地说。

李秀珍觉得头疼，人也疲惫，懒懒地应了声。

邵大河继续说下去："红薯的事儿我也想到怎么办了，咱们之前住的河边，两边的村子里有很多在家里种红薯的，我可以回去收一袋回来，用不了多少钱，先用着，如果生意好，很快就能回本，这样子我就有更多的钱去买原料了。"

李秀珍看了他一眼："你还是要做？"

邵大河点头："想试试，不试试不死心。"

李秀珍也不想再管了，能说的都已经说完了，还能怎么样呢，总不能找根麻绳捆住他的手脚吧？幸好还有个小女儿在屋子里做作业，三个孩子里，就这个小的最亲近书本，一有时间就抱着课本翻啊翻的，怎么都看不厌烦似的。

李秀珍摸了摸女儿的脑袋，坐在她一旁，看着她掰开手指头做算术题。她顺手把昨天没做好的鞋子拿出来，把煤油灯调亮了些，不让女儿伤了眼睛。至于她那个鬼迷心窍一般一直想要出去做小生意的大儿子，则只当没看见，全由着他去了。

没过一会儿，邵大河就走过来，有些局促不安地问："娘，您这儿有钱吗？"

李秀珍回："这个月还有六块钱，是家里所有人的生活费，已经没有存粮了，你妹妹的腿一直在疼，还需要带她去卫生所看一看，单单是这些，六块钱都不够用的。我可能还需要跟你蒋婶提前预支一点儿工资，不过这也很困难，我上一次预支的三块钱，现在还没还回去。"

邵大河耷拉着脑袋，"噢"了一声，想要点儿钱去买红薯的念头直接打消了。正说着话，邵长江也回来了，抱着那个球，一脸的热汗，离老远都能闻到身上的汗味。李秀珍干脆领着女儿回房间里去看书了。这俩臭小子，她瞧见就心烦，干脆来个眼不见心不烦。

邵中诚周六晚上回到市里的时候，就听小女儿来汇报这一周来家里发生的大事小情，当听说邵大河还是回到家里住，而且到底鼓捣了一个小推车上街去卖红薯了，心里边这个火气噌噌地往上蹿。他先跑去小饭店，找李秀珍狠狠地嚷嚷了几句，从饭店里出来后，就沿着小街道在路上溜达，手里还拎着家里边的擀面杖，他在心里边恨恨地想着，别让他在路上碰到那个浑小子，若是撞了个正着，二话不说，上去就一顿揍，让他知道知道家里谁是老子，谁说的话必须得听。

可城市那么大，转了一圈又一圈，也不见邵大河的影子。鬼鬼祟祟地做小生意的人倒是有不少，他们推着小车或是拎着个小包，稍有异动，立即像受惊的兔子似的，拔腿就跑，那种狼狈相，看得邵中诚直皱眉，心里愈发不愿意让自己的儿子也去做这种事儿，这比他在黄河上风里来雨里去捞泥沙清河道还要令人颜面无光。他跟妻子分居两处，两周只能见一次面，可不是为了方便邵大河来市里边做个盲流似的小商贩的。

几个小时后，邵中诚找累了，直接回家去了。在家门口正好赶上邵长江打算出门去跑步，他把手一抬，拦下了人："你也老大不小了，得出去找份工来做了。"

邵长江被他爸凶巴巴地一瞪，立即低下头去："我……我出去了。"

"天天就知道往外跑，今天哪儿都不准去！"邵中诚下定决心要整治一下两个儿子，手里拿着擀面杖把桌子砸得咣咣直响。

把邵长江给撵回卧室之后，又让放学回家的邵永梅进另一间卧室里写作业去。他自己在门口守着，心里恨恨地想着：邵大河总是要回家里来吧？有能耐他就再回到那个破屋子里躲着；要不然，被我逮到，非把这个臭小子的腿给打断不可。

李秀珍下班回来后，直接进厨房去忙活，懒得跟邵中诚聊这些事儿。她也很生气，可邵家老老小小个个都是驴脾气，都来硬碰硬，日子还能过得下去吗？邵中诚一点儿都不理解这些，还跑去小饭店，当着蒋婶和一堆工作人员的面儿跟她嚷嚷。李秀珍想想都觉得委屈，她一个女人家，管着三个孩子，尤其是两个儿子都已长大了，各有各的想法，直接来硬的绝对不行。她也不是说不管，但管教同样得讲究个方法，可邵中诚不听，吹胡子瞪眼睛，就是要吵、要骂、要打。他觉得他那一套最合理，棍棒之下出孝子，也只能随他去吧。

李秀珍领着两个孩子吃过晚饭，就各忙各的去了。晚上十点，她就刷牙洗脸，准备睡觉。邵中诚走了进来，看着背对着门已经躺下来的妻子问："他娘，臭小子还没回来？"

"烤红薯没人买吧。"李秀珍闷闷地答。

"卖不完，就要半宿半夜地待在外边等？这小子究竟随谁啊，怎么财迷到这种程度呢？"邵中诚气鼓鼓地说。

李秀珍不搭茬，免得吵架。

"别是出了什么事儿吧？"邵中诚不无担心地叨咕，回应他的就只有长夜的寂静。窗外已然全黑了，偶尔哪里有光亮一闪而逝，但很快又归于安宁。整个城市都仿佛陷入了深眠之中，可家里的孩子晚归，做父母的总是惦记着睡不踏实。

邵大河音讯全无，一走便是五天。最后还是派出所的警察辗转找到邵家。

"邵大河因为违反相关规定，推着小车在路上贩卖货物，被执法人员当场抓获，目前人就在中心路派出所内。因为之前他一直不肯透露自己的真实姓名、地址和亲友联系方式，导致始终无法与你们取得联系。"来家里的是一男一女两名警察，身上穿着制服，讲话时一脸严肃，有点吓人。

邵中诚傻在原地，李秀珍脸色苍白。夫妻俩全都是老实巴交的普通人，平生第一次见到这种状况，面面相觑之后，一个抿着嘴要哭不哭，另一个则结结巴巴，连话都说不清楚。

"你们收拾收拾，跟我们去派出所走一趟吧。"男警察用不容分辩的口气吩咐道。

四个小时之后，邵中诚和李秀珍把耷拉着脑袋的邵大河从派出所内领了出来。

邵大河是初犯，推着小推车上街卖红薯的第二天，就被抓到了。两天里就卖出去了一个红薯，赚了一毛钱。小车里堆着的也就是五个生红薯和两个无人问津的烤红薯，一切都像是在过家家瞎胡闹似的。他当时要是站在路边不要跑，即使是手上有个小推车，执法人员也绝对不会把他当成小贩抓走的。因为他实在是太搞笑了，一点儿都不像是出来做买卖的。

偏偏邵大河做贼心虚，见了执法人员，吓得脸色苍白，手忙脚乱地收拾好东西，推着那辆吱吱作响的小推车扭头就跑，毕竟年轻，有些力气，小推车被他推得嗖嗖的，发出了很大的声响。

执法人员还以为遇到逃犯了呢，急忙追了上去。快要追上时，邵大河居然把小推车往执法人员身上一推，里边的火盆子都翻倒了一地，火星四溅。他趁机还想跑，这次没跑了，一条街的执法人员和便衣民警都给惊动了，五六个人围追堵截只为抓他一个，闹得动静很大。好不容易把人给按住带回派出所，他又把自己变成了闷葫芦，蹲在地上低着头，什么都不说，连审了三次，他就是不开口。

然后，派出所还上报了市里，以为真的抓到一条大鱼，特意在逃犯名单里进行了比对，天天提审他。邵大河实在熬不住了，这才把自己的姓名、父母的姓名、居住地址等信息都讲出来了。

闹了半天，竟然是大笑话！一个长大了还不让家人消停的熊孩子幻想着做买卖挣钱，就出来试试看，被抓到以后怕父母知道了自己挨收拾，就咬着牙死挺着。这行为贼欠揍，可他也没做啥坏事儿。这不，民警警告了一番，批评了一顿，又让他写了个情况说明，就让李秀珍和邵中诚把人给领走了。

一出派出所的门，邵大河就哭了，这眼泪也不知道是为了什么，可能是这几天遭的罪，也可能是为了这段离奇的经历。

难得他爹他娘都没有暴跳如雷，虽然他爹也不咋搭理他，但一路上，他娘可是好好安慰了他很久，还劝他以后别再异想天开想什么做什么，瞎胡闹不说，还给自己惹了那么大的麻烦。

可一到了家，邵中诚一进屋就转身把门给锁上了。李秀珍被推搡着站在门口，进也进不去，只能听见家里传出来的惊叫和求饶声。邵中诚到底还是结结实实地揍了邵大河一顿，下手虽狠，但并没有把他的腿给打断。

打过之后，又把三个孩子都喊到面前，趁着余怒未消，给他们立了规矩：每天晚上八点之前必须回到家，天黑以后不许再出门，有事儿要跟父母商量，明令禁止不允许的事儿，绝对不能做……

邵家这一晚，注定是难眠。

等到第二天，李秀珍跟邵大河和邵长江提起西区砂轮厂招人，入厂需要考试的事儿，俩儿子虽然都不乐意，但谁都不敢再多说一句废话。

"从今天起，好好在家里复习，把夜校里的书多看几遍，再把你妹妹拿回来的练习册也跟着写一写，我虽然今天回黄河边去上班没空看着你们，可你娘和你妹妹还在家呢，回来她俩哪个跟我告状，你们又不服管，就别怪我这个当爹的不给你们留面子。虽然你们已经长大了，但还是能被我按在地上挨揍，都知道了吗？"

想到家里那根粗擀面杖，兄弟俩吓得屁都不敢放。

夜校里的书本只是一些认字的教材，并不是很难。李秀珍听了蒋婶的话，又给他们找来了一些以前砂轮厂招工时用的书，盯着兄弟俩天天在家里记生字，做算术题。

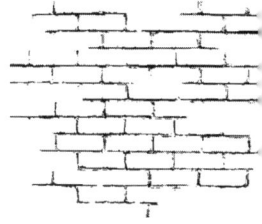

国企工人

一转眼，西区砂轮厂考试的日子就到了。

此次招工考试只录取十五人，来报名考试的人却足足有三百多，可见这份工作有多么抢手。

第一轮面试，从年龄、身高、体重和文化程度上筛掉了大部分报名者；第二轮是笔试，主要就是根据拼音写汉字，和写一篇以"我的理想"为命题的小作文，还要再做三十道加减乘除算术题。这些题目都用粉笔写在了黑板上，所有人坐在下边自带笔和纸，写完后交上去，就算完成了考试。

邵大河跟邵长江都有夜校读书的经历，再加上兄弟俩随了父亲，体型全是高高大大的那种，很容易就过了面试。

等坐到了黑板下，准备进行笔试时，邵长江小声对邵大河说："哥，我一点儿都不想来砂轮厂上班。"

邵大河跟着叹气，他也不乐意啊。

"我想打篮球，将来做运动员，我投球很准的，体力也很不错，而且个子高，手长腿长的，天生就适合打球。"夸完了自己，邵长江还不忘补了一句，"球场的那些人全都这样子夸我，要是专心打球，将来准有出息。"

邵大河听完了也不是很懂他弟在讲什么："你去哪儿能做运动员？国家能要你吗？"

"我听说，北京就有篮球队，我得去北京，当面问问，再展示一下我的投篮，没准儿能成。"邵长江的眼睛里闪烁着热情的光芒。

邵大河听得心里直突突，抬手就给了弟弟的后脑勺上一巴掌："还想去北京？你怎么不起飞呢？你知道北京在哪儿吗？你明白怎么去吗？连家门口的三条街都没出过，还惦记着去北京、去国外？你小子的心可是比我还大！"

"你想开饭店的时候，我可是没笑话过你。"邵长江不高兴地嘟囔。

邵大河脸上顿时露出了尴尬的神情，又想起来自己卖红薯第二天就被逮进派出所关了好几天的事儿了，脸上有些挂不住。这时，恰好考试开始了。

于是，邵大河压低了些声音说："别想些没用的，先好好考，不然回家没法儿跟爹和娘交差。"

邵长江不以为然，心里巴不得考不上才好呢，那不就能名正言顺地待在家里练球，然后再找机会，看怎么去北京，怎么能够接近国家篮球队，进而成为其中的一员。

啪——后脑勺因此又挨了一下。

邵大河恼火地催促："还发什么呆，快点儿写啊，咱俩总得有个能考上西区砂轮厂，不然咱爹又要抢起擀面杖揍人啦！"

"你喜欢，你就考呗！"

"你也得考！"

为了防止再挨揍，邵长江应声下来，没再反驳。

成绩是第二天公布的，弄了张挺大的红纸，写上名字，喜气洋洋地张贴在砂轮厂的厂门口，就像是古时候考上状元张榜似的。

这天刚好是周六，李秀珍上午请了半天假，跟提前小半天回家的邵中诚一起，带着两个无精打采的儿子早早地赶了过来。

红榜前边围满了人，有的看自己的，有的是为亲戚看，还有的纯粹就只是觉得人多凑个热闹围观的。

邵中诚和李秀珍好不容易挤到了跟前，两个人认的字儿都有限，只能催促俩儿子去找自己的名字。

邵长江松了口气，摇晃着脑袋："我没考上。"

这下，可没人把他关在家里认字、做题，不准他出去打球、跑步了。

邵大河半天没说话，嘴角直抽搐。

夫妻俩有点紧张了，心想：难道这次两个儿子都没考上？难道又要窝在家里整天琢磨乱七八糟的？

就听邵长江还挺幸灾乐祸地说："我哥考上了。"一句话把李秀珍和邵中诚失落的心情就给拉回来了。

"真的？"他俩费力地在红榜上看啊看，哪怕不是很认识，但仿佛也可以从中看出一些门道来似的。

邵长江是家里最高的，他一踮脚，指着第五名的位置说："这个就是我哥的名字，好像是根据考试分数来排名的，考得还挺好。放心吧！肯定能进厂了。喏，就去那边办手续。"

然后他还朝着一脸别扭的邵大河说："哥，恭喜你，以后就是一名光荣的砂轮厂工人了，等发工资的时候能不能给我买一件新衣服？我的裤腿磨坏了，打球的时候老是勾住腿，影响我投篮。"

邵大河抬手就想要打，可这次邵长江有防备，躲得飞快，高高兴兴地跑远了。

邵大河当天就把入厂的手续全部办好了，领了一套工作服、一套劳保用品；还被告知星期一就要来上班，到那时就有工作牌了，凭着牌牌可以在砂轮厂的食堂里吃午饭和晚饭；生病了还能去砂轮厂的医院看病拿药；等结婚生了小孩，小孩还可以上砂轮厂的幼儿园和小学……总之，福利待遇那是真的好！平时只需要认真搞好工作，其他的事儿都由厂里给解决了。

怪不得那么多人争着抢着要进国营厂呢，真的成为其中的一员，才能明白正式职工的生活有多么好。

当天回家，李秀珍特意做了一桌菜，非年非节，难得桌上有肉有蛋，还把邵中诚珍藏的半瓶酒给拿了出来，一家人真是把这件事儿看得比过年还要值得庆贺。

邵大河也被分了二两酒，喝进嘴里的时候火辣，但咽下肚的时候又觉得酒流过的地方，全都暖得很，身体迅速地发出一身汗来。

"大河，干得不错啊，这次是真不错！"邵中诚与儿子碰了个杯，对待他的态度，已完全是在对待一个大人。

"爸，我也想喝。"邵长江只见过酒，却没尝过，有点馋嘴，更是有些羡慕，自己找了个小酒盅递过来。结果当然是被无情地拒绝了。

"让你好好在家准备，你就不上心，脑子里整天就是玩球玩球，一点儿正事儿没有，还想喝酒？喝屁去吧，赶紧吃，吃完了下桌，继续去屋里认字算题去，你蒋婶说了，年底西区砂轮厂没准儿还会招工人，还有国棉厂和铝厂，也都需要工人，这里边会读书认字的都比较占光，进厂以后还能分到一个好工种咧！你啊，学学你哥，给你爹妈争口气。"邵中诚粗着嗓子骂人的时候那是一套一套，临末了提起邵大河时，又是抑制不住地笑了起来，能看得出，考上了这个厂子，让邵中诚整个人都放松了下来，那是真值得高兴呀！

邵长江现在是家里最不受待见的，一小盘肉大半都被他爹给夹到他大哥的碗里去了，那种委屈的小心思就别提了，饭也没吃好，直接下了桌，想抱着球出门又遭到呵斥，这才躲进卧室里生闷气去了。

邵永梅人小鬼大，见着这情景连忙说："爹，我会好好学习的。"

这话讨巧，虽然邵中诚心里也没打算让女儿读多少书，但在饭桌上呼应他的话，还是令他非常高兴。于是，邵永梅也得了一大块小炒肉，吃得相当高兴。

邵大河本来还因为要去砂轮厂上班，往后日子都不太自由了而有些不开心，可自从录用以后，又有厂里发的新衣服、新鞋，娘给做了好吃的，爹不住嘴地夸，还有弟弟、妹妹羡慕的眼神，这让他的虚荣心得到了小小的满足，竟然也跟着高兴起来。

一餐饭吃得饱饱的，饭后，李秀珍还给了他三毛钱，让他去厂部的理发店，理个精神的小平头，星期一利利索索地去上班。

砂轮厂的理发店接待本单位的职工是有优惠的，外人需要五毛理一次发，带着砂轮厂的工作牌，就可以只用两毛钱。听说邵大河是新考进厂子里的职工，老板笑呵呵地一个劲儿夸，顺手免费帮他刮了一下胡子，把鼻子下方长出来的那些长长短短的毛发，一口气清理得干干净净。

邵大河见镜子里的自己已经大变模样，浓眉大眼，干净利索，就连店里帮忙干活的老板女儿，也偷瞄了他好多眼呢。

出门后，那真是从头到脚一身轻松，连步伐都轻快了不少。青年人自带着一股朝气，邵大河春风得意时，自己都没注意，他是眼角眉梢全带着笑呢。周围来来往往的有不少都是砂轮厂的职工，见这个小伙子穿着厂服，走路带风的样子，免不了多看上几眼。还有年轻一点儿的姑娘，转过头来盯着他的背影小声议论呢。

头一次受到如此大的关注，邵大河的心情说不出来的畅快。

夜里，邵中诚跟李秀珍并肩躺在床上，都睡不着，索性小声地聊着。

李秀珍关心的是，以后邵大河也上班了，家里又多了一份收入，等到邵长江的工作给定下了，就等于四口人赚钱，养着一个小女儿，轻轻松松没太大压力，好好筹划，用不了多久就能有属于他们自己的房子，再不用给房东每个月交租，还能给每个孩子都单独弄个房间。

说兴奋了，李秀珍翻了个身，继续畅想："他爹，听说砂轮厂的职工，到一定级别就能分房子，普通工人干得好的，也有机会申请到宿舍，等咱大河找了对象，结婚后也不用跟咱们挤在一起，小两口就能直接去厂里申请个宿舍住一住，生了孩子养到三岁就能去幼儿园了，这可是真的好。"

邵中诚应了声，表示听到了。

李秀珍并不在乎他有没有附和，兴致勃勃地说了下去："我不用带孙子，还能继续在小饭店那边上班，咱俩多攒点儿钱，儿有女有不如自己有，等老了兜里有钱，儿子、女儿、儿媳妇、孙子、孙女，那都得高看咱俩一眼，你说呢？"

邵中诚又"嗯"了一声。

李秀珍翻了个身，侧躺着看着丈夫："只可惜长江没有考上，要不然，今天啊，咱家的心病可是都能消了。"

邵中诚这回连应声都没有了，不过他的眼睛一直张着，显然也没有要睡的意思。

"你想什么呢？一直出神？"李秀珍不满地轻推了他一下。

"他娘，我是在想，那年咱们在东北老家过不下去了，没有地种，也没房住，娶了你以后，我两个嫂子都对你鼻子不是鼻子眼睛不是眼睛的。我不在家的时候，她们就想方设法欺负你，你生完了大河，连月子都不让坐，她们就使唤你去做饭，让你喂猪，还想让你去队里干活儿，挣公分。我那时候跟她们吵，反而被两个哥哥打了一顿。我们抱着大河连夜出来的时候，一路上我都是在想，如果来到河南，真的过不下去了，索性就一家人找条河跳进去，团团圆圆地待在一起，一了百了。"

邵中诚极少说这么多话，更是很少提起过去发生的事儿。他们夫妻俩在老家遭的那些个罪，受的那些个委屈，邵中诚过去全都像忘了似的。偶尔李秀珍说起来，他也会恼火地止住话茬，不让讲他家人一句不好的话。万万没想到，他自己其实记得比谁都清楚！

"这不是都过去了吗？熬出来喽，以后的日子会一天比一天好的。"李秀珍感伤地握住丈夫的手，轻轻地拍了拍，算是安慰。

"是啊，今儿咱大河换上了新厂服，往我面前那么一坐，小酒盅这么一碰，我就觉得啊，出头了，我儿长大了。"邵中诚说着说着又笑了起来，"前几年，你跟我说，你想带着孩子来市里生活，你不想在黄河边上过日子，让俩孩子长大后跟我似的，要每天去河上讨生活，风里来雨里去，把罪遭足了。其实那时候，我是不愿意让你走的，你和孩子们都不在家里住了，我每天从河上回来，一口热水没有，一口热饭没有，家里总那么空荡荡的，说不出来的难受。我本来还打算要盘个大炕，可你们不在，我也没那份心思，反正只是自己过的话，盘好了大炕我也没时间去烧，没什么意思。"

李秀珍用手把丈夫搂得更紧了些。邵中诚反手将她粗糙的手给握住，又说："我讲这些并不是怪你，而是今天实在高兴，看着咱大河有出息了，想想长江那边也是很有指望，我就觉得吧，咱们为了孩子做的这些事儿，都值得，太值得了！"

"那等到长江的工作也定下来，你就别在河上干了，也到市里边来一起住，到时候我去跟蒋婶说说，让她在后厨或者前边给你安排个事儿做，也不指望能挣多少钱，总之是不闲着就行了。"李秀珍把心里边盘桓已久的想法说了出来。

邵中诚却是笑着拒绝了："他娘，我在黄河上待了快二十年了，大河还被你抱在怀里的时候，我就已经每天在巡河、清河道、挖泥沙、捡废品、抓大鱼……这些年，我在河上救了十来个人的命，我也捞起了几十具死尸，这种日子我早就过习惯了，很适应，也很喜欢。去到河上，开着船，吹着风，我感觉很舒服。你让我来市里边在后厨帮忙，这事儿不是不能做，但我是被拘束住了，不开心啊！"

"你都多大岁数了，还想天天在黄河上，把自己当成大小伙子呢？也不嫌累。"或许是心情非常好的缘故，李秀珍也比平时有耐心，哪怕自己的提议被丈夫给否了，她也不恼，只是打趣，"算了算了，你愿意两边跑着，我才不拦着你。等过几年，大河结婚，再给你生个大孙子，我看你还能不能忍得住不回来。"

邵中诚一想到妻子所说的情景，顿时忍不住笑了起来："你不是说，不用带孙子吗？现在又在提。"

李秀珍纠正："我是说可能不用带孙子，但儿媳妇儿如果需要我帮忙，一家人总不能不管的。我可跟你说，你这个当爹的要记清楚，若是真的到了那天，你就得给我赶紧回来，可不能让我这当奶奶的一个人忙活。我也一天比一天老了，干不动的时候，需要你在旁边帮帮忙。"

邵中诚被她老气横秋的语气逗得直发笑，连忙宽慰了几句，说李秀珍一点儿都不老，还跟当初刚认识的时候一样水灵、好看。

夫妻俩就这么笑着聊到很晚很晚，旁边的小床上，邵永梅早就睡了，半张小脸都埋在了被子里，不知梦到了什么。

转眼就要过年了，邵家人早早地准备起来。邵家的亲戚全在东北，本市没有亲戚，也没很多朋友。

过年期间，一家几口倒也清静，只是到初五时，一家五口特意去蒋婶家里拜年，给蒋婶带了咸鱼，还有一盒红糖。这礼物在当时算是很有面子了。

蒋婶跟丈夫在家，看到李秀珍一家来，非常高兴，她这是第一次见到邵中诚和邵长江。

"瞧你多会养孩子，一个比一个有精神，一个比一个出色，真是让人羡慕。"蒋婶夸夸这个，赞赞那个，把这一家子乐得眉开眼笑。

邵中诚的脸有点红，他跟老蒋还是一个系统的同事呢，只是老蒋在市里边上班，级别也高，与他这种水利系统的临时工相比，可是气派多了。以前，老蒋因为工作的原因，经常要去黄河边儿上去检查，有一年也是运气差，岸边的泥沙松软，他一脚踏空，整个人跌到河水里去了。所有人都被这突如其来的事故给吓傻了，反而是当时距离最远的邵中诚一个箭步冲到船上，左手拎着长杆子，右手拿了一条绳子，直接随河水奔跑起来，在距离落水点二十米左右的地方，他成功把绳子扔到了老蒋附近，又把长杆子递给他，一点点地拉扯，这才把人从黄河里拽上来。

老蒋在局里的地位越来越高，对于邵中诚这个救命恩人也就越来越好。

曾经私下里提起过要把邵中诚从河上调到市里边去，邵中诚想想自己没什么文化，就是过去了也只是给老蒋添麻烦，自己在河上早就习惯了，也不知道在市里边能做点儿什么。那时候还没提起李秀珍去小饭店帮忙的事儿，邵中诚想想自己拖家带口地去市里，一个人要养五个人，而且再没在黄河里抓鱼抓虾来补贴，李秀珍也不能再在小菜园里种菜，虽然工作是轻松安逸了，可家里人的吃饭反而成了大问题。

左思右想，邵中诚正打算拒绝。老蒋单位里开始了新一轮的运动，气氛很是紧张，上上下下都绷着，老蒋就没再提起调动工作的事儿，邵中诚也理所当然地放下了。

后来让李秀珍去小饭店帮忙，已经是两年后了。那个小饭店看起来规模不大，可工作岗位也很难得，多少人都想去呢。若是没有这层救命之恩在，又怎么会落在邵中诚的妻子头上？

过年了，喜气洋洋，蒋婶特意换上了一件红色的外套，本就圆润的身子被勒得紧绷绷的。可正是因为这一抹圆润，才让人觉得分外舒服，透着健康的美韵。

蒋婶跟邵大河聊完了西区砂轮厂的一些事儿后，又充分肯定了邵永梅喜欢读书爱学习的习惯，甚至还去柜子里拿了好几本书出来，说是要送给邵永梅，把这个小女孩高兴得不行，抱在怀里不愿意撒手。

两个女人又闲聊了好一会儿，最后话题才转到了邵长江的身上，毕竟大河的工作已稳妥解决。

邵大河在砂轮厂，先被分配到一线基层锻炼，活很脏，也很累，日子很苦，可李秀珍总是教育儿子要学会吃苦，咬牙坚持。没想到，十二月底，厂里的领导突然找到大河谈话，问他是否愿意被送去外省学习新技术，为期半年；厂里一共派去十个人，有老工人也有新进厂的年轻人；人选是斟酌再斟酌以后才做出的，而新进厂的工人里也就选了邵大河一个。原因说得很清楚，他在一线工作，不抱怨，听师傅话，还愿意动脑子，平时待人接物什么的也都过得去，各方面综合条件很不错。因此，定名额的时候，在别处暗暗观察的领导们就都给他投了一票，高分通过。

邵大河当然是满心乐意的，当即就答应了下来。从那天起，他的工作是到厂部跟一个从北京请回来的年轻教员学习数学，还要看很多的书，时间被安排得满满当当，下班后就窝在家里，哪儿都不去。

回想起头半年，邵大河还为了出去做小生意闹得不行，甚至因为卖红薯被抓进派出所里关了好几天；再看看现在，稳稳当当地坐在那儿，陪着他爹和蒋叔闲聊，时不时也能发表一些见解，比从前不知沉稳了多少。

一切，恍若隔世啊！

尽管邵长江满脸不愿意，话题还是在他身上打转。

蒋婶略一思考，说道："砂轮厂跟棉纺厂今年招工都集中在了上半年，且是一次性招满，我听说过完年以后，上半年还有一批，不过重点招的是女工，职位也不好，纯粹的一线工人，没太大发展，不适合长江。"

对于二儿子的去处，李秀珍还是相当上心的，一听这话，心里边立时有点急："姐，如果实在不行，去一线也是可以的吧？孩子嘛，苦点累点不怕，多锻炼一下不也挺好？"

蒋婶摇摇头，她望向了丈夫。老蒋领会到了妻子的目光，把话茬接了过来："这是老邵的儿子，我也不说虚的话。一线工人虽然也不至于说是差，但从整个人生规划来看，起点太低，后期发展便有限，自己家的孩子，谁不希望这辈子能平平安安，若是能过上些好日子，做父母的也放心不是？"

邵家人从大家长邵中诚到小女儿邵永梅，五口人齐刷刷地坐在那儿，没一个能听得懂老蒋的话。

什么人生规划？什么后期发展？那是什么？完全不懂！可又似乎隐隐约约地觉得，老蒋说的一定是很重要的事儿，关乎了邵长江一辈子。他是见过大世面的人，见识广，有关系，而且为人做事儿，精明强干，邵中诚和李秀珍一向非常佩服他。

"就让长江等着，几个国营厂不管哪个厂开始招人，若是职位合适，我们再让他过去报名。"李秀珍有点小聪明，考虑到大儿子进入砂轮厂的时候是有一场考试的，那么老蒋口中的好职位，一定是需要考试，而且比较难进的那种。只需要盯着这个条件，应该就会有机会的。

　　她一把抓住了蒋婶的手，恳切地请求："姐，您是知道的，我是村里人，没什么见识，懂得不多；老邵常年待在黄河上，做的也是粗活儿，脑子也不灵活；我们俩判断不准，回头开始招人了，能不能再来问问你们。"

　　"有我跟老蒋呢，会帮衬着的。"蒋婶满口应了下来。

　　老蒋沉思了一会儿，说出了一件事儿："新区那边，有一个厂才刚刚建好，不像市内这几个老厂一样配套成熟，一切全是刚刚开始，连厂房都没建多久，住宿条件也很差，有些工人甚至还住在露天的帐篷里，可是，这个厂是国家重点关注的，大有可为。"

　　"让他去！去试试！！吃苦不要紧的！！我家儿子都能吃苦！！"李秀珍顿时激动了。她这个人，很懂得听人劝吃饱饭的道理。

　　老蒋对于这种信任，显然是非常受用。他笑了笑，说出了原本没打算讲的话："这样吧，你们感兴趣，等过完年上班，我刚好要过去办点儿事儿，把长江给一起带上；那边的厂长是我的老领导了，我要去拜访他，汇报一下工作，正好推荐一下长江，或许能有点儿好运气呢。"

　　李秀珍的眼睛闪闪发亮，站起来就要道谢。老蒋拦住了她的那些感激话，看向邵中诚，继续说下去："如果推荐不行，再让长江等着招工，新厂筹建，机会总是多些。对了，等长江回去，让他学一学写作。"

　　"什么写作？"一直没开口的邵长江找了个机会，不解地问。

　　"类似于这种。"老蒋从桌子上翻出了几页纸，想了想又把一些单位内印发的小册子也给了邵长江，"孩子，这是单位内常用的公文书写格式，你这几天要把它背下来，然后试着自己写一写，写得好不好不要紧，至少形式先学会，或许以后对你会有所帮助。"

"长江，还不赶紧跟你蒋叔、蒋婶说谢谢。"李秀珍催促一声。

邵长江一个口令一个动作，这边说完了谢谢，又转向了另外一边。

两家人不知不觉地聊了三个多小时，李秀珍才充满感激地起身告辞。临走时，蒋婶热情地还礼，只见邵永梅怀里抱着书，邵大河的手上拎着一瓶酒，邵长江左手拿资料，右手提了一包奶糖，几个孩子个个不空手。

今天可是有个大收获，眼看二儿子的工作有了希望，李秀珍高兴得合不拢嘴，一路上兴奋地跟邵中诚聊着年后那个新厂的事儿。

邵长江一脸茫然，问："娘，究竟去哪个厂啊？"

李秀珍收住笑容，看了看二儿子："你不知道？"

邵长江叹气："我几次要问，都被你拦住了，我怎么知道？"

李秀珍又看向了邵中诚："他爹，你有印象吗？"

邵中诚也摇摇头："我跟老蒋在聊河道上的事儿，没仔细听你们说什么。"

再看邵大河，得到的依然是否定的回答。不过，邵大河今天心情轻松，全程都在听着大人们聊天，他肯定地说，不是大家没听到，是蒋叔、蒋婶根本没提哪个厂。当然也有可能是，他们想说来着，但邵家这边七嘴八舌，你一言我一句，就给岔过去了。

李秀珍一拍脑门："不知道是哪儿怎么行！你们在这儿等着，我回去问。"

说完，一路小跑，就往蒋婶家冲了过去。

"你娘这是高兴得傻了。"

邵中诚一边笑着摇了摇头，调侃了一句，一边转过脸去对邵长江提醒道："你小子用着点儿心，回家要把你蒋叔叮嘱的那些事儿全做好了，还有那个什么公文，你也要仔细地研究研究，要是被我发现你偷懒不好好整，瞧我怎么收拾你！"

他扬起手，做了个要打的姿势。就在这时，李秀珍气喘吁吁地跑了回来，满脑门全都是汗。她兴奋而急切地告诉大家："铝厂……他蒋叔、蒋婶说的那个新厂，是铝厂……"

新区的铝厂，说起来真是一个传奇。一九五七年，周恩来总理亲自签发铝业公司的设计任务书。一九五八年，从全国各地赶来的两万多技术工人，组成建设大军，进驻铝厂工地。在规划的厂址里还有许多错落的小村子存在。国家一声令下，迁民，拆屋，平地。

第一批铝业工人在工地上搭起了简陋的帐篷，天当被，地当床，勤勤恳恳大建了三年。

据后来老工人回忆，说当时的工地一眼望不到头，到处都有工人，到处都在施工。工人们讲的话也是南腔北调，既有来自安钢、武钢、抚顺钢铁厂的技术工人，也有来自山东济南、河南洛阳的解放军官兵。

"南嵩山，北邙山，两山之间现奇观，红旗如潮人如海，齐心协力克万难。"这是铝厂建设时的一句口号，传唱了一代又一代，至今还被许多老工人挂在嘴边。

邵长江跟随着老蒋单位的车子到达新区时，才发现这里并不是他所想的那种纯粹的新厂。围绕着铝厂的厂区而建的新区，已然初具规模。跟市内的砂轮厂、纺织厂这些国营厂是一样，铝厂附近有家属院、医院、食堂、理发店。此时来看，配套设施已非常齐全，在大街上来来往往的铝厂职工全穿着厂服，身份非常明显。

"我还以为真的要去搭个帐篷来睡呢。"邵长江一脸庆幸。来时的路上，他是胡思乱想，从睡帐篷会漏雨，夜里还会冻得瑟瑟发抖，联想到了食物短缺时，他得出去挖野菜，逮野兔子，还琢磨着附近有没有河，如果有的话，他还会钓鱼，就去跟他爹要一个做好的鱼钩子，夜深人静的时候钓鱼，一钓一个准儿，拿回来拢堆火，烤得香喷喷的，也能顶一顿。

想得特别多，结果全不是那么一回事儿！

进了厂区，道路平整，绿树成荫，办公楼有序排列，厂房、物料区、停车场井井有条。邵长江甚至还眼尖地发现了挺大的一座篮球场，装了足足六只球架，设施很新，一看就没使用多久，连球框上的网都还是新的。几个穿着背心的工人将厂服挂在球架下在打球，虽然不是多正规的比赛，可是大家都很认真。

酷爱篮球的少年，眼睛瞬间明亮起来。他的腿上好像灌了铅，定在原地，说什么都走不动，就想凑过去，哪怕是看一看也好。

"长江？"见邵长江那失神的样子，老蒋笑了。早听说邵家的这个孩子最喜欢篮球，没想到竟然痴迷到了这种地步。

"走吧，约好的时间快到了，不能迟到。"老蒋催促着。

两人并肩走了几步，老蒋语带诱惑地说："真那么喜欢打球，等你进了铝厂上班，下班的时候可以随便玩儿。"

邵长江目光灼灼闪亮，盯着那球场，眼神跟黏住了似的。

铝厂的副厂长是一位年过五旬的中年人，个子不高，却是浓眉宽目，"国"字脸，说起话来中气十足，非常喜欢笑，而且笑声朗朗。

一见面，老蒋就喊他崔老师，急切地与他握手。崔副厂长非常热情，先帮他们泡了茶，又在老蒋旁边的沙发上坐下来。两人过去在同一个系统工作，崔副厂长是老蒋的上级领导，因为老蒋在一次进修时听过崔副厂长的课，两人便有了几分师生情谊，从那之后私下见面时，老蒋就直接喊崔副厂长为老师了。多年过去，虽然两人各有发展，早就不在同一个系统内工作，老蒋却仍是保留着多年前的习惯，对崔副厂长不仅十分热情，还带了几分对待师长独有的尊敬。

邵长江哪里见过这个世面，抱着一杯茶，茫然不知所措。他平生第一次坐在这样气派的办公室里，用白瓷的杯子喝上一杯茶。

茶的味道很清香，有些特别，邵长江小心翼翼地抿了一口，茶水还烫舌呢，可他心里边竟然有种莫名的感觉。眼前这种生活方式是邵长江从不曾经历和感受过的，很新奇，很拘束，他不说话，只是静静地听崔副厂长跟老蒋聊天，他们只是在寒暄，说一下近况，偶尔回忆一下过去，但从那些对话中却能领略几分领导者的智慧。

他爹、他娘、他哥，还有邻居和一起打球的球友，全都不这样讲话。

邵长江的眼前仿佛被人开启了一扇新世界的大门，此时，他正站在门口，好奇地向门内窥视，眼神之中既有懵懂与不安，也有新奇和渴望。

四十分钟后，老蒋领着邵长江跟崔副厂长告别。临走前，老蒋低声提醒邵长江给崔副厂长鞠个躬，邵长江听话地照做了，虽然动作有些生硬，神情有点慌张，可年轻人的眼睛里分明含着闪闪发亮的东西。

回程的路上，老蒋才笑着拍了拍邵长江的肩膀，夸赞说："小子可以啊，是个听话的孩子，我让你回去学习公文写作，你是超额完成了任务。还有你的字儿，平时练过吗？连崔老师都在夸，虽有瑕疵，但透着劲道，很是不错。"

邵长江满脸通红，想起来刚刚在崔副厂长的办公室里，老蒋提起了想给他介绍工作的事儿，崔副厂长没答应也没拒绝，只是问邵长江能做什么，会做什么。

老蒋便很是低调地说，最近这孩子在学习秘书相关的工作，他会写公文，也会写简单的材料，虽然书读得不多，但也上过夜校，认识很多的字。

听到这个，崔副厂长顿时来了兴趣，就随便出了个题目，让邵长江写一份简单的公文。

邵长江咬着手指头，想了一会儿，交出来了一篇。

崔副厂长拿起他写了公文的那页纸，一看他的字，就赞了一句："小伙子写的字不错，看着有劲儿。"

再看内容，更是连连点头，虽然有几处写得不够到位，用词也没那么准确，但这是因为邵长江没工作过，对具体事物不懂，拿捏不住，可总体上，格式正确，略加教导便是一个不错的苗子。

"用这个，你来写一份周末加班的通知。"崔副厂长把别在口袋里的钢笔取出来，递了过去。

邵长江看了看，知道这是钢笔，但他没用过，捏在手里适应了会儿，又取了别的纸过来，尝试写了几个字，完全掌握了钢笔的感觉后，才在纸上又书写起来。

邵长江一气呵成，没有停顿，除了一个错别字之外，这份通知显然是能够过关的。

"长江真不错，是个好苗子。"

崔副厂长把所有小细节看在眼中，心里一高兴，当场拍板直接定下要帮忙解决邵长江的工作问题，等到他去跟厂长汇报过，就通知让他来上班。

老蒋作为推荐人，与有荣焉，回去的一路上，跟邵长江聊了很久。

等把他送到家里，见了李秀珍，倒只是含蓄地说，工作问题很有希望，只让邵长江在家等着就可以了。

蒋婶在得到了确切的消息后，第一个便过来跟李秀珍说恭喜。

李秀珍闹得一愣："姐，你特意来逗我开心吗？"

蒋婶有些意外："你家长江回家没跟你讲啊，那天去铝厂面试，他在崔副厂长面前很是露脸，考他写公文，又考了写通知，长江不但全都写出来了，一手好字儿还直接入了领导的眼。这不，崔副厂长亲自去跟厂长提起了这事儿，要招长江入厂，直接去厂办工作，作为储备干部培养着，长江悟性好，学得快，没准儿一两年就能做秘书了。"

李秀珍听得似懂非懂，不是很理解蒋婶说的话，可是"去厂办工作"这几个字，她可是听得清清楚楚。

邵长江出生后，赶上了国家最闹腾的时期，没机会像是小女儿那样，能捞到个小学去读一读。

一开始是跟着村里的一个文化人学认字儿，不过是晚上去学学，白天文化人没时间，长江就跟村里的孩子一起出去疯跑疯玩。

后来是邵大河去上夜校，便拉着邵长江一起，兄弟俩在晚上一起去一起回来，有个照应。

村里的夜校，还是那个文化人在教，只是认字和简单的算数，主要是妇女和孩子在学，男人们是不去的，因为觉得读书没用，还不如晚上早点儿睡，隔天好起来干活。

李秀珍决定来市里生活以后，又催着邵大河和邵长江去读了城里边的夜校，邵大河读了一年多，邵长江读了十一个月，兄弟俩那时候就各自生出了小心思，再也不肯去读了。

其实在这个年代，哪怕认识一点儿字，就已能勉强算上半个文化人了。

李秀珍只是有种对于读书人生出的天然钦佩，才会催着自己的儿子也多学一学，为的是一个技多不压身的考虑。而且去夜校还能防止两个半大小子胡跑惹祸。

谁承想，无心插柳柳成荫。

两个儿子因为认字，找到的工作一个比一个好。

李秀珍心里开心，又觉得意外，来不及高兴，却先觉得惶恐起来。

"长江，他能行吗？"

蒋婶爽朗地笑了："怎么就不行？连崔副厂长都欣赏你儿子呢，别担心，你家长江会有个好前途的。"

因为这一段对话，一整天下来，李秀珍总觉自己轻飘飘的。

她手上拎着半斤卤的猪头肉，还有二两花生米，这些是今天小饭店剩下来的，蒋婶说什么都要让她带回来，说是送给孩子们吃的，也算是恭喜长江的工作定好了。

"娘，蒋婶可真好，总是让你带好吃的回来。"看见了肉，邵长江和邵永梅忍不住就要咽口水，大的小的一起露出渴望的眼神，等李秀珍一人还分了一个杂粮馍给他们，兄妹俩都要欢呼起来了。

邵长江三口五口，就把自己那份给吃完了。

"长江，你上次跟蒋叔去铝厂的时候，那位崔副厂长是不是送了你一支钢笔？"邵长江点了点头，这事儿他早就跟李秀珍说过了。

"儿子，你进去把笔拿出来，给我看看吧。"

钢笔取来后，李秀珍爱不释手地看了好一会儿，就又让邵永梅去取个用过的本子。她把钢笔还给了邵长江，让他在纸上写几个字。

"写什么？"

李秀珍想了想，说："我的名字，你爹的名字，你哥哥和你妹妹的名字，还有你的名字。"

她认的字确实不多，但家人的名字，李秀珍还是熟悉的。等到邵长江写完，李秀珍才把本子给拿过来，认真地看了又看。

"孩子，你是什么时候开始练的字？"

"我没练过啊，一直就是这么写。"他想了想，又补了一句，"我是跟村里的那位周先生学的写字，他那个人最讲究了，还说读书是件斯文事儿，要么不读，要么得认真，哪怕我只是过去受些启蒙教育，也得按照他的规矩来。"

邵长江说着，又在纸上写起了《三字经》。

"人之初，性本善，性相近，习相远。周先生说了，写字跟做人是一样的，有规有矩，却也要有自己的风骨个性，横平竖直，银钩铁画，每一笔出去，都要有种读书人的力道。"

然后他把本子再次交给了李秀珍："我学的时候就这样，写不好，周先生要用板子打手心，我不想被打，就按照他说的去做，然后写习惯了，就是这样子。"

少年人的欣喜之情，溢于言表。

极少得到父母的称赞，偶尔有一次，即使他已长大，仍是打心里快乐。

"文化人就是文化人啊，早知道周先生那么有才，应该让你爹多给他送几条鱼来好好感谢的。"李秀珍感叹了一声。

她把写着女儿的铅笔字和儿子的钢笔字的本子收进了笸箩里，之后对一脸懵懂的儿子认真地说道："长江，铝厂那边定好了，要让你去上班了。"

邵长江一下子愣住了。

久久，他才轻声说："他们没让我考试，回来后也一直没通知我，娘，你是说真的吗？"

"你蒋叔跟你蒋婶说过了，你蒋婶今天又来跟我说，下个星期一，就送你去铝厂上班，听说不是去厂区里，是让你进厂部，做什么……秘书还是什么的，总之就是文化人做的事儿，写写字，用用脑子，出出主意什么的吧。"

邵长江晕乎乎地站起来，没听完李秀珍讲的话，像是始终在走神，他深一脚浅一脚，回到卧室去了。

每个人都有不同的际遇。

但机会，永远是留给有准备的人。

一位有文化的周先生，村里的夜校，市里的夜校……

这些加在一起，都不觉得多了不起。

可正是因为这些准备，才会让邵大河考进了砂轮厂，邵长江进了铝厂厂部，小小年纪便受到了领导的器重。

李秀珍揉了揉女儿的头发，让邵永梅去把书本拿来，给她读读最近学的课文。

过去李秀珍不怎么当回事儿的课业，她今天却觉得特别喜欢，听女儿稚嫩的声音读着，怎么也听不腻似的。

她觉得，那是希望。

邵永梅所在的解放路希望小学，停办了八年，去年年底才开始重新招生。学校将校舍重新粉砌修缮，把老桌椅整修一番，翻出仓库里的旧校牌重新挂上去，便对外宣布希望小学恢复上课了。

新请来的老师暂时只有几位，带着一年级两个班。她们表情严肃，穿着朴素，却透着一股精神气。

邵永梅正好赶上第一批招生，报完名，等了一个月，她就坐在教室里，成为一名小学生。班里只有十四个学生，十一个男生，三个女生。一年级下学期开学，又因病退学了一个女生，于是班里就只有邵永梅和另一个名叫刘艳丽的女孩。

课本全是旧的，是老师们从家里翻出来的，凑一凑，还不能保证每个孩子都能有。于是，讲课的时候，全靠小黑板和记笔记。

学校复课，对于全体师生来说，都是极其不容易的事儿。老师们教得很认真，学生们学得也很刻苦，整个学校的教学氛围好极了。

邵永梅每天最期待的就是来上学了，背着她娘给做的小书包，昂首挺胸，走进了学校，那感觉实在棒得很。

昨晚上，她娘宣布，二哥要出去上班了。为了表示庆贺，她娘给她做了一顿带卤肉的宵夜，今早上还熬了大米粥给她喝，外加一个煮鸡蛋，邵永梅吃得很香，坐到课桌旁时，还在留恋这餐饭的香味。

"邵永梅，你听说了吗，咱们要考试了。"刘艳丽凑了过来，趴在她旁边的桌子上，小心地对她说。

"考试又不可怕，老师不是时不时就考一下咱们吗？"邵永梅平时读书很用功，老师教给她的知识，她学得非常好。作为奖励，老师甚至还单独借给她语文和算术课本呢。

平时功课扎实，也就不怕被考。听写、默写、背诵、计算这些，邵永梅因为喜欢，平时一有时间就在练习呢。

"不是的，不是平时考的那些，是很重要的考试。"刘艳丽摇摇头，压低了声音很神秘地说，"我听说啊，咱们小学没准儿又要关闭了。"

听她这么说，邵永梅瞬间瞪圆了眼睛："你胡说什么呢？再乱讲，我就告诉老师去，让她罚你。"

刘艳丽抬手就不高兴地拍了她一下："谁胡说了，是真的，昨晚上我听我爸妈说的。我爸可是很厉害的领导，他说的话就没有不对的。"

那个年代，普遍有种重男轻女的思想，因此，小学里能来读书的大多是男生，女生极少。邵永梅能来读书，那是因为李秀珍对文化人有种天然的崇拜，她要把女儿培养成文化人；而邵中诚又溺爱小丫头，在教育方面也就依了妻子的意思。刘艳丽能来读书则是因为家庭环境条件好，刘艳丽的爸妈都是干

67

国企工人

部，收入高，负担小。因此，她总跟邵永梅吹牛她爸妈有多厉害，邵永梅不爱听也不行，只要聊起来，三句两句，刘艳丽就给绕到那上边去。

小孩子间也有攀比心，像是这样子的炫耀，也是很日常的一种交流。不过，今天刘艳丽带来的，显然不是好消息，邵永梅嘴上说不信，表情却已经严肃起来。

"今天老师肯定要宣布考试的事儿，不信你等着瞧。"刘艳丽信誓旦旦地说。

敲钟之后，同学们各就各位，马上要上课了。这时，算术老师走了进来，他推了推眼镜，宣布上课。然而与往常不一样的是，他没有立即进入正题来讲昨天没讲完的部分，而是宣布了一个消息：

"下个星期六要对大家进行一次考试，希望同学们最近几天回家以后，要好好复习。这次考试非常重要，大家一定要引起重视，拼尽全力，取得一个好成绩。另外，严禁作弊行为，大家有不会的地方可以请教老师，但是做人的品质不能丢弃，一定要严格要求自己，做个诚实守信的好孩子。"

刘艳丽朝着邵永梅丢了一个得意扬扬的眼神，仿佛在说：瞧吧，我的消息多准。邵永梅却始终绷紧了小脸，心事重重。她还想好好读书呢，希望小学要是再关闭了，她还能去哪里上学呢？这种担忧让她一整天都变得压抑起来。直到放学回家，她还一脸愁容。

邵长江正在家里边收拾东西，铝厂离家有将近四十公里，铁定是没办法在家里住宿了。少年的心像长了翅膀似的，飞得很远很远。他哼起了《义勇军进行曲》，时不时还得摆出几个冲刺的动作，看起来心情不错。

邵永梅放学回来看到二哥摆在房间里的几个包袱，忍不住问："二哥，你在干什么？"

"准备搬去铝厂宿舍住。"邵长江没抬头，继续在整理他的衣服。

邵永梅站在门口，一脸难受。她很想跟邵长江说说他们的希望小学有可能再次关闭的事儿，但想了好一会儿，还是什么都没说，去写作业了。

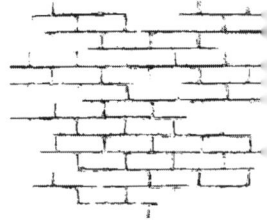

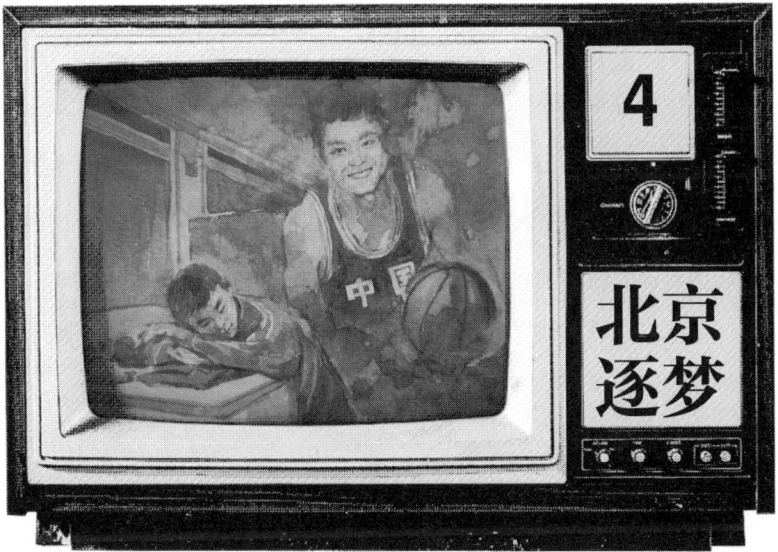

邵长江离家上班以后，整个邵家突然变得冷清极了。

李秀珍下班晚，不放心邵永梅独自待在家，便嘱咐她放学以后直接去小饭店找自己，在那里写作业，等到晚上下班，母女俩再一起回家。

最近，李秀珍明显感觉到邵永梅比以前更加用功了，书不离手，时时刻刻都在读呀，背呀，连吃饭、上厕所都不肯停下。

蒋婶看在眼中，喜在心上，打趣道："你家这个小姑娘可是不得了，这股学习的劲头儿，怕是将来要考个大学生呢！"

李秀珍听见这种恭维话，心里便自然高兴，嘴上却客气地说："估计是因为大河和长江会读书认字，有点儿文化才找到了好工作，梅梅就记心里了。小孩子家，过了这股热乎劲儿就淡了，她现在喜欢学习，也全由着她吧，只要别乱跑让人担心就好。"

"俗话说，三岁看老，小姑娘这么小就亲近书本，让人瞅着真是喜欢。"她捏了下李秀珍的手臂，羡慕地说，"你啊，生出来的孩子全都是好样的，我觉得你的福气还在后边儿呢！"

"我和他爹也就希望孩子们顺顺利利地过上自己的日子，平平安安的，成家立业就好，什么福气不福气的，没敢想过。以后的事儿以后再说，现在我们还年轻，得响应国家号召，好好奋斗才行。"

邵永梅没听到她娘和蒋婶在说些什么，最近之所以用功到这种程度，纯粹是为了周六的考试在做准备。

最近大家都在讨论学校要关闭的事儿。刘艳丽对邵永梅说："我爸说，如果学生整体成绩非常低，学校就会面临关闭；可如果考得很好，即使目前学校只有两个班，三十几个学生，那也是有希望的，会被扶持着继续办理下去，没准儿将来，学校里所有的教室都能坐满学生，还会有更多好老师来教他们呢。"

邵永梅似懂非懂，不过有一句话倒是听得很明白：这次考试成绩，可能与学校的存在与否有着直接关系。她跟刘艳丽，还有班里几个要好的男生商量好了，大家要齐心协力，一起复习，一定要考得特别好、特别棒，用这样的方式支持学校继续办下去。

在吃晚饭的时候，李秀珍把自己那一份饭菜分了一半给女儿。

看着女儿闷头吃饭时眼睛还一直停留在课本上，她忍不住劝了一句："还是要多注意身体，别熬坏了。"

邵永梅翻了一页书，专心致志地看着，既没注意到吃什么，也没听见她娘讲的话。

李秀珍叹了口气："梅梅，吃饭的时候看书，会影响消化的。"

"娘，我想喝水。"

"今天有海带汤，我去给你盛一碗。"

李秀珍起身去盛汤，回来时发现邵永梅已把饭盒里的饭菜全吃没了。

"你这孩子……"李秀珍摇了摇头，苦笑了一下。

周六晚上，邵中诚下班回家惊讶地发现李秀珍竟然早早下班，正在厨房里忙着做晚餐。

邵永梅病恹恹地趴在桌子边，算术课本就摆在旁边，她在看最后一单元的内容，却是一副心不在焉、心事重重样子。

"闺女，你这是怎么啦？"邵中诚的大手搭在了她的额头上，"没发烧，脑门儿不热呀！"

"爹，您回来了。"邵永梅坐直身子，瘪着嘴，一副哭腔，委屈得不行。

"做错事儿让你娘骂了？"邵中诚压低了声音，关切地问。他朝着厨房的方向望了望，观察一下李秀珍的动静，想知道她的火气爆发到什么程度，以便想出应对办法。

李秀珍耳朵尖，把父女俩的对话听了个清清楚楚，便有些好笑地接言道："你们俩少在那儿编排我，我可没骂你的宝贝闺女，是她说自己考试没考好，在那儿哭了一场了，我没有哄好而已。"

一听这话，邵中诚笑了，把已经长得很高的闺女直接抱起来，放到沙发上，大手揉了揉她乱糟糟的头发说："怎么？没考好，老师吵你了？"

邵永梅咬住嘴唇使劲儿摇摇头，刚才还憋着哭，听到这话，眼泪一下子又涌出来了。

"老师没吵你，你娘也没骂你，爹更不会说你，那你哭什么？"邵中诚不是很理解地问。

"我……我想……我想考好。"她很担心因为自己的分数没有得到满分，解放路希望小学就因此不复存在了。

"是，谁都想考好，我闺女上进心最强了，那咱们以后继续好好学，回头再考试，努力考好了，行不？"邵中诚跟女儿小声劝慰道。

邵永梅又使劲儿地点了点头，可是那泪珠子，噼里啪啦地往下掉，把邵中诚心疼得不行。没办法，他只能拿出来哄孩子的法宝。于是，邵中诚撸起袖子说道："我姑娘心情好差，吃一碗西红柿打卤面会不会变好些呢？爹偷藏了一包挂面，是白面做的喔，给你下满满当当的一大碗，再打两个荷包蛋，只给我闺女一个人吃。"

听到有好吃的，邵永梅止住了哭声，破涕为笑了。

"你就惯吧。"李秀珍无奈地摇摇头。

"我家就这么一个宝贝闺女,不惯她还能惯谁?惯那两个臭小子?那不可能,在我心里,就我闺女最重要,他们全都得往后排。"

这话一说出来,邵永梅眼睛都笑成一条缝了。

此时此刻,一家三口人真的很幸福啊!

平凡的人,普通的生活,家里洋溢着满满的温馨。

邵大河的省外培训提前一星期结束,他返回郑州后,先去砂轮厂开了一天的会,到晚上才骑着借来的自行车,直奔母亲工作的小饭店。

李秀珍还在擦桌子,冷不丁在饭店门口看到大儿子晒得黝黑的脸,就站在那儿龇着牙冲着她笑。

"大河,你什么时候回来的?"李秀珍拎着抹布就迎了上去。

"昨晚上坐了一宿长途车,今早晨才到郑州。"他把抹布接过来,"还有不少活儿吧?我来帮您干。"

"不用不用,你歇着,你歇着。"李秀珍哪里舍得。两个月没见到大儿子了,单单是看着邵大河站在面前,她心里都开心。

"娘,我们一起做,早点儿整完,早点儿回家,我给您带了礼物回来,您不想早点儿回去瞧瞧是什么吗?"

邵大河出去一趟,还学会卖关子了。李秀珍嗔怒地轻拍了儿子一下,也不再阻止,就让他抬桌椅、扫地去了。

下班回家,李秀珍就让邵大河骑着自行车带着她。这一路自然是要好好问问邵大河这俩月是怎么过的,难道是天天在太阳下暴晒?不然皮肤怎么突然变得那么黑了?

"还真是一天到晚站在太阳地里,厂里派我们出去是学新技术的,兄弟工厂的车间里还在生产,平时不方便放太多人进去,干脆就在外边摆了一台机器,专门演示用,这样子会安全很多。"

李秀珍听着直点头："对的对的，安全第一，安全最重要。"

"最开始几天都晒脱皮了，后来就好了，人虽然黑了些，可我现在可结实了。"

听着儿子那得意扬扬的小腔调，李秀珍只是跟着笑。

母子俩说起了邵长江去铝厂上班的事儿，邵大河有些惊奇："这么好？都能去给领导做秘书了？他不再念着要去国家篮球队做运动员了吧？"

"差得远呢，就是领导有意想要培养他，就把他带在身边，平时忙活忙活闲事儿，工资没有一线工人那么高，但很轻松。"李秀珍叹了口气，捏了捏脑门说，"至于篮球，你可别提了，进厂之后没人管他，打得更凶了。"

"总去玩吗？"

"只要不上班的时候，准是泡在球场上，还四处打听去北京当什么运动员的事儿，我跟你爹说了他两回，他像是鬼迷心窍了似的回嘴，上周一生气，就躲在铝厂里不回家了，嫌我们唠叨呢！"跟大儿子说起二儿子的执拗，李秀珍仍是一肚子的气，回家进门前还在念叨，"铝厂的厂部内来来往往的全是领导，那是一般人可以去的吗？他能有这么好的机会，人家也是看在你蒋叔的面子，他怎么就不知道知恩图报，好好做出点儿事业来呢？一天到晚就知道球球球。那个破篮球，早知道他像是迷了心似的，那天你爹把篮球拿回来的时候，我就应该把它直接扔出去。"

邵大河听了呵呵一笑，连连说没那么严重，让他娘不要跟着焦心。他去翻了翻印着砂轮厂厂名的背包，从最内侧的小袋子里，掏出个手绢包好的小包交给正准备烧热水煮面的李秀珍。

"娘，给您。"

李秀珍擦了擦手，接了过来。一层一层地打开来看，先是看到了一沓钱，有十块的大票，也有五块、一块、五毛这样的小票，足有三十几块呢！除此之外，钱中间还卷着粮票、布票和其他的一切物资票，还有厂里的洗澡票、理发票，可是不少。

"这是最近三个月攒下来的工资什么的，收起来贴补家用吧。"

"大河，哪儿来的？太多了吧？"李秀珍没急着高兴，反而露出了疑惑的神情。

"攒了三个月的工资，还有外出的补助，我不是出去学习了吗？是按天来给算的，到那边后，厂里还是管吃、管住，理发、洗澡什么的，兄弟厂也有地方，而且花的不是这边给的物资票。所以我就都存下来了。"他美滋滋地解释，没注意到李秀珍看着他满是骄傲的笑容。

"你留着呗，家里够用，现在开销不大，娘在小饭店好歹也是正式职工，福利好着呢，更不用说还有你爹呢，他每个月也拿回来不少，够了够了。"李秀珍又把小包递了回去。

邵大河往后一退，直摇脑袋："用不了娘就攒着，可别放我这儿，哪天我忍不住就跑去供销社乱买东西，全花了怪可惜的，还是放在娘身上放心。"

顿了顿，他又说："我都打听过了，厂区那边的澡堂和理发店，只要有票就能用，不需要带着工牌，回头娘和爹可以去那边洗洗澡、理理发，澡堂里边是热水淋浴，可舒服了。"

说起这个，李秀珍倒是相当感兴趣："那感情好。"

水开了，要下面，李秀珍转过身去忙活："大河，你拿回来的这些，娘先帮你攒着，娘不要，家里这边不到关键时候，也不会花孩子的钱，就先攒起来，你跟长江的工作定下来了，接着就要找对象结婚了，到时候还需要一笔花销呢，咱们先存一存，急用的时候就不慌了。"

前半段话听得邵大河直点头，可点着点着，就觉得话茬不太对了，他闹了个大红脸，不好意思极了："梅梅呢？我……我去喊她一下吧。"

"梅梅去同学家里写作业，就在隔壁那条街。"

"我知道是哪个，我现在就去接她。"只剩下几口面汤，邵大河直接往嘴里倒，吃光后一抹嘴，拔腿就跑。那模样，活像是身后有什么可怕的东西在追他。

"逃什么逃，还能真逃得了吗？等啥时候遇到喜欢的姑娘，我不让你领回家来谈结婚，你都要跟我急的，这时候害羞什么呢！"

李秀珍笑着摇摇头，收拾起碗筷，拿去厨房里洗。

想起来未来，家里边娶了媳妇儿，添几个孙子、孙女，这冷冷清清的屋子又要热热闹闹了。等人一多，吃的用的也会相应增加，没准儿那时钱和物资票这些就又不够用了。所以，为了一大家子的未来考虑，还得节省着过日子，多攒点儿家当，才能觉得心安。

她回到自己屋里，就把邵大河给的工资和物资票放进饼干盒里，盒子里有个红布包着的也是钱和物资票，那是上次邵长江回家过周末时给他的。看见这些，虽说邵长江太倔，说一不二，还不听劝，可李秀珍的心里还是惦记着自己的儿子。

想着这周末要是他还不回来，要不要让大河去厂子里找一找，多劝几次，劝通了也就不会做傻事儿了。

想到这里，李秀珍堵了几天的心，突然就散了气。

李秀珍把东西整理妥当，大儿子的放一堆儿，二儿子的放另一堆儿，尽量不混。等将来，不管哪个先结婚，都可以帮衬一二。这样子，小日子全都能顺顺利利地过起来，她也就放心了。

邵永梅最爱去刘艳丽家里玩，因为刘艳丽有个舅舅在北京上班，还有一个叔叔在上海，另一个大伯在广州，家里的亲戚比较多，全定居在了外地，两三年回来聚一次，还会时不时从外地邮寄给她一些好东西，尤其是一些书，都是平时见不到的。刘艳丽偶尔会带去学校，也愿意借给邵永梅，但绝不会让书离开自己的视线，怕弄丢或是搞坏了。

那些书还是很适合小学生阅读的，邵永梅看了个开头，就放不下了。课间还有其他同学会跟刘艳丽借书看，邵永梅想一口气把书读完，就只能讨好刘艳丽，放学只好跟着她一起回她家写作业。等写完了作业，再借书来看，刘艳丽也不会拒绝。

邵大河骑自行车接到了妹妹，也不着急回家，他让邵永梅坐在了前排的横梁上，自己推着她走。

"大哥，你这次出门好久啊，我都想你了。"

邵永梅跟两个哥哥相处得都很好，一个原因是家里只有她一个女孩，从小哥哥们就习惯了要保护妹妹；另一个原因是邵大河和邵长江的岁数与邵永梅错开了好几岁，大孩子懂事儿后就会习惯照顾小孩子。因此，邵永梅可以说是相当得宠。

邵大河离开家出去培训后，邵永梅每天早起、晚上睡前，都要不厌其烦地跟娘叨叨个不停，特别担心她两个哥哥在外边会不会冻到、饿到，会不会晚上被蚊子叮咬睡不好。离家一个月后，邵永梅每天操心的事儿变成了她大哥什么时候回来，还需要多少天，并且总要怂恿着她爹她娘找人去问问。

小丫头为了邵大河的事情不少操心，今晚上终于见到了大哥，可想而知，她得有多高兴。在刘艳丽家就乐得一下子蹦起了老高，跳到邵大河身上让他抱着，怎么都不乐意下来。

刘艳丽的家里也有哥哥和姐姐，可是哥哥、姐姐全在部队，十五六岁就参军走了，两三年才有一次探亲假，每次来也匆匆去也匆匆，往往每次刘艳丽与哥哥、姐姐还没消除陌生感，他们就又离开了，根本培养不出来邵永梅跟邵大河那种亲密无间的感情。这会儿看到邵大河直接就把邵永梅给抱出去了，顿时羡慕得不行，心里暗暗想着，等以后她大哥回来，是不是也要这样子跳一次。

"大哥，你有没有给我带好吃的回来，我想吃大白兔奶糖。"邵永梅不客气地嘟起小嘴，开始敲打哥哥。

"走的时候就答应了，回来要是没有，你还不咬我？放心吧，早就给你买了，一共两袋呢，放在家里边你的柜子里了，但是你要注意一点，千万别一直吃一直吃，每次吃完之后都要漱口，晚上吃，还得刷牙，不然生虫牙的时候可疼了，牙齿要是烂了、掉了，以后就吃不了东西了。”

兄妹俩说说笑笑，闹了一会儿。邵永梅这才叹了口气，讲起解放路希望小学差点儿要解散的事儿。

“大哥，你都不知道，当时我可害怕了，每科考的分数全都是差了一分满分，原本是可以全写对的，错掉的题目我也会，但就是没写好，我好怕因为我的这几分，拉低了平均分，学校就被关闭了。我好喜欢上学的，万一学校没了，我都不知道要怎么办了。”

小女孩的烦恼，跟父母说不出，跟自家哥哥还是能念一念的。

邵大河认真听完，惊讶地问：“后来呢，发生了什么？学校还在吧？”

“后来呀，因为大家都知道了考试成绩不好，学校可能又要关闭了，所以每个人都很努力，分数就非常高，很多人都是双百分，最差的也都在95分以上了。因为分数太高，领导又觉得学生们可能是早就知道了题目，就又安排了一次重考。这一次的题目是从外边拿来的，不是学校里老师来出，结果，你猜怎么样啦？”邵永梅越说越兴奋，越讲越起劲儿，忍不住还卖了个小小的关子。

“肯定是你们考得不太好，又发生了别的事儿。”邵大河故意往反了说，逗得他家一直不喜欢多说话的小妹子，气愤地低叫抗议起来。

“当然不是！绝对不是！我们考得好极了，还是跟之前一样，很多人都考了双百分呢。”说完还挺了挺胸口，得意地说，“这一次，我也是两科全都一百分，厉害吧！”

邵大河闷笑不出声。

邵永梅噘起了小嘴，继续往下说：“结果没想到，那个领导还是觉得有问题，因为考试题目是只出到第四单元以前，他拿来的卷子里，有些题目是第九单元的知识，可是学生还能答对，而且答对的人那么多，他又觉得肯定作弊了，没准儿还是老师帮忙作弊，不然的话，学生绝对没法儿考那么好，就又安排了一次视察，还要给学生和老师做面试，抽签当场提问呢。”

邵大河见妹妹说得兴起，便非常配合地顺着她的话发问，让邵永梅能完整地倾诉出来。

　　"这一次怎么样，你们顺利通过了吗？"

　　邵永梅小脑袋骄傲地一抬："那是当然了，我是第三个被抽到的，他们让我背课文，写算术题，还要列出来演算步骤，还问了我为什么课本上老师没讲过的知识都学会了。问得可仔细了，我有点儿紧张，但我全都答上来了。"

　　"噢？这么厉害，你怎么回答的？"邵大河这会儿是真的好奇了。

　　"我就说，老师教过我们要学会课外预习啊，我可是班里的好学生呢，老师还多给了我一套课本，我没事儿就看，那当然是早早地把课程都学会了。"

　　邵大河赶紧又是一顿夸，把邵永梅美得都要飘起来了。

　　"你有课本所以你能答出来，其他同学呢，不是都没课本吗？他们是怎么考对的？"邵大河指出了疑问。

　　"没课本的同学就找时间在本子上把课本内容抄下来啊，以后上课也能用，而且抄一遍，就能记下来很多了呢，这是我和刘艳丽想出来的办法。我们速度可快了，不到三天，就全都抄完了。"提起这些，邵永梅可是更骄傲了。她虽然年纪不大，可小脑瓜里的奇思妙想从来不缺。这次是全班同学齐心合力在做一件事儿，大家根本不觉得累，只比看谁能抄得又快又好。

　　"你把这些事儿都跟领导讲过啦？"邵大河有些骄傲地看着妹妹，心里想着，若是以后能一直这样子勤勤恳恳地读书，没准儿邵家真的会出一位学识丰富的女先生呢，听说在首都，还有很厉害的大学，他妹妹哪天能成为大学生的话，他这个当哥哥的，也跟着脸上有光呢。

　　"是呀，领导也问了我们一样的问题，我就全说了。他还让我们把抄好的课本拿出来，让他看一看，看完之后，就跟校长说，得回去研究一下才有结果。再后来，没人再提这些事了，老师说我们全都是优秀的好孩子，让我们只需要专心致志好好读书就行了，其他的事儿不用操心。"

　　邵永梅扭过头来，轻声问邵大河："哥，已经一个多月过去了，我们的小学还没关闭，应该以后就不会关闭了吧？"

学校的事儿没个明确的答案，邵永梅总是放心不下。

邵大河揉揉她的头发："你们的小学是会好好办下去的，你们这些厉害的小学生已经给学校争光啦！况且，就算是真的有天不办了，大哥也会想办法联系别的学校，让梅梅继续读书，所以你就不要担心了，小孩子想太多会头痛的。"

"真的吗？"路灯之下，邵永梅的眼睛闪闪发亮。

"当然是真的，我现在进的可是国营厂，领导和同事里有很多有本事的人，解决个小学生读书的事情，完全不是问题。"

邵永梅长长地舒了一口气，兄妹俩说说笑笑，就这么回了家。

到家之后，发现李秀珍已经煮好了面条，给邵永梅端过来，让她先吃着。接着又把邵大河给拉到一边，嘀嘀咕咕地说起了悄悄话。

"周五下午你请一天假吧，去铝厂找一下长江，好好劝劝他，或者想办法把他给带回家来。这孩子，跟父母吵了几句嘴，竟然学会离家出走了。你去当面问问他，就说我问的，他是不是为了打篮球，就不打算要这个家了？要是他不想要，你就回来，走之前告诉他，往后我就当没他这个儿子，让他不要再回来了。"李秀珍越说越生气，忍不住就撂下了狠话。

邵大河赶忙赔笑，对着李秀珍又是按肩又是揉太阳穴："您跟他生什么气呢，他就是一根筋，不撞南墙不回头。"

李秀珍白了他一眼："不只是他，你、你爹，全都是一个样，这么多年，出的事儿就是脑子一热的决定，每次都只顾着自己那套，完全不考虑别人。"

邵大河笑容一下子僵住了，得，打击目标再次落在他头上了。

周五下午，邵大河果然请了假，又跟同事借了一辆自行车，把要带的东西全塞进小皮包里，又把之前买回来的大白兔奶糖给邵长江带了一包，还去食堂打了一大份肉菜，把身上最后的饭票和钱全花光后，这才从砂轮厂出发，骑了将近三个小时的自行车，来到了铝厂。

一道人影从厂部的方向走出，朝着他急急跑过来。等到了跟前，那人喊了他一声大哥，邵大河才看清，那个头发理成了寸头、穿着一套春季薄款厂服的年轻人，正是自家弟弟邵长江。

头发明显是去理发店修剪过的，短而有序。邵长江本就是浓眉大眼，标准的"国"字脸，这下更透着一股子非凡的英气。邵家兄弟俩，身材全随了邵中诚，个个高大魁梧，英俊帅气。

"呦，精神小伙呀！"邵大河夸赞了一声。

见了邵大河，邵长江很是激动，围着旁边的二八自行车绕了一圈："你是骑这个来的？已经买自行车了吗？"

"我不来看你，也不知道还得等多久才能见到你。娘说，你有两周没回家了。"邵大河假装还不知道邵长江跟家里边闹了一场的事儿，轻描淡写地把令他弟弟不安的话题给岔过去，然后拍了一下自行车，豪气地说："这个车子是我找同事借的，明天还得还回去；但是呢，我再攒个两年钱，也得买上一辆，有自行车实在太方便了，想去哪里去哪里。"

"跟崔副厂长下去的时候，一般都得骑自行车，于是我就抽空学了学，也是刚学会。平时公事的时候可以借用厂部的自行车，但私事不能用，大哥，回头你买了，记得一定要借我用。"邵长江主动推着车子，吆喝一声，"哥，走吧，去食堂，咱们边吃晚饭边聊。"

刚到饭点儿，食堂内赶来吃饭的人不多。邵长江跑去窗口打了两人的饭菜，端回来时，发现邵大河不紧不慢地掏出来了一个饭盒，神神秘秘地打开，里边是一只卤得烂乎乎的猪蹄，还有一大块卤肉。

"哇！"邵长江激动了，"哪儿来的？你带来的？"

邵大河笑眯眯地点头："在我们食堂的小灶窗口买来的，我把这个月的饭票全给花在这上边了。"

"没事儿，等会儿你走的时候，我给你几张票子，我这儿还有。"邵长江夹了一块肉吃，觉得真是好吃得要把舌头给咬掉了。

为了避免当众吃肉太显眼，兄弟俩你一口我一口地分享，饭盒盖子却是一直紧紧压在饭盒上的，夹到饭碗里的肉，也要用土豆白菜炖的烩菜给压在最下边。两人一边吃，一边还默契地偷笑。

两人吃饱喝足后，邵大河这才端着水杯漱漱口，开始跟邵长江聊了起来。

"你现在看起来很不错嘛，对于未来有什么具体的打算吗？你的篮球梦想，还要继续吗？"

听到这话，邵长江开心的表情瞬时沉了下来。

"娘跟你说起来了那事儿，对不对？"

"啥事儿啊？娘什么都没说。"邵大河装傻。

"你别蒙我，你肯定知道了。哼，你也想劝我放弃打篮球吗？我来铝厂上班是为了什么？不是当时你给我的建议说，可以来这儿攒个一两年的路费，然后再去北京追逐一下自己的梦想吗？"邵长江说着说着，自己先激动了起来，越说越激动，越讲越大声。

哪怕他已经引起了周围不少人的注意，邵长江还是由着一股少年的意气，冲着他哥大吼大叫："是你先背叛了自己的梦想，进了国营厂后，就忘了你曾经的梦想是能开一家小饭店。你随波逐流，愿意将从前的一切都忘掉，那是你的选择，无人干涉；可是我跟你不一样，我的梦想无比珍贵，我非常珍惜。今日我所做的一切，全都是为我的梦想插上翅膀……"

邵大河被他吼得莫名其妙，脾气也有些上来了，于是反问道："你能不能小点儿声，我说什么了，你就那么激动？"

邵长江恼火地瞪着他："你什么都不说，我也知道你心里边真正想讲的是什么，你跟娘一样，就是看不上我的梦想。你们一个想要的是捧上铁饭碗的儿子，另一个是想要风光体面出现在人前的弟弟，可你们哪个问过我了？我想要的从来不是这些。"

邵长江把饭缸子一摔，转头就想跑。结果一扭头，就见崔副厂长端着一份饭菜，站在他身后，不知道听了多久了。崔副厂长的旁边，还有车间的主任赵恩义，赵主任瞪着他，一副恨铁不成钢的表情，邵长江瞬时就知道，自己刚才说的话，全被领导听见了。他有种想要当场哭出来的感觉，一米八五的大高个，却像个小孩子似的，眼睛瞬时红了。当场就只有一个夺路而逃的念头，他要去一个没人的地方，好好痛哭一场。

"长江啊，跟我来。"崔副厂长冲他摆摆手。

"可是我……"邵长江声音都哽咽了。

"孩子，没事儿，你跟我来吧，咱们谈谈。"崔副厂长永远是那么儒雅。

邵长江在厂子里，最尊敬的便是这一位老人，他既是自己的领导，又是自己的老师，更是自己的朋友，这种比旁人都亲密几分的关系，交错在了一起，让邵长江无法抗拒他的要求。

"你是邵大河吧？"崔副厂长笑呵呵地望着不知所措的邵家老大，"我以前听蒋建国提起过你，也时不时地听我们小邵提起你，虽未见面，却早有耳闻。"

"您好。"邵大河规规矩矩地站好，给这位铝厂领导行了个礼。

"都不是外人，就一起来吧，我们一起跟小邵谈谈心。"崔副厂长就那么端着饭缸，走在最前面。时不时地有铝厂的职工在跟他打招呼，他就笑眯眯地应一声，很熟悉的说几句话，不熟悉的也要点一点头。

回到了厂部，坐回到自己的办公室里，崔副厂长还亲自给邵大河泡了一杯茉莉花茶。茶一泡上，一股浓浓的香气顿时溢满了全屋。

"好了，关于小邵的梦想，我们可以进行民主讨论，好好来聊一聊嘛，大家要心平气和些，要实事求是地尊重个人的意愿，更要尊重每个人都有实现梦想的权利，你们说对不对呀？"

一个多小时后，窗外早已黑透了。

邵大河跟邵长江兄弟俩，晕乎乎地从房间内走了出来。

"我感觉，我现在倒真的像是在做梦。"邵长江看了看手上的介绍信，以及介绍信上放着的二十块钱，还有一张白纸上写着的地址、电话，哪怕这些东西就在他手上，他仍觉得一切十分不真实。"大哥，刚才崔副厂长说的话，你在一旁听着，你能不能跟我讲讲，他都说了些什么？"

邵大河用一脸不可思议的表情看着弟弟，他能理解邵长江此刻的心情，因为他自己也有同样的感觉，怀疑自己听到的、看到的事儿，全都不是真实的。

"你领导说，给你批半个月的假，让你去北京，试试找一找国家篮球队，万一能当上运动员，他就给转关系，让你去北京做运动员，将来争取出国打比赛，为国争光。如果你到了北京，发现篮球队的生活并不是你所想的那样，你就回到铝厂来，他在厂部一直等你。但是不能回来得太迟，不然他跟厂长没法儿解释。"

顿了顿，兄弟俩竟然一起发问："他是认真的吗？"

瞧，两兄弟刚刚全在办公室听着，可是出来后，依旧是不敢相信自己听到的话。就这么一直沉默着，向前走啊走，走啊走，绕着厂区内的路，走了不知道有多久。邵长江才像是有些被夜风吹得回了神，他说："崔副厂长给了我这么多东西，肯定是真心要帮我的。"

"你再考虑考虑，不要冲动啊！"邵大河才想起自己这趟来，好像是要劝住他弟弟的。

邵大河将邵长江送上了绿皮火车，他站在月台上，目送着车子缓慢地向远方驶去。他心里空落落的，前方不可预知，不知道弟弟将往哪里发展，不过他还是很佩服弟弟这勇往直前的勇气，佩服他敢于冲破阻力朝着自己的梦想出发。

邵大河返回到砂轮厂，先将自行车还了回去，又去厂部的理发店找手艺最好的师傅，给他理了个精神焕发的寸头。从理发店出来，邵长江整个人焕然一新。

邵大河心里盘算着，明天就是星期一，这一周怕是要给他们这些从省外培训回来的人重新定岗。他学了不少技术，很想去一线试一试。之前厂里领导会上鼓励的话可没少讲，他听得是热血沸腾，总想亲自去车床上展示一下。

正想着，身后就响起了厂部的办公室主任老吴的声音："大河，关于你的岗位问题，我想听听你有什么意见。"

"领导让我干啥我就干啥呗，我没什么意见，我是社会主义一块砖，哪里需要往哪儿搬。"邵大河爽朗地笑了。

吴主任不住嘴地夸了几句后说："你是跟着大队出省学习的这一批人里成绩突出的几位学员之一。昨天开定岗会的时候，领导们经过研究，都觉得像你这样聪明的年轻人，应放到关键岗位去，发扬模范带头作用，最大程度地发挥你的价值。所以，大河啊，你得辛苦点儿，要去一号车间工作，还得带五个徒弟。"

一号、二号、三号车间是砂轮厂的重点车间，也是职工口中的改革车间，全厂推广下去的新技术、新工艺等，都要在一、二、三号车间进行前期测试后，才会推广到厂里的普通车间去。

邵大河出省学的就是砂轮制造的改良新技术，回来后肯定是要被安排到改革车间去，这一点儿不让人意外。让人意外的是，吴主任竟然提出来让他带徒弟，还一次带五个！

"我？带徒弟？您可别跟我开玩笑了。"他点着自己的鼻子，哈哈大笑，自我解嘲，"厂里的老职工，随便找一个出来都能做我的师傅，我能教他们什么呢？"

吴主任瞪了他一眼，想要制止他的妄自菲薄，但很快就被他给逗笑了："咱们这个砂轮厂，从1953年开始筹备，1956年动工修建，在人才、设备极其短缺的情况下，1964年就经过了国家验收正式投产。而在投产前的测试阶段，就已开始为国家生产磨料、磨具，上边来视察的大领导们都说，咱这个厂，那就是占据郑州工业发展的龙头地位。远洋货轮、军舰、飞机发动机的叶片等等，如果没有咱们厂的磨料、磨具，根本甭想生产出来。邵大河，你觉得，咱们厂是怎么样从一无所有到一路逆风而起，从而走向辉煌的？"

"我不知道。"邵大河听得有点蒙，他对砂轮厂虽有了一定程度的了解，但还不深入，毕竟才进厂没多久。

吴主任笑着拉着他的胳膊，边散步边聊："一无所有的最初，领导们定下来的基调便是九字方针：边基建，边生产，边练兵。'基建'指的是厂内的基础建设，这个从建厂到现在，再到未来很长的一段时间，都不会停下来，会有计划、有步骤地完成预定目标；'生产'则是组织职工们加班加点，生产国家所需要的产品；而'练兵'指的就是要加大对你们这类有文化的职工的技术培训、岗位培训等。"

顿了顿，吴主任的声音转低了些，继续说道："可是呢，你也发现了吧，即使是一次派到兄弟厂去学习新技术、新方法的职工有几十位，但对于咱们这个几千人的大厂来说，还是远远不够啊，那么解决的办法是什么呢？那一定是最大程度地发挥你们这批人的作用，让你们每个人都来带一带没有去培训的老职工，把你们在外边学到的新知识、新技术教给他们，务必让他们也学会；而我们这些老职工呢，也可以成为你们这些新职工的老师，将多年积累起的技术、经验教给你们，如此下去，互相帮助，薪火相传，砂轮厂才会越来越好，才会提高生产能力，发展技术革新，为国家做出更大的贡献。"

听着吴主任说的话，邵大河感觉到一腔热血跟着沸腾起来。

"大河，个体的力量毕竟还是有限，越是像我们这样的大厂，越要擅长发挥集体的能力；你一个人把五位徒弟先带好了，确保将你学会的也让他们五个都学会；而他们五个，全都是各个车间的骨干，等他们把你们学会的东西理解吃透，再结合他们自身的能力，就能回到各自的岗位去，每个人带出来十位、二十位、三十位徒弟，徒弟再去带徒弟，你想想看，这样的传播知识的方式会取得多大的成果！"

邵大河的眼界一下子开阔起来。

"只教会这五个人，是厂里交给你的任务，你能完成吗？"吴主任见动员得差不多了，于是充满期待地问。

这一次，邵大河不再谦虚，不再推拒，响亮而自信地答："我能。"

"好小子，没看错你，好好干！"吴主任笑呵呵地走了。

邵大河又在厂内转了好几圈，脑子里有些东西清晰地浮现在了那里，他的心底里充满了熊熊燃烧的斗志，仿佛自己随波逐流的生活一下子有了一个崭新的目标和方向。

晚上回到家，家里没有人。家人们都在忙各自的事情，就连最小的邵永梅也跑到同学家里蹭书看了，小小年纪，也清晰地知道自己想要的是什么。

邵大河的手里拿着一本书，那是跟吴主任借来的，关于砂轮技术方面的专业书籍。他外出学习，也只是学了个皮毛而已，所知的只是这项技术的一小部分。邵大河虽不知道自己究竟想要的是什么，但总之是要多学一些，学得更多一些，或许在掌握了更多之后，他便可以明晰自己真正想要什么了。

邵长江坐了一夜十个小时的火车到达北京。一想起新的生活和将要成为篮球运动员的梦想都要在这座城市实现，一夜的疲惫和对未来的担忧，仿佛一下子都消散不见了。

然而，理想往往很丰满，现实却是很骨感。

邵长江踩着虚软的步伐，随着人流，深一脚浅一脚地走出了北京站。站在广场上，他望着人来人往，一时间竟不知道该如何是好。

公交车依次驶入站台，等候乘客排队上车，售票员笑声爽朗，开口讲的是地道的老北京话，听起来很是有趣。

邵长江展开了崔副厂长给他的字条，上边只有地址，却没有到达这个地址的具体办法。

"朝阳区……这得坐什么车呢？"

就在邵长江心里边苦苦作难的时候，崔副厂长跟车间主任赵恩义也在聊着邵长江的事儿。

"老领导，您为什么要让长江跑去北京绕一圈啊？您是最清楚的，他的那个梦想，根本实现不了，国家篮球队怎么会随随便便招收一个主动上门的陌生小子入队？人家那边是有严格的推荐制度，市队推省队，省队择优推荐国家队，地方上的孩子没有在各类比赛里打出成绩，国家队根本不会考虑。邵长江去北京多少次都没用，白费心思，还浪费路费和时间。"

崔副厂长听完哈哈笑了起来："少年的梦想，虽然有些不切实际，但最是真挚热烈，小邵是个倔脾气，不让他亲自去感受一下，他是放不下的。去一趟北京，也没什么不好，年轻人嘛，出去走走，长长见识，开阔开阔眼界，等到回来的时候，便大不一样喽！留他在厂部，不只是想培养他成为秘书，还要培养他成为一个有眼界、有大局观、能在工作上多些想法的有用人才。所以，老赵，咱们全是从年轻的时候走过来的，对待年轻人，得换一套新思路，不能简单、粗暴。"

邵长江步行了一整天，天色黑透的时候，才找到了纸条上所写的地址。

那是一个小胡同，一眼望不到头，隔着很远才会有一盏昏暗得几乎看不清的路灯在亮着，两边住的人家早已紧锁了大门，只能从零星的灯火看出这里其实住满了人。

无人可以询问，邵长江只能借着极暗的光线，一户一户，趴在门口盯着牌子来确认号码，行为看起来有点鬼鬼祟祟。就这样，他被当成小偷扭送到了当地的居委会，半路上又遇到匆匆赶过来的民警，于是，他便被直接扭送到当地派出所去了。

"说吧，你是谁？姓名、地址、工作单位。你在胡同里边一家一户的门前瞅什么呢？"

邵长江一脸无奈："我找人哪……"他话还没来得及说完，就被打断了。

"找人？我看你不像是找人，更像是在踩点儿。你知道不知道，热心的群众早在你进入胡同时就发现了你，你在那边所做的一切都有目击证人。我劝你，好好看清楚这是什么地方，由不得你撒谎耍赖，还是如实交代吧！"一名面色严肃的民警手指了指对面的墙壁说，"认字不？知道那墙上挂的十六个大字是什么吗？"

邵长江望了过去，念了出来："坦白从宽，抗拒从严。重新做人，回头是岸。"

民警跟着一愣："呦，还认字？上过扫盲班？"

邵长江有气无力地说："上过，也上过夜校。"

"有知识懂文化，怎么还出来做这种事儿？"民警"啪"地使劲儿一拍桌子，"知错犯错，知法犯法，比一般盲流犯罪更加可恨。"

"我做什么事儿了？我根本就不是贼，也不是坏人，我真的是来胡同里找人的。"

"你找谁？"民警还是不信。

"姓白，我也不知道名字叫什么，他是我们副厂长的战友，是我们副厂长帮忙联系，让我来他家里借住。我是第一次来北京，不认识路，就只能用最笨的办法慢慢找。你以为我想这样吗？趴人家门缝往里边看，最难受的是我。"

邵长江这样子理直气壮地一顿嚷嚷，两名负责审讯的民警神情反而柔和了下来。

"你有什么证据能证明你所说的话？"其中一名民警问道。

"写地址的条子在我拎着的背包里，还有我们厂里出的介绍信。对了，我还带着厂牌，我再强调一次，我真的不是盲流。"

另一个民警问："你的包呢？"

"我怎么知道包在哪儿，那群老头、老太太把我按在地上的时候，我手里的包就给抢走了。唉，可别给整丢了，里边还有我的路费跟饭票呢。"

两名民警站起来，走了出去。铁门被关上，房间内突然变得安安静静。

邵长江颓然坐在冰冷的椅子上，抬了抬手，看着锁在手腕上的手铐，一端限制了他的自由，另一端则扣在了暖气管子上，稍微有点动作，手铐就"哗啦啦"地一阵响。

"出师不利啊！"

邵长江等了足有一个小时，铁门再次被打开，两名民警一前一后地走了进来。

"邵长江，你可以出来了。"一名民警上前把他的手铐给打开了。

到了门外，就见一名穿着绿色军衣的中年男人站在那里，正在一份派出所出具的单子上签字，他的身边放着的正是邵长江的背包。

"邵长江，在这里签了字，你就可以离开了。"民警没做过多解释。

邵长江看了一眼，那是一份结案告知书，下边写的是今晚的经过，以及经过调查认定的结果。他被排除了入户盗窃、流窜作案的嫌弃，但引起这件事儿的主要原因，仍归结于他行踪鬼祟，从而引起了误会等。

"这个我不能签。"邵长江看罢告知书，立即就不愿意了。他的手指着告知书的下方位置那几行伤害性不大、侮辱性极强的字句。

"首先，我已经强调了很多次，我是来胡同里找人的，是因为胡同里的路灯太暗，我看不清门牌号，才会凑近了看。我一没有擅自闯入，二没有做出危险性举动，三没有其他引人误会的言行。被邻居和居委会的人误会只能说明群众警惕性高，但不能归咎于我鬼鬼祟祟。"

那名民警笑了："小伙子果然有文化，说起话来头头是道，但这是我们的工作流程，描述性语句只是在表达当时所发生的状况，请你配合。"

"不行，你给我改一改，这份东西发回我们单位去，厂里领导得怎么看我？！"

"告知书是留在派出所存档用，不会送到你们单位去。"

"存档也不行啊，万一将来什么时候被人给看见了，看到的人可不管我邵长江是个什么样的为人，出事儿这天又具体发生了什么事儿，别人只会从书面上来理解、判断。"邵长江说着，直接拉把椅子坐下，大有一副不给改他就不走了的架势。

民警最后没办法，还是给改了。改过的地方，还让邵长江按了手印。

一旁那名穿着绿色军衣的中年男人在邵长江走出来后，就已转过身来，静静地看着他。他有一双锐利的眸子，双眉斜着朝天长，又浓又黑，看起来很有气势，此刻正似笑非笑地看着邵长江。

"来接你的人等了老半天了，真亏了你还有心思在这儿跟我纠缠。"民警一指那个在旁边看热闹的中年男人说。

"您是哪位？"

刚一问出口，邵长江就反应过来这位是谁了，赶紧一脸惊喜地走过去："您是白叔叔吗？"

"是。"白庚是个干脆利索的人，并不客套，跟派出所的民警说了一声，转身就走了出去。

邵长江就觉得心脏怦怦跳，面前这位威严又气派的男人，就是崔副厂长给自己安排的求助对象吗？他哪怕是跟对方正常交流，都觉得有些气弱底虚。那种畏惧感源自白庚身上浓重的军人气质。

邵长江心里又隐隐生出羡慕，他也希望自己有一天，也能逐渐成长为类似的模样。让陌生人哪怕是只看了一眼，便从心里不由自主地生出尊重来。

派出所距离白庚的家不远，白庚是走着过来接人的。路上，白庚自然要与邵长江聊起崔副厂长，询问他的近况，说到高兴处，便中气十足地大笑，声音能传出老远去。

到了家里，白庚的妻子已准备好了房间，还给邵长江准备了一碗面做夜宵。

对于篮球方面的信息，白庚虽然是住在北京，却也不是很了解。他让邵长江去体育场、篮球协会之类的地方打听打听，毕竟还是得找专业人士，才能获得靠谱的消息。

"你如果会骑自行车，家里还有一辆，你可以拿去用。"看在崔副厂长的面子上，白庚对他很是不错。

这一夜，邵长江睡得并不踏实。他辗转反侧，时梦时醒。

邵长江发现，去铝厂上班需要住在厂里，他离开家时没有丝毫的犹豫，高高兴兴地就走了。可来到北京，同样是离家在外，他居然开始想家、想娘了。

清晨早早起来，白庚的妻子正在厨房内忙活，她煮了一锅粥，又切了白菜丝，打算拌一拌，配着粥当小菜。感觉到身后有人注视，她一扭头，看到了邵长江站在那儿。

"小邵，饿了吧？稍等等，早饭马上好。"

白庚是交代过的，邵长江是他战友介绍来家里暂住的，白庚的妻子对他也很客气。

邵长江笑了笑，取了个信封出来："这里边是我交的伙食费。"

"你是家里边的客人，不需要这个的，快点儿拿回去。"

话是这么说，但白庚的妻子看到邵长江把信封放在灶台上，嘴角还是露出了笑容来。等做好了早饭，白庚的妻子才回到卧室，把信封放在了白庚的面前，又将刚才邵长江在厨房内说的那些话重复了一遍。

"一年到头，家里客人不算少，可像小邵这样懂礼貌、会来事儿的孩子，还真是不多见。"

白庚把信封打开看了看，里边放着几块钱、十斤粮票，还有两斤肉票，可是不少。之后又把东西给塞回去，顺便把昨天在派出所邵长江拒绝签字的事儿给讲了一遍。

"怪不得老崔专程打电话过来，给这个无亲无故的小邵安排事儿呢，看样子，也是看重他，想要栽培。"白庚的妻子也是在机关上班的，很多事儿也是非常懂。

"既然看重，为什么还把小邵送来北京？他就不怕小邵不回去了？"她有点想不明白老崔的用意。

白庚听完，笑了起来："你啊，真是想多了。他在北京无根无基，去国家队打篮球，几乎就是不可能的事情。老崔让他来，目的应该是想让他死心的。亲自走一走，亲自问一问，四处看一看，也就懂了。等回去以后，不切实际的想法全没了，还不踏踏实实地定下心搞工作？老崔他啊，是对这个小邵充满期待呢！"

而另一边，完全不知道白庚夫妻俩在卧室内是如何讨论自己的邵长江，正捧着一碗粥，就着杂粮馍和凉拌小白菜，呼噜呼噜地吃得香甜。给白家交了伙食费后，他吃饭、睡觉，全都觉得非常踏实。

吃完了早饭，把证件和地图全放在了随身背着的包里，他推着自行车走出门去。实现梦想的机会，已近在咫尺。邵长江的脚步轻快，心情飞扬，只觉得这是他的人生里最美好的一天。

在西区砂轮厂内，新的一天随着朝阳的冉冉升起而到来，几千名职工分别从厂区的南门和北门进入，相同的厂服，黑压压的人群，看上去相当壮观。

第一车间内，有序地摆放着许多机器，邵大河却只认识一小部分，大多数连见都没见过。邵大河和几个培训回来的职工被编成了临时小组，他们最近的任务就是带"徒弟"，而他们每个人要带的五位"徒弟"，却是一些可以称得上师傅的老职工。如吴主任所说，这是一个教与学的双向过程，大家互为师徒，教学相长，一起进步，非常有意义。

邵大河与五位老职工见过面，分别做了简单的自我介绍后，六个人就来到车间的一角，分别落座。大家坐成一排，一口一个小师傅地喊着，一副虚心求教的样子。

邵大河反而不安起来："请直接叫我小邵，或者亲切一点儿喊我大河就好了。各位都是厂里的骨干，是看着砂轮厂一步步建起来的老职工，说真的，你们每一个给我做师傅都是绰绰有余。若是放在平时，我想上门去拜个师，你们怕是还得考虑要不要我这个毛头小子呢。"邵大河的一番话瞬间得到了大家的认同，缓解了这本有些尴尬的局面，大家都笑了起来。

邵大河把一块小黑板挂在了墙上，又拿着两根粉笔，开始步入正题："各位师傅，厂里交给我们的任务，还是要认真完成的。那么现在，就由我来给大家汇报一下去兄弟厂培训学习的具体内容……"

考虑到老职工们的文化程度有限，邵大河把字儿写得很大，非常耐心细致地讲解；而老职工们不懂就问，虚心请教。大家教学相长，进步很快。

很快，大家都混熟了，于是约着中午一起吃饭。刚刚起身要走，就见吴主任背着手站在那儿，笑眯眯地看着大家。

"大河，你留一会儿，咱们聊几句。"吴主任被墙上挂着的那块写满了字的小黑板给吸引住了。

"这个是我自己做的。"邵大河清了清嗓子说，"这不是担心有些生僻字，老同志们想不起来怎么写，我就把它们直接写在黑板上，他们看几眼就能记住了，这样效果会好些。"

没想到，邵大河的一个小小的做法，却让吴主任感到很满意，连口称赞："大河，你真的很有头脑啊！"吴主任声音陡然抬高，邵大河没有心理准备，吓了一跳，也不知自己这么做，究竟是对还是不对。

"黑板和粉笔也是从我妹妹学校那儿借的，没有用厂里的任何财物。"

吴主任见他想歪了，连忙打断他："谁跟你说这个了，我是说，用小黑板来教那些老职工学习，这种做法非常好。一上午，我也转了好多地方，其他人都是围坐在一起，一个讲，其他人听，讲得人口沫横飞，听的人却不一定全装进心里去，往往是听完之后，左耳进右耳出，并不能完全学会，还要重新再来。可你这个小黑板，虽然东西不大，却能解决大问题。"

邵大河不好意思地挠了挠后脑勺。

"行了，这个方法，我得回去跟领导汇报一声，看能不能迅速推广。"

吴主任风风火火马上向领导进行了汇报，得到了肯定的答复。当天下午，各个小组接到了吴主任的通知，利用课余时间，开始制作小黑板。隔天，小黑板就挂满了各个车间的墙壁。

在教学过程中，邵大河先教大家，然后请其余的每个人都结合自己的工作特点，上台给大家讲讲所学、所感，大家彼此交流，相互学习，互相切磋，都掌握了很多新技术，也学到了很多经验。

为期四天的相互交流很快就结束了，在短暂的交往中，大家加深了了解和认识，建立了深厚的师徒感情。等到结束时，大家都带着几分依依不舍，分别回到原来的岗位上去。

学习结束的当天，五个老职工分别代表各自车间来找吴主任要人，点名就要邵大河，并且保证安排最好的师傅带，重点培养。吴主任笑得合不拢嘴，却一个都没答应，这么好的苗子他要自己留着。

邵大河依旧留在了第一车间，拜了一位姓邢的大姐做师傅。邢大姐年长邵大河十五岁，办事儿麻利，心直口快，是业务骨干。

在邢大姐的带领下，邵大河渐渐进入状态，业务日渐熟练起来……

北京，邵长江正一脸失落，在白家的小客厅里坐着。

白庚今天下班早，回来后听妻子说邵长江好像是受了打击，心里便有了数。

"杀一盘？"

"白叔，我不想玩儿。"邵长江病恹恹地答道。

"人生在世，风风雨雨，不如意者十之八九，但饭要吃，水要喝，象棋也不能搁着。来，摆上，咱们边下边聊。"

邵长江不好意思拒绝，便赶紧摆上棋盘，两人便你来我往厮杀在一起。

"飞炮……"

"将军……"

三局下来，邵长江全输，但话匣子却打开了。

这几天他先去了国家篮球协会，又去了位于体育中心的训练场，还去了一趟体育学校，无一例外，他全被拒之门外。邵长江有股不服输的劲头，不让他进，他就在门口等。见了人过来，他就凑上去问。遇到人高马大、看起来像是篮球运动员的年轻男人，他也凑上去搭话。

为了他的篮球梦想，他克服了害羞、焦虑、苦楚，他向每一个可能与此有关的人打听有用的消息。哪怕经历无数次拒绝，他依然执拗站在那里，邵长江以为，有志者事竟成。

真的去尝试过了，他才发现，这个世界上有很多事儿，并不是你付出努力，表达出真诚，耗费百分百的热情，释放百分百的诚意，就可以达成所愿。

"白叔，国家篮球队不要我，他们说，我岁数太大了，已经不可能在篮球上取得多好的成绩，让我回家好好工作，不要白日做梦。"

说着说着，邵长江委屈得直抹眼泪，尽管他不想哭，但控制不住自己的眼泪。白庚重新摆好了棋盘，目光只盯在棋盘上，并没有理会邵长江的委屈，好像没有那回事儿一样。

"谁说打篮球是白日做梦？真是胡说八道！当年伟大领袖毛主席在延安的时候，最喜欢的就是打篮球，既强身健体，又在比赛之中与同志们结成了更深厚的友谊。""啪"，象棋砸在了棋盘上，他豁达地笑着，"不过，国家篮球队的目的毕竟是要培养具有极高水准的运动员，甚至随时准备到国际上代表着祖国与别的国家一较高下。国家利益高于一切。篮球队那边是怎样选拔运动员的我不太了解，但据我所知，其他运动，如乒乓球、游泳、赛跑、体操等无一例外，全都是从小培养，小朋友六七岁就要每天训练，日复一日地坚持好多年。经过层层选拔，最后将最优秀的集中起来组成国家队，代表国家完成历史使命，为国争光。长江啊，篮球队那边拒绝了你，并不是因为你不够优秀，更不是看不起你，而仅仅是因为，家有家法，行有行规，如果随随便便去了个什么人，他们见好就直接收下，这不是乱了套吗？"

他指了指摆好的棋盘，语重心长地说："就像下象棋，哪个棋子代表着什么，又被赋予什么样的使命，那是定下了规矩的；如果坏了规矩，炮不飞，卒不挡，士不闪，将不杀，那这盘棋还怎么玩呢？"

邵长江的啜泣声弱了不少，本来乱糟糟的心情，因为白庚的几句话，平复了许多。

"人这辈子，其实只要做好一两件事儿就好了。即便你的梦想受现实限制无法实现，你也不要自暴自弃。你可以将它作为爱好，强身健体，陪伴一生嘛。当前，你最重要的事儿是好好工作，做出一番事业来。"

白庚的一番话，犹如拨云见日，为邵长江打开了心中的桎梏；又如航海灯塔，为他日后的航行指明了方向。

邵长江来时兴冲冲的，憧憬着北京之行会为他的人生开启新的篇章；去时脚步轻轻，白庚的一席话化解了年轻人心中多年的魔障，让他回归自我，重新走上健康发展的道路。

砂轮厂夜校每晚上六点半准时开始，教德语的老师叫廖小茹，是位小姑娘，比邵大河还小半岁。只见她扎了个麻花辫，苗条的身材，眼睛又大又亮，这要是好好打扮一番，绝对是个大美女呀！尽管廖小茹人长得漂亮，但面容冷峻，且不苟言笑，端着一副老师的架子，凶巴巴的样子，拒人于千里之外。从学员报到上课的那天起，她就先立下规矩：不准迟到、早退、旷课，有事儿必须请假，假条得车间主任签字才算数。

接到通知来参加夜校学习的职工有三十多位，邵大河是其中一位，大家一起来上课，却有一个共同的疑问：中国话还没学明白呢，为什么要来学德语？还要跟着一个黄毛丫头学，这事儿不是很奇怪吗？

有学员提出这个问题，但廖小茹根本不解释，只是含糊地说这是厂里做出的决定，她也是根据领导的安排，来兼夜校这边的德语课，希望大家能配合她，圆满完成教学任务。

就这样，带了几分疑惑，不想挨批评更不想被扣工资的邵大河，硬着头皮开始了德语课的学习。

为了完成教学任务，廖小茹自编了一本德语课本，让厂部的印刷厂给印了三十多本发给大家。

"这本书，我们要在六十天内学会、记牢，时间紧、任务重，大家一定要多用心，平时上完了课，在闲暇时间也要多复习。等两个月后领导来检查时，希望大家都能交出一份不错的成绩。"

听到廖小茹这么说，教室里一片哗然。

"还得考试吗？这也太难了。"

"小廖老师，学德语有什么用啊？平时也用不着，咱们厂里也没大鼻子老外，这不是浪费时间吗？"

"那些技术类的书籍，咱们厂不是有翻译吗？"

……

教室里，大家你一言我一语地抱怨开了。

廖小茹将脸一绷，用教鞭使劲儿敲打黑板："都已经说过了，这是领导交给我们的工作任务，必须完成。无论厂里将来如何安排，出于何种目的让我们学习，我们都不能偷懒耍滑。如果不好好学习，倒不如现在就找领导说明情况，早早地退出这个班。"

邵大河坐在第二排一直在摸鼻子，一脸的疑惑。

廖小茹扫了邵大河一眼："邵大河，你有什么意见吗？"

邵大河抬眼看着她："廖老师，你从六点半教育到了七点整，难道不是在浪费同学们的学习时间吗？坐这里的全都是各个车间的骨干，有一半还是读过小学和初中的，你说的话大家都能听懂，也不用端着老师的架子，更别拿领导来压我们。学习是自愿的事儿，你现在整得好像赶驴拉磨一样，别把气氛搞得这么沉闷好不好，太影响心情了。"

廖小茹的炮仗脾气瞬时被点燃了。她立即宣布开始上课，教了大家几个单词和几句简单的对话，便要求大家背诵。

半小时后，她点名让邵大河站起来背诵，还事先声明，如果背不出来，就要罚抄写二十遍、默写二十遍，如果再不会，就要在公告栏里通报批评。

邵大河心想：小丫头片子凶什么凶，人虽然长得不错，怎么跟小辣椒似的，脾气还挺冲，将来肯定不好找对象。他站起来，准备背诵，却突然什么也想不起来了，于是傻傻地问："第一句是什么来的？"

教室内传出了哄堂大笑。邵大河用求助的目光看着廖小茹，眼神是真诚的。廖小茹生气地瞪了他一眼，提示了一下。邵大河开始背得尽管有些生硬，不过还是完整地背了下来。等他背完，教室里一片安静。

廖小茹又拿教鞭敲了下黑板："翻译。"

邵大河稍加思索，便一字不差地将刚刚所学习的单词和句子都翻译了下来。

比起复杂的中文，邵大河还真没觉得德语有多难。

廖小茹没难住他，心里虽然有点失望，但还是口头表扬了他。

十点钟放学时间到了，廖小茹却拖了会儿堂，直到十点半，学员们才陆陆续续地散学离去。

认认真真地学习，还真是件辛苦的事儿。几个小时下来，邵大河觉得自己的精力都被耗尽了。他趴在桌子上，都有点虚脱了。

廖小茹收拾好了东西准备离去，却发现邵大河还在那儿趴着。

"邵大河，你这是……睡着了？"廖小茹喊了他一声。

邵大河疲倦地抬起头："还有事儿吗，廖老师？"

"已经放学了，你不走吗？"

邵大河应了声："嗯，是要走了。"他娘还在家等着呢，今晚上的夜宵不知道是什么，他有点想吃小饭店里做的熏鸡架，单是想想都馋得流口水。

两个人一前一后离开教室。

已经过了十点半，天很黑，夜风吹在人身上充斥着丝丝凉意。廖小茹抱着教案缩成一团，深一脚浅一脚地往宿舍走。

邵大河跟在廖小茹身边："廖老师是住在厂区那边的宿舍吗？"

廖小茹警惕地反问道："你怎么知道？"

邵大河耸了耸肩："猜的，砂轮厂没结婚的职工都在那边住集体宿舍。"

"住在哪儿关你什么事儿？"廖小茹一甩脑袋，两条麻花辫跟着甩了起来。

为了甩开邵大河，她快走几步，鬼使神差地抄了一条近路。这条路位于两座红砖厂房的中间，没有安装路灯，昏暗狭窄。已近午夜，前后都没人，她害怕极了，一路小跑往前走。正在这时，她忽然听到身后有脚步声。脚步声越来越近，她浑身的汗毛都竖了起来……一只大手突然从她身后探出，紧紧抓住了她的手臂。

廖小茹吓得一边大叫，一边对着来人捶打起来："谁？放开！快点儿放开！"

"喂，你打我做什么？是我……"

廖小茹听出了是邵大河，稍稍安静下来，不过仍生气地冲邵大河嚷嚷："你有病吧？你吓唬我做什么啊？你知不知道你快吓死我啦！"

邵大河一脸莫名其妙："我喊了你好几声，是你自己没听到好吧？"

廖小茹弯腰去捡掉在地上的教案，边捡边恨恨地说："明天非得写个通报批评交给你们吴主任不可，都是什么人啊！哪有这样子对待老师的？"

邵大河一听这话，倔脾气也上来了。他拽着她的胳膊，指着两三米外的地方低吼："你瞅瞅那个是什么？睁开眼睛认真瞅瞅！"

廖小茹下意识地看过去。那里挖了一个挺大的深坑，应该是在维修埋在地下的管道，工期未完，便没有填埋回去。立的警示牌，不知被谁给放到了一边。这要是一脚踏空掉下去，后果不堪设想！

"廖老师，你心里应该多一些阳光，少几分对革命同志的怀疑。"

廖小茹露出了不好意思的表情。

"走吧，还是送你回宿舍，保证老师的安全也是做学生的应尽义务。"

"不用那么麻烦了吧？"

邵大河叹口气，手指着前方："这条路今天一共挖了四个坑，马上就要十一点了，你确定要自己走吗？"

廖小茹当然不愿意。

从那条异常坎坷的小路里走出来时，廖小茹脸上露出了明快的笑容。

"廖老师，我有个问题，一直搞不明白。厂里边为什么要安排我们学德语？

如果是为了跟国外的技术员交流，学的也应该是俄文吧？"厂里进进出出的多是苏联人，给厂里送设备来的也是苏联老大哥。邵大河有这种疑问也不奇怪。

廖小茹压低了声音："这件事儿还没有个定论，你可不能说出去，不然的话，我要挨处分的。"

邵大河点头："我嘴巴最严了。"

廖小茹又凑近了些，她头发上的香味很好闻，像是玫瑰，又好像是茉莉，邵大河傻傻的分不清："厂里有计划要派送一批人员去民主德国学习技术，你们这些人全都是从各车间推选出来，准备要重点培养的。大河，如果你想进步，往后可得好好学习德语。"

这个消息让人出乎意料，邵大河被震撼到了。

"怎么了？这就吓到了？"

邵大河憋红了脸，使劲儿地点点头。

见他那副样子，廖小茹觉得有趣，便"呵呵呵"地一阵欢笑。这一笑，把邵大河弄得更不好意思了，于是粗声粗气地说："我这辈子就上次培训出去过郑州，更别提出国，想都不敢想！"

廖小茹背着手，歪着头："那你要不要争取一下？"

"当然要了。"邵大河几乎没有犹豫，"必须得努力。"

"邵大河，你还真跟别人不一样，很有想法嘛！"

邵长江在回铝厂的班车上才开始认真地回忆起这段时间以来发生的所有事儿。当看到了铝厂的大门时，邵长江突然明白过来，在篮球之后，自己真正想要全力以赴的事业是什么了。

崔副厂长是个相当严肃的男人，已年过五旬，鬓发花白，脸上的每一道沟壑，全都是在岁月之中打磨的印记。他参过军，打过仗，杀过敌，也负过伤。他上过学堂，受过开蒙教育，也曾在学校里度过一段悠然的时光。不过，那全是他年轻时的故事了。他极少提起过去所经历的事儿，最喜欢说的便是人要向前看。是啊，既不能忘记过去那些悲恸、愤怒、自强、拼死一搏的场面，也不能过度沉浸于悲伤，止步于前，从而忽略未来还有更广阔的生活等待着人们去开拓。

曾经，他也有一个儿子，小家伙长到了八岁，虎头虎脑的挺可爱。如果没有经历那场变故能够顺利长大的话，或许，他已经像站在眼前的邵长江一样，高大，阳光，有朝气；他也会犯错，但错了以后同样能学会反思，慢慢长成真正的男子汉，挺直脊梁，接下他手上的接力棒，和大家一起扛起这个国、这个厂和这个家。

"回来啦？"

依旧是崔副厂长和蔼亲切的语气，依旧是他亲自泡的、散发出诱人香气的茉莉花茶，一杯给自己，一杯给邵长江。

他微笑道："站在门口做什么？进来啊，坐沙发上，我们聊聊。"

"是。"邵长江拎着行李包向前走，感觉自己的小腿肚很僵，两条腿很沉，每一步都迈得有点艰难。

"你这是直接来厂部，还没回宿舍吗？拿了这么多的东西。"崔副厂长打趣地问。

邵长江赶紧说："噢，这个是白叔叔让我带回来给您的礼物，有一只北京烤鸭、一包糖，还有一袋茶叶。"

邵长江一边说着，一边从行李包里往外掏，把礼物一股脑地放在桌子上。看到礼物，崔副厂长来了兴趣："这些可全是稀罕玩意儿，老白是我的老兄弟，心里边还在惦记我啊。小邵，辛苦你了，让你一路给我带回来。"

听见领导的这一声谢谢，邵长江有点局促不安，也有些欣喜。他低下头，犹豫了会儿，最后鼓足了勇气说："我来，是想跟您表达一下歉意……"

崔副厂长一听，只是饶有兴致地挑了挑眉，耐心地等他继续往下说。

"关于打篮球的事儿，您劝过我，主任也劝过我，我爹娘、哥哥，全都劝过我，可是那时候，我是真的把这件事儿当成终身的理想去追求的。在找工作的时候，听我大哥说，去北京的花销很大，而我家里负担不起这一笔多余的支出，我想要去圆梦就必须得靠自己想办法，所以我才……"邵长江有些羞愧了，他站起来，给崔副厂长鞠了个躬，"谢谢您，帮我提前圆了那个不切实际的梦。我去国家篮球队里亲眼看过了，篮球队需要更小、更有潜力的运动员，从小培养，为国争光，守护荣誉，这从来都是一件非常严肃的事儿，他们不会破格招我入队，因为我……不适合那里，不适合的人待在不适合的位置，哪怕心底有一股不服输的执念，最后依然不会改变结果。我觉得，我应该去属于我的位置上努力，不能将篮球作为职业固然很可惜，但将适合我的事儿做到最好，才是我更应该去考虑并为之努力的。"

"小邵啊，很好嘛。"崔副厂长拆开了邵长江带过来的那袋水果糖，抓了几块，塞到他手上，"古人云，行万里路，胜读万卷书，有时候能走出自己的小圈子，去更广阔的世界看一看，这本身就是一件开阔心胸的事儿。听你刚才说的那些话，这一趟北京就没白跑。"

"是的。"邵长江使劲儿地点了点头。

崔副厂长端着水杯，坐到了他身边，亲切地说："来吧，讲讲，你都去哪了？"

见领导有兴致听他讲自己的经历，邵长江心里坦然了许多，于是慢条斯理地讲起了他在北京的所见所闻。他住在了白家，并没有天天守在家里等消息。为了寻找篮球协会和国家篮球队的消息，他骑着白家的自行车，去了长城，还去了天安门，可惜故宫当时关闭，不让参观，不然他也想进去参观一番呢。

"还去了长城？那可是很不容易，我一直很想去，但没有时间去看咧。"崔副厂长兴致勃勃，催着邵长江再描述一下当时的景象。于是，邵长江这个一向不爱言语的人，竟滔滔不绝地讲了半天。

崔副厂长又问了老友的近况，邵长江一一进行了回答。话题最后又转到邵长江的身上。邵长江再次郑重地为自己的冲动行为向崔副厂长做了道歉。

家有家法，厂有厂规，铝厂不是他想走就走想来就来的地方。

"在厂部上班了一段时间，我知道自己应该遵守纪律，可是我却……"

崔副厂长打断了他："往后的日子还长呢，好好想想你是谁，你在哪儿，你在做什么，想清楚想透彻以后，你再去想现阶段你能做好的事儿是什么，该怎样去做，以及在不远的未来，你要达成一个什么样的目标，并应该怎样去努力，不至于碌碌无为地度过这一生。"

崔副厂长的话和白庚的话如出一辙，在邵长江的心底产生了巨大的震撼，引起了他对现状和未来的深入思考。

邵大河发现，廖小茹除了在夜校教德语，白天也有工作。她是厂报的记者，英文和德语都很厉害。尽管廖小茹有一身的学问，可以独立翻译许多技术资料，但因为家庭成分高，出身不好，也只能被厂里暂时留下来，作为临时工来使用。尽管不是正式职工，但廖小茹干的工作却是正式职工的两三倍。

那时候讲究划清界限，成分问题是一道不容触碰的红线。

有一次，夜校下课，邢大姐在厂部开会，出来时恰好看到邵大河跟廖小茹有说有笑地一起走，她很不客气地当场就把邵大河给拉走了，还狠狠地批了邵大河一顿，她绝不允许他与廖小茹有私下的接触。

邵大河年轻气盛，并不认可师傅的做法。他为廖小茹抱打不平："如果说她成分有问题，那厂里为什么要安排她去做记者，还要让她翻译技术文件，更要她去夜校教学生呢？她一个人就做了那么多事儿，做出的贡献并不算小，难道连跟人说话的基本权利都没有了吗？"

邢大姐气急败坏地说："邵大河，你知道你在说什么吗？你知道你刚刚所说的话，会给自己带来多大的麻烦吗？甚至会影响到你的前途。你和廖小茹不一样，你们从来不是一类人，不是同一个阶级，也不会有类似的人生轨迹；你有着大好的未来，不要因为年轻不懂事儿，只顾着逞口舌之快。刚才的话若是传扬出去，或是被人举报，不仅你要被处分，就连我，还有吴主任，甚至厂领导都要受牵连。"

邵大河又不傻，他当然知道师傅说话的分量，也后悔说了不过脑子的话，于是向师傅赔个不是，灰溜溜地回了家，连母亲给准备的加餐都吃不下了。

"哪里不舒服吗？"李秀珍摸了摸儿子的额头，不烫不热，却冒了很多的汗，看上去很不舒服的样子。

"娘，有件事儿，我想不通，想跟你聊一聊。"邵大河攥住了李秀珍的衣角，声音压得很低，将夜校里发生的事情简单说了一遍，没有想到，李秀珍罕见地动了大怒。她揪着邵大河的耳朵，把他拽到卧室里，关起门来狠狠教训一顿。

看来与这个成分高的廖小茹接触的确是犯了大忌，连一向温柔贤惠的母亲都如此大动肝火，邵大河以后的行动要更加谨慎才对。

面对如此严酷的现实，邵大河不得不改变策略，表面上听从师傅的教诲，主动承认错误，化解矛盾，实际上他却对廖小茹有了更多的观察和喜爱。

第二天上课的时候，邵大河发现廖小茹讲课瓮声瓮气，好像是感冒了。他有点担心，多看了她几眼。偶尔两人对上眼神，廖小茹也是一副冷漠的表情，跟前几天的笑意盈盈有着明显的区别。

邵大河心里想，自己是怎么得罪了她呢？才一天不见，她怎么就变化这么快呢？连点名提问都不考虑他了，而是选了他身后一名一向不喜欢回答问题的学员，结果，这个突然的提问让对方非常不高兴。

"你讲就讲呗，能不能别喊我名字！"那名学员不客气地顶了一句，公然发起了牢骚，"真不知道厂里是怎么想的，让这个女的来做老师，是找不到人了吗？就算是找不到人，德国人说的话不学也没什么，非得让咱们来这儿听她叨叨叨，跟这种成分有问题的人靠太近，万一被牵连怎么办？"

这名学员的话引起了教室里一片唏嘘。

廖小茹尽管很委屈，也只能忍气吞声，暗自落泪。在那个年代，出身不好是没有话语权的！

"喂，对女同志怎么说话呢？况且在这个课堂上，她还是老师，请你给予她最起码的尊重，好吗？"邵大河年轻气盛，血气方刚，见不得有人当着自己的面欺负女人。只见他腾地站了起来，毫不客气地说。

他个子高，人又壮，往那里一站，整个人跟一座小山似的，看上去很有压迫感。那名恶言恶语的学员顿时收敛了几分。

"行行行，还有人愿意给这种人出头呢！真是年轻，不知天高地厚，你就作死吧！"

教室内鸦雀无声。邵大河感觉到所有人的目光全都落在了自己身上。他攥紧拳头，已经拿定了主意，这个家伙再敢多废话半句，他就直接一拳头砸过去。

"我们继续上课。"廖小茹带着哭腔低声说，因为声音太低，没人理会，于是她就又抬高了音量，重复了一句。

教室里还是乱哄哄的。

"邵大河，你坐下。"廖小茹只能从愿意听她说话的人身上入手。

邵大河看了她一眼，顺从地坐下了。

廖小茹的心里稍微好过了些，她清了清嗓子，哑着声音说道："我知道你们每个人的心里边在想些什么，但是请你们搞清楚，我来夜校教德语，是厂里领导安排的工作，我的任务就是把编好的内容，全都教会你们。如果你们其中有人因为偏见、歧视、不满等原因，不愿意学，那我也没办法。而最终，要接受考试的人，是你们，不是我；你们考不好，只能怪你们不努力不用功，与我无关。"

她转过身，在黑板上"唰唰唰"地写起字来。眼泪不争气地汩汩流下，她擦了擦，等再转过身时，已然恢复了常态。决不能让人看出来她的脆弱，她要顽强地活着，至少现在如此。

"继续上课，讲话的请出去，不愿意学习的也请出去，不要打扰其他同学认真听讲。"

邵大河有些欣赏地看着倔强的、不服输的廖小茹，只觉得她像一株傲雪寒梅，顽强而美丽。他的脑子里竟然有个大胆的念头：若是找对象，就应该找廖小茹这样子的。

夜校十点钟准时下课，学员们一哄而散。廖小茹低头慢慢收拾教案，疲惫而漫长的一天就要结束了。

"嗨，廖老师……"见教室里只剩下廖小茹一个人，邵大河上前打招呼。

"放学了，再见。"

"一起吧，我送你。"

"我认得回宿舍的路。"廖小茹语气生硬，拒人于千里之外。

"那你早点儿回，路上小心。"邵大河不好勉强，问候一声转身走了。

出了门，邵大河躲在拐角处静静地等着廖小茹。廖小茹低着头，无精打采地往宿舍走。厂区内一片寂静，礼堂门口有几个学员站在一起闲聊，廖小茹经过的时候，他们挤眉弄眼，说怪话，还猛吹口哨。

这是廖小茹的生活里经常会遇到的事儿，有很多人觉得她的家庭成分不好，没有人保护，便可以随便欺负她。事实上也的确如此，任何人都可以羞辱她，咒骂她，因为她是"阶级敌人"，是专政的对象。

廖小茹以一种女性的本能，小心谨慎地保护着自己，避免惹上麻烦。她加快脚步，快速从那些人身边经过，一时慌不择路，又一次拐进了那条没有路灯的小路。借助昏暗的灯光，她像做贼似的逃往宿舍的方向。

廖小茹因为不是正式职工，领到的粮票和工资比正式职工少一半。为了让日子能够熬下去，她严格计算着食物的分配，每天两顿饭，而且全是稀饭，一周之内，仅吃一两次杂粮馍。她时常饥肠辘辘，患上严重的营养不良；她拼命地工作，身心疲惫；她活在完全没有尊严的社会里，小心谨慎地夹着尾巴做人。

劳累，饥饿，紧张，在这个夜晚一起向廖小茹袭来。她眼前突然一黑，熟悉的眩晕感再次来袭，她单手撑着厂房的外墙，怀疑自己随时可能会倒下去。这时，身后传来了邵大河的声音："廖老师，你怎么啦？哪里不舒服吗？"

廖小茹不得不承认，在听到了邵大河的声音后，她悬着的心脏，一下子就落回了原处。但她仍倔强着不肯回头，也不想搭理邵大河："我没事儿。"

她想挣扎着站直身体，可没走几步，眼前又开始发黑，于是摇摇晃晃，直接坐在了地上。

邵大河急了，冲到了她身边把她扶起来："你是怎么回事儿？说话呀，哪里不舒服？我送你去卫生所吧！"

廖小茹却直接想把手抽出来，她甩开他，还要把他推远些。

"邵大河，难道没有人告诉过你最好不要接近我吗？我的成分不好，会连累到你的。所以，你离我远一点儿，不要管我。"说出最后几个字的时候，她又坐在地上，虚弱的声音想要呵斥出一种气势，但根本不行。

"还是直接送你去厂区的医院，看你病得好像很严重。"邵大河好像根本没听见她说的那些话，拽着她的胳膊，就想把人给背起来。

廖小茹想要挣扎，可她本来就很虚弱，再加上邵大河力气极大，她那点儿抗拒根本起不了作用。若真是被邵大河背着跑去医院，廖小茹几乎可以想到，从明天起，在这个砂轮厂里会掀起怎样的流言蜚语。这对于邵大河来说是极其可怕的错误开始，更会为她带来意想不到的麻烦。

"不用去医院，我只是太饿了，低血糖，有点儿虚脱。"廖小茹气若游丝，在他耳边喃喃地说，"等下我回宿舍，弄一点儿吃的吃了，缓一会儿就好了。"

"你是——饿成这样的？"邵大河真是想不到，居然会是这样。

"嗯，我没事儿，不用去医院，真不用。"

她不想说话，更不想解释，现在哪怕是张张嘴，于她而言，那都是快要承受不住的体力消耗。一个晚上，她全凭着一股精气神在死撑，饿了的时候，她就喝水。可喝了一肚子水，仍然很饿、很难受，这会儿那股子不适的感觉全激发出来了。除了忍耐，廖小茹根本不知道怎么办才好，她甚至不好意思说，她的宿舍其实也是一点儿吃的都没有。

就在这时，她的嘴里突然被塞进了什么东西，一股浓郁的奶香来袭，丝丝甜味流窜过味蕾。她想要吐出来，但邵大河捂住她的嘴，不让她有所动作。

"快点儿嚼着吃，咽下去。"他命令道。

可是嘴里边含着的是那么好吃的东西啊，那么香，那么甜，好吃得舌头都想跟着一起咬掉了。她怎么舍得嚼着吃，必须得拖延时间，慢慢地吞咽，让幸福和满足的感觉无限放大，她不想太快结束这美好的一刻。

"这是——大白兔奶糖？"

"是。"邵大河咧嘴笑笑，把剥开的糖纸给她看。

"哪儿来的？"廖小茹捏着糖纸，看了又看。

"从我妹妹那儿偷来的，那丫头有一包呢，让她分两块给我，她都不肯，是个特别抠的小丫头。"邵大河没有跟廖小茹说，他去找邵永梅要糖，就是为了送给她的。反正现在，糖都被她吃了，目的达到了，一些细节也就不必讲出来了。

"你怎么可以偷妹妹的糖？"廖小茹哭笑不得。

"小丫头应该不会发现。"

他看着廖小茹瞠目结舌的模样，觉得很有趣，手向前一挥，迅速地又塞了一块糖进她的嘴巴里。

"小女孩儿都喜欢大白兔，我妹妹说了，糖纸上的兔子是天底下最可爱的兔子，估计你也喜欢，喏，糖纸给你。"邵大河毫无愧疚之心，把另一张糖纸又给廖小茹。

吃了两块奶糖，廖小茹已从那股昏沉沉的感觉里缓过劲儿来。可能是嘴里太甜的缘故，她根本没办法儿维持着一副冷脸，于是对邵大河开心地笑了笑，露出她天真可爱的真面容。

自此之后，每天晚上夜校下课,邵大河都会送廖小茹回去。为了避免麻烦，他们在离开教室后便不再交谈，一前一后隔着几米远，有时候是廖小茹走在前邵大河跟在后，有时候是邵大河走在前廖小茹跟在后。人就是这样，不需要交谈，只要知道有个人与自己一路同行，便心无畏惧，再黑的夜晚也能安然度过。

邵大河是廖小茹在砂轮厂交到的第一个朋友，廖小茹开始思考，该怎样帮助邵大河。

有一个晚上，廖小茹捧着邵大河给她的蒸红薯，做出了一个重要决定："从明天起，你五点钟来厂区，咱们在仓库中间的小路见面，我来给你补德语。"

邵大河大吃一惊："廖老师，您这是在恩将仇报吗？我护送您老人家回宿舍，还从家里边顺来美味的蒸红薯孝敬您，您居然还要剥夺我少得可怜的休息时间！不行不行，绝对不行，五点钟我可起不来，太困，熬不住。"

廖小茹盯着他的眼睛，认认真真地说："选派去民主德国培训的人，必须从你们这批学员中选拔。课堂上，你在学，别人也在学，大家水平都差不多，想超过别人，就得背后悄悄下苦功。邵大河，我们早起练习德语吧，只要你能坚持住，我有信心，在选拔之前，你可以顺利地用德语来进行日常对话。"

"这样你也太辛苦了，本来就是从早忙到晚，难得休息，这还得为了我起个大早，我不忍心。"邵大河说的是真心话。

跟廖小茹接触越多，了解也就越深。她的爷爷是从前有名的地主，在郑州的周围拥有不少土地，家里雇了长工，据说还有一些老铺子，做着药材、粮油和杂货的生意，积攒了不少钱财。父亲是受过高等教育的知识分子，出国留过学，会流利地使用英语、德语和日语。母亲是本地的富家千金，也曾读过女子师范。夫妻俩可以说是门当户对，有着相似的经历，非常恩爱，相敬如宾。

在这样的家庭里长大的廖小茹，自小便接受了良好的教育。除了读书认字，她的英语和德语都是跟父亲学的，十三岁起，她已经能够熟练地使用这两种语言了。她甚至还跟随着父母出国居住过一段时间，眼界跟阅历比同龄人不知要超出了多少。这也是为什么她身上有种独一无二的气质，是这个砂轮厂所有女工都比不了的。

后来陡生变故，巨大的浪潮席卷了这个家庭，他们没能从历史的车轮之中逃脱厄运，更没有成为这个时代的幸运儿。

廖父、廖母相继去世。

廖小茹因为家庭成分问题，吃了数不清的苦。也因为她受过正规教育，精通两门外语，在这个缺少人才但又十分看中家庭成分的年代里，厂里给她安排了一个临时的工作，让她勉强在此栖身。

廖小茹一眼便看透了邵大河的欠缺在哪里，更清楚从哪里下手去补足，可以让他脱颖而出。

邵大河五点钟准时到达约定地点，他大声背诵，与廖小茹用德语沟通，还要不停纠正自己的发音。廖小茹严格要求，完全不讲情面，如果同样的错误犯的次数太多，她甚至还会拿预备好的竹条抽他。

邵大河不仅不生气，每天还想尽办法从家里拿些吃的过来，给瘦得没有二两肉的廖小茹补身体。不然还能怎么办？总不能让她再饿晕吧？毕竟她是为了自己在劳心劳力，邵大河觉得自己有义务让廖小茹吃得好一些。

于是，李秀珍有些疑惑地发现，家里的吃的消耗得越来越快，餐盘里剩下来的饭菜经常无故失踪，草篓里放着的鸡蛋一天比一天少，甚至从小饭店带回来的杂粮馍也不翼而飞。她问了邵中诚，邵中诚说没看到；问了邵大河，邵大河说他没吃。李秀珍没有介意，也没有追问，反而是每天多留一点儿吃的，就怕悄悄翻厨房找吃的孩子们吃不饱。直到这天，邵永梅哭着捧着只剩下一块糖的袋子来找李秀珍。

"娘，大哥把我的奶糖都给偷吃了，你快管管他啊，让他赔我糖。"

李秀珍一看，糖就只剩一块了，孤零零地躺在袋子的底部。

"梅梅，你哥又不爱吃甜的，他怎么会偷拿你的糖，是不是你自己吃着吃着，算错了数？可不能诬赖自己哥哥啊！"

邵永梅哭得更大声了："就是他给吃没的，这包糖，二哥给我带回以后，我一直舍不得拆开吃。后来有一天我忍不住了，就吃了一块儿，之后就再没吃过，一块儿都没吃过！"

这次就蒙不过小丫头了。

李秀珍把女儿搂进怀里，想着该说点儿什么，来安慰安慰这个可怜的孩子。

"二哥一直不在家，就只有他知道我的糖放在哪里，呜呜呜……大哥太坏了，我要跟他绝交，以后我都不会再理他啦！"

这一晚，邵大河上夜校回来后，他娘、他爹，还有他妹妹，三个人"一"字排开，坐在椅子上，全都是气呼呼地瞪着他。

"说吧，你是不是偷拿了你妹妹的奶糖？还全给吃了？"李秀珍开口。

"没有啊，我拿小孩儿的糖做什么？别冤枉我。"邵大河装傻，眼睛贼溜溜，左看看右看看，故意想岔开话题。

"娘，今晚上吃什么？我好饿，晚饭就喝了一碗玉米粥，肚子早空了。"

"糖纸就在你的日记本里夹着呢，我们已经找到了。"李秀珍看了女儿一眼。

邵永梅立即机灵地跑回房间，把翻了一下午终于找到的证据给拿了出来。

这下罪证确凿，邵大河无法抵赖了。

糖的确是他拿的，一天一块，没事儿就找机会往廖小茹嘴里塞。他真的很喜欢看着廖小茹一脸意外，明明是想斥责他，却舍不得吐了奶糖，便只能鼓着脸，气呼呼地瞪他。那副模样，有趣极了。

糖给廖小茹吃了，糖纸他也舍不得丢，自己带回来，找了个日记本夹在里边。偶尔看到，他准能想起廖小茹气得不行，但拿他毫无办法的模样。这样，早晨起来被她毫不留情地教训的痛苦，就全发泄干净了。

直到今天，奶糖基本消耗殆尽。

邵永梅也因为考得好，忽然想起来自己还有一包糖，打算找出来吃一块奖励一下，结果发现奶糖袋子已空了。

"说吧，偷你妹妹的糖，你是怎么想的？"李秀珍不客气地给了邵大河一巴掌。

进厂后邵大河吃得好了很多，不仅壮了，个子也好像更高了。李秀珍打他一巴掌，邵大河不疼，她自己的手却疼得不行。李秀珍明明心里有气，可又有点想笑，于是强绷着脸问："你是不是最近还偷拿家里的鸡蛋啦？"

"娘！"邵大河瞪圆了眼睛想否认。

可是，知子莫若母啊，这是李秀珍自己养大的儿子，她怎么会看不出来他神情里根本藏不彻底的心虚呢？

"还有每天家里剩下来的吃的，只要是做熟了，你准都给拿走了。邵大河，你很饿吗？脑子里现在每时每刻都是在想着吃吗？你们厂不是有食堂吗？还回来吹牛说一星期可以改善一次伙食呢，这究竟是怎么回事儿？你给我实话实说！"

邵大河摸了摸鼻子，默不作声。

邵永梅捏着手里唯一的一块糖，越想越难受，哭得更大声了。

邵大河一见把妹妹给气成这样，也觉得有点不好意思，赶紧接过来，抱着她又哄又劝，承诺今年一定想办法给她买两包，这次就当是借的。

正说着话，有人敲门，邵长江的声音传了过来："娘，你睡了吗？我是长江。"

邵永梅这才止住哭，一听到二哥的声音，立即号啕着冲过去抢着开门。

邵长江连夜回家，一进门就被小丫头抱住了腿。他看着哭得惨兮兮的妹妹，赶紧放下东西，把人抱起来。

邵永梅已等不及要告状了："大哥把你给我买的糖全都给偷吃没了。"

"喂喂喂，梅梅，不是说好了吃一包还两包吗？你怎么还告状呢？"邵大河不依了，上来就想把小丫头给抱回去，准备好好教育一下。吓得小丫头大声尖叫，抱紧了二哥的脖子，催着他赶紧躲着点大哥。

兄妹三人，自从两个哥哥都长大后，便极少这样闹成一团。家里边瞬时热闹极了，躲的躲，追的追，还伴随着邵永梅呼喊的声音。

李秀珍笑骂："都几点了，别闹了，别闹了，等下吵到邻居，他们要过来敲门抗议的。"

可话是这么说，她还是抱着毛线团去了里间，生怕这三个人疯起来，再把她的毛线给扯乱了。

"注意点儿别磕到你妹妹。"邵中诚叮嘱了一句，跟在妻子的身后回了卧室，也准备洗漱休息。至于家里的这些事儿，就只当是平时无伤大雅的小闹剧，并没有真的放在了心上。

邵永梅休息之后，邵家两兄弟也回了房，门关紧，声音压低，悄悄地聊着。

"你今天回来是有什么事儿吗？"邵大河问得很直接。

邵长江脸上浮现出了一抹不自在："哥，今天是星期六，明天周末，我回来看看爹娘和你。以前不也经常是这样嘛，能有什么事儿？"

"不对，这都几点了，班车早就停了，你要是没事儿怎么会黑灯瞎火地往家走？"

"哥，我被厂里停职了。"

邵大河一下子站了起来："你说什么？"

邵长江压低声音："哥，你小点儿声，爹娘就在隔壁，他们会听到的。"

顿了顿，他才很难受地说："厂里给我停职还是因为前些时候去北京的事儿，不知为什么传扬得到处都是，有些职工认为，崔副厂长是违规给我开了休假的手续，他们要求领导必须调查这件事儿。于是，厂里暂时停了我的工作，让我回家等消息。"

邵大河过了好久才找回了自己的声音："你有没有跟崔副厂长谈过？"

邵长江说："崔副厂长说这件事儿他来解决，让我放宽心。"

6

若即
若离

最近，邢大姐给邵大河调换了岗位，让他去一个有五百多职工的大车间，这样可以跟技术能手学习不少经验，虽然活儿有点累，但整个车间互帮互学，气氛融洽；吃饭时，大家喜欢围炉而坐，把从食堂打回来的或从家里带来的饭菜倒在一个大饭盆做成大烩菜，一起分享。

闲着没事儿的时候，邵大河也会把车间里有趣的故事讲给廖小茹听，听着这些暖心故事，廖小茹总是一脸羡慕。

日子在按部就班、不知不觉中匆匆而过。

廖小茹与邵大河按照约定每天早起练习德语已半月有余，邵大河的德语也在不断地进步之中。为了避免被别人看见从而带来麻烦，他们的教学必须在职工上早班之前结束。

这一天，天亮得比较早，两个人正在专注地对话，不远处突然传来一声喊叫。邵大河回头发现是车间里的职工小崔，大吃一惊。只见小崔正挥着手，快步朝他跑来。廖小茹见有人来，转身快速离开。

小崔问："刚刚那个人是谁？好像是个女职工？"他轻捶了邵大河的肩膀一下，"你小子进厂没几天吧？居然连对象都搞上了，还真是人不可貌相呀！"

邵大河不想回答这种无聊的问题，于是装着没有听见，并没有理会他。小崔亲热地一把搂住邵大河的肩膀说："走吧，一起去食堂。"

在食堂门口，廖小茹拿着暖瓶去打热水，恰好又跟小崔和邵大河走了个脸对脸。廖小茹无意中看了小崔一眼，小崔却没好气地吼道："看什么看？"

小崔的吼声把廖小如吓得一哆嗦，她立即低下头，快步地走了。

廖小茹被人家吼，邵大河却仿佛是自己受了委屈，他不满地瞪着小崔："对女同志客气一点儿，你怎么说话呢？！"

小崔一脸的不屑："喂，你有没有搞错？你知不知道那个人是谁？对她客气一点儿？肯定不能够！她的成分有问题，跟她靠得太近会被影响，大家全都避着她呢！你可别乱袒护她！"

"她是我在夜校里的老师，我不管她成分有什么问题，既然是老师，我们就应该给予她必要的尊重。"

小崔点头："这事儿我倒也听说了，真是想不通领导是怎么考虑的，既然是成分有问题，把她安排在那么重要的岗位上，万一出了差错，谁来负这个责任呢？这种人就不应该把她留在厂里，肯定会连累大家……"

邵大河越听越来气，一股热血直冲脑门，他突然推了小崔一把。没有防备的小崔被推得一屁股坐在地上，诧异地看着邵大河，大吼一声："你干什么？"

"你连最起码的做人道理都不懂，我也不想跟你待在一起。"邵大河冷冷地说完，气呼呼地走了。

小崔从地上站起来，拍了拍身上的泥土，朝着邵大河的背影骂了几句。忽然他想起了什么：刚才从邵大河身边跑掉的那个女人和刚刚遇到的廖小茹好像就是同一个人。哪里会那么巧？那边跑掉了一个，这边又遇到一个。方向对得上，时间对得上，发型、身高也都差不多，身上也都穿着同样的厂服……难道邵大河搞的对象就是廖小茹？

小崔仿佛发现了新大陆一般，连气都懒得生了，他决定去找吴主任，必须把这个问题第一时间报告给领导才行！

邵大河从后边追上了廖小茹，抓住了她的手臂说："怎么不等我？"

廖小茹紧张地看了看左右，确定没人，才压着声音快速说："你追上来做什么？万一被人看见怎么办？"

邵大河一脸不在乎，边走边伸懒腰："你又不是被公安通缉的犯罪嫌疑人，我怎么就不能跟你一起走了，被看见了就看见呗，舌头长在别人嘴里，爱说什么说什么，难不成因为他们说几句，我就要让我的朋友伤心吗？那不能够！我邵大河可不是那种不讲义气的人。"

"谁是你朋友？"听了这话的廖小茹眼睛突然一亮，心里明明很高兴，但她故意撇着嘴，不肯笑出来。

"你既是我的老师，又是我的同事，还经常帮助我，你啊，简直比我娘对我还好呢！怎么就不是我的朋友啦？"

廖小茹低下头，控制不住地笑出声来。她想了想又觉得邵大河形容得不太对，自己好像被绕里边去了。于是，她连呸了两声，故作愠怒："谁像你娘了？"

邵大河傻笑了两声："这不就是个形容嘛！"他一笑，廖小茹就又跟着笑开了。

此刻已经接近上班时间，职工们陆陆续续来上班。廖小茹担心再出意外，心里很不安，便轻推了一把邵大河："你快点儿去忙吧！"

邵大河没有立即走，冲着她眨着眼睛问："好朋友，今天夜校放学，你想吃什么？我去帮你弄来！"

廖小茹笑道："还能有什么好吃的呀，我想吃烧鸡你能搞得到吗？"

在那个物资匮乏的年代，烧鸡是一种相当稀罕的食物，即便是逢年过节也很难搞到，更不要说平时了。廖小茹倒不是真的想吃，她只是故意难为邵大河而已。谁知邵大河竟拍着胸膛一口答应："行，既然你想，我去帮你找来！"

廖小茹看他认真的样子急忙说:"不用不用,我只是开玩笑。"

邵大河摆摆手:"你提出的要求虽然有点儿难,但我有办法的,放心吧,晚上见。"说完就快步走开了。

这一天时间过得飞快,又是下午下班时间,邵大河准备吃晚饭,邢大姐却走过来把他堵在食堂门口:"大河,你先别忙着走,我有话想要问问你。"

邵大河笑了笑:"大姐,您有什么事儿尽管说。"

"我听小崔说,今天早晨看见你和一个姑娘在一起,聊得很热乎,怎么?这就有对象啦?"

邵大河不好意思地摇着脑袋:"您可不要听他胡说,我只不过是跟一个女孩说了几句话,他看见了就胡乱猜测,哪里是什么对象呀!这都什么年代了,大庭广众之下,光明正大地站在一起说几句话就被这么造谣,真是可笑!"

"那个姑娘是廖小茹?"邢大姐又问。

邵大河本来想否认,可话到嘴边突然又改变了主意,于是说:"如果您真的那么讨厌我跟她待在一起,当初就不应该安排我去夜校。她是我的老师,我怎么可能真的跟她划清界限彻底没往来呢?大姐,你想想看是不是这个道理?大家低头不见抬头见,在厂子里偶尔碰到还是要打一个招呼的,这跟个人成分问题没一丁点儿关系,这是一个人最起码的教养和礼貌……如果我是一个势利小人,对人连最起码的尊重都没有,这样的邵大河,您心里还能看得起吗?"

一番话倒是把邢大姐脸上的怒气完全给说没了。

邵大河再接再厉:"帮过我的人,照顾过我的人,我邵大河会一辈子放在心里,努力回报,这才是做人该有的品质。"

邢大姐顺着他的话思考了一会儿,轻轻地叹了口气:"大河,我这样子紧张也是为了你好。我相信,随着时间的流逝,让你上夜校学德语的目的,你心里面应该已经有数了。我们这个厂是东德的几十位专家援建的,这一次培训人员正是要到东德去,将西方最先进的技术学回来,这是一件非常严肃且有意义的事儿。正是因为如此，才会根据特别需要，将廖小茹那样家庭成分有问题的人也拉进来，参与其中。因为她懂德语，我们必须团结一切可团结的人，为我所用，让她发挥出更大的价值，同时也要规避她所带来的风险。大河，你是一个很不错的年轻人，我欣赏你，我更希望在个人问题上，你能找到一个与自己各方面都般配的姑娘，而不要鬼迷心窍地去选择最不该选的那一个。"

邢大姐意有所指，一口气讲了很多话，留下一句"你好好想想吧"，便离开了。

邵大河挠了挠后脑勺，突然反应过来，邢大姐这是在怀疑他和廖小茹处对象呀！廖小茹可是他的老师呀！最起码的尊师重道还是要有的，他压根就没往男男女女的方面去想。更何况，跟自己的老师搞对象，这种事儿想想都觉得很疯狂，他怎么可能会去做呢！

但又不得不说，廖小茹实在是一个相当有魅力的姑娘，年轻又好看，聪明又有文化，还会好几国语言呢！她要是自信地站在那儿，说上一段外语，她那迷人的魅力，怕是全世界男人的目光都要为之吸引。若不是生在这个时代，受了家庭成分的严重影响，她的生活一定不是眼前的样子，或许自己根本就没有机会靠近她。

究竟是谁配不上谁呢？邵大河根本不敢想，他嘟嘟囔囔，一边摇头一边叹气。

去窗口点餐的时候，他还在想这些事儿，虽然肚子很饿，但脑子里此刻想的却是廖小茹早晨吃了啥、中午有没有吃饭之类的事情，心情很坏，连吃饭的心情都没有了。他索性把饭盒盖儿盖好，端着饭菜朝着廖小茹工作的地方走去。

廖小茹白天的工作是在厂里翻译技术文件，她不能跟那些工程师一样使用办公室，这样有可能会带来麻烦。

办公室主任在档案室后边一个没有窗的小房间里给她摆了一张桌子，光线很微弱，没有电灯，即便是白天也要点着蜡烛才能看清文件。

房间里没有窗户，空气不流通，尤其是夏天，整个房间热得像蒸笼一般，过一会儿就要出去透一透气，不然非把人闷晕在房间里不可。

廖小茹翻译的文件，保密等级相当高，她既不能将任何文件带回宿舍，又不能将文件内容告诉任何人，只能在这个黑暗的房间里完成工作，其辛苦程度可想而知。

即便是这样，她既不能叫苦，又不能抱屈，还要无比珍惜这份来之不易的工作。

面对如此艰苦的工作环境，廖小茹总是乐观地想：日子苦是苦了些，时不时地还要承受着这样或者那样的委屈，但只要有砂轮厂这份工作，她有吃有住，再苦的日子也有熬出头的一天。再说，谁的人生不苦呢？区别在于，苦一些与苦很多罢了。

"奇怪，怎么给你安排这么个破烂地方，这里真的能办公吗？好黑！"走廊里传来了邵大河的声音，他忽然低叫了一声："哎哟——"

廖小茹连忙放下了笔，冲了出去："大河，是你吗？你怎么啦？"

"我撞到梁了，脑袋好像磕了个包。"邵大河一听到她的声音，顿时又高兴地笑了起来，"我正愁怎么找你呢，正好，你出来了，快点儿过来接一把，我给你拿了点儿吃的。"

"什么吃的？"

廖小茹对这里毕竟是熟悉的，哪怕光线极暗，也不影响她走路。她很快便来到了邵大河旁边，邵大河将沉甸甸的饭盒塞到她手上："我打了点儿粥，买了两个烧饼，还有一点儿小菜和三个煮鸡蛋，我都放在一起了，拿回去趁热吃。"

廖小茹哭笑不得："你买这么多做什么？我吃不完的啊！"

"你这顿多吃点儿，吃不完就晚上上完课回来再吃。"幸好此处光线昏暗，挡住了邵大河脸上的窘迫，他找了个说辞，急着要走。

走之前，他又压低了声音劝了一句："甭管别人说什么，你自己过好自己的日子就好，难不成被他们瞎扯了几句，这顿饭就不要吃了？不能够啊！饿着了难受的是自己。听我的，做人啊和谁过不去都行，就是不能跟自己过不去。廖小茹，你别难过啊！"

"我……"廖小茹想说她并没有难过，冷言冷语听得多了，她早已习惯了，并不介意。可那些话堵在了嗓子眼，却说不出口。

"好好吃饭啊！"邵大河摸了摸她的脑袋，亲昵地揉了揉。

他这个动作纯洁而自然，平时习惯了如此去对待邵永梅，也没觉得有任何突兀。但廖小茹的头发，毕竟与邵永梅那种小丫头的细软毛发不太一样。他像是被烫到手似的，把手指缩了回去，也不再找借口，小跑着走了。

邵大河根本没发现，廖小茹站在了原处，捧着饭盒，哭得眼泪像断了线的珠子一般。他不知道，自己今天给予的这一丝关怀，在廖小茹的内心深处掀起了多大的波澜。

"走那么快，我都忘了要说谢谢。"廖小茹使劲儿地吸了吸鼻子，把眼泪全都抹在了袖子上。堆满了杂物的狭小办公室内，飘起了饭菜的香味。

这个邵大河，难不成是发财了吗？竟然真的给她买了那么多好吃的。廖小茹都记不起来自己上次吃烧饼是什么时候了，还有那熬得黄澄澄的小米粥，加上一点儿咸菜进去，真好吃啊！还有三个鸡蛋，她都不舍得大口吃。

廖小茹知道，这些饭菜全都是在小灶窗口买的，平时，她连望一眼都不敢。

"真好吃。"廖小茹吃着吃着，又哭了起来。

她不知道自己为什么要哭，但她清楚地知道，今天所流的泪水与往常的那些不一样。她有点感动，浑身洋溢着一种从来没有的幸福感。

邵大河一路狂奔，从阴暗的小仓库里跑了出来，他的心脏跳得极快，他感到自己手足无措，无比紧张。

"怎么回事儿？这究竟是怎么回事儿？"

他使劲儿地揉了揉脸，可是没用，那种坐立难安的感觉还是平生首次遭遇。他根本不明白这件事儿所代表的意义，只隐隐觉得身体生出的异样感觉与廖小茹有关。

"不就是给她送个饭嘛，我不是经常给她好吃的嘛，她那么帮我，我回报一点儿怎么啦？回头等爹抓到黄河大鲤鱼，我还得给她送来一大块咧，这怎么啦？我娘在报答蒋婶的时候，不也会送煎鱼过去吗？这是很正常的礼尚往来，是人情世故，紧张什么！不好意思什么！"

邵大河念念有词，可双脚完全不受控制，一路快走，很快出了厂子。他沿着街道，也没有目的地，只觉得自己无法停下来，必须依靠着这种方式发泄掉多余的精力，才能稍微安心一些。

带着那样游离的不真实感，邵大河走到了小饭店。此时正是职工下班时间，李秀珍正在窗口那边工作，她一眼就看到自己的儿子走着神，从面前晃了过去，连忙喊了一声。

"娘？"邵大河眼底现出了一抹心虚，仿佛是心底里的一些想法被人给发现了似的。

李秀珍从小饭店里出来，把邵大河拉到一边："你晚上不是还要上夜校，现在跑出来做什么？是来找我的？有事儿吗？"

邵大河瞪圆了眼睛，一副满不在乎的样子："我晚上吃得有点儿多，出来消消食，顺便来看您一眼。"

"看我做什么？"李秀珍满脸的不信。

邵大河急中生智："娘，我其实也是有事儿要找您的。"

他左右看看，见没有人注意，才压低了声音问："娘，小饭店里能弄到一只烧鸡吗？"

"烧鸡？一只？"听了这话，李秀珍简直怀疑她的大儿子疯了，迎头就是一巴掌，"我看你长得像只烧鸡！"

邵大河抱着脑袋："娘，我要烧鸡有大用处，不是自己要吃的。"

听到了这话，李秀珍的怒火才降了一些。

"再大的用处，我也变不出来烧鸡给你。"顿了顿，她问，"烧鸡腿倒是可以弄一只，你看怎么样？不行再加半个鸡架，也有点儿肉，就是不太多。"

邵大河听得双眼发亮，早就忘记了才被李秀珍给揍了一巴掌的事儿，一个劲儿地点头："娘，你帮我弄。"

"你还没说，你要做什么呢？"李秀珍一脸怀疑地看着他。

"送人。"

不过送谁，邵大河却是不肯说。好在李秀珍也没问，她让儿子在这儿等着，自己扭头进了小饭店，直接到后厨，按要求付了钱和粮票，才用油纸包了一份，捧着走了出来。

隔着纸包，邵大河都闻到味儿了："我的天，真香！"

他还没吃晚饭，今天自己的那份饭票连同身上存的所有余粮，全给廖小茹去改善生活了。一口气走出来那么远，又经历了平生第一场紧张，这会儿早就饿了。再闻着这香味儿，实在难以抵抗这种诱惑。

李秀珍没好气地瞪了他一眼："你不是说要拿这个去送人吗？可不准偷吃。"

邵大河连忙解开挎在身后的背包，把鸡肉小心地放了进去。

"娘，你就放心吧！我可不是为了吃吃喝喝就耽误正事儿的人。"

"你才把你妹妹的奶糖给顺走。"李秀珍毫不留情地拆穿了他。

邵大河委屈地念叨："奶糖是我顺走的不假，可我一块儿都没吃，您信不信？"

"你没吃？那是给谁吃了？"李秀珍这个当娘的，有着相当高的警惕性，一下子就联想到了很多事儿。

见邵大河一脸别扭，扭头想走，她赶紧抓住他的胳膊："儿子，你处对象啦？"

"才没有呢！"邵大河的声音陡然间抬高了很多，那声音里本来就透着几分心虚，喊出来后，他的表情就更加不自然了。

"唉，您就别乱猜了，晚上回家再说。我现在得赶紧回厂部，夜校上课如果迟到了，要被上报领导的，廖小茹那个丫头从来是铁面无情，她可会来真的。"说完，一溜烟地跑了。

李秀珍本来还想揪着邵大河再问问邵长江的事儿，见此也只能作罢。她摇了摇头，有些无奈地说："一个两个的都不让人省心。"

邵长江侧躺在了床铺上，通过窗台慵懒地向外张望。这是他人生第二次有这种灰暗沉重的感觉。

第一次是他在北京时，被人亲口告知，他这辈子都没办法进入专业的篮球队，不能为国争光，说他早已错过了最佳的训练期，即便是再努力都没有用。那一刻，他感觉天昏地暗，日月无光，他差一点儿瘫坐在地上，再也无法站立。梦想虽然破灭了，但他很快接受了事实，调整了心态，既没有气馁，也没有颓废，马上从失败的阴影中走了出来。他第一时间跟白庚道别，买了火车票，一刻不愿多耽搁地回到了郑州，重新投入工作中。

他以为，一个梦想抵达了终点，便是另一个梦想的开始。所以，他赶回铝厂，将那里视为新的征程，准备全身心地投入本职工作。没想到，几天之后，崔副厂长亲自告诉他，让他停止工作，接受调查，等待厂里最终的处理意见。

不是没有想过为自己争辩，他自觉理直气壮，去北京这件事儿是崔副厂长批准的，他有领导批准的请假手续，有单位介绍信，甚至还有领导给予的资助。可当他看到崔副厂长的眼睛时，有些话便怎么都说不出来了。

他默默地点点头，表示愿意接受厂里的处理，然后便收拾行李，连夜离开了铝厂。他没有告诉任何人，那几十里的路，他是一步步走回来的，没有班车，没有路人，没有陪伴，就只有他自己，埋头顶着夜风一路快走。一直走到家门口，明明憋屈又难受，可进门看到爹娘和哥哥、妹妹时，他下意识地笑了起来，只说是回来度一个周末，顺便还要办点儿事儿，却只字未提有可能要丢掉工作的事儿。

然而，纸终究是包不住火的，若是他一直不去上班，娘很快便能猜出来是他的工作出了问题。到时候……到时候又该怎么办呢？娘一定会对他很失望吧！

当初，他靠着那一手漂亮的字儿，还有临时抱佛脚学来的公文书写，成功地获得了一份人人羡慕的工作。还让领导们以为，他是可以培养的人才，被破格录取，就在厂部上班。

他娘知道他有这么好的工作是多么开心啊，逢人便夸，笑得合不拢嘴。第一次收到了他拿回家的工资和粮票，他娘抹着眼泪说要帮他存起来，他哥一份他一份，回头娶了媳妇儿，这一家子日子过得红红火火的，谁看了都要羡慕。才过去几天啊，他就把这个美梦给打碎了。

"唉。"邵长江深深地叹了口气。

"二哥，你怎么啦？"

邵永梅不知什么时候进了屋，她就站在床边，仰着小脸，望着躺在上铺一动也不想动的邵长江。

"你放学啦？"邵长江有气无力地问。

"二哥，你生病了吗？"邵永梅跑出去，搬了个木凳子站在上面，这样子，她的小手就可以搭在邵长江的额头上了，"哎呀，好烫，是不是发烧了？"

"没发烧。"邵长江把被子拉高了些，其实他是被妹妹的小模样逗得想发笑，可一想到自己以后可能没法再给妹妹买奶糖了，便没了说话的兴致，整个人显得病恹恹的。

"二哥，你饿不饿？我去给你煮一碗红薯饭吧？"邵永梅不肯走，踮着脚，费力地趴在上铺的床头，小脸上写满了担心。

"不饿。"邵长江吸了吸鼻子，"你快去写作业吧！"

"噢。"

邵永梅这才从椅子上跳下来，噔噔噔地跑到厨房去，找出一个鸡蛋，挖了一点儿白糖，放进碗里搅散后，拿暖水瓶里的热水一冲，便做成了一碗蛋花汤。这是她能做的最简单也是最快的吃的了。

她着急忙慌地端了回来，捧着送到了上铺："二哥，你吃点儿吧，肚子不空的时候，人就有精神了。"

邵长江心里烦得厉害，他只想清清静静地待一会儿，可这小丫头一会儿一趟，一会儿一趟，让他根本不得安宁。一股子邪火突然冒了出来，邵长江随手一甩，把那一碗蛋香四溢的蛋花汤给打翻在地。

邵永梅吓了一跳，人在高处，一个没站稳，小身子跟着摔了下去。

"哎呀——"

邵长江低头一看吓了一跳，邵永梅的手上已经流出了一大片血。他连忙从上铺跳了下来，把坐在地上的小丫头给扶了起来。

"梅梅，你怎么样？"

"二哥，碗打破了。"邵永梅被吓蒙时，惦记的还是那一碗全被糟蹋的蛋花汤。她二哥都没吃着，那里边不仅放了鸡蛋，还有一勺白糖呢！她馋得不行，连偷喝一口都没舍得，没想到全撒地上了。

"我帮你包一下伤口，然后带你去卫生所。"

邵长江丢了一天一夜的魂儿，瞬间全回来了，他的动作极其利索，找出来手绢将邵永梅的伤口一缠，系紧后，抱起小丫头，直接往外跑。

邵永梅没觉得多疼，她觉得自己被二哥这样子抱着，就像是个小娃娃似的，心里挺不好意思的。她都已经上了小学，个子在长高，身子也在变沉，她二哥这样抱着肯定很累的吧。其实她想说自己可以走的，但她二哥好像什么也不管，跑得可快了。

没一会儿，两人就到了卫生所，值班的女医生看邵长江的这个紧张架势，也跟着紧张了起来。可当她打开手绢看到了邵永梅手背上划出的那道伤口时，她没有安慰邵永梅，却夸了邵长江一句："你们兄妹俩的感情真好！"

邵永梅手上的伤口挺长，也有点深，但伤口在靠近手腕的位置，没有大血管，只是皮肉伤。血流了一会儿，被手绢压着，就慢慢地止住了。看来并没有大碍，医生也只是给简单地消消毒，包扎了一下，并没有做进一步处理。

邵长江再三询问医生并确认没有大碍后才算放了心，他牵着邵永梅没有受伤的小手，走出了卫生所。

"二哥，你要不要去量一量体温？我感觉你有些发烧。刚才摸你脑门的时候，真的很烫。"

邵永梅的伤口上缠了一层纱布，有些不习惯，手臂一直不自然地端着。虽然伤口不是很严重，但还是要慎重对待，以免感染发炎。

"二哥没事儿了。"邵长江走了几步，又把妹妹小心翼翼地给抱了起来，眼睛里满是歉意，"梅梅，对不起。"

邵永梅搂着她二哥的脖子，与他亲昵地额头抵着额头，她还在担心二哥是不是哪里不舒服。

"不烫，确实没发烧。"确认二哥没有发烧，邵永梅这才放了心。

邵长江鼻子又是一酸，把妹妹抱紧了些，路过供销社时，他朝里边看了看，即便不进去，他也知道这里边卖的是什么，可往后他没有了工作，他就不能给妹妹买花布做衣服，也不能她买喜欢吃的奶糖和江米条了。昨天晚上，他妹妹还因为奶糖被大哥拿走了哭得眼睛都肿了呢。如果自己的工作还在，那一两包奶糖算什么呢？他自己挣的钱，足够给妹妹吃个够的。

"二哥？你别难过了。"邵永梅把他搂得更紧了些，"你一难过，我也想哭了。"

"梅梅，还疼吗？"

邵永梅使劲儿地摇摇头："真的不疼，没有上次我切瓜时切到了手指那么疼。"

"等二哥发工资，再给梅梅买文具和奶糖，好不好？"邵长江许下承诺，脑子里却有了一个大胆的想法。

这念头是他琢磨了一天一夜，都寻不到的。

没想到，从卫生所里走出来后，邵长江那僵硬得无法思考的大脑，突然变得灵光起来。他的脚步越走越快。

"好的呀，不过这次我得把糖都藏好，大哥是馋猫，他总偷拿我的糖。"对于邵大河偷拿她的奶糖这件事儿，小丫头怨念可深了。

邵长江却被她的天真可爱逗得笑了起来。

回到家，他给邵永梅煮了晚饭，陪着她吃完后，这才告诉她，自己要回厂子里上班去了。

"天快黑了，还有班车吗？"邵永梅奇怪地问。

"放心吧，二哥有办法。你在家乖乖地看书，今晚就别写作业了，小心手疼。"邵长江叮嘱完，便独自出了门。

从铝厂到市内的往返班车每天只有两趟，这个时间，已经没车了。但邵长江却不怎么在意，他能从铝厂走回来，就能再走回铝厂去，这点儿路程，算得了什么？

邵长江还是比较幸运的，在路上走了没一会儿，他就看到了一辆卡车，车子上还漆着铝厂的字样。听他说是连夜要赶回铝厂上班的职工，司机答应把他给带上，就这样，邵长江顺利返回。

他进厂门的时候，天才黑了一会儿，厂部的几间办公室都还亮着灯呢。

邵长江来到崔副厂长的办公室门前，敲了敲门，门内传来了熟悉的声音："谁啊？请进。"

邵长江深吸了一口气，推开门大步流星地来到办公桌前。崔副厂长一脸惊讶地望着他："小邵，你昨天不是离厂回家了吗？怎么……"

"我有些话，想当面对您说，所以，昨晚上我返回市里的家中后，今天又赶了回来，领导，请您给我一个机会。"

崔副厂长没应声。他的视线越过了邵长江，向办公室另一边的沙发上望了过去。那里，赫然坐着三个男人，此刻，三双眼睛全集中在了邵长江的后背，都露出饶有兴趣的神情来。

邵长江进门后，一直是背对着沙发站着，他的注意力全集中在崔副厂长这边，因为心情过度紧张，根本没注意到办公室里还有其他人。

他生怕崔副厂长拒绝自己，继续说了下去："领导，我这趟能去北京，离不开您的成全，但我不能否认，这件事儿确实违反了厂里的纪律，而且责任全在我自己。"

崔副厂长挑起了眉梢，瞧见了坐在沙发上有个男人冲自己摆了摆手，示意让邵长江继续说，他便没有打断邵长江。

等邵长江说完，崔副厂长微笑着说："喔？小邵，看来你思考了很多事儿嘛。"

崔副厂长一接话，邵长江便觉得他是愿意听自己说的，于是，平复了一下心情，继续汇报："那天在食堂，我跟我大哥为了打篮球的事儿闹翻了，即使您不答应，我想我还是会在冲动之下，直接不管不顾去追逐我的梦想。其实后来想想，像您和主任这样有着极强生活阅历的领导，从听到我的那个篮球梦想之后，便已清楚这件事儿非常不切实际，更不可能会实现。但您没有劝说我放弃，却支持我去试一试。后来我才想明白，领导支持我，那是煞费苦心；而我自己在没有考虑周全的情况之下离开工作岗位，根本就是不负责任呀！"

邵长江越说越羞愧，看得出他是真的想清楚了，想透彻了，想明白了，才能把一些话坦然地讲了出来，并勇敢地承认错误。

"铝厂不是任何个人的铝厂，工作也不是一份简单的工作。我是这个集体的一分子，集体的利益高于一切，而我，为了个人能实现梦想，竟然连自己是谁、应该做什么、应该担负什么样的责任都给忘记啦！我，感到非常羞愧！"

他朝着崔副厂长深深地鞠了一躬："正是想通了这一点，我才着急赶回来，不敢再耽误下去，我想当面对您说声对不起，我要诚恳地检讨我犯下的错误，工友对我的不满，我也全都虚心接受。该是我承担的责任，我邵长江绝不推诿，绝不逃避！"

听完邵长江的一番话，崔副厂长欣慰地点了点头："小邵啊，在你这个年纪，能领悟到这些道理，非常难得呀！"

"领导，关于我的工作问题，我恳请……"

邵长江有点说不下去了，只好歉意地望着崔副厂长，在崔副厂长慈祥的眼里，他分明读出了疼爱和鼓励。

于是，他心底不由得振奋起来："厂部的工作，我刚刚学会，我有信心能够胜任这份工作。我希望领导能够考虑我的请求，给我一次改正过错的机会。我保证，犯过的错往后绝不会再犯。如果我还能留在厂里工作，我会将这来之不易的机会，变成我人生的第二个梦想，就像当初怀着一腔孤勇去追求那个不切实际的运动员梦想一样，我也将用尽全部的热忱和努力，来完成它。"

"啪啪，啪啪——"身后，突然传来鼓掌的声音，邵长江心里一惊，迅速回过头去。

"徐厂长、刘科长、周工程师，你们……你们也在！"

完了完了，邵长江的脸瞬间涨得通红。面对众多领导，邵长江窘迫不安，一时不知道说什么好，只好机械地朝几个人深深地鞠了一躬表示歉意："我知道错了，请各位领导给我一次机会，我一定会好好珍惜的。"

徐厂长爽朗地笑了起来，对崔副厂长说道："老崔啊，你带出来的这个小伙子，还挺有意思的嘛！"

崔副厂长心领神会，站起身拍了一下邵长江的肩头："苗子是好苗子，可年纪还是有点小，性子还没沉下来。小伙子脾气有点偏，之前是一门心思想做个篮球运动员，给国家争光咧，这才跑到北京，先去了国家篮球协会，又去了国家篮球队，也算是为了梦想拼上一把了。咱们都是男人，全都是从年轻时过来的，谁还没有个头脑一热的时候呢？我就是太了解这些了才允许他去试一试。瞧瞧，小伙子回来后，就懂事儿，开窍了，正打算认真地做工作呢！咱厂里倒是有些人看不惯了，到处告，四处说，闹得沸沸扬扬的。我也是为了不给厂里找麻烦，才建议小邵暂停工作，这件事儿正要跟厂长和各位领导汇报，看能不能得出一个处理意见来，再跟他谈。"

简要地说了一下事情经过，崔副厂长哈哈一笑："结果，他倒是先忍不住，昨天离开，今天返回，这不是来表决心了嘛！"

邵长江的腰杆像军人一样挺了挺，就差没有举手敬礼了。

"小邵去北京的事儿，你是跟我说过的，年轻人嘛，尤其是在咱们厂部上班的，眼界和格局还是很重要的。这些阅历是经年累月的积累，更是读万卷书行万里路之后的感悟。小小年纪，说走就走，说干就干，单是这份勇气也是令人称赞的呀！"周工程师竖起了大拇指。

邵长江跟着崔副厂长下一线的时候，见过周工程师几次，但两人交流不多，他只知道这位工程师技术过硬、专业能力极强，工友们对他特别尊敬。周工程师给他的印象是平易近人，和蔼可亲，完全没什么架子。真没有想到，他居然会当着几位领导的面儿，替自己说好话。一时间，邵长江心里暖暖的，他充满感激地向周工程师望了望。

"老崔做事儿，向来有理有据有章法。"刘科长附和着。

徐厂长端起茶水喝了一口说："小邵的事儿，给他一个记过处分，扣掉半年的奖金，白纸黑字大红章，贴到布告栏里公示七天，怎么样？"

崔副厂长是个明白人，一听这话笑着点头："我看行。"

"你们说呢？"徐厂长又望向了其他两位。

刘科长和周工程师也跟着点头："做错事儿，要罚，但也不要一棍子打死，还是要给年轻人留机会的嘛。"

大家意见一致，徐厂长这才对邵长江说："小邵，你呢，还有什么想法没有？"

邵长江掩不住喜色："只要让我回来上班，别说扣半年奖金，一整年都没关系，不发工资都行。"

邵长江的一番话，听得几位领导哈哈大笑了起来。谁还没有年轻过呀！

廖小茹教授的德语课越来越复杂，学员们如果不认真学习那是不容易学会的。这些来自各个车间的学员们之所以不迟到、不早退地跟着学，倒不是因为他们多么勤奋、多么自觉、多么优秀，真正的原因是廖小茹实在管得严，是个狠角色。她只要站在讲台上，就会忘记自己的出身和成分，更不在乎自己只是个厂里的临时工，很多人都不正眼看她。学员们谁要不遵守纪律，她会记在小本上，立刻反映到他们各自的主管领导那里，不久，公告栏里准会贴出白纸黑字的布告来。几个曾经在课堂上带头捣乱不服管教的学员，要么被劝退，赶出夜校中止学习；要么被记过，直接影响到年底的评优、评先和奖金。

在有些学员看来，平时都不被他们正眼相看的廖小茹，在夜校却"作威作福"起来。

"给她脸了，简直是不知道天高地厚，得找个机会好好整整她。"

"就是啊，拿根鸡毛当令箭，天天让咱们学这些破玩意儿，学不好还不行。她教得那么难，咱们白天上班，晚上要在这儿费脑子，记得慢点儿她倒还不乐意，简直就是故意刁难人！"

"回头一起去厂里跟领导反映反映吧，咱们一起告她，说她不安好心！"

……

邵大河坐在第一排，耳朵里听到的全是这些聒耳的声音，心里边再也压不住愤怒的火焰，他腾地站了起来。一米八几的大个子，往那里一站跟一座小山似的。

教室内突然安静下来。大家怔怔地看着他，身边有人小声嘀咕："瞧，那个邵大河又站出来为'走资派'打抱不平了，要说他俩没事儿，我都不信。"

这个人的声音虽然很低，但邵大河听到了，廖小茹也听到了。

廖小茹的脸顿时难看起来，她强作镇定，连说话的声音都有点微微颤抖。

"邵大河，你站起来做什么？坐下，好好听课！"

邵大河扫视一下全班同学，用一双充满怒火的眼睛死死地瞪着那个窃窃私语者，攥紧了拳头，随时可能爆发。

"邵大河，你再不听老师的话，明儿我把你交给你们车间的吴主任。"廖小茹严厉地警告道。

见廖小茹真的生了气，邵大河顺从地坐下来。他忽然意识到，真正的竞争对手从来不是那些咋咋呼呼的跳梁小丑，而是那些默默努力、认真准备的人。

"我们继续上课。"廖小茹在黑板上"唰唰唰"地写下了一排句子，"世界上有很多个国家，存在着多种语言，平心而论，跟德语、英语、法语、日语等语言相比，最难学的其实是汉语。"

她随手写下"砂轮""砂纸"的中文和德语，将两种文字一上一下进行对比："你们看，外语大多用字母来完成词汇的排列，而我们汉语却千变万化，非常复杂，真的特别难。"

她话锋一转，不无自豪地说："但在座各位全都学会了世界上最难的汉语，并熟练运用，书写自如，甚至还能变着花样骂人、讽刺人。既然如此，你们学个简单的德语又有什么难的呢？大家一定要正确对待，树立信心。"

邵大河虽然不太理解廖小茹这种以德报怨的做法，但不得不说，认真起来的廖小茹实在好看极了。他发现自己明明很想认真地进入学习状态，但今晚，一种莫名的情愫让他心情激荡，久久难以平复。

课程结束后，廖小茹和往常一样，低头慢条斯理地收拾东西，等待着所有学员离开教室。她这么做不为别的，为的是最大程度地减少麻烦，免得遭人非议。

等她整理完毕，一抬头才发现邵大河竟然趴在桌子上睡着了。廖小茹还以为邵大河在故意装睡，想淘气一下。还没等她反应过来，倒是听到了邵大河震天响的呼噜声。得，睡得还挺香！看来早出晚归的，累得他够呛。

廖小茹关掉教室里的灯,周围一片黑暗,寂静无声。她比平时更大胆一些,在邵大河身旁坐下,好奇地看着他在黑暗里的轮廓,耳朵里听着他均匀的鼾声,那一刻,她的内心竟觉得无比安宁。

邵大河心里有事儿,睡了一会儿,疲倦劲儿过了也就醒了。周围的黑暗让邵大河很不适应,等注意到廖小茹就坐在旁边时,他又笑了:"廖老师,你这是在偷看我吗?"

廖小茹脸一红:"臭美,谁偷看你了,我只是担心有些人在教室里一觉睡到大天亮罢了。"

"担心什么?担心我怕黑吗?还是……"

"呸,为你好,你竟然笑我!"廖小茹站起来,假装生气,"行了,我还是不做这个好人,也回宿舍休息去好了。"

她的手忽然被一双更大的手给包裹住了,掌心粗糙的老茧磨着她细嫩的皮肤,泛起一阵阵异样的感觉。

"别走,再陪我一会儿。"邵大河小声央求。

廖小茹本应该狠狠地甩开他的手,再甩他一巴掌,然后立即就走。可是,她的身体根本不受控制,竟然顺从地挨着他重新坐了下来。

"廖小茹,我们处对象吧?"

邵大河虽然鼓足勇气,但廖小茹却迟迟没有回答。

黑暗里,两颗年轻的心在悄然靠近,即便有千万种阻隔也难以阻止那份萌动的爱情。

两个人手拉手坐了很久,直到廖小茹想起了什么,突然提醒:"哎呀,厂部关门,咱们就出不去了!"

邵大河心里虽然有点不情愿,但还是顺从地起身,朝外走去。廖小茹提议两个人应该分开走,免得不小心被人看到,又要引来流言蜚语。

邵大河一脸的不在乎,反过来问:"以后我们结婚了也要这么避着人吗?"

听到"结婚"两个字,廖小茹羞涩难当,顿时觉得一股热辣的温度从脸颊染到耳根，再以极快的速度窜到身体各处。她急了："你胡说什么呢？"

邵大河原地站定，一脸认真地说："跟你处对象，想的就是结婚，要不然那算什么？要流氓，我邵大河可不是那样的人。"

他讲得中气十足，铿锵有力，声音顺着空荡荡的走廊向远处传播。

"你嚷嚷什么？万一被人听见了……"

"我才不怕呢！"

"我怕！"廖小茹使劲儿一跺脚，觉得跟这种一根筋的人实在没什么道理可讲。她心烦意乱，狠狠地瞪了邵大河一眼，小跑着走掉了。邵大河紧追慢赶，一直追到了她宿舍附近，才把人给追上。

"你跑什么跑啊？"邵大河顶着一脑门的汗，气喘吁吁地问，"我有那么差吗？"

廖小茹摇摇头，咬着嘴唇含着眼泪，一副十分委屈的样子。

"你的意思就是不愿意呗？不愿意可以直说，我又没强迫你答应。"邵大河心里边空落落的，平生第一次讨好一个姑娘，结果落了这么个结局，他有点面子上挂不住。

廖小茹大瞪着双眼，静静地看着他，似乎马上就要号啕大哭起来。

"得了，你别这样，我看着难受，不答应就不答应吧，我其实……也没觉得你能看上我。"

他嘴上嘀嘀咕咕，夸着廖小茹有文化，会外语，而且人长得也好看，性格又特温柔，这么好的姑娘怎么能看上他这个从乡下出来的穷小子呢！他不过是混在夜校里充大瓣蒜，看上去跟那些读过书的学生差不多，其实什么都不是。

邵大河啰啰唆唆，越讲越难过，不过，他还没忘记从军绿色的书包里把油纸包着的鸡腿给拿出来。他抓着廖小茹的手，往她手里一塞："你不是想吃烧鸡嘛，我也没本事给你弄来，只有这个，凑合着尝尝吧。对了，你也不用担心我会纠缠你，我回去睡一觉就好了。往后在厂区见了面，我不会跟你打招呼；但在夜校里见你，我会喊你一声廖老师；还有，以后每天早晨也不用特意出来教我了，我怕天天跟你单独相处，我会忍不住。"

邵大河嘴巴不受控地滔滔不绝，讲完自己想说的话也不看看廖小茹的反应，扭头就走。

廖小茹有些哭笑不得，几次想插话，可根本没有机会。她捧着香喷喷的油纸包，跟在邵大河身后："喂，你能不能先停一停让我也说一句呀？"

"还说什么？你非得正儿八经地拒绝我才让我死心吗？不用的，我明白你的意思了。"

"喂！邵大河！我没说我不愿意啊！"

廖小茹气得原地直跺脚，心想这个邵大河，平时看起来挺聪明，怎么到了关键时刻就冒傻气呢？

在谈恋爱方面，邵大河的确傻乎乎的。他不会油嘴滑舌故意哄女孩子开心那一套。他愣愣地站在那儿，不解地看着她。

"你说啥？"

"我说，我要回宿舍睡觉去了。"廖小茹拆开油纸包，拿出鸡腿塞到他手上，"这么多我也吃不了，你也一起吃点儿，可别放坏了，怪可惜的！"

邵大河就捏着那只鸡腿，跟在她身后："廖小茹，你说清楚，你是什么意思？"

"你自己回去想。"廖小茹瞪了他一眼，抱着书本飞快地跑回了宿舍。

刚才还忐忑不安的邵大河一下子回过神来，不由得开心地笑了："廖小茹说那话应该就是答应了。"

他快乐的心一下子飞扬起来。

在黑漆漆的夜路上，邵大河哼着歌，一副雄赳赳气昂昂的架势，像极了凯旋的将军。

不到五点，邵大河就起来了。他打开炉子烧水，一边哼着歌，一边洗脸刷牙，还对着家里的镜子照了又照。

作为几个孩子的母亲，李秀珍最能感受到孩子们的情绪变化。她睡眼惺忪，感觉邵大河有点反常，于是问："大河，你这是干吗呢？"

"娘，我得出去学习了。"

"你回来得那么晚，早晨又起这么早，身子能扛得住吗？"

"娘，我壮着呢，没事儿。"他一手拿着书包，一手拿起刚刚烤好用纸包着的土豆匆匆而去。

李秀珍跟到门口，有点疑惑地往外张望。

天才蒙蒙亮，还有点冷，可她分明听到了邵大河唱歌的声音，而且还跑调。

她很少见儿子高兴成这样，究竟发生了什么呢？

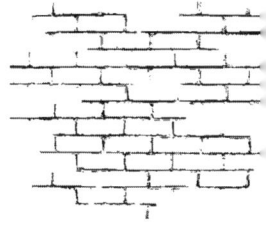

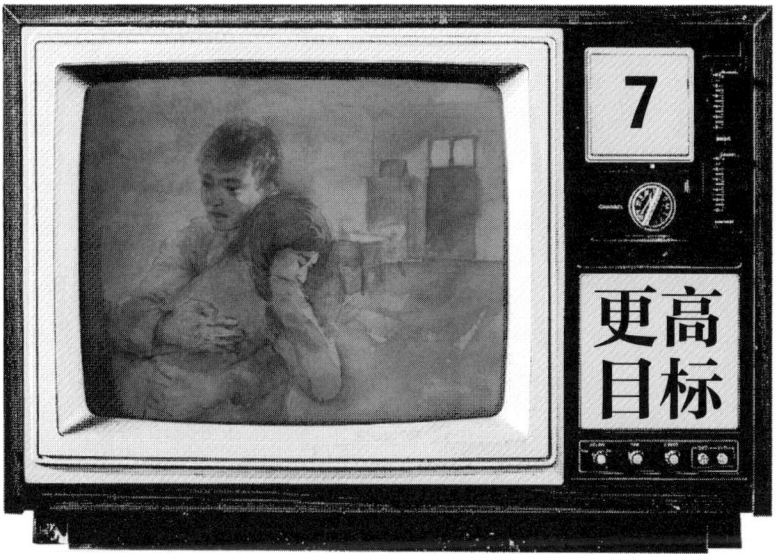

邵大河与廖小茹，这对情窦初开的青年男女，昨夜刚刚分开，今早再见，关系已是更进一步了。

廖小茹先到一步，站在约好的地点等着邵大河。邵大河远远看见亲爱的人，眼睛一热，赶紧快走几步，伸手把还发烫的烤土豆连纸一起递了过去。

"我一直捧在手里捂着，热着呢，快趁热吃吧！"

在那个物质缺乏的年代，一块烤土豆可是非常稀罕的食物，廖小茹打开纸包发现是烤土豆，大为惊喜。

"你究竟是从哪儿变出来这么多吃的？"顿了顿，她又有些担心，"邵大河，你可别老是偷拿家里的口粮出来，你不是还有爹娘和弟弟妹妹吗？他们发现吃的东西少了，肯定要找你算账的。到时候查到是给我吃了，我以后可没脸做人啦！"

邵大河"嘿嘿"憨笑两声："家里现在就我娘和我妹妹在，不缺吃，你就放心吧！"

廖小茹低下头，捧着热乎乎的烤土豆，有些冰凉的小手迅速暖和起来。

"我们开始练习吧。"

经过长时间的练习，邵大河进步相当大，日常交流不在话下，但涉及专业词汇，就磕磕巴巴的。没办法，就算在德国，与砂纸、砂轮制造等相关的词汇，也不是普通人经常挂在嘴边的，有些生涩拗口，不容易记忆，也是正常的。廖小茹为了让邵大河能够顺利掌握这些专业词汇，显然花了不少心思，她将自己总结出来的规律全都教给邵大河，当然，聪明又勤奋的邵大河也绝不会让她失望。

两个人的教学一到六点就立即结束，廖小茹要回宿舍去做上班的准备，而邵大河却跟在她身后，不舍得分开。这让廖小茹皱起了眉，她觉得必须跟邵大河认真地谈一谈。

"大河，我们以后在厂里，还是要保持距离，注意影响。"

邵大河显然不高兴："你是什么意思？"

看着他备受打击的样子，廖小茹便知道他是想错了，连忙解释："我的情况，你是很清楚的，这是客观存在的事实，并不是你说不在乎，就真可以什么都不去理会，想怎么样就怎么样。邵大河，你想跟我在一起，就得听我的话，在众人前跟我保持距离，不靠近，不亲昵，不让任何人发觉我们的关系。你若答应我，我就跟你处。"

邵大河有点恼火地反问："藏能藏得了多久？难不成要一直鬼鬼祟祟地避着人吗？"

"能藏多久就藏多久，能避多久就避多久，我一直坚信，因家庭成分问题而强加在我身上的评价是不正确的。既然是错误的事儿，总有一天，会有人站出来纠正，我等着，等到那一天到来，我就赢了。"她的目光是那么坚定，多少个日日夜夜，多少次不公平的对待，她哭过、难受过，但这样的念头却从来没改变过。

"我不想跟你一直这样偷偷摸摸，那对你不公平。"

"世上哪有绝对的公平，对我来说，有个像你这样子健康积极的男人，亲口对我说，想要跟我在一起，未来甚至还想跟我结婚，我就觉得命运已在补偿我呢。所以，大河，你真的想跟我在一起，就陪着我一起等待那个希望，它会到来的，它一定会到来，你相信我，好吗？"

廖小茹虽然说得很动情，邵大河的心里边却是没有底。

"总要有个期限，万一那天一直没来怎么办？我还是想跟你结婚，结婚以后，瞒是瞒不住的，全厂人迟早都得知道。"

面对邵大河的坚持，廖小茹感动得流出了眼泪："那我们就约定个期限吧。"

"什么期限？"

"你努力拿到一个去国外培训的名额，然后好好学习技术，最好能成为技术骨干、劳动模范，等你回来的时候，如果你还像现在这样坚定，想要跟我结婚，那我们就去领证，好吗？"

邵大河在心里默默算了下，这样的一个时间段，大约需要三年。三年的时间，不算短，但也不算长。如果他真的去了另一个国家，就没办法守在廖小茹身边，万一因为与他结婚的事儿，她再被厂里的人欺负，那时候他非急死不可。

廖小茹的想法非常正确，为了以后长长久久地生活在一起，眼前的忍耐与克制是十分有必要的。

于是，两个人拉钩表示立下盟约，在两个人将手指勾上去之前，邵大河不忘补充一句："你也得答应我，人前按照你说的去做，人后我们该怎么相处就怎么相处，别人谈对象怎么样我们就要怎么样，不能区别对待，更不能一直拿这个借口，抗拒我的亲近。"

这种事儿廖小茹当然会答应，她的手心里还攥着余温犹存的烤土豆呢，正是邵大河的这份独一无二的关心，才让她生出了一些期待啊！

"好好做准备，用不了三年，你肯定会变成我媳妇儿。"邵大河勾住她的手指，下巴骄傲地抬高，那是一脸"我看上了就是我的，谁也别想跟我抢，谁抢我收拾谁"的强烈笃定。

多好的男人哪！廖小茹就喜欢这样的男人，她觉得有安全感。

……

有了这个约定，邵大河树立起了一个明确的目标，他知道自己要做什么，也知道应该从哪里去努力。

果然，在厂里，邵大河跟廖小茹保持安全距离，只要有其他职工在，哪怕在厂区内和她遇到，他也会克制自己，当作不认识不去接近她；但在深夜和清晨，以及所有不被人注意到的时候，他几乎都守在她身边，热情洋溢地享受着这一段炽烈的情感。

怀揣着没被别人发觉的爱情小秘密，廖小茹和邵大河的生活悄然发生着变化。

廖小茹在砂轮厂没有亲朋好友，甚至连一个能闲聊的人都没有，邵大河的出现，让她的生活充满了希望，洋溢着爱情的甜蜜，之前那种孤独无助的寂寞感消失了，取而代之的是一种从来没有过的幸福感。她的脸上有了笑容，她开始有了打扮自己的想法，她要把自己最美的一面展示给邵大河看……

而邵大河的变化却被吴主任和邢大姐发现了。

"这个小伙子，真是个好样的，放哪儿都让人放心。他脑子活，人也勤快，每天白天工作，晚上学习，从来没有抱怨过，整天乐呵呵的，单是这份心态就值得表扬。"吴主任这边已经收到了邵大河所在小组的请求，小组长希望把他留在他们小组。像邵大河这样能干的职工谁不稀罕呢！

"最近他也很听话，夜校那边学得不错，放学后也没跟那个女老师再多说话。不过啊，厂里好几个大姐都过来打听，想给小邵介绍个对象呢！我跟他提了两次，他倒不愿。唉，还是个没开窍的傻小子呢！"作为邵大河的师父，一向热心肠的邢大姐，给自己十分中意的徒弟保媒拉纤那是责无旁贷呀！

"还年轻着呢，不着急考虑个人问题。用不了多久，领导就该考虑出国培训的人选了，万一小邵被选上了，将来可是不一样了。现在就开始谈婚论嫁，太影响他进步了。"

两个人的闲聊在邵大河捧着饭盒走过来时，自然停住了。邵大河主动向两位领导打招呼："您二位还不去食堂打饭吗？这都中午了。"

"等会儿再去，不急。"吴主任笑呵呵地看着他，"你不去车间跟工友们一起吃吗？我可是听说了，你们那儿的烩饭做得不错，你一口我一口的，吃出了并肩作战的好工友啊！"

邵大河也跟着笑："今天食堂里供应的是糊涂面条，可没法放在一起和大家分享，那会变成黏糊糊的糨糊的。我这正打算去外边找个树荫地，吃完了顺便休息一下。"

吴主任把邵大河的饭盒接过去，打开看了看，打趣道："你这打得够多的，能吃得完吗？"

看着满满当当的一饭盒面条，邵大河不慌不忙地拿出了早就准备好的借口回答："最近干的重活儿多，不吃饱了可跟不上生产进度。我们队长说，车间里的这批货是要出口赚外汇呢，这是国家交给我们的重要任务，不但得保质保量，还得如期完成。我要多加一把力气，跟老职工们多学一点儿。"

这番话正说在吴主任的心坎上，他最近也在为生产进度和产品质量操心呢！

"邢大姐，往后小邵你还是得多看着些。这样的年轻人多了，能在咱们厂形成一种人带人、人影响人的积极氛围，我看小邵就很好嘛！"吴主任看着邵大河远去的身影，对邢大姐再三交代。

邵大河从车间出来，一路小跑，绕到厂部后的档案室，从小门穿过有些阴暗的走廊，来到廖小茹的办公室。

一听到脚步声，廖小茹料到是邵大河来了，赶紧把办公室的门打开，探头出来，小声说："你怎么又偷跑过来了？"

邵大河轻弹了一下她的脑门："我要是不来，有些人中午肯定得饿肚子。"

廖小茹的办公室内，堆满了杂物，拥挤不堪。

她把声音放得很低很低："我有吃的，饿不着的。倒是你，怎么老是违反我们的约定呢？这里虽然办公的人少，但并不是只有我一个呀！你总跑来跑去，万一被人给看到……"

话没说完呢，廖小茹的嘴里已被邵大河喂了一勺糊涂面，面里还藏着几块小酥肉。饥饿的胃哪能抵挡住美食的诱惑！廖小茹情不自禁地发出赞叹："好香，好好吃！"

"有些人，就是口是心非，嘴上总说不愿意我来，可是吃到好吃的，就发出'吭哧吭哧'的声响，像头可爱的小猪呀！"邵大河打趣道。

廖小茹没好气地拍了他一巴掌："有些人，无视约定，总是胆大妄为，我不多提醒几句，将来闹出什么麻烦，遭罪的还是咱俩。喂，邵大河，你吃了没？要不要再吃点儿？"

邵大河说"吃了"，可他的肚子特别不给面子，话音才落，就跟着"咕噜噜"地一阵回响。廖小茹递了个勺子给邵大河，疼爱地说："咱俩一起吃吧！"

虽然物资匮乏，食物简单，但只要和自己心爱的人在一起，这种日子怎么能说是苦呢？

你一口，我一口，相亲相爱的两个年轻人毫不避讳，透着温存、体贴和疼爱。初恋的气氛令他们的感情迅速升温，小小的房间内洋溢着爱的甜蜜。

正当二人卿卿我我的时候，走廊里突然响起了脚步声。廖小茹忽然紧张起来，向邵大河做了一个嘘声的手势，小声说："嘘，好像有人来了。"

走廊里的确有脚步声响了起来，从远到近，到门口停了下来。

"谁啊？你领导？"邵大河在她耳边问。

廖小茹又比了一个小点声的手势，然后悄声说："我也不知道。"

就在这时，门外响起了"咚咚咚——"的砸门声。骤然响起的砸门声令廖小茹惶恐不安，她下意识地扑到邵大河的身上，而邵大河也紧紧地将她抱在怀里。这是廖小茹第一次拥抱一个结实挺拔的大男人，在那个宽阔的胸膛里，她平生第一次找到了安全感，仿佛生活一下子有了依靠。这也是邵大河第一次拥抱一个青春貌美的娇女人，当触碰廖小茹那文弱柔软的身体的一刹那，他由衷地升起一种责任，那是一个有血性的男人该有的责任。

来人砸了几下门，又用力踹了两脚，见屋内没有动静，便嘟嘟囔囔地离开了。

看着自己心爱的女人如此受气，邵大河来了脾气，就想直接打开门，看看外边的人是谁，很想揪住那家伙狠狠地教训他一顿，让他往后再也不敢过来欺负廖小茹。

看着邵大河冲动的样子，廖小茹死命地抱紧了他，不让他去。

等了好一会儿，确定那人已经走掉，廖小茹才松开邵大河，十分谨慎地说："你回去吧，注意点儿，别被人看到。"

"是不是经常有人这样欺负你？"邵大河压抑着怒气。

"我已经习惯了，躲着点儿就好，这还是在厂里呢，他们不敢胡来的，不搭理就是了。"

"难道就任由他们胡作非为？"

见邵大河余怒未消，廖小茹息事宁人地说："邵大河，你忘了我们之间的约定吗？你难道不知道我的身份吗？你还嫌我的麻烦事儿不够多是吗？"

听了廖小茹的话，邵大河稍微冷静了一些："约定是约定，但该做的事儿还得做，如果看着你被欺负，一点儿反应都没有，那我还是个男人吗？我还配跟你处对象吗？"

有个男人保护自己，廖小茹深受感动，但考虑自己的现状又十分无奈："已经说过了，我们的事儿得保密，你出去一闹，全厂人都知道了，你的前途还要不要了？到时候你的领导会怎么想你？怎么看你？你还要不要进步？"

"就为了这些，我就得眼睁睁地看着、忍着？"

面对如此严酷的现实，不忍着他又能怎么样？廖小茹感觉到了一阵阵窒息。这一刻，那些不愉快的记忆，如同翻江倒海般在脑子里一而再、再而三地翻滚。

"是的，你要看着，你要忍着，如果你做不到，我们就算了吧！"

"廖小茹！"邵大河被激怒了。

廖小茹闭上了眼睛，用近乎绝情的字句，坚定地说："请你永远记住我们之间的约定，如果你做不到，那我们就没办法在一起。"

她无法眼睁睁看着喜欢自己的男人受牵连，被拖累。她在心里边默念着，这是对的，是对的，是对的……

邵大河猛地推开廖小茹，夺门而去。门被摔得震天响，在狭长的走廊里，回荡了好一会儿。

廖小茹头脑一片空白。

晚上六点多，夜校上课的时间，廖小茹抱着教案萎靡不振地走进教室。她抬眼一扫，没在老位置上看到邵大河熟悉的身影。

邵大河，竟然缺席，没来上课！

"现在开始点名。"

在点到邵大河时，自然是无人应声，廖小茹在考勤表上写着邵大河名字的位置狠狠地画了个"×"，别人的都是用钢笔画上去的，而邵大河的却是用铅笔画的。廖小茹悄悄地想，如果过一会儿邵大河想通了，赶回来把课上完，她愿意给他破个例，把这个缺席给他抹去。为了邵大河，她可是徇了私情，冒了极大的风险哪！然而，直到下课，廖小茹都没有等到邵大河来。

邵长江主动在职工大会上做了深刻的检讨，字里行间真诚满满，那是一个年轻人的自我反省与深思。

"长江，你为什么一定要这么做？"

崔副厂长都有点心疼邵长江，而邵长江却只是笑了笑："我诚恳地做出检讨，做出保证，才能显示出领导们处理得公正公平，并没有因为我是领导身边的人而偏袒我。越早平息这件事儿在厂内带来的不良影响，无论对各位领导，还是对我自己都越有利。"

"可是，你不觉得委屈吗？"

"怎么会呢？做错了事儿就要勇于承担责任。我希望能给自己留下警醒，往后不管干什么，都要三思而后行。"

邵长江恢复了工作，重新回到了崔副厂长身边。他以全新的面貌，百倍的热情全身心地投入日常的秘书工作中去。写生产总结，下达通知，整理会议记录……一切都做得井然有序。闲暇的时候，邵长江不是练字，就是去图书室借书看，总之，他每时每刻都在忙于工作，忙于提高自己的业务水平。

崔副厂长看在眼里喜在心头，私下里跟几个领导闲聊时总说起邵长江的进步，也从来不后悔当初让他去一趟北京的决定。他逢人便说："年轻人就要允许他出去闯一闯，试过了这心性不就定下来了嘛！"

崔副厂长的爱将之心、喜欢之情溢于言表，以至于去北京开会也要将邵长江带在身边。按照邵长江的资历他本来是没有机会参会的，就是因为他去过北京，比其他人也更熟悉北京，崔副厂长就力排众议破格将他带上，一同出行。

在得知自己又要去北京，邵长江又惊又喜。

这一趟去北京需要十几天，按照崔副厂长的要求，邵长江回家准备行李。就这样，邵长江回了一趟家。晚上八点多，李秀珍下班回来，推门看见邵长江坐在家里看书，以为他又惹了什么事儿，脸色顿时难看起来。

"你怎么回来啦？今天是星期三吧？"

"娘，领导让我一起去出差。"邵长江可不敢在这个时候卖关子。

李秀珍的表情稍稍好看了些，但仍然不放心。

"去哪儿？"

"北京。"

"又要去北京？你小子是不是还不死心，又想去打那个破篮球！"得，李秀珍瞬间又急了。

"娘！真的是跟领导出差，我的行李包就在那边呢，您不信可以看看，里边有介绍信，还有车票。"

李秀珍认不了很多字，她喊出邵永梅，把介绍信念给她听，这才放了心。

算起来已有两天一晚没跟廖小茹见面了，邵大河觉得空落落的，自己先消了气，他要和廖小茹主动和好。到了晚上夜校上课的时间，他提前带着两个煮鸡蛋，来到教室等着廖小茹过来上课。然而，这一次缺席的人竟然变成了廖小茹！一打听才知道，她请了假，说是生病了，不能来上课。

邵大河突然觉得有种说不出来的沮丧和失望。他恨恨地捏碎了手中的熟鸡蛋，快步向廖小茹的宿舍走去。邵大河趁人不注意，踮脚从廖小茹居住的宿舍一扇不大的窗口望过去。房间里没有亮灯，廖小茹就躺在床上，仿佛是睡熟了。

"究竟是怎么啦？"邵大河急得团团转，"早知道就不跟她吵，这个黄毛丫头哪儿来的那么大的火气？"

……

廖小茹跟邵大河吵架后，情绪十分低落。

第二天早上五点，如往常一样，廖小茹又去了平时两人约好练习口语的地方。邵大河没来，廖小茹却等来了那天差点儿堵着她跟邵大河在一起的职工和吴主任。

廖小茹一开始还以为是邵大河翻脸不认人，不跟她处了，就跑去厂里边举报她呢！可听完吴主任的训话，她才明白过来，这俩人纯粹就是过来堵人的，准备抓个现形。

幸好邵大河没有来，要不就惨啦！廖小茹吓得脸色惨白，惊出一身冷汗。

吴主任因为没有抓到现形，悻悻地走了。出了一身冷汗的廖小茹经过一紧张一惊吓，饿着肚子又被早晨的凉风一吹，她竟然头晕目眩起来，回到宿舍竟发起烧来。廖小茹本想在床上躺会儿休息一下，可这一躺下竟没有再起来。

廖小茹的爸妈前几年已经去世了，家里其他的亲人也都不管她。一直以来，受家庭成分的严重影响，她艰难地活着……

廖小茹就这样昏昏沉沉地睡了一天，转眼又到了晚上，窗外一片漆黑。

廖小茹忽然闻到了一股香喷喷的大米粥的味道，那是久违的美味，难道她是饿极了产生的幻觉吗？自己的宿舍里连口凉饭都不会剩下，怎么会有大米粥呢？她猛地坐起身子，四下观望。

"廖小茹，你饿不饿？我这儿有热乎乎的粥，还加了一勺红糖呢，可好喝啦！"邵大河的声音竟然就在她的床边响起，"只要你不生气了，我就喂给你吃，怎么样？"

"邵大河，你怎么在这儿！"她满脸的疑惑，觉得不可思议，"你怎么进来的？"

邵大河指了指一扇没关严实的小窗，意思是他就是从那里钻进来的。

廖小茹惊诧得简直说不出话来，那扇窗小小的、窄窄的，像邵大河这样高大的身体，怎么能从那么小的地方钻进来呢？

"你生病了吗？哪里不舒服？"邵大河把饭盒打开，放到一旁凉着，然后关切地问，"我等会儿送你去厂里的医院吧，哪里不舒服找大夫看看，开点药，很快就好了。对了，你是想先吃饭，还是先去医院？腿软不？要不我来背你？"

廖小茹撇了撇嘴，想起邵大河昨天晚上没去夜校，今早没来早读，心里边本来有气，可看到他百般殷勤、万般疼爱的憨厚模样，气也就消了一半。

邵大河挨着廖小茹坐在床边，把饭盒端在她面前。廖小茹的脸颊红烫，也许是病的，也许是羞涩的，或者是两者皆有的缘故。她喝了一大口粥，咕咚咽下，这黏稠的大米粥，加了红糖，里面还卧了个荷包蛋，放了两片生姜，因此粥的味道挺怪，香甜里还带着姜的辣味。喝了一小半，廖小茹的身子就暖和了。她感到自己在一阵阵地冒汗，浑身的不舒服瞬间消散得无影无踪，觉得整个人轻飘飘的，她已经可以下床活动了。

"这个真好，哪儿来的？"这种粥食堂里没卖的，廖小茹心中有数。

"我娘熬的，她说很补，生病了吃这个准没错。以前在东北老家，女人生完孩子，也会吃这个，不仅补大人还能下奶……"

廖小茹听到一半就听不下去了，她红着脸，匆忙阻止。

"邵大河你羞不羞啊？"

邵大河腼腆地笑了："我就是重复娘说的话，总之就是很补身子，你再喝点儿，如果好吃往后我再让娘给你煮。"

廖小茹一听这话，感觉有点不对劲儿，连忙问："你娘……她知道我了？"

邵大河笑道："我娘是个特别好的人，她知道了也没什么，早就盼着我找对象娶媳妇儿呢！她如果知道未来的儿媳妇儿像你这样又好看又有文化，甭提多高兴啦！你不知道，我娘那个人，天生就喜欢亲近文化人，以前村里没有学校，小孩不能读书，我娘就把我和弟弟送到一个会写字的周先生家里，跟着他学认字。为了让周先生收下我俩，我娘多次给人家送鱼送菜呢。后来，周先生响应号召，在村里办起了扫盲班，村里都是一帮妇女过去，可我娘还非得要我俩过去。你想想看，像你这样子会说好几种外国话的厉害姑娘，她怎么会不稀罕呢？"

廖小茹静静地听着，比起邵大河的热烈期待，她并不乐观，毕竟不是所有的人都是邵大河呀！即便是邵大河的亲娘，在这个特殊的年代，她能不介意自己的出身吗？她能愿意因为自己一个人而影响到了全家吗？砂轮厂的姑娘多的是，邵大河又不是找不着对象，选择她才是瞎了眼睛，自己给自己找麻烦呢！

看着廖小茹惶恐、疑惑的眼神，邵大河知道她在担心什么："喂，小茹，你不要再胡思乱想了好吗？"

"我没有啊！"廖小茹露出了苦涩的微笑，"但很多事儿，本来就存在，

153

更 高 目 标

不是说不去想它就不存在。大河，我觉得我们俩的事儿，真的要保守秘密，现在不是时候，绝对不是时候……"

"廖小茹！"邵大河打断了她，"你的脑袋瓜就不能安静一会儿，生病了就好好养病，其他事儿以后再说。"

邵大河催着她把饭盒里的粥全都喝了，又从口袋里摸出来一小把红枣说："这个也给你，听说女人吃了很好，你一定要好好养着，一天没见你，我心里边慌得很。"

宿舍内不宜久留，左边右边都还住着其他的女职工呢。邵大河是从窗户钻进来的，也不好从门口离开，万一被人看到，廖小茹这边不好解释。这是个人言可畏的年代，道德水准要求得很高。

邵大河心里边虽然觉得自己堂堂正正地处对象，没必要躲躲藏藏、鬼鬼祟祟的，但廖小茹实在太在意了，他不想惹她心里不舒服，只好又从窗户钻了出去。

……

日子有条不紊地进行着，邵家的每个人都忙着自己那一摊事儿。

黄河的水随着春暖花开逐渐上涨。汛期到来前是邵中诚最忙碌的时期，他甚至一两个月都不能回家。这次回来，邵中诚可以连休十几天，是个悠闲放松的长假。

邵中诚进门倒头便睡，他连续睡了一下午加半个晚上，才觉得满足。一觉醒来，他突然闻到了鸡蛋辣椒酱的香味，肚子便咕噜噜叫唤起来。

李秀珍把过年剩下的半瓶白酒拿出来，给邵中诚倒了半杯，递了过去："老邵，最近河上事儿多？你怎么累成这样？"

"上边下了文件，要加大对黄河中下游的治理力度，这回除了要清淤疏堵之外，还有其他更具体的要求。我们一口气在河水两岸种了不少树，这样既可以防风固沙，又能让土石不下坡，听说下游的其他省还在加固大坝，我们这边的领导已过去学习人家的先进经验了，还要修建堤坝、种草，总之事情可多呢。人手已经不够用了，又招了不少人，三班倒。这次是大动作，是北京的领导在重点盯着呢！要是能一直这样子进行下去，将来啊，黄河可要大变样喽！"

黄河边上的这座城市，又会变成什么模样呢？

一年又一年，一代人接一代人，当上过学有些文化的这一批孩子长大后，他们应该与老一代在建设黄河和城市的措施方面有着极大的不同吧。李秀珍对未来充满期待，觉得自己若是活得长久一些，肯定能亲眼看到这一切。

邵家四口人围在桌子边吃饭，李秀珍和邵永梅吃完饭便离开了，邵大河也加快速度，把最后一口面汤给倒进嘴里。他端起碗正打算送去厨房。

邵中诚突然敲了敲桌子："咱爷俩，走一个？"

邵大河盯着白酒，吞了几下口水："爹，我不会喝。"

邵中诚不以为意："你上班了，是大人了，白酒可以喝一些，男人嘛，这不算什么。"

邵大河立即美滋滋地端起酒杯。

"你娘说，你在学德语，往后是不是还有机会去外国呢？"看样子邵中诚是想系统了解一下邵大河的近况。

"都这么说，但能不能去也不一定。"

"儿子，这要是去了外国，得待个好几年才能回来吧？你那外国话是怎么说的？讲几句听听。"邵中诚又跟邵大河碰了个杯。

邵大河极少饮酒，本不太想喝，怎奈邵中诚却用催促的眼神让他赶紧碰一个。

几杯酒下肚，邵大河脑子渐渐有点发晕，整个人变得轻飘飘的，心情一放松，话便多了起来。

"爹，能不能被领导选上，以后出国了什么时候才回来，这些事儿都还不确定呢。"

"大河，如果选你去国外，会不会有人说三道四，往后再拿出国的事儿来定你的罪，找你的麻烦……"邵中诚的担忧不无道理，在那个年代，出国是非常敏感的事儿，一个不小心便有可能酿成滔天大祸。

"爹，现在已经不一样了，厂里需要新技术，国家也需要好产品，大家全力以赴地在努力，没空想东想西。"

邵大河像哥俩那样亲昵地搂着邵中诚的肩膀一阵贼笑："我有对象了，回头娶回来，您就有儿媳妇儿了。"

邵中诚眼睛一亮，听了那么多话，就这句最合他的心意。他还想再问问那姑娘的详细情况，可是邵大河抿着嘴唇怎么也不肯多说一句。

亲耳听到儿子说有了对象，李秀珍不再装睡，兴奋地从卧室里出来想问个明白，可邵大河打着酒嗝儿，一头扎到小床上呼呼大睡起来，根本不给她机会。

到北京的第六天，邵长江跟着崔副厂长和周技术员一起，带着铝矿石样品去找一名大学教授，咨询一些关于铝矿石提取的技术问题。

三个人借了三辆自行车，从朝阳区出发，一路骑车过去。这条路邵长江前段时间走了很多遍，非常熟悉。崔副厂长跟周技术员以前虽然也都来过北京，但毕竟是隔了几年了，周围的变化比较大，去找个地方，还是得依赖地图。有了邵长江带路，一切方便多了。

见过了那名教授之后，三个人在学校附近找了一家小饭店，一人要了一碗红烧牛肉面。

这可是改善伙食的好机会，邵长江还是第一次见到在劲道顺滑的面条上摆着那么几大块牛肉呢，他的馋劲儿一下子被勾了出来，"呼噜呼噜"地一通吃，等碗都见了底，才肯抬起头来。这一抬头不要紧，正看到崔副厂长跟周技术员好奇的眼神，而这两位碗里的面才吃掉了一点点而已。

"年轻人，体力好，胃口也好，真是不错。看着邵长江吃东西，我这有胃病、常年没什么食欲的人，也有点儿馋了。"周技术员说完，也学着邵长江之前的样子，大口大口地吃了起来。

崔副厂长打趣说："长江当时想要去篮球队当运动员，大概就是饿怕了，想找个伙食好的单位，不亏到他的肚子吧。"

崔副厂长的一番话逗得大家都笑了。

吃完午饭，周技术员带着样品和教授出具的报告，赶回招待所研究去了。而崔副厂长则跟邵长江一起，骑车去了白家。这是提前早已约好了的，邵长江还带上要送给白庚和他妻子的礼物，都是家乡的特产，是他特意准备的。

一路上，崔副厂长跟邵长江都在聊白家的事儿。上次邵长江在白家里住了那么久，对白家的情况比较了解。白家六口人，白庚与妻子都有工作单位，两人育有两男两女四个孩子，其中两个儿子在部队当兵，一个女儿是护士，另一个女儿正在上大学。

邵长江还知道白庚特别爱下象棋，用痴迷来形容也不为过。邵长江自从学会了以后，渐渐也有了棋瘾，只不过在铝厂，他没时间下棋，即使偶尔想，也没机会。

在距离白家不远的地方，两人找了家商店，崔副厂长给白庚买了一些礼物，有茅台酒、奶糖、水果，还有从饭店里买的卤肉等，可是花了不少钱和物资票呢！

到了白家，邵长江一敲门，白庚便大笑着亲自迎了出来。看是他们到了，白庚激动地用力捶了下崔副厂长的胸口说："大崔，你是真够可以的呀！以前在连队，好吃好喝好招待，就属你跑得最快，还总说什么吃饭不积极思想有问题，永远要赶上第一口热乎饭；可现在呢，我是望穿秋水、望眼欲穿，好酒好菜都备着好些天了，你硬是磨蹭到今天才到！怎么？做了国营铝厂的副厂长，就鼻孔朝天，看不起咱老战友给你预备的好菜喽？"

崔副厂长二话不说，举手投降："白营长！白大哥！老兄！您讲话的时候可要实事求是，不能信口开河地乱说。我哪儿会变啊！做什么工作担什么职务，那还不就是完成国家交下来的任务，我个人可是一直记得您的教诲，从不敢翘尾巴呀！来北京，一是开会；二是要给铝厂的提炼工艺找一些新的技术；三是还要解决咱铝厂的人才短缺问题。这些事儿可都是一顶一的大事儿，哪样办不好，我回厂里都没法交代。这不，今天才从大学那边办完事儿，出校门就赶紧来了，一刻都不敢耽误。我也知道怠慢老哥了，您要多担待呀！"

说话间，崔副厂长把两瓶茅台往白庚面前一送："营长，您看，这可是好货。"

白庚接过白酒，左看看右看看，兴奋地说："今晚就把它干了，我们一醉方休！你也别走了，明天再回招待所。"

"我来这儿就没打算走，撵都不行，哈哈……"

几年不见，战友情浓，兄弟情厚，两人手挽着手，肩并着肩，大嗓门吼着，笑着。

白庚的妻子，腰上扎着围裙，从里边小跑着出来，和崔副厂长客气地打过招呼后，转身看见邵长江，顿时喜上眉梢："小邵，快点儿过来，帮帮我的忙。"

白庚没好气地瞪了她一眼："你看你，来者是客，长江进门都没坐下喝口水呢，你就拉他去干活儿。"

邵长江与白庚的妻子很熟，见面就大姨长大姨短地叫着。

"白叔，您跟我们领导先聊着，我去厨房搭把手。"

邵长江说完，拎着东西就走。他把带来的东西摆到该摆的位置，就像屋子主人一样从容自然。白庚的妻子有点小小的洁癖，非常喜欢整洁干净的环境。她见邵长江如此懂事儿，眼里写满了欣赏和中意。

当然，邵长江的举动也没有逃脱白庚的眼睛，等崔副厂长坐下来，白庚才感慨道："你的这个秘书，选得挺不错，往后好好培养，肯定能成长起来。"

白庚极少夸奖人，今天是个例外。听到老领导夸赞自己的秘书，崔副厂长也觉得很光彩。

"营长，您看好这小子？"

白庚点点头："他留在国营厂可惜了，像这种苗子，就该去当兵，保家卫国，沙场点兵。"

崔副厂长连连摆手求饶："大哥，您可别见到好样的就想往部队送，咱们地方建设也得有新鲜血液补给，不然，保家卫国的战士是有了，可建设祖国的骨干标兵可要短缺喽！"

白庚瞪了他一眼："你怎么还那么抠？不就是一个秘书嘛，少了一个，你肯定还能再找另一个。"

崔副厂长直摇晃脑袋："不是秘书，准确地说，他是我的学生，我可是打算下点力气，给铝厂培养好苗子出来的。这事儿不可更改，我是下定了决心的。等会儿我给您赔罪，自罚三杯，您可不要介意！"

白庚"哼"了声："你想得倒是挺美，人不给我，酒还得多喝，便宜都让你占完啦！"

两个人聊了一会儿，忽地又哈哈大笑起来。

邵长江在厨房内探出头，奇怪地看了看："白叔今天好高兴，我们领导也很高兴，他们果然是好朋友。"

白庚的妻子听到这话，从暖壶里给邵长江倒了杯姜枣茶，让他喝。

"你们领导跟你白叔是过命的兄弟，一起当过兵，一起打过仗，一起挨过子弹，都是九死一生走过来的。他们的很多老战友早就不在了，这些还活着的，自然要比旁人亲许多。"

邵长江认真地听着，很有感触地点着头。

"你回去以后一切还顺利吧？"白庚的妻子关心地问。

邵长江就简单地把这段时间发生的事儿给说了一遍，他实诚，连差点儿被铝厂给开除的那一段都说了，后来又是怎么连夜赶回厂里，怎么跟崔副厂长认的错，细致地给白庚妻子学了一遍。

白庚妻子认真地听完，对邵长江勇敢承担责任，并努力替自己争取机会的做法表示了肯定："你还年轻，年轻人难免会气盛，总以为自己那一套是对的。而你这次知错就改，勇于承担责任，并重新赢得了领导的信任，找到了正确的道路，说明你成熟了。大姨真替你高兴呀！"

两人正说着，院子里响起一个女孩的声音："妈，咱家来客人了吗？我看见外边停了两辆自行车呢。"

白庚妻子露出惊喜之色："是清然回来了。"

邵长江有点没反应过来清然是谁，他在白家待的那段时间，并没有见过。可是，名字却有点熟悉，好像白庚和妻子总挂在嘴边。

"傻孩子，清然是我的小女儿，比你大半岁，等会儿你得喊一声姐。"说这话时，人已经迎了出去。

邵长江跟在白庚妻子身后也走了出来。就见一个亭亭玉立的女孩，长发披肩，身上穿着一套十分得体的连衣裙，脚穿一双布鞋。其实这是很平常的打扮，穿的衣服也是朴素的款式，可她身材纤细，举手投足之间透着温柔和教养。一双杏眼又圆又亮，透露着聪慧和灵光。哪怕她只是站在了那里，瞬间就成为一道亮丽的风景，耀眼而独特地存在着。

邵长江傻在了原地，感觉那一刻犹如清风拂过了山岗，春色满园绽放；那一刻更是风云齐聚，波澜难抑；也是在那一刻，在少年的心底，绽放出一朵独一无二的鲜花。

邵长江的一颗心急速而激烈地跳动，心慌意乱地站在白庚妻子的身后，不知所措地看着母女俩拥抱在一起。

到底是在自己家，白清然看着局促不安的邵长江，自然而大方地问妈妈："妈，这位客人是？"

白庚妻子笑了起来："这是小邵，邵长江，他是你爸在郑州铝厂的那个战友崔国栋的秘书，上个月来北京，在咱家还住了十来天呢，可你当时在学校，就错过去了没见着。"

白清然从邵长江的身边经过，她落落大方，对他微微一笑。邵长江闻到了她身上的香皂味，浅浅的茉莉花香，清新舒爽，令人久久难忘。

邵长江就那么笔直地站着，他想回她一个讨好的表情，但这并不是他所擅长的。

白清然先将随身衣物放回到自己屋，然后出来跟崔副厂长打招呼。

崔副厂长很高兴："清然都长这么大了，真是一晃数年，女大十八变呀！我上一次见她，还是被嫂子抱在怀里的小丫头，梳着两个小辫子，见人还害羞。可现在，完全没了小时候的影子，要是在大街上遇到了，我可是不敢认。"

"崔叔叔还跟原来一样，没什么改变，真的在大街上遇到，崔叔叔不认识我，我却一定能认出您来。"白清然指着家里挂在墙上的老照片，那是许多年前拍的黑白老照片，照片的主角是年轻时的白庚、崔国栋，还有六个同样年轻稚嫩的面孔。只是，岁月更迭，时光远去。照片上的人，如今在世的只有屋里坐着的这两位了。

邵长江悄悄地退了出去，这样的氛围，他参与不进去，却也不忍去打断。白家院子里有一棵大树，他搬着凳子坐在下边，仰着头去看几只小鸟欢叫着在树干之间跳来跳去，很欢乐，很自由，很有趣。邵长江看得出神，没注意到白清然什么时候来到了他身边。等他注意到她时，她已站在了那里，也在顺着他的视线看树上的小鸟。

"你……"邵长江瞬间站了起来，局促不安，说不出来话。

白清然却是比他自在很多："邵长江，是吧，我是白清然，家里排行老四，目前正在读大学，我是恢复高考之后的第一批大学生，学校就在海淀那边，喏，就是国家篮球队的旁边，你肯定知道。"

听白清然这么一说，邵长江就知道，她一定知道自己远道而来，想到国家队打篮球的那件事儿。她是不是觉得自己很傻啊？

邵长江的脸顿时涨得通红，觉得很难为情。可白清然却问："胡同口那里有所小学，里边有篮球架，要不要去打一把？"

邵长江简直不敢相信自己的耳朵：她白清然，一个如此漂亮的女孩子，竟然邀请自己打篮球！她会打吗？

"距离吃晚饭还有好一会儿呢，我爸和崔叔他们肯定得好好回忆往昔的峥嵘岁月了。他们的老战友很多都不在了，提到了伤心处非要掉眼泪不可。我想，他们是不愿意让咱们这些小辈看到的。不如，咱们避开，去打球吧？"

邵长江发现，自己完全跟不上眼前的这个姑娘的思路。初次见面，她却自然熟络得仿佛是多年的老朋友。

不一会儿，白清然就抱着篮球走出来，还换了一件宽松的衣服，长头发也扎起来，露出光洁的额头。

"跟我来。"

白清然的篮球果然打得极好。腾挪躲闪，踮脚投篮，动作流畅自然，一看就是经常玩的主。毕竟是女孩子，手腕上的力道有限，她的三分球还是差一些，而这个刚好是邵长江所擅长的。两人比赛投球的时候，邵长江就靠这个扳回一局。

两个人打球尽了兴，聊的话题自然多了起来。

邵长江问白清然为什么这么会打球，毕竟篮球这项运动，玩得好的几乎全是男的，姑娘家喜欢的也有不少，可是真的上手去打，那就比较罕见了。

白清然笑他是老思想："在我们学校，女生打球的也有不少，而且，我大哥、二哥都喜欢打球，看他们打的次数多了，我也想跟着一起玩，可是两个哥哥嫌弃我，怕我跑的时候体力跟不上，就是个累赘。他们去部队了，我在家里就悄悄练习，等他们回来的时候，非得让他们刮目相看不可！"

白清然说完，又是一记标准的二分投篮。篮球在空中划出了一条弧线，精准地落在了篮筐之内。

"好球。"邵长江赞了一声。

白清然眯起迷人的双眼，心满意足地说："走吧，该回去了，不然等会儿我妈该着急了。"

回到白家，果然看到桌上已经摆了几个菜，其中有崔副厂长带来的卤肉，还有北京烤鸭，这可是稀罕东西，平时想吃都没地方吃呢！白家把崔副厂长视为贵客，这一桌子饭菜比年夜饭还丰盛一些。

看见白清然跟邵长江回来，崔副厂长笑呵呵地说："丫头，怎么样？小邵的篮球打得不错吧！"

白清然摇了摇头："比我打得好一些，但跟我大哥、二哥比还是差了点儿。我跟长江做了约定，等他回去以后，不管工作有多忙，都要时不时练一练篮球，往后有机会再来北京，若是我大哥、二哥在家，一定让他们比一比。"

崔副厂长竖起了大拇指："这个好，我赞同。"

白庚妻子笑着点了下她的脑袋："你啊，姑娘家没有姑娘样，跟着打什么球啊！一身的汗，赶紧去洗洗吧。"

白清然走的时候，不忘喊上邵长江："你也来吧，洗洗再上桌，不然我妈又得说。"

这一晚，如白清然所预料的那样，两瓶茅台全喝没了，白庚又从家里翻出来一瓶白酒，两人喝到尽兴处，白庚跟崔副厂长搂在一起，喊着战友的名字，像个孩子似的嘤嘤哭了起来。在他们的心中，藏着一段战火硝烟的岁月，若无相同经历，很难体会那种同生共死的情谊。

白庚妻子说："咱们都出去，不要打扰他们。活着的人永远会肩负着更多的沉重，这辈子怕是都卸不下去喽！"

邵长江依然住在之前在白家睡的那个屋子里，他听着隔壁隐约传来的聊天声，好像还唱了好长时间的军歌，在那熟悉的激昂调子里，他疲惫地睡了过去。

隔天一早起床，白清然已经回了学校。白庚跟崔副厂长在院子里打了一套军体拳，而后道别。临走时，白庚拍着邵长江的肩膀，叮嘱他一定要跟着崔副厂长好好干。

"白叔，您放心吧。"邵长江郑重地答应了下来，便推着自行车，跟在崔副厂长身后离开了。

这一路上，崔副厂长的话便少了很多，几乎不怎么开口，只是骑车路过人民英雄纪念碑时，他特意停了下来，目光灼灼地盯着"人民英雄永垂不朽"几个字，喃喃地念了好几遍。离去前，他朝着纪念碑鞠了三个躬。

"小邵啊，今日的新生活来之不易，为了那些已经逝去的英雄们，我们这些活着的人，得全力以赴去多做一些事儿。好好地活着，不要虚度光阴，要努力地发光发热。人活一世，总是要做出一些成绩，为这个国家留下一些什么，才不算辜负一生。"

此时的邵长江，对这些话似懂非懂。但在懵懂之间，他好像又有些明白崔副厂长所说的话。于是，学着崔副厂长的样子，也朝着纪念碑的方向，郑重地鞠了三个躬。

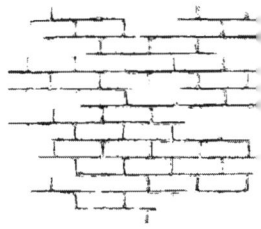

委曲
求全

8

北京之行，邵长江在经历了一丝浅浅的涟漪之后，又变得忙碌了起来。接下来几天，崔副厂长无论到哪里，都把邵长江带在身旁。崔副厂长跟人交谈时，邵长江要陪在一旁，做好秘书工作，他不仅要端茶倒水，服务周全，也要做好记录，整理文案。一开始邵长江还不那么习惯，做了几次后，他已是有模有样，就连偶尔发表见解也能切合实际，说到点子上。

这份成长，崔副厂长看在眼中，喜在心上。

不知为什么，邵长江总是不由自主地想起白清然，想到那样一个中午，他与她四目相对，那种阳光灿烂、清风徐徐的感觉让他终生难忘。之后的几天，他并没有机会再与她见面。

回程时，火车上，邵长江在笔记本上快速地记着什么，崔副厂长坐在他的对面，时不时地指点、提醒。十几个小时的车程，两个人就这样忙碌着。

周技术员打了个盹儿，醒过来时，发现窗外已经黑透了。他伸了个懒腰说："下一站就到郑州了。"没人应他，邵长江还在忙呢，因为太过专心，他一脸认真，根本没注意到周围的一切。

自从知道邵大河处的对象极有可能是砂轮厂的正式职工之后，李秀珍的心彻底放了下来，每天都是笑盈盈的，心情很不错，也不再追问女方的具体信息。偶尔从小饭店带了好吃的回来时，哪怕并不多，也会想着分一份出来，让邵大河带到单位去。之所以这么做，目的就是让邵大河送给他的对象吃。

那天邵大河醉酒时，曾无意中提起来过打算与这个姑娘结婚的。既然如此，那早晚就是自己家的儿媳妇儿，而且她在砂轮厂上班，有正式编制，福利待遇都不会比邵大河差。李秀珍得偿所愿，就想着在结婚前和未来的儿媳妇儿搞好关系，送些好吃的、好用的当然舍得的，也是心甘情愿的。

冬去春来，入夏转秋。当片片黄叶悄悄地从树上盘旋着落下来的时候，砂轮厂里传来了一个确切的消息。

"那个考试，很快就开始了。"廖小茹找了个机会给邵大河通了个信儿。

"你被列入随行人员名单里了吗？"邵大河问。

廖小茹抬起手，轻轻拍了他一下，嗔怒道："这个时候，你脑子里应该琢磨的是怎样脱颖而出吧！"

"你要是不去，我也不去，得分开两三年，我舍不得！"邵大河说的全是心里话，但要说真的为这事儿放弃，心里又觉得空落落的。

"我会向领导争取的。"廖小茹扯了扯他的衣角，"我的德语水平是整个厂里最高的，领导一定会认真考虑的，而你也得努力，知道吗？"

见邵大河还在那儿闹别扭，廖小茹语气转冷，厉声说："我警告你，万一最后我去了，你却落了选，我是不会原谅你的。"

"嗯？"见廖小茹生气了，邵大河连忙赔着笑脸，"我学得那么认真，夜校的其他职工都没有我下的功夫大，一年半的时间，除了上班，闲暇时间全用在这上边了，我怎么会落选？"

廖小茹轻哼了一声："结果出来才知道。"

邵大河攥紧拳头，狠狠地点了点头。他根本没注意到自己已被廖小茹转移了注意力，从关注她能不能去，而转为了自己能不能去。

从这天起，邵大河的休息时间更少了，早在读，晚在背，书不离手，整个人处于紧张的备考当中。

考试那天，参加考试的九十五人都集中在厂部夜校的礼堂里，其中夜校学员有六十五人，其他渠道引进来的人才有三十人。领导讲了一番激励人心的鼓舞之词，而后宣布，此次考试将选出来二十八人，他们将成为第一批参加高精技术培训的人才，远赴民主德国学习。

邵大河坐在了最后一排，听着领导的讲话，他挺胸抬头，想要从人群里寻找廖小茹的身影，可惜看了好几次都没找到她的踪影。

"难不成，她不跟着一起考试？"邵大河轻声自言自语。他越想越觉得这种可能性极大，廖小茹的德语水平，已是随口就来，基本上能做到不假思索，对答如流。更别提，她可是夜校这批学员的老师，考试是学生的事儿，作为老师，她应该是直接过关的。

"嗯，等我考过了，就能一起去了。"邵大河给自己加油鼓劲儿。

九十五位考生被分为八个小组，分开来坐。

第一关是笔试，每人发了一份德语试卷，无非就是将德文翻译成中文或将中文翻译成德文之类的题目，不过题量挺大，难度挺高，一套试卷答下来并不轻松。

考试时间为三个小时，偌大的考场内不仅安排了八名人员监考，还有厂里的几位领导担当巡视，不停地在考场附近走来走去。单看这阵势就能看得出厂里对此次出国培训的重视。

三个小时后，邵大河一脸严肃地走出考场。他又习惯性地去寻找廖小茹，也不知道为什么，她今天一直没出现，既不在考场监考，也没在外边等他。

"去哪了呢？"邵大河嘴里念叨着，还想着利用中午休息时间，去办公室或宿舍找找廖小茹，可他还没走呢，已经听到有人大声喊集合了。

原来，厂里给今天来参加考试的人员安排了一顿午饭，要求全体集合在一起去食堂吃饭。吃完饭后，要立即回来，进行第二关的面试。

"啊？还要面试！什么内容啊？之前也没人说过。"

"那个姓廖的丫头是故意不说这些的吧，是不是等着看我们出丑呀？"有人把脏水故意泼在廖小茹身上。

"廖老师并不负责今天的考核，你们也别什么事儿都推她身上，厂里的领导都在呢，不满意可以去找领导呀！"难得有人替廖小茹说句公道话。

"哈哈，你小子怎么也开始替那丫头讲话了？是不是看人家长得水灵，想讨回家做老婆呀？"这种带着侮辱和轻蔑的话语，似乎永远不会消失。

邵大河气得不行，扭头想去找找是谁在那里胡言乱语，让他逮住非好好教训他一顿不可。可那么多人簇拥在一起，往同一个方向走，怎么能找得到呢？

邵大河带着一肚子气，跟着人群一起回到礼堂。

面试还是按照上午分成的八个小组依次进行的，每次只允许一人进去，面试一结束，立即有工作人员领着从另一个方向离开，在礼堂内等着面试的人，没办法跟面试过的学员碰面。因此，不亲自进入那间能决定命运的办公室内，谁都不知道所要经历的是怎样一场面试。

根据抽签结果，邵大河的面试顺序非常靠后。看着他这一组的职工一个个地走进去，他也紧张了好一会儿。不过，他在心里默默地告诉自己：已经努力了那么久，能做的都做了，再不行的话，也是自己能力不足。此时此刻，再紧张能有什么用呢？

"八组八号邵大河，到你了。"办公室那边，有人在喊他的名字了。

邵大河应了一声，进去之前，他又朝着窗子的方向张望，期待能在离开之前看到廖小茹的身影，但是他没有……

整个面试的过程，出乎邵大河的意料。

参加面试的考官共有三位：一位是几年前来援建的德国人马德先生，一位是厂里从北京聘请来的翻译，还有一位是分管一、二、三车间生产的厂部领导。

"邵大河，面试现在开始，这位是马德先生，他是这次的主考官，接下来请你认真听他所说的每一句话。"厂部领导说完，冲着邵大河点了点头，便拿起一支笔，在纸上记录起来。

邵大河第一次经历面试，一时没有反应过来，他还在想，也不知道领导在写什么呢，难道是看他长得好不好，身上穿的衣服干净不干净？廖小茹跟他提起过，这是所谓的印象分，也就是第一眼看到他是什么样，感觉如何，就打多少分。

难不成所谓的面试，指的就是这个？

马德先生突然操着一口纯正流利的德语，率先跟邵大河问了一声下午好。他自我介绍，他是马德，负责这次面试考核，接下来他希望邵大河能全程以德语与他进行对话，他请邵大河不要紧张，发挥出自己最好的水平，将自己最好的一面展现出来，他非常期待邵大河的良好表现。

邵大河瞪圆了眼睛，马德先生等了几秒钟，还以为邵大河没听懂他的话，打算改用中文重新讲一遍。就在这时，他看见邵大河咽了一口唾沫，眼睛连眨了几下。于是，他把手一扬，做了个"请"的手势。

邵大河稍微思考了一下，说道："尊敬的马德先生，很幸运能成为您面试的学员，我的名字叫邵大河，是砂轮厂的一名普通职工，我对于这次赴德培训之旅非常向往，并为此做出了充分的准备。我有信心能够圆满完成我的祖国、我的单位以及我的领导所交给我的任务。"

流利而纯正的德语脱口而出，没有卡顿，没有迟疑，没有思索，没有犹豫，仿佛德语才是他的母语，邵大河侃侃而谈，轻松地表达着自己。

马德先生脸上绽放出了一抹笑容，露出了有点可爱的虎牙。

一直在忙着记录的厂部领导也跟着抬起头，他如果不去看邵大河，几乎不敢相信，刚刚所听到的，是出自一位中国工人的口中。

"你的德语讲得非常棒，冒昧地问一句，你是学习了很多年吗？"马德先生面试了好几十个职工了，前边也有一两个能磕磕巴巴地与他完成交流，但像邵大河这样顺畅自如地表达自己的，还是首位。因此他感到很疑惑，并且期待着邵大河能够回答他的问题。

"我的确学习了很久，在单位给我安排上夜校学习后，我就一直未间断地学习贵国语言。"

马德先生是知道砂轮厂夜校语言培训这件事儿的。

"但据我所知，这样的培训只是浅显的、粗糙的、速成式的学习，而你的语言沟通能力，让我感到十分惊奇。因为太过流利了些，这样的交流，让我觉得很舒服。"

邵大河正了正身体，看了领导一眼，他斟酌一下后回答："我的德语老师是一位聪明的中国姑娘，她的德语非常流利，她对于这份工作尽心尽责，我跟她学习之后，也感受到了异国语言的魅力。其实语言的学习，并不会比厂里的工作更困难些，找到了学习的诀窍之后，一切困难都会迎刃而解。"

"那位中国德语老师，我是说，你口中所说的那位中国姑娘，是不是廖小姐？"马德先生显然是有所了解的，他前几次来砂轮厂，曾经有一位年轻的姑娘做翻译，想必这位翻译就是廖小茹。

邵大河连忙点头："就是她了，廖老师是一位极好的老师，显然，她已圆满地完成了她的工作。"

就在这时，厂部领导抬起头来。原来，邵大河与马德先生聊起来的时候，身旁的翻译也就将他们的聊天内容翻译给厂部领导听。眼看着话题从面试偏离到廖小茹身上去，厂部领导皱着眉对翻译说："跟马德先生说，让他开始面试吧！"

马德先生被提醒了一句，便笑了笑，拿身边这位严肃的厂部领导全无办法。于是，按照面试的要求，他便将聊天内容转移到工作上来。

廖小茹从一开始便猜到了这次赴德培训，中心内容必然是要围绕着砂轮、砂纸制造和工艺改进来进行，她早就有所准备，替邵大河补上了这一课。其实，一些专属的词汇，她也不是很懂，能弄到这些内容，她不知翻了多少资料，还特意去请教了厂里的东德专家，将厂里目前亟待解决的技术问题与邵大河的语言学习完美结合了起来。

因为准备充分，当马德先生与邵大河的聊天内容越来越深入时，邵大河仅仅是减慢了语速，增加了思考时间，却还是能够做出准确的回答。

面对邵大河的完美表现，马德先生连连点头："你的德语水平，足以支撑这次的学习。"

他做出如此结论之后，就在邵大河的资料上写了个"A"。考虑了一会儿，他挑着眉梢满意地笑了笑，又在"A"的后边添加了一个"+"。

厂部领导问翻译："这个很好？"

翻译点头："非常好！"

于是，厂部领导虽然不懂德语，却也在邵大河的资料上写了一个相当高的分数。

翻译的评价同样是"A"。

邵大河面试结束，但并没有当场告知他面试的分数，他继续保持一头雾水的心情与三位考官说了声再见。他被人引着走出了面试地点，那些参加面试的职工还没有散，见了邵大河出来，便向他招了招手。大家围拢在一起，议论纷纷：

"小邵，你面试得怎么样？"

"真是没想到，厂里居然会安排这样的考试，真是太难了，那个外国人讲的德国话，太快太急，发音也不太一样，我勉勉强强只听懂了他在问候下午好，至于后边说了什么，我实在没听明白。"

"别忘了，大家全是类似的水平，毕竟也就学了那么一段时间，哪里可能就顺利地跟德国人讲话了呢？语言可不是那么好学的呀！"

"小邵，你脸色怎么那么难看？没考好也不要闹心了，反正也不是只有你是这样。"

"大家都这样，厂里找不到合适的人，会不会怪咱们没学好？之前可是管得很严，参加夜校这些人平时请假都得车间主任签字，无故不去还得被通报批评。现在是这么个结果，领导肯定气疯了。"

"可不是嘛，我磕磕巴巴地答不上来时，厂部领导瞪了我好几次，那真是恨铁不成钢啊！"

"怕什么，怕什么，一个人学不会那是学员不努力，大家全不会就是廖小茹不会教，没教好！如果领导真为了这事儿来找麻烦，我们就集体说她好了。反正她那么个出身，领导肯定也烦死了，给她个机会她还不好好把握，回头这份工作也保不住了，把她给踢出厂去，往后不碍着大家的眼，这事儿也就了了……"

闻听此言，邵大河的肺都快气炸了，他怒气冲冲地冲过去，与那人扭打在了一起。

就是这个家伙平时上课油嘴滑舌，阴阳怪气，自己不愿意好好学，还总撺掇着其他职工起哄，把廖小茹给气哭了好几次。

邵大河早就想狠狠教训他了，可每次廖小茹都要拦着、挡着，要么息事宁人，要么忍气吞声。邵大河忍啊忍啊，脾气是一次又一次地被压下去，但那全是为了廖小茹，他才肯忍。今天，他一整天都找不到她，心里烦躁得厉害。这人还要当着大家的面，继续诬陷他的女人，他邵大河哪里还能忍得下去呢？！

两个人很快被职工们给拉开了。

那人骂骂咧咧地指着邵大河的鼻子说："我早就看出来，你跟那个姓廖的有一腿，看看，今天暴露了吧？你替个走资派家里的女儿抱不平，你也是个坏东西！"

他握着拳头就要喊起口号，试图煽动周围的职工一起，将邵大河和廖小茹彻底归为同一阵营。

邵大河彻底被激怒了。他人高马大，浑身是劲儿，他甩开了拉着他的那些人，立即又冲了过去，挥起铁锤一样的拳头猛砸下去，铁拳下响起一声声杀猪般的惨叫……

　　考试结果当晚就出来了。砂轮厂计划选拔二十八人，其中有二十七位的名字已确定下来。这些人是根据笔试和面试的分数折算出一个总分，按照高低分择优选取的。公正公平，全部过程都有无数人在监督着，这些人全是凭借着实力，得到了一个宝贵的出国机会。

　　唯有这第二十八个人选，引起了大家的争议。厂部大小十几个领导，为此坐在一起开了个会。会上大家展开了激烈的讨论：

　　"这个邵大河，的的确确考得不错，德语学得很扎实，能写能说，按理来说，他是该拿走一个名额的。但他无组织无纪律，在考场门前殴打同厂职工，发泄私愤，影响极坏，必须严肃处理！"

　　"打架的起因还是因为那个职工说起了邵大河与廖小茹举止亲密，邵大河就直接挥拳便打。这算什么？恼羞成怒还是被戳穿了心思之后的心虚？他的立场就很有问题，我看，这俩人的关系八成是很不一般，得彻底查一查！我们必须保证出国学习的这支队伍，既红又专，政治素养过硬，这才是我们作为厂里的干部应该去审查的内容。我们是要负责到底的！"

　　针对以上言论，也有领导持不同的看法，吴主任便是其中一位，因为是邵大河的直接领导，爱将之心让他这个时候必须站出来力挺邵大河："跟人打架的确是邵大河不对，可是为什么会打起来，怎么会在考场之外打起来？这事儿是什么原因总是要问问吧！邵大河学得多好，那试卷写得干净漂亮，跟东德专家对话，顺溜得就跟他从小到大说的就是德国语似的。他进厂的时候是什么样子，我相信在座的领导们很多都是清楚的吧！他没有受过正规教育，小时候跟一群妇女上的扫盲班，长大后去读了扫盲夜校，他虽认识一些字，但算不上多有文化吧！他白天按时上班，跟工人们一起工作，晚上休息时间全在夜校里，得下多大的苦功，才达到今天的水平呀！"

　　吴主任情绪激动，据理力争，手里的茶杯一下子砸在了桌上，连茶水洒得到处都是也管不了了。

"来来来，你们算算时间，他一天睡觉的时间能有多少？他一天到晚都在做什么，才能得来今天这份成果？可是有些人呢，工作的时候偷奸耍滑，学习的时候知难而退，自己学不好、学不会，不在自己身上找原因，却要责怪老师的出身不好，诬赖学习好的职工跟老师有不正当男女关系，这说的还是人话吗？怎么？现在诬赖人的成本就这么低了？嘴巴一张一合，谣言一个接一个，还不兴邵大河听了发火了？我跟你们说，是个带血性的汉子，那都忍不了这份委屈，我看哪，揍得好，揍得轻！"

吴主任这一番话，显然是完全在替邵大河辩护。

会场的气氛一下子变得紧张、压抑起来。

这些分管各处的领导，每个人都有自己的消息来源，每个人也都有执拗认定的道理。最终，矛盾的焦点便集中在了邵大河跟廖小茹是不是真的有除了学习之外的其他关系。

有人曾信誓旦旦地站出来举报说，看到过他们在一起同行，举止亲密。可是证据呢？除了空口白牙，也说不出来其他的了。两人一起走路，这是再正常不过的了，一个是老师，一个是学生，即使出身不同，有着明显的对立关系，但难免有时候会说几句话，只凭这个做出认定，吴主任和几个站在邵大河一边的领导绝对不服。

会议吵了足有一个小时，最后的处理办法是，把当事人给喊过来，当面锣对面鼓地问问两人到底是什么关系。

就这样，廖小茹到了，邵大河也到了，面前坐着的是厂里的十几位领导。当领导们面色冰冷地瞪着这两个年轻人时，廖小茹和邵大河都已经猜到了他们要问什么了。

"邵大河，今天当着这么多领导的面儿，我要问你一句话，也希望你能够实话实说。"吴主任抢先开了口，他觉得由他来做这个开场白，最为有利，"你要如实说明，为什么在厂部门前，你要殴打同厂的职工。你要给出一个合理的理由来，领导们才能酌情考虑对你的处理意见。"

廖小茹的脸色已是一片惨白，她担忧了那么久，也防备了那么久，没想到，最担心的事儿还是发生了，而且是在对于邵大河来说最关键的一天。若是处理不好，一年多的努力将功亏一篑，不止如此，邵大河还将要付出他所难以想象的惨痛代价。

廖小茹根本不敢去思考，当他们两个极力隐藏的关系暴露于人前时，将会是一种怎样的后果。

她瞪着邵大河，死命地瞪着，眼神里全都是警告，她知道他读得懂，但她不确定，他会不会故意装傻，放纵自己，一意孤行。

邵大河果然带着一肚子不服气，火气十足地开了口："我为什么要动手打他？各位领导是不是应该问问他本人，他说了什么才挨了这顿揍的。"

吴主任提醒道："邵大河，让你说什么你就说什么，一问一答，好好给领导们讲讲事情的经过，少说废话，对你有好处。"

邵大河才要开口，廖小茹突然说："既然你们是要问邵大河的事儿，把我喊来做什么？他的事儿跟我又没有关系。"

邵大河当场愣住了。眼前的廖小茹，如此陌生，她用那种厌恶的眼神看向了他，远远地躲避着他，刻意划出一条明显的界限。从昨天到现在，他一直在找她，宿舍不见人，办公室不见人，他找遍了所有她可能去的地方，都不见她的身影。

邵大河简直急疯了，一天一夜没合眼，眼圈到现在还是乌青乌青的呢！可廖小茹就像是完全不认识他似的，嘴里讲的话一句比一句刺人。

"他打架，你们处分他好了，不会是因为我教过他一些德语课，就要把他的错强推给我吧？是，我是家庭成分高，出身差，但你们这么做，是不是太欺负人了？"

廖小茹嚷嚷得很大声，连声调都变了。邵大河从没见过她如此激动，觉得她活像一个泼妇，完全没有了原本的淑女气质。

怎么回事儿？到底发生了什么？他的脑袋里轰轰作响，有心想要冲上去，抓着她狠狠摇晃问问她，可会议上那么多人呢，不允许他撒野。

"廖小茹，没人问你，你先闭上嘴不要讲话。你的事儿，稍后再说，等邵大河交代完毕，有你的事儿，你躲不掉；没有你的事儿，你也不会被牵连。"有位领导没好气地了警告了她一句。

廖小茹翻了个白眼，气呼呼地把头扭到了一边。

这时，邵大河嘴唇颤抖了几下，才要开口，廖小茹突然再次嚷嚷："邵大河，我可警告你，你说什么之前过一过你那颗不灵光的脑子，别以为我是好欺负的，兔子急了还咬人呢，你要是把我逼到不能过，我就敢跟你拼个鱼死网破！"

廖小茹那么仇恨的眼神，哪里还是他心里喜欢了很久很久的姑娘呀！邵大河痛苦地闭上了眼睛，他的耳边响起了吴主任的催促声，于是，邵大河像是失控了一般，开口说道："我打人，是因为那个职工让我跟着他一起诬赖廖老师，说大家考得不好的原因，全是廖老师没好好教，如果不这么说，他就说我跟廖老师……是一对儿。"

当说到这些，邵大河又一次看向廖小茹，试图从她紧绷的脸上，寻找出某种熟悉的温情。很快，他失望了。

"我不管别人怎么想，也不管别人怎么讲，他们可以昧着良心，把责任推给一个姑娘；可我，我娘教过我做人最基本的道理，是我的责任我来承担，我不喜欢拉不相干的人背黑锅。况且，我的德语水平是日积月累学习得来的，从我所掌握的德语知识来看，就能看出来廖老师一直尽心尽力，她没有辜负领导的期望，她已经超额完成了一名夜校老师的教学任务。"

全场一片寂静。

廖小茹本来想迅速离去来做出一个姿态，与邵大河彻底划清界限，不想让自己的问题与他联系起来。然而在听到了他说出了这样子一番话的时候，廖小茹的心里还是深深地被触动到了。她当然听得出，那是邵大河以一名学生的身份，对她所做出的肯定。在夜校，对于她的教学成果，心里边认可的人有不少，可像邵大河这样，落落大方地当着很多人的面讲出来的，的的确确只有他一个。

这是她人生的第一次被认可的体验，廖小茹的内心深处生出了很多的感动。但她依然在克制，也必须克制。邵大河越是让她感到暖心和感动，她就越不能容许自己眼睁睁地看着邵大河因她而被连累。也许这就是所谓的爱他就必须为他着想吧！

邵大河没有等到廖小茹回应，继续说下去："我会为我的情绪失控而负责，各位领导，你们想怎么处置，我没有意见。"

他向吴主任和那些认识或不认识的领导们，深深地鞠了一躬，然后朝着门口坚定地走去。与廖小茹擦肩而过时，他用眼睛余光，快速地瞥了她一眼，就见她眉宇之间显露着惶恐与不安。

这几天，她过得好吗？真的好想当面问问她，她这两天去了哪里？最希望他能够争得出国名额的是她，而到了最关键的一天，她却躲得远远的！

邵大河离开后，吴主任没好气地说："现在，事情的原因已经查得很清楚了，就是有人自己学不好，还想把学得好的职工给拉下来，其用心险恶不说，实在编不出好理由的时候，干脆就扯出一个跟走资派搞对象的罪名，这可是不得了，这种脏水往身上一泼，就算是清清白白也没办法做人喽！厂长，还有各位领导，咱们可全都是从那段艰难的日子里一起走过来的，什么人没见过？什么事儿没经历过？绝不能让有些人的险恶用心得逞啊！"

这时候，那个一直跟吴主任对着干的领导不甘示弱地说："老吴，你又不是当事人，你说了可是不算。"

吴主任梗着脖子："我是邵大河的直接领导，对于邵大河，我可是最了解的。我说了不算，还能有谁说了算？"

那个领导讽刺道："既然都说邵大河跟廖小茹之间有什么不为人知的关系，廖小茹不就站在这里，让她说说不就得了。"

"你……"吴主任气得说不出话来。

那个领导又慢悠悠地对其他领导说："假的真不了，真的也假不了。如果真是堂堂正正的事儿，大可以堂堂正正地来说嘛。"

这番话倒是引得不少人跟着点头。既然争取到了大多数人的赞同，那个领导也就没什么顾忌，直截了当地问："廖小茹，你跟邵大河是什么关系？"

一瞬间，廖小茹觉得会议室所有人的目光全都集中到她这里。她经历过太多的事儿，远比邵大河思想成熟，也从没有任何不切实际的幻想。她清了清嗓子，不卑不亢地说："关系？这话问得我真是一愣，我和他能有什么关系？"

"有人说，你俩是在悄悄地处对象，耍朋友，有这回事儿吗？"

廖小茹"呵呵"冷笑了几声："这谣言是谁在传呢？别让我逮到了，不然我一定撕烂他的嘴！"

"廖小茹，你也不看看这是个什么地方，你再狡辩也没有用，咱们厂里，可不止一个职工看到你俩亲密地待在一起，这个你怎么解释？"

"不止一个职工，那是哪些职工？你让他们站出来，到我跟前来，时间地点，我跟邵大河都聊了什么，一五一十，好好说清楚呀！"

"现在是给你一个坦白从宽的机会，你凶什么凶？不好好珍惜的话，你是不想再在厂里待下去了？"

廖小茹从前一直很在乎砂轮厂这份工作的，正因为在乎，所以才对很多委屈和不公平对待忍气吞声。她不过是想安安生生地过日子罢了，可今天，这安生日子怕是要到头了。

"坦白从宽那是用在犯罪分子身上的说法，我廖小茹是家庭成分比较高，是在党和人民的领导下，接受改造的典型对象，但我绝对不是什么作奸犯科的坏人。如果一开始就用怀疑的眼光来看我，那我说再多又能有什么用？我在夜校，教会了不止邵大河一个优秀的学生，完成了厂领导布置下来的任务，可今天你们还要来质问我和邵大河之间有什么关系。我不管怎么回答，你们都会认为是辩解，是抵赖，是借口。今天即便是证明了我与邵大河之间没什么关系，明天又要质问我和其他学生有什么联系。在你们心里，我就是个坏分子，不管我做多少，如何好好表现，如何为了证明自己而累死累活，这些都不会被你们看在眼里！"

廖小茹神情凄惨，能够鼓起勇气说出这么多的话，她感觉自己都要被抽空了。

"请你注意说话的语气，也请你看清楚在跟谁讲话，领导们对你不薄，顶着那么大的压力把你留下，是希望你好好进步，你心里怎么可以有那么大的怨气呢？你和邵大河的事儿，有或是没有，说清楚就好……"

廖小茹一摆手，意思是不用再说了。她根本不想听，反正，说再多也没任何意义。

"我和邵大河干干净净，没有任何关系。考试已经结束了，虽然是在同一个厂里，以后大概也没什么见面的机会。如果你们实在不放心，大不了把我开除了就是，反正全都是你们说了算。"

廖小茹冷冰冰的眼神，谁看了都要跟着心里一惊。领导们都清楚，当初是厂里哄着、劝着她去夜校做兼职老师的，当时好像还承诺过什么，如今还一样都没实现呢。面对廖小茹生气的眼神，众人一时不知道说什么好。

见谁都不讲话，廖小茹开口："还有什么要问的吗？"

"你跟邵大河平时……"

"除了上课，私底下没单独见过面，在厂里遇到过几次，没讲话。怎么？连这个都不行吗？你能保证自己和另一个人，在同一个厂里，完全没有碰面的可能吗？你们谁能做得到，再来要求我吧！"

她越是理直气壮，越让很多人无言以对。反正，不管是谁，只要张口提问题，廖小茹肯定会比对方更快地质问回去。

厂里听说两个人关系暧昧，但也只是听说而已，当廖小茹气呼呼地要证据、证人的时候，众人就又一次沉默不语，毕竟，是真的拿不出来。

"厂里的不正之风什么时候管一下呢？造谣全凭一张嘴，真是有意思了。"

廖小茹虽然心里有几分把握没被人看见过她跟邵大河待在一起，但同时也有那么几分不确定，就担心有个万一。

见众人沉默不语，她便有了几分底气："我去夜校教课，全用的是业余时间，没占公家便宜，没得公家优待，现在倒是好了，多做多错，有嘴说不清了，你们非得把人给逼死了才甘心是吗？非要我从厂里的大锅炉里跳下去，死在你们面前，你们才满意吗？"

这话一出，可是吓人。一言不发的厂领导好几个都站起来，开始苦口婆心地劝。廖小茹平时过的是个什么样的日子，他们怎么会心里没数呢？万一她真的想不开，还是死在了厂里，那后果可真是不堪设想了。

最后，廖小茹是被哄着、劝着送出会议室的。她出来就见邵大河站在长廊的尽头。那个位置有一个拐角，邵大河缩着身子躲在那里，除非是靠近，或者有意探寻，不然在办公室这边根本看不到他。

邵大河是在等着廖小茹呢！可是廖小茹明明看到，却假装什么都没看到，直接扭头朝另一个方向扬长而去。

这究竟是怎么一回事儿？邵大河完全想不通。好像只在一夜之间，两人的关系就都变啦！

对于邵大河在考场门前与本厂职工肖某打架的处理意见，白底黑字写出来，贴在了厂部门前的公告栏里。

经调查，肖某言语挑衅在先，邵大河义愤出手在后，两个人全都是比较冲动的个性，于是就各打五十大板，每人记大过一次，扣掉一个季度的奖金，大会上作出深刻检讨。顺便教导厂内其他职工，大家全都是相亲相爱的兄弟姐妹，有什么事儿要坐下来沟通，不要动不动就用粗暴的方式，那种解决方式永远是不可取的。

但这件事儿跟邵大河参加考试的事儿，没有直接因果关系。因此，在出国人员政审名单上，邵大河位列第六，且已注明是按照成绩排名，后边还注上了笔试和面试的成绩，做得非常公开透明，也堵住了悠悠众口。

邵大河得偿所愿，但并没有预想之中那么兴奋。原因有二：第一是政审名单上没有廖小茹的名字，这次共派出了三十五人，除了考试所选拔出来的二十八人，另外七人算是特批，有的是带队领导，有的是随行翻译，可邵大河反反复复看了好多遍，的确是没把廖小茹列入名单；第二是廖小茹失踪了。

一个活生生的人，每天要上班、下班，有一堆做不完的工作，怎么会失踪呢？这件事儿邵大河百思不得其解，但摆在面前的事实，的确就是这样。

廖小茹办公室的大铁门锁了，宿舍的门关着，厂里也不见她的踪影。而邵大河也不知道廖小茹在郑州还有什么亲戚，更不知道她还有什么要好的朋友可以去投奔。他在哪儿都找不到廖小茹，急得快要疯掉了。

赴民主德国培训学习的事儿，在人选确定之后，就紧锣密鼓地进行起来。两名副厂长为此还专程跑了一趟北京，找到高层，表决心，说困难，请求帮助。这出国的手续，便一路绿灯，风风火火地给办了下来。

转眼之间，邵大河等人便接到了明确的消息，让他们做好出国的准备。而厂部的夜校，针对这一批赴德人员再次开放。提出来的要求是，必须全体参加，不缺课，不漏课，服从管理，统一安排。学习时间也做出了调整，在厂工作的职工先交接了手上的工作，而后就不必再去车间上班，而是全天候地接受赴德前的培训。

邵大河听到了这个消息为之一振，厂部夜校的老师，那不就是廖小茹嘛，他终于又能见到她啦！

出国培训班的培训时间由原来的晚上改在了白天，邵大河稍微迟到了几分钟。一个很陌生的男人，取代廖小茹的位置，站在讲台的中央。他看到了邵大河，笑了笑："同志，上课第一天就迟到，这可不太好。"

"你是？"

"我是姚伟志，厂里派来给大家做赴德前集中培训的老师，你可以叫我姚老师。"

姚伟志说话的同时，朝着邵大河摆了摆手，意思是让他进去，找个位置坐下。邵大河机械地听从着他的指令，一边找空位，一边回头看姚伟志，满脸的疑惑——怎么是他，而不是廖小茹？

等他坐下来，旁边的与他交情不错的张鑫凑过来低声问："大河，你怎么迟到了呢？幸好今天上课的人不是廖小茹，否则的话，你可惨了，最轻也得被通报批评，那丫头狠着呢！"

"是啊，为什么不是她呢？"邵大河鼻子发酸。

"这事儿你还不知道吗？"张鑫显然是知道了一点儿内幕，再次看了一眼讲台上的姚伟志，见他没有注意到自己这里，才用教学资料挡住半边脸，跟邵大河分享他知道的事儿，"廖小茹已经被开除了。"

邵大河顿时僵住了。他呆呆地问："她去哪儿了？"

张鑫一听就笑了："这我可不知道。"

邵大河恍恍惚惚地站起来，旁若无人地嘟囔："她能去哪儿呢？"

张鑫愣住了，姚伟志也愣住，教室内所有人都朝着邵大河望了过去，不知道邵大河想干什么。

邵大河失魂落魄，快步朝着门外走去，嘴里念叨的话，大概就只有他自己能听得清……

之后的培训课，邵大河很少去，成了缺席的常客。姚伟志跟车间主任提了好几次，还威胁说如果他再这样，就直接发通报批评，若是事儿闹大了，厂里可能会考虑取消他的出国机会。

吴主任立即找邢大姐说起此事儿，邢大姐急得团团转。因为邵大河考得好，她这个做师父的被记了首功，这个月的奖金都多了好几块钱呢！邵大河连最难的一关都闯过去了，这要是毁在临门一脚的当口，她得气死。

邵大河没去厂部上课，吴主任跟邢大姐也找不到他，两人计划着晚上去他家里找找，去之前便决定找相熟的职工了解一下情况。

平时要数张鑫与邵大河最好，自然就问到了他的头上。张鑫就把邵大河在培训班的一些反常表现给说了一遍。邢大姐一再追问，张鑫就把两个人讨论廖小茹的部分又给讲了一遍。

看着邢大姐对邵大河与廖小茹的事情如此感兴趣，张鑫充满怀疑地说："大河跟廖小茹，不会真的是……"

"这种谣言会毁了一个人。"吴主任赶紧阻止，连听都不想听。

张鑫也是希望邵大河能跟自己一起出发的，毕竟要在异国他乡待那么久，还是有个要好的朋友在身边，日子才能过得更好受些。

"现在廖小茹都已经离开厂子了，以前不管有啥事儿，都不要再提了。"邢大姐比较果断，思考了一会儿，就跟吴主任说，"晚上咱们还是要去一趟邵大河的家里，当着他爹娘的面儿，把利害关系给说清楚。"

吴主任点点头表示赞同。

晚上，邢大姐跟着吴主任直接找到了小饭店，说有要紧的事儿想去李秀珍家里聊聊。

李秀珍对砂轮厂其他的人不太熟，可对于这二位，倒是见过几次。凭借母亲的直觉，她立即知道是邵大河出了状况，于是跟蒋婶请了假，带着他们回到了家里。

在家里，双方寒暄几句，邢大姐便说明了来意，问一下邵大河在家的情况。李秀珍一听大儿子出了状况，眼泪就抑制不住地往外冒。

这些日子，看着大儿子有了出息，她多得意，多骄傲呀！逢人便夸，恨不得让全世界都知道，她大儿子要去出国培训了，她家大儿子可是砂轮厂最优秀的青年。这可倒好，空欢喜一场！邵大河在厂里瞎折腾，眼看就要把培训的名额给折腾没了，没准连这份工作都保不住了。

"大河他娘，你先别着急，事情还有转圜的余地。"邢大姐坐在李秀珍身边，拍了拍她的手。

李秀珍一把攥住了邢大姐的手："领导，你是大河的师父，一定要救救他。"

那一晚，邢大姐跟吴主任等到了晚上十点半，还是没能等到邵大河回家。

等邢大姐和吴主任离去，李秀珍拿了根擀面杖，搬了一把椅子坐在门口，边哭边等。

午夜过后，门响了，邵大河拖着疲惫的身体回了家。

"你还知道回来？"李秀珍拎着擀面杖，直接打了下去。

邵大河直接蒙了，不敢还手，更不敢躲，手臂、后背和腿挨了几下杂乱无章的棍打。

"你说，你干什么去了？"李秀珍大吼，眼泪止不住地往外流，用擀面杖指着他，不住地颤抖，"你旷工不上班，你不去培训班上课，别人都在为出国做准备，你呢？班儿不上了？工作不要了？连自己的未来也不考虑了？你说，你给我好好说，邵大河，你是不是想把你娘给气死了，你才能甘心！"

"娘，你在说什么呢？我没有。"

李秀珍根本不听，又使劲儿地、发狠地、劈头盖脸地、杂乱无章地在邵大河身上打了好几下，发泄着对儿子的不满。

"你还撒谎？你还狡辩？你们领导都找到家里来了，等你等到十点多才走！邵大河，你可真是行啊！你是够偏，你也够拧，你为了个女的，什么都不要了。行，行行，你都别要了，你就为了那个女的，把自己给毁啦！"

邵大河本来是想要争辩，可是，当他看到李秀珍满眼的泪水，心里也是明白，李秀珍肯定是知道廖小茹的事儿了。他早就猜到会是这样，家里人不会赞同，所以一直被追问却从来不肯直说。可如果因为这些事儿，就让他放弃这一年多的感情，他做不到，他真的做不到。

邵大河正想犯偏，为自己这无望的爱情争取一番。李秀珍忽然眼睛一翻，捂住了心口，软软地瘫倒了下去……

邵大河颓然地蹲在了病房外，他感觉自己像是在做一场噩梦。他失神落魄，像个局外人似的，蹲在门口，愣愣地看着护士在病房进进出出，他甚至觉得，从那病房里发出来的声音离自己特别遥远，他努力地想要去听清，但自己与那些距离之间，总是隔着一些什么。

抢救进行了几个小时，快天明时，医生走了出来，正式宣布，李秀珍的

委曲求全

病情暂且稳定了。

李秀珍被诊断为心肌梗死，可能是因为情绪激动而发病。多亏送来得及时，且还只是早期，心血管并没有完全堵死，医生用药之后，效果还算是不错，需要住院观察一段时间，看情况再定。

"我娘……她会不会……会不会死？"邵大河的眼泪不受控制地往外涌，边哭边问，像是个受惊的孩子。

李秀珍是在第二天的上午醒过来的，她惜惜懂懂地睁开眼，看到床边趴着的邵大河，椅子上坐着的邵长江，小床上躺着的邵永梅，还有站在另一侧眼睛一眨不眨地看着她掉眼泪的邵中诚。

到底发生了什么事儿？这一家居然全到齐了。李秀珍清醒了一会儿，渐渐想起昨晚上的那场争执。

"他爹，我是怎么啦？"

邵中诚凑近些，半趴在李秀珍的身边："大河他娘，你这气性咋就那么大呢？你总跟我说，儿孙自有儿孙福，孩子的事儿当爹娘的要管，可也不能全插手，让他们按照咱们的心意去生活，你看你，劝我的时候是一套一套，到你自己了，你就过不去了。你知不知道，这次有多危险，幸好还是早期，血管没被完全堵住，不然的话，你就……"

说着说着，邵中诚的眼泪就掉下来了："如果你有个三长两短，我一个糟老头子，下半辈子可怎么活？"

"没事儿。"李秀珍咧开嘴，努力地笑了笑，想要伸手拍拍丈夫的手背以作安慰，但很快就发现这样的动作于自己而言也是极其困难，她的手脚仿佛被人给打了麻药，很迟钝，控制不了。

她心里一惊："我这是？"

像是知道她要说什么，邵长江走过来："娘，你生病了，大夫正在给你打药，他说这种药很有效，过几天您就能跟从前一样了。"

李秀珍悄悄动了动藏在被子里的手，发现还有知觉，心里的担忧才稍稍减了几分。

"大夫说，您这个病是需要平心静气地养着，千万不能再生气了。"邵长江也被吓得不轻。

邵永梅仿佛一下子长大了不少，从李秀珍醒过来以后，她就忙前忙后地张罗，先用暖水瓶去打了热水回来，倒一些在杯子里凉凉，还有一些是倒在盆子里，用来泡着饭缸，起到加热的作用。她担心娘什么时候会突然渴了、饿了，想吃想喝，总要有口热乎的。大夫叮嘱过，她母亲的病，三分治七分养，小丫头是下定了决心，一定得好好地担起这个照顾母亲的责任来。

病房内，总觉得是少了些什么。邵大河在母亲清醒之后悄然退到了门外。

李秀珍挺了挺身子，向外张望："大河呢？"

"那孩子，在门外，他害怕了。"邵中诚回答。

李秀珍像是明白了什么："你啊，骂他了？"

邵中诚一脸不快："浑小子，越大越是不省心，他可真是有出息啦！"

"老邵。"李秀珍摇了摇头。

看着妻子的眼睛，邵中诚只觉得一股闷闷的火气直冲过头顶。不过，他也实在是不想在这种时候违逆妻子的意思。

"你就惯着他吧！"邵中诚愤愤地留下了一句话，走出病房扯着一脸泪痕的邵大河来到李秀珍床前。

"儿子，娘没事儿。"李秀珍想起了之前的争执，心里不是没有情绪，但她大儿子此刻那种随时可能崩溃的表情，让一个当娘的不忍心再苛责了。

"娘，我错了。"邵大河突然扑到了病床边，"您好好养病，不要再为我担心，我会去找领导承认错误，我会好好工作，不会再犯浑了。"

"还要继续准备出国的事儿，儿子，为了这一天，你努力了快两年，千万别放弃，知道吗？"李秀珍的心里边惦记的依然是这件事儿。

邵大河明显一怔，半天没有说话。

"邵大河，不要再气我了。"李秀珍见他不应声，还以为他又在为了那个女人犯别扭，心里跟着一急，呼吸跟着急促起来。

"娘，您别激动，我去，我一定去。"邵大河满脸焦急。

"嗯，你长大了，有自己的想法，要怎么样，你就自己决定吧！"李秀珍喃喃说着，竟然沉沉地睡着了。

邵大河使劲地抓着头发，感觉时间一下子退回到了他在街上卖红薯，被警察给抓回到派出所里审问的那晚上。

面前并不是没有选择，可他就是觉得无路可走。

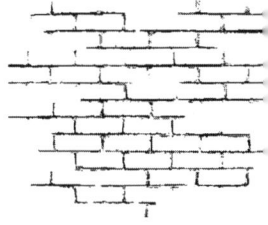

9

少年梦想

两个月后，出国的签证办好，各方面的准备工作也就绪了。

这是邵大河第一次出远门，更是他第一次离开郑州。

去东德，是她与他一同的梦想。

去东德，更是她一步步在他心底栽种下的希望。

去东德，那是她许给他的一个美梦。可就在梦想成真之际，她却抛下了他，不知去向……

邵长江在二十岁生日那天吃了一大碗面条，正式成为铝厂办公室的一名办公室职员。

年初，在崔副厂长的建议下，邵长江开始利用业余时间复习功课。高考恢复，大学复课，整个社会上都弥漫着一股轰轰烈烈的学习气氛。

白清然远在北京，与邵长江一直保持着书信往来，她在信中鼓励他道："邵长江，你一定要坚持学习，趁还年轻，若有机会，一定要上大学，不能局限了自己的无限发展可能。"

邵长江深受鼓舞，下班后，同事们在打牌、下棋，搞各种娱乐活动，而邵长江却把时间用在学习上，他要实现自己的大学梦。

一天，崔副厂长照例在下班后，跟办公室人员开个碰头会，不经意间瞧见邵长江藏在公务包里的书本，便笑着说："咱们厂里有些外地来的专家，如果有不会的地方，你可以向他们虚心请教呀。"

经崔副厂长一指点，邵长江的学习思路瞬间清晰起来。

这一年铝厂二期工程扩建，从外地调来了多位工程师、专家和学者。在这一批人身上藏着令人钦佩的大智慧。

邵长江自从有了参加高考的念头，就一直在琢磨着给自己找一找可靠的老师。经崔副厂长这么一提醒，他突然想到了两个人。

一位是从北京来的化学专家唐少庚老先生。他清华大学毕业，在国外留过学，是应用化学方面的专家。唐老六十五岁，早就到了退休年纪，但他却比年轻人还有干劲儿，加班加点，攻克一个又一个技术难题，深得大家的信任。

另一位是从东北来的数学家陈炳先生。他是一位数学方面的专家，专攻应用数学方向。陈炳先生是短期援建，等工程一结束，他还要调回东北。

理化不分家，唐老如果愿意指导邵长江复习，这物理化学两门功课便有希望了；而邵长江数学的进步则需要仰仗陈炳先生了。

新年即将来临，邵家的几口人感觉时光飞逝，不知不觉地一年就这么过去了。

腊月二十八，邵长江放假回家，带了不少年货。不过一进门，没说几句话，他就进屋去复习功课了。

李秀珍跟在小儿子身后，小声嘀咕："这次轮到长江了。"

"你什么意思？"邵中诚诧异地望着她。

"前些时候是咱家大河，疯了一样学德语，后来就出国了。现在是咱们长江在学，不愧是一个爹娘生的兄弟，那劲头儿跟他大哥一模一样，用功着呢！"顿了顿，李秀珍疑惑地自言自语，"他爹，你说长江又是在学什么呢？铝厂也要派工人出去培训？可咱家长江是在厂部，坐的是办公室，他跟着出国学什么呢？如果也是学技术，回头是要给他转岗吗？"

邵中诚显然没那么多想法："是你整天把'儿孙自有儿孙福'挂在嘴边，你是咸吃萝卜淡操心呀！儿子上进，这不是挺好的事儿吗，他愿意努力就让他去努力，等有结果了，他会对你说的。"

邵长江此刻已到复习的关键时刻，几乎是将工作之余的所有时间都放在了学习上。

夹在课本里的是白清然最近寄来的信，字里行间全都是期待。她希望他能去北京读大学，去她毕业的学校感受一下她曾经看过的风景。

邵长江隐约觉得，那是一种别样的邀约。他伏案书写着，耳边听到的是窗外远远传来的鞭炮声。临近过年，城市、农村都变得热闹起来，最能让人感到有年味儿的便是这些烟花爆竹了，家家户户都会买上几挂。家里的小孩也会分到一些，但他们舍不得一起点燃，非要拆分开，变成散炮，一个个慢慢地放。

人间烟火气，最是抚人心。

……

过年了，邵长江自然是要回铝厂去上班的。他才一进办公室，发现自己经常坐的位置，此刻正有个人静静地等在那儿。

"您怎么在？"

崔副厂长转过身，在他的面前还放着几本翻开的笔记本。那全是邵长江平时学习时所记的笔记，分科目归纳得清清楚楚。这样的笔记每一科都有好几本，摞在一起很壮观。

"小邵，以前看你悄悄地复习功课，坦白说，我也觉得这事儿不太行。毕竟人的精力有限，你白天上班，偶尔要加班，还得跟领导下一线去，平时真的没有多少空闲时间，全指望晚上和节假日。可说起来容易，真的要长久坚持，绝对没那么简单了。你还这么年轻，当别人都在休息、娱乐的时候，你却要稳稳地坐下来，摒弃所有杂念专心致志地学习，难！太难啦！"

邵长江万万没想到，自己悄悄复习功课，竟然得到了领导如此高的评价，心里既高兴又激动。

　　"我听唐老说，你没事儿的时候就去给老人家做菜煮饭，打扫卫生，还自掏钱包给老人家改善伙食。唐老去年病了两场，是你及时发现并送进医院的吧。现在唐老提起你，就跟提亲儿子似的，赞不绝口，那是真喜欢你呀！"崔副厂长笑着说，"可是这些事儿，我怎么没听你提起过呢？"

　　听了这话，邵长江想不明白崔副厂长真正想要表达的是什么意思，顿时变得紧张起来。

　　"领导，我的文化程度有限，想要备考，其实是异想天开，最早看课本的时候，那真是眼前一抹黑，完全是'书认识我，我不认识它'的状态。需要记忆的内容还好说，多下点儿功夫就能记个大概，但像数学、物理、化学这些科目，基础不好，学不会，那就是真的学不会。我也是实在没办法了，才找到唐老，他可是鼎鼎有名的化学家，真正的专家，肯费心指点几句，就给我的七窍打通了。"

　　邵长江说话的时候，崔副厂长一直在盯着他看，那眼神太特殊了。邵长江的声音是越来越小，底气是越来越不足："领导，您别用这种眼神看着我，我怕。"

　　"咱们书记三顾茅庐、费心费力聘请来的专家，你小子倒是很会用呀！"

　　邵长江尴尬地笑笑："我也没累到唐老，周末讲两个小时，严格控制时间呢，一发现他累了，立即停下，可有分寸了。"

　　"你是怎么说服陈炳教你数学的？"崔副厂长突然又问。

　　邵长江又吃了一惊："这事儿您也知道？"

　　"陈炳的脾气不像唐老那么温和，你怎么说服他的？"

　　直到此刻，邵长江才知道什么是来者不善，崔副厂长找他之前，把一切都已经调查好了。

　　他苦着脸："我哪里说服得了陈先生，他除了数学和自己研究的课题，其他什么都不放在心上。"

"可是，他在教你数学。"

"我和陈先生达成了协议，他每天晚上九点到十点给我补一小时数学，我替他做完所有生活上的琐事，这算是公平交换吧！"

崔副厂长更感兴趣了："所有生活琐事，指的是什么？"

邵长江竖起手指，一根一根数着："比如说洗衣、扫地、铺床、换被单，早晚各送一壶开水，一周彻底打扫一次房间，等等。他除了搞研究之外不想做的事儿，全部是琐事，都由我来负责。"

"这你也愿意？"崔副厂长哭笑不得。

邵长江理所当然地点头："他愿意教我就好，其他事儿我随手就给做了。"

"陈炳那个人，脾气可是不小啊，你受得了？"

崔副厂长问完，邵长江连考虑一下都没有，直接回答："有本事的人，哪个不是有个性的呢？我小时候，给我启蒙的周老师，他的脾气才差呢，动不动就打人。可是，就是因为他脾气不好，管教得严格，我才养成了好习惯，练了一手好字。我尊重所有有本事的人，受不了也得受着。更何况，陈先生其实很容易相处，只要把跟他约定好的事儿处理妥当，在他工作的时候不要发出声音打扰，他是不会发脾气的。"

崔副厂长听完，对邵长江很是满意。

"好了，了解了你的学习状况，现在我们来谈谈关于你考学的问题吧！"崔副厂长严肃地问，"如果考上了大学，你准备怎么办？"

"其实我根本没想过考上以后的事儿，现在也不是思考那些的时候，如果最后考试的结果一塌糊涂，那也是白想。"

崔副厂长拧开了随手带着的水杯，喝了一大口茶水。

"学习的目的，最终并不仅仅在于学习本身，学习之后要取得什么样的效果，将直接关系到未来你在事业上的成就。打个比方来说，你参加高考，考上大学，目的是毕业后像陈炳那样，成为一位学者、专家或是学术科研方面的人才，那你在校学习期间，将精力全部放在了学业上，这才能够无限接近你的理想；而如果，你参加高考，考上大学，目的是毕业以后，再次投入工作中去，那么你不妨听一听我的意见。"

邵长江发现自己的脑筋好像不够用了，这种问题，真的比让他解几道数学题还要难一些。

"我的基础很一般，也没有像陈炳先生那样，有专注去做研究的兴趣，我更想的其实是在未来读书结束后，再参加工作的时候，能做更多的事儿，不要因为知识上的缺乏，而局限了工作岗位。我想……像您这样子，做一个了不起的人，言之有物，行之有道，受人尊敬。"邵长江的思路变得越来越清晰，其实真的认真思考时，未来并非无迹可寻。

崔副厂长突然变得很高兴："小邵，不如你作为厂里的定向培养生吧。你需要跟厂里签一个委培协议，读大学时优先就读厂内急需人才的专业，毕业后回到厂里工作。这期间，厂里会保留你的编制，照常发工资，你看怎么样？"

邵长江的心脏乱糟糟地狂跳了起来。他低下头去，想到了跟白清然的约定。这一刻，他是想要拒绝的。

崔副厂长却说："小邵，这世上没有不透风的墙，你想要考学的事儿，厂长和书记早就知道了，唐老和陈炳那边也是厂长亲自打了招呼，叮嘱他们一定要好好地培养你。你想想看，厂长为什么要亲自替你说话，还不是认为你是个可以造就的人才，想要帮你一把吗？大学毕业后，国家有相关的分配政策，你的确可能会分到另一家更好的工厂里去，但只要不是铝厂，那就全都是新的环境，是要从头开始的。你想想看，是到陌生的环境里一步一步从头做起，还是回到熟悉的环境中来，跟在本来就欣赏你的领导身边，更为有利呢？"

邵长江并不是小孩，此刻他有着相当强的判断能力。况且，崔副厂长把方方面面的利益，说得很清楚，没有喊口号唱高调，没有谈理想谈情怀，他是一位长者，更像是一位父亲，提出的全是中肯的建议。

"你的起点比任何人都高，可以说，你跟那些千军万马过独木桥的考生都不一样。长江，你想想看，若是读了个大学之后，你的事业和生活，还不如没有考之前，到那时候你回想起来，会不会觉得很失落？"

邵长江不由自主地点了点头。崔副厂长见已经说动了他，更加来了兴致。

"但定向委培不一样，最起码你可以确定自己毕业后的工作，以及在厂里的地位，只会比现在高，而不至于变得更糟；经济和生活上，有厂里的工资福利，在你读书期间，不必担心自己的生活和家里人的生活；小邵，你想想看，你如果成为厂里培养着走出去的大学生，最终你又回到了厂里来，这有多么大的意义。"

崔副厂长回去休息了，留下邵长江一个人呆呆地坐在那里。此刻，他突然想给白清然写一封信，听一听她对于未来的看法。

日子一天天过去，那一封发往北京的信，宛若石沉大海。

五一过后，和煦春风已不复，炽热的阳光炙烤着大地，晒在皮肤上，感觉火辣辣的。

邵长江与厂里签订了委培协议，报名时选择的是定向委培。因此，临近考试的两个月，崔副厂长给他放了假，让他回家全心全意、全力以赴冲刺备考。

七月，天气突然变得炎热，高温炙烤着大地，在外边稍微待一会儿，整个人都要跟着一起燃烧起来了似的，穿件单衣，转眼就能被汗水浸透。

每个人都说，今年的夏天是这几年来最热的。

邵永梅把攒的几毛钱拿了出来，在邵长江离开家之前，塞到他手上。

"二哥，你好好考，争取当大学生，给我做个好榜样。"邵永梅一脸认真。

瞧着妹妹的小脸，邵长江笑了。

考试的地点是随机分好的，准考证上的地址距离砂轮厂不太远。邵长江借了一辆自行车，准备骑着过去。距离考试时间越来越近，他以为自己会紧张，但其实心情并没有多大的起伏。

与此同时，李秀珍正在厨房里忙活午饭，隐隐约约地听到了好像有人敲门。

"梅梅，你去开门，开门之前一定要先问问是谁啊。"

邵永梅很听话，到了门前，小心地问："谁啊？"

门外的人不应声，但又轻轻回敲了三下。

"你是谁啊？你不说话，我可不给你开门。"小丫头长大了，有些警惕之心。

可门外的人依然不答话，继续敲门，仍然是三下。

邵永梅赶紧跑了回来："娘！外边好像有坏人，我问是谁，他就是不回答。"

李秀珍抹掉了手上的水，赶紧走了出去。门一打开，一个人扑上来，直接抱住了她已经在微微发福的身子。难道真的是坏人？李秀珍低叫着挣扎起来。可还没动几下，一种浓烈的熟悉感，陡然来袭。

她有些不敢置信："大河？"

"娘，我回来了。"

邵大河松开了胳膊，李秀珍抬头看到了大儿子黝黑的脸，快两年的时间，邵大河一下子成熟了许多，走的时候脸上还有年轻人独有的稚气，可现在，他明显强壮了许多，再加上身材本来就高大，脸上更多了几分坚毅，差点儿连李秀珍都没认出来。

"你……你什么时候回来的？"巨大的惊喜简直要将人给冲昏了，李秀珍惊喜地笑着，泪水突然模糊了眼睛。

她又一把把邵大河给抓过来，狠狠地抱了一下："你这个臭小子，回来就回来，还不出声地吓人，你想吓死你娘呀？"

"您明明没被吓到嘛。再说，哪有人会因为自己儿子回家而被吓到的呢？明明是很高兴的。"虽然是这么说，但邵大河仍安抚地拍了拍李秀珍的后背。

就在这时，躲在门后边张望的邵永梅也发出一声尖叫："大哥！"

邵中诚今天也在家，他的风湿病犯了，有人给说了个冬病夏治的方子，这会儿正在屋里试着呢。听见外边有说话声，邵中诚顾不得疼，赶紧出来。一见是邵大河，他高兴地哈哈大笑："回来了。"

"爹，您的腿，这是怎么了？"邵大河见邵中诚一瘸一拐，赶紧过去扶他。

"你娘正给我用偏方治风湿呢，下手有点儿狠，整得比较疼，没事儿，一会儿就好了。"

邵永梅吃力地拽着邵大河放在门口的两个大行李包，关上门后，她笑嘻嘻地跟在邵大河身后，一笑就不小心地露出了刚掉的豁牙。还别说，小丫头的样子很有喜感，说话还漏风。平时为了遮丑，小丫头基本上不说话。今天是见到大哥回家，实在是高兴。她一笑，邵大河也跟着笑。笑容会传染，两个孩子笑个不停，邵中诚和李秀珍也喜得合不拢嘴。

邵大河问起了邵长江，没想到他竟然没有去上班，而是去参加高考。虽然不知道邵长江为什么会突然想到了要去考试，但对此，邵大河是相当赞同的，直说这个事儿做得很妥当。

他出了一趟国，开了眼界，对很多事儿的看法都跟从前截然不同。如今的邵大河已深深地感受到知识所带来的诸多好处，当他得知弟弟也在朝着这个方向前行时，他怎么能不赞同呢？

李秀珍立即决定晚上再加两个菜，庆祝一家五口即将到来的大团圆。

邵长江的考试要到傍晚才能结束。邵大河和爹娘吃过午饭，悄悄出门，朝着砂轮厂的方向走去。

清风徐徐，旧日景色近在眼前，与梦中的场景一模一样。只是他心里久久思念的人，不知道还能不能见到。

……

毕竟复习了那么久，课本几乎都已经翻烂了，邵长江闭上眼，都能清晰地回忆起课本上每一页的内容。但考试的题目却有很大的变化，难度比他想象得要大，虽然按部就班地完成了每一个题目，但邵长江的心里却没有多少自信。

"数学应该还可以，语文不太行，尤其是作文，写得不到位啊，我如果换一种角度去写，会不会……"

邵长江一边喃喃自语，一边走出考场。一个绝对让他意想不到的人出现在了不远处。在这一秒，邵长江简直不相信自己的眼睛，是不是因为太想念而出现了幻觉。他定了定神，掐了自己一下，确认不是幻觉。

那人热情地朝自己打招呼："喂，邵长江，看这里！我在这里！"

这个人正是白清然，许久不见，她剪短了头发，整个人看起来更加干净利落。白清然主动跑到他面前，像一只欢快的小鹿一样出现在他面前。

"邵长江，你怎么一直在愣神啊？没看见我一直在朝你挥手吗？考得怎么样？有没有把握？"

邵长江眼睛一热，惊讶而又激动地问："白清然，你怎么会在这里？"

他扭头看看四周，这里的确是考场，是真实存在的场景，不是他的梦，更不是他的幻想。

"怎么？见到我，你不高兴吗？一直板着个脸。"看着邵长江惊愕的样子，白清然故意逗他。

"我给你写过信，你没回；我给你打过电话，没人接。"他不是在诉说委屈，但这些话说出口的时候，心里的确不是滋味。

他已经做好了被抛弃的心理准备，甚至一再纠结，这或许连抛弃都算不上，毕竟她和他一直保持的是朋友的关系，没有更进一步的表示。但她突然间就又出现在了他的面前，潇洒得像是一阵风，变化莫测。

"你说那个啊，我家里出了点事儿，而且我最近有点忙，收信不及时，回信更得找时间，简直是争分夺秒。"白清然讲得很夸张，但也很笼统，只知她很忙，可具体忙些什么，一句也没有说。

"邵长江，你饿不饿，我请你吃饭吧！听说你们这儿的羊肉烩面特别好吃，炝锅的做法尤其是一绝，我可是饿着肚子，就等这一顿呢！"

见邵长江依然愣着神，白清然索性拉着人就走。邵长江眼神复杂地看着她搭在自己手臂上的那只手，尽管知道白清然这样子拉着他，只是一种下意识的行为，并没有更多的想法，他的脸颊还是不由自主地红了，浑身也随之热烫起来。

两人相跟着来到国棉厂老街上一家新开的烩面馆。如今，吃饭给钱即可，不拿粮票也没关系。一碗羊肉烩面要两块钱，价格虽不低，但面上的浇头，肉多量足，香喷喷往上一盖，再撒上些切碎的香菜，看着都要流口水。

看着诱人的烩面，白清然发出满意的赞叹声。

"你有没有收到我寄出的信件？为什么不回信呢？白清然，你既然已经跟我断了联络，突然又来到我面前，目的是什么？"邵长江一向是话不多的，接连问出了这么多，显然是真的急了。

"我快毕业了，毕业之前有很多功课要做，毕业之后的去向，也必须提前定下来，为此，我跟我爸妈有了很大的分歧。"白清然尽量挑着温和的字句，她大概没想过还要跟邵长江解释这个，说着说着，激动起来，"我爸妈是希望我留在北京，继续读书也好，找单位上班也好，怎么都行，但就是要待在北京。可我总想着北京之外还有更加广阔的天地，如果不能亲眼去看，总有遗憾。"

邵长江屏住了呼吸。

"父母和儿女之间的斗争，总是需要点坚持和决心，我爸那个人又很顽固，吵了好几场，两败俱伤。"白清然连连摇头，"不过，最后还是我赢了，未来三年，我可以按照我自己的意愿去选择生活，想做什么都行，去哪里工作都行，但如果这三年没有取得亮眼的成绩去说服我爸妈，就得乖乖回北京，听他们的吩咐，去他们认为好的单位，过他们觉得稳妥的生活。"

邵长江依然处于似懂非懂的状态，他只是很爱听白清然说话，更爱看她与自己认真地交心。

"你理想的生活是什么样的？"邵长江问。

"读万卷书，行万里路，见万种人，品味万千人生。"白清然是那么的诗情画意。

"所以，你来郑州看看我，之后就又要离开了吗？"邵长江抓住的是他最关心的一个点，他已做好了准备，并且是在等着她当面说出来。

没想到白清然摇了摇头："我跟这边的一所大学取得了联系，未来三年，我将成为这所大学的讲师。邵长江，以后我们可以经常见面了。"

邵长江露出吃惊的表情。

"怎么，你不高兴吗？"白清然对于他的反应非常不满。

"你不是说，你要留在北京，在你的母校继续读书，获得更好的学习机会吗？你理想的状态不是成为讲师，一边教书，一边学习吗？"

对于白清然在书信里曾提到的每一句话，邵长江都记得非常清楚。那些往来的信件是他闲暇之余最大的慰藉，每一封他都会一字一句地阅读好几遍，但这些事儿，他从来都没有讲给她听。

"对呀，我是这么说过。"白清然并不否认，不过，她很快给出了自己的解释，"但你不是说，北京的学校很难考，我所在的学校对于你来说，目标太高，难以达到，你没有信心嘛。"

"所以？"邵长江心中有了不太好的预感。

"所以，我就来郑州了，你可以选择报考我所在的学校，这样子，我做老师你做学生，虽然不一定是同一个专业，但我们就可以时常见面了。"

这便是白清然所说的惊喜了，若是早一个月来说，邵长江或许真的感觉到了难以言喻的快乐。但现在，不亚于平地一声惊雷。

"我报考的是北京的大学。"

白清然的笑容僵住了："什么？"

"定向委培，改不了学校，改不了专业，但是有加分，考上的可能性很大。"

邵长江今天在考场上是认认真真地发挥，拼尽了全力。他一直在心里边不断地重复，他要去北京，一定要去北京。这是一个男人藏在灵魂深处的执念，为此，他已用几百个夜晚，做出了充分的准备。可这些事儿，在白清然告诉邵长江自己即将来郑州生活的消息时，化为了无尽的惊诧。

"你怎么……"白清然因过分惊讶而失声。

"我给你写了很多信，这些事儿我都已在信中告诉了你。不过看起来，你并没有看到那些信。"邵长江苦笑着摇了摇头。

白清然低下了头，好久好久，没有出声。等她终于调整好了心情，才故意装作轻松地抬起了头："北京的大学肯定会更好的呀，邵长江，我祝你能考出个好成绩，成功被你报考的学校录取。"

成功录取意味着什么？两个人再清楚不过！过去她在北京，他在郑州，联络全靠通信。未来如果他考上了北京的大学，她来到郑州做了老师，两个人的位置调换，依然是分隔两地。命运这是开了一个多么大的玩笑！

人声鼎沸的烩面馆内，嘈杂的声音突然听不太分明了。两个人是怎样走出来的，邵长江甚至都记得不很清楚了。

两人沿着街道，慢慢散步。

从对话中邵长江得知，白清然已经办好了入职的手续，学校安排的宿舍也已收拾妥当，她已搬进去住好几天了。其实她来到这儿已有半个月了，课余时间专程去过铝厂，拜访了崔副厂长，从他的口中知道了邵长江正在家里备考，因为他是住在家中，还有邵长江的其他亲人在，白清然不方便贸然找上门。就这么忍啊忍啊，等啊等啊，终于到了高考的日子，白清然又从崔副厂长那里问出了邵长江的考场位置，这才算着时间来见他，也算是为了要给他一个惊喜。结果呢，可能只剩下"惊"了。

到了白清然所在的大学门口，邵长江止住脚步："你自己进去吧，我就送你到这里了。"

"别呀，来都来了，也进校园看看，熟悉一下你未来的大学生活环境吧！虽然这里是郑州，但每所大学的感觉其实差不多，就算是提前体验你的大学生活吧。"白清然没打算立即放他走。

"不了。"邵长江摇了摇头。他现在就只剩下夺路而逃的念头了，真怕自己待在这儿再多一秒，情绪失控，就再也抑制不住了。

白清然却直接挽住了他的手臂："邵长江，你不准走，陪我打篮球，我都好久没摸过球了，手痒得很。"

邵长江的眼眶都有些泛起了红，他的心情实在凌乱，自从迷恋上篮球之后，第一次对这样的提议失去了兴趣。

"行了，既来之则安之，将来的事儿将来再说，总是会有办法的。现在，你什么都不要想，珍惜眼前……好好地打一场球，放松放松心情，好吗？"

白清然话里有话，好似什么都说明白了，又好像什么都没有说。

邵长江哪里能拒绝得了她的要求，最终还是跟着她去了宿舍。从北京来到郑州，白清然的行李有一半是书，除此之外，还把家里的篮球给带了过来，圆溜溜的球在路上特别不好拿，她又怕丢，就自己缝了个布口袋装着，一路上都没撒手，一直紧紧攥着。这会儿见到了邵长江，一切又变回了云淡风轻的样子。

"走，让我看看你的球技有没有退步。"

到了球场，邵长江仍是提不起来兴致："上班的时候工作忙，下班了在复习考试，周末要去找老师们帮忙讲题，实在抽不出时间打球。篮球全靠练习，久不锻炼，身子都僵了。"

邵长江接过篮球，在地上拍了几下，找了找手感。紧跟着，他腾跳、抬臂、投球，一气呵成，正中篮圈——标准的三分球！

白清然高兴地拍起手："邵长江，你行啊，还学会谦虚了。说什么球技退步，一抬手就是个三分，投得真准！"

邵长江这会儿哪怕是兴致不高，也不由自主地笑了起来。

"你就该笑的嘛，笑起来多好看，比拉着脸强多了。"她故作神秘，把球接过来，靠近篮圈附近，投了个二分球，这才扭头冲着邵长江笑呵呵地说，"有句话，不知道你听过没有。"

"什么？"邵长江不明所以。

"有人说：'该吃吃、该喝喝，遇事儿别往心里搁。'"她讲得有趣，还要扮着鬼脸，这么不要形象，就为了逗他一笑。

邵长江不由自主地又笑了起来。

白清然的身上有种天然的魔力，仿佛只要靠近她，再烦躁的情绪也会平静下来。她依然是他记忆中的样子，是那个中午最绚烂温暖的一抹阳光。

"好了，明儿还有一天的考试，你一定要拼尽全力去考，脑子里少想点儿乱七八糟的东西。做人嘛，这辈子总是要有些拼命完成的目标，不是为别人，只是要为自己。"她运球跑回到他所站的位置附近，"白清然投球，三分！"

篮球在空中划出了一道漂亮的弧线，"砰"的一声，砸在篮圈上，弹开了。

"耶！"白清然高兴得不得了，"邵长江，你看到没有，我这次能碰到篮圈了，以前力气不够，连碰都碰不到呢，这可是个巨大的进步。等你从北京读完书回来，我肯定能练到跟你一样的水平，三分球随随便便就能投。"

从北京读书回来？她说得那么坚定，好像笃定了他一定可以考得上似的。真的可以吗？邵长江在内心深处一遍遍地问自己。他自己都没那么大的信心。

邵大河出国归来，邵长江参加高考，都是邵家一等一的大事儿、好事儿。邵家的晚餐，喜气洋洋。

邵中诚本来还腿疼，被双喜一冲，顿时觉得好像没那么难受了。一家人团聚，看着已经长大的两个儿子，再看看已经快要跟李秀珍一般高的女儿，他有些感慨，更有些满足。

邵大河从国外回来带了不少稀罕物件，包装上还印着外国字呢，在国内根本连见都没见过。他一样一样地全拿出来，这个给爹，那个送娘，弟弟、妹妹也有，满满两大包。每人都得到了满意的礼物，大家全都高高兴兴。

邵中诚忽然问："大河，你们领导有没有跟你说，将来在厂里给你安排什么工作？"

邵大河的表情突然定在了那里，半天都没开口。

李秀珍不高兴地推了下丈夫："儿子才刚回来，还没去厂里报到呢，哪儿知道将来做什么工作？瞧你问的是什么？别人还不急，就你先急起来了。"

"我儿现在是在国外接受过培训的技术能手了，我能不操心他的工作岗位吗？"顿了顿，他又纠正道，"其实也不是操心，更多的是好奇这批人厂里是打算怎么安排的。"

邵大河的神情本就有些不太对劲儿，自从听了这个话题，他的表情变得更严肃起来。邵长江一眼就看出了不太对劲儿，他赶紧在桌子下踢了踢邵大河，连连使眼色，不动声色地摇头。

邵大河到嘴边的话又给咽了下去，换上了一套比较温和的说法："等领导安排好了，我再跟您讲。"

邵中诚故作不在意："说不说都没关系，厂里花费了大力气培养你，肯定也会重用你，不然这力气不就白费了嘛！大河，往后上班一定得好好干，干出点儿名堂来，给家里争气，给自己长脸，懂吗？"

"我记住了，爹。"

晚餐后，邵长江说自己吃撑了，要出去散散步，他问邵大河要不要一起去，邵大河知道他有话要说，便答应下来。

兄弟俩出了门，并没有走远。绕了一圈，站在街角，邵长江开口说："我明天还有一上午的考试，跟你说几句，我就得回去复习了。哥，你跟我实话实说，你又打算做什么？"

"我什么都没打算做，你别乱想。"邵大河直接否认。

邵长江一脸狐疑："哥，刚才你在饭桌上，差点儿就把话给说出来了，现在还遮掩什么呢？早晚都得说。"

"等你考完试。"邵大河似笑非笑，开起了玩笑。

邵长江见他这个表情，顿时觉得头痛起来。他捏了捏眉心，肯定地说："得，这次的事儿肯定不会小。你也别卖关子了，赶紧说吧，不然我明天一直想着你的事儿，根本考不好。"

面对的是兄弟邵长江，邵大河的顾虑少了许多。他思索了一下，坦言道："长江，我打算辞职了。"

"你说什么？"邵长江顿时抬高了音量。

"我打算离开砂轮厂。"邵大河一字一句慢慢地说。

邵长江万万想不到邵大河酝酿了老半天，蹦出来的是这么个决定："你出国将近两年，为了准备出国也用了快两年，这么长的时间去做一件事儿，不就是为了学好了技术，往后在厂里边能有个好发展吗？怎么，你学完了，才回来，第一件事儿就是打算辞职！你疯了吗？"

"等你考完试，找个空闲时间，我们聊一聊。"邵大河拍了下他的肩膀，没打算今天把事情全给说出来。

"你出国之前，突然冒出来了一个想法，娘气得直接堵了血管，直到现在身体还没完全恢复过来；现在，你回国了，又冒出了这个想法，你考虑过吗？等你说出口，爹娘会是什么样的反应？邵大河，做人不能太自私了，你不为别人考虑，也得想想爹娘的感受吧！"邵长江愤怒了。

"我的事儿，我自己考虑妥当就行了，你把你自己管好就行，不用管我。"

离开那么久，邵大河的改变，显而易见。他的身上多了更多不容置疑的东西，连讲话的语气也是斩钉截铁的。邵长江竟然不太敢直视他的眼睛。

第二天，邵大河去砂轮厂，邵长江去考场，邵永梅去图书馆还书。

邵中诚在儿女们离去之后，颇为感慨地说："养孩子的时候千难万难，可养成了以后又觉得，像这样的好孩子，多养几个，再多辛苦也是值得的。"

李秀珍就笑他："你啊，这几天的感慨是特别多。大河回来了，长江如果考上大学又要出去，真正的团圆日子也没有几天，我们都得习惯。"

"出去好啊，多见见世面，也能有些出息，男孩子嘛，你不能拘着他，得放手让他去闯一闯。你瞧咱们大河，从小就是淘小子，可淘小子又怎么了，就是比别人家的孩子有出息。"说着说着，邵中诚忍不住又自夸了起来。

李秀珍直摇头，"你这老头子，到底还要吹嘘多久，从年头吹到年尾，你也不嫌累。"

邵中诚一听这话可是不乐意了："我那是吹吗？我那是标准的联系实际、实事求是，你个老婆子说说看，我哪句话是在吹牛？"

李秀珍摆摆手："好好好，你说了算，你都说了算，我去整理厨房，不跟你吵这些。"

邵中诚顿时美滋滋，心想等腿没那么疼了，还要赶紧回到工作岗位上去。等闲暇之余，好好给几个老伙计讲讲，他家儿女有多优秀。

前三十年，看父敬子，他这个当爹的勉勉强强算是合格。后三十年，看子敬父，他的孩子们可是做得妥妥当当。

邵中诚却不知道，此刻，邵大河正在厂部办理离职手续。吴主任、邢大姐和其他几个车间领导全来了，连副厂长也惊动了，只见他脸色铁青，怒气冲冲。

"邵大河，你这是办的什么事儿？厂里费心费力地培养你，送你出国，让你学习，现在好不容易学成回国，你不好好工作，居然想辞职？行，就算是你不打算在砂轮厂干了，总得有个理由吧？你说一句不想做了，就要走，你这么做，对得起那些培养过你的领导吗？对得起砂轮厂吗？"

邵大河已在一系列文件上签好了字，那么多人在一旁，满眼全都是不解。吴主任和邢大姐凑一起小声交谈，商量着对策。

邵大河开了口："两年前，两位领导找到我家里去，我娘气得直接心肌梗死住进医院，好不容易才救了回来。这次，你们就不要去我家了，我都这么大了，做出的决定就是最后的决定，我娘拦不住我，但她要是再气出个好歹，两位心里也难安。"

"邵大河，你怎么变成了这个样子？"吴主任急得直跺脚。

"出国一趟，你学了些什么？就学得不懂事儿？学得任性妄为？"邢大姐也急了。

都认为邵大河是他们一同培养起来的，比别人亲近，多说几句，说重几句，也没什么。只要能把人给劝回来，回心转意，别去犯拧，比什么都好。

邵大河站起来，给两位关照过他的人，规规矩矩地行了个礼："手续办完了，我已经不是砂轮厂的职工，我要走了，各位多保重。"

"邵大河，你这是为了什么啊？你今天不给出个理由，我……我是不会让你走的。"吴主任拦住了去路，满脸的愤怒。

邵大河长长地叹了口气："做每件事儿，都非得给个理由吗？"

"小事儿不需要，但做出大决定，就必须有。"吴主任吹胡子瞪眼睛。

邵大河一听这话，把手里拎着的文件袋"啪"地往桌上一摔，人也跟着坐了回去。

"我本来是想，好聚好散，日后好相见。既然大家都觉得我今天做的这事儿不地道，一定要个理由，那我就给你们。"

邵大河的目光落在了副厂长的身上："李副厂长，廖小茹是您做了决定，开除出厂的吧？"

"廖小茹"这个名字，已经很久没人提起过了，邵大河突然一说，吴主任和邢大姐好像一下子就明白了什么，原本还是想要劝，突然就劝不出口了。

廖小茹被开除这件事儿终究还是没瞒彻底。邵大河这么大的反应，显然是知道得很清楚，而且完全接受不了。

"是啊，那女的是我撵走的，你有什么意见？"李副厂长没觉得有什么，"她本来也不是厂里的职工，连临时工都算不上，根本不配用'开除'这个词儿。她那个家庭成分，厂里愿意给她一口饭吃，不让她饿死，这已经是对她最好的安排。可她呢？怎么回报厂领导的善良？厂里安排她去夜校教课，她居然勾搭男职工，差点儿就做出伤风败俗的坏事儿。"

"她勾搭谁了？"邵大河的脾气顿时上来了。

李副厂长翻了个白眼："勾搭谁，谁心里明白，非得让我把话说得那么明白吗？"

邵大河冷笑："为什么不能说明白？我告诉你，廖小茹从来没有勾搭过任何人，是我在追求她，她一直不肯答应。"

"狗男女！"脸皮都撕破了，李副厂长也就不再客气，什么难听的话都往出讲了。

邵大河的拳头攥得紧紧的，差一点儿就朝着那张充满偏见、歧视的脸挥过去了。

"她的家庭成分的确是高，这是历史遗留下来的问题。可现在，国家关于历史遗留下来的冤假错案平反问题已经进行了一年多，连国家都在为这部分蒙冤受歧视的人平反，可你们身为领导，还拿特殊时期的遗留问题当借口去干涉别人、打击别人。"

李副厂长被他顶撞得无言以对，邵大河讲的这些，他比邵大河了解得多，清楚得多。可他如果不揪住廖小茹的家庭成分的问题来说事儿，他还有其他什么更合理的借口呢？

"国家的确在为一些人进行平反，但这部分人里，不包括她廖小茹吧？什么时候，国家替她家平反了，你再来我面前说这些话；谁知道她家的成分是冤假错案，还是真的罪有应得呢？"

邵大河直接冲上前去，如果不是围观者眼疾手快，拦在了两人中间，还不知要发生什么。

"邵大河，说来说去，你还是在为了廖小茹打抱不平。我知道，或许你们之间真的存在一些不为人知的感情，难道就因为这个，你就愿意搭上自己的前途，毁掉自己的未来，放弃自己的事业吗？你这样做，经过你父母的同意了吗？即使我们不去你家里跟他们说，难道你就能瞒得了一辈子？我告诉你，纸是包不住火的，等到一切暴露的那天，你真的承受得了因此而造成的后果吗？"邢大姐疾言厉色地质问。

邵大河的激动情绪也因此稍稍平复了些，他搭在腿上的手指轻轻攥紧，以此来克制那股仍无法完全控制的暴怒。

"邢大姐、吴主任，还有各位领导，每个人都有自己的选择，也请你们尊重我的选择，别的我就不多说了。"

说完，邵大河便义无反顾地走了出去。他的身后，所有人都恨铁不成钢地看着他的背影，该说的、不该说的都说了，可邵大河仍执意如此，他们又能怎么样呢？

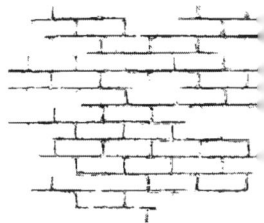

从厂区一路走出来，邵大河挺直的肩膀逐渐塌了下去。他今天做这些事儿，并不是完全没有一点儿顾虑。辞职的事儿不完全是因为廖小茹在厂内所遭受的不公平对待，更大的原因是他开阔了眼界，非常清醒地知道自己想要什么，想朝着哪个方向去努力。

　　就在这时，他看见前边有个女工与同事说说笑笑正往车间走。这女的，梳着利索的短发，看着有些眼熟，仿佛是认识的。邵大河还在绞尽脑汁地想着对方的名字，脚步已经快速地跟了上去。

　　"喂，你等下。"

　　那女人回过头，诧异地看着他："邵大河？你从国外回来啦？"

　　"你是刘书香吧。"邵大河的心底忽然有点激动，"能不能去那边单独聊几句？"

　　刘书香的表情瞬间变得很冷漠："我跟你有什么好聊的？又不熟。"

　　她根本没有停下脚步，扭头要走。身边好几个女职工纷纷用诧异的眼光看向邵大河，那眼神好像是在看意图不轨的拦路流氓。

　　邵大河坚定地跟了上来："刘书香，虽然不熟，但同在一个厂上班那么久，说几句话还是可以的吧？"

"不可以，你别跟着我，我不想看见你。"刘书香拒绝得很干脆。

越是如此，邵大河的心底反而越是心潮涌动。刘书香一见到他就如此敌意满满，显然是另有原因。他怀疑——

"刘书香，你等下。"

一着急，邵大河一把抓住了刘书香的手臂。这下，这个泼辣的川妹子顿时炸了："你有话说话，别动手动脚的！"

随便她怎样挣扎，邵大河就是不撒手。面对人高马大的邵大河，低矮瘦小的刘书香根本摆脱不了。

邵大河对几个看热闹的女职工解释："你们先走吧，我只想单独跟她说几句话，说完我就放她走。"

女职工们似乎也都认识邵大河，听他这么说，便慢慢地走远了。

刘书香骂了句"没义气"，这才又瞪着邵大河："说吧，啥事儿？"

"廖小茹在哪里？"邵大河凭直觉判断，刘书香知道。

那时候，廖小茹在厂子里根本没有朋友，平时连正眼搭理她的人都很少，大家都担心一不小心会被她给连累了，所以平时都是避开她走，能不接触就不接触。但刘书香是个例外。她老家在四川，来河南是为了支援建设，到了这里，人生地不熟的，非常不适应。

有一次，刘书香半夜发烧，上吐下泻。她想去厂医院拿点药，出了宿舍门，没走多远，一下子撑不住了，直接栽倒在路边。恰好廖小茹路过，把她给扶了起来。那时刘书香也跟别人一样，对廖小茹的家庭成分很是看重，不愿意让她靠近，不接受她的帮忙。但廖小茹很执着，刘书香生气地想要离开，可是腿软，走不了多远便又要瘫倒。就这样，硬是被廖小茹给强扶着送到了医院。

刘书香是典型的四川妹子，敢爱敢恨。讨厌一个人的时候，那绝对是字字如刀，能攻击得对方喘不过气；可如果真的喜欢上谁，也是真心真意，掏心掏肺。

廖小茹在砂轮厂唯一的一个朋友，就是刘书香。不过，虽然两个人私下交好，表面上却还是保持一定距离。这也是廖小茹坚持要求的，她太清楚自己的状况，会给接近她的人带来多大的风险。为了避免一些麻烦，廖小茹小心翼翼地保持着两人的关系。

邵大河也是偶尔听廖小茹提起，才知刘书香与她是好朋友。

"你还找廖小茹干什么？还嫌坑她坑得不够惨吗？找到了她，是不是过去再坑她一把？邵大河，做人做事能不能留点余地，别可专找一个人赶尽杀绝？廖小茹上辈子是拆过你家房子还是刨过你家祖坟，值得你这辈子这样子追着报复她！"

"我只是想找到。"邵大河皱着眉，"我从没有坑过她。"

"你没有？呵呵，直接坑是坑，间接坑难道就不是坑吗？"刘书香话里有话。

邵大河一听，瞬间就明白了什么："她在哪儿？等我见到她，当面跟她解释。"

"她在哪儿我怎么知道，你想去解释，那就去找啊，只要心里有诚意，总是能找到的，但别来问我，我可什么都不知道。"刘书香凶巴巴地瞪着他，"你让开，好狗不挡道！"

"你今天不说，我就不让你走。"

之前走远的几个女职工不放心，转了一圈，又绕了回来。还有一些路过的职工也三三两两地围过来。

被这么多人围观，刘书香的脸一下子涨红了。她咬着后槽牙挤出了几个字："你放开我，拉拉扯扯的多难看，别人会误会的！"

邵大河冷笑道："你只要告诉我廖小茹在哪儿，我立即放你走。"

"你知道了又怎么样？你敢去找她吗？你敢大大方方地拉着她的手告诉所有人，她是你对象吗？你敢娶她吗？"义正词严地质问完毕，刘书香满脸鄙视，"什么都做不到，你找她干什么？还要偷偷摸摸地来往？你……"

"我敢！"邵大河面色通红，大声吼叫。

刘书香愣住了。她看看周围好多人在围观，两个人的对话肯定被人听得清清楚楚。这次，换成刘书香无法淡定了。

"邵大河，你疯了，你知道自己在说什么吗？"

"我已经辞职了，从今以后，我不再是砂轮厂的职工，没有人会再管我的私事儿。我现在就想找到廖小茹，请你告诉我，她在哪里。"

出国在外的这两年，邵大河成熟了许多。如今的他，虽然依旧年轻，但身上多了沉稳与练达，他站在那儿，眉宇之间透露着果敢。

"你为什么要辞职啊？你不是才从国外培训回来，前途一片光明，你怎么会辞职呢？你骗我的吧？"

邵大河打断了她："这种事儿，有可能骗人吗？"

刘书香一下子愣在那里，说不出话来……

郑州有一条老街，名叫德化街，始建于1905年，前身名为惠仁街，郑州辟为商埠之后，这里开始有了商业街的雏形。1916年更名为德化街，逐渐成为各方商旅的中转地和附近各县区货物交易的集散地，老城之中的一些较大的商号陆续迁移到这里。建国之后，百废待兴，德化街内也进入了暮气沉沉的商业低迷期，不过，仍有省内外的知名商家留守此地，不温不火地经营着。

1978年，中国开启了波澜壮阔的改革开放进程，农村家庭联产承包责任制开始推广，人民的温饱问题陆续得到了解决。而这德化老街，正悄悄地焕发着生机。

在距离街口十几米的位置，一个女孩蹲坐在地上，她的腿下，铺了一大块白色的塑料布，摆着一堆塑料发卡、皮筋、男女皮带，以及一些袜子、手套什么的。货品不算多，女孩却很努力地把东西都归类摆放，尽可能使之整洁和有序。

当有人经过时，女孩还会小声吆喝："瞧一瞧、看一看，都是才进回来的新货，款式好，质量好，价格还很便宜呢！"

两个来逛街的女人半蹲下来，一个相中了毛茸茸的小孩袜子和手套，另一个不停地翻腾着皮带。

"能便宜不？"

女孩笑了："您选好了跟我说。"

"一条腰带加一双袜子，再加上这个发卡。"

女孩报了个价："给十二吧。"

"不行，太贵了，六块怎么样？"

看来这顾客是难缠的主，上来还的就是腰斩的价。

女孩也不恼，笑着说："我在这儿摆地摊儿，就是因为利润小，单单是这条皮带，六块钱都进不来货。大姐，您就别为难我了，这样吧，十二块钱，我再送您一卷牛皮筋，上边缠了彩线呢，拿回家去给小闺女扎头发，好看还不揪头发，好用得很。这条街上，就我一家有这种皮筋，您拿回去给孩子看看，她们同学里肯定没人用这个，孩子准高兴。"

"你再给便宜点儿，我就要了。"女人有点动心，但仍是觉得十二块钱太贵，一点儿不给让利，全拿出来，她觉得亏。

有时候女人买东西就这样，讲下来几块钱不完全重要，关键是砍价的过程中要有所收获。

女孩仍是摇头："真不行，我可以不挣钱，但也不能赔钱卖吧？"

于是，两个女人嘀咕了一会儿，一致决定去前边看看再决定。

最近在德化街附近练摊儿的特别多，每隔几米，就是一个。卖的货品也越来越丰富，价格自然有很大的商量余地，来这附近转一圈，总会有些收获。

没走几步，就听见女孩在后边喊："大姐，给您降一块钱，您要不要？这条街就我一家在卖皮带，款式也是最好的，您走一圈，最后还得回来。"

可是两个女人还是头也不回地走掉了。

女孩叹了口气："今天还没开张呢！"

话音刚落，正前方传来了一个男人的声音："皮带多少钱？"

那个声音曾无数次入梦，以至于一听到，女孩就感觉脑子里"轰"的一声炸响，紧接着周围的一切嘈杂都离自己远去，她眼前的世界突然变得不真实起来。

"五十。"她连头都不敢抬，随意出了个价格，因为不指望卖货，出的价钱极其不合理，只盼着站在小摊前的这个人赶紧走。

"还真不便宜。"男人嘀咕道。

"嫌贵你可以去别家，前边有的卖。"女孩有些急切地催促。

男人冷冷地说："廖小茹，咱们好歹算是老朋友了，你不给个友情价？"

"你认错人了。"她开始很利索地将塑料布的四个角对折，瞬间拎起所有的货物，这原本是对付城管而研究出来的逃跑办法，如今却用到了这里。

女孩手上的东西一下子被夺了去。男人一手拎着她所有的货品，另一只手揪着她的手臂，直接往小街走去。德化街上人来人往，不方便清算旧账，他还是找个背人的地方才行。

"邵大河，你放开我，别拉拉扯扯，我自己会走。"

男人低头看着女孩左躲右扭，连头都没敢抬，心里的火气就更大了。

"我一撒开，你肯定拔腿就跑，比兔子蹿得还快。"那笃定的语气，显然是早有防备。

这个女孩正是廖小茹。她索性站直了身体，不再躲闪，不再恐慌，大大方方地抬起头。

两年之后，邵大河与廖小茹第一次相见。

她剪了头发，比男人的还要短，几乎是紧贴着头皮，露出一张小巧精致的脸。身上穿的衣服也都是宽宽大大的，得仔细看才能勉强辨认出性别。

他壮实了许多，腰杆挺拔，面容坚毅。皮肤是那种晒得非常均匀的小麦色，看着并不觉得黑，只会让人觉得非常健康。

第一眼相见，彼此之间，都有了一些陌生。但很快，往日的熟悉感，又在不动声色间涌现出来。只一眼交汇，廖小茹立即挪走了眼神，她不再看他，只是问："你，什么时候回来的？"

"你，为什么要离开？"邵大河不回答她的问题。

"都是过去的事儿了，你还纠结那个做什么？邵大河，你在国外过得怎么样？培训全都顺利完成了吗？往后在砂轮厂的工作肯定会顺顺利利，像你这样子的培训经历，放在全国都没几个，只要技术过硬，你的前途一片光明。"

如过去一般，廖小茹开始跟他期盼着未来。这一幕画面，邵大河相当熟悉。

邵大河心头一热，可是脸上的表情依然绷得很紧："你现在不用关心什么前途光明，只需要认真考虑一件事儿。"

"什么？"

看着廖小茹傻傻的表情，邵大河冷笑道："解释。"

是的，他不管不顾地追问到她的下落，又在德化街上来来回回地找，足足找了十七天，不停地怀疑，差点儿要放弃，才终于第一次遇到了她。当然是要一个解释，还得仔仔细细地解释，若是说不通，他是绝对不会放过她。

"邵大河，我不知道你在说什么，也不想知道。过去的事儿我们都不要再提，就让它过去吧！"廖小茹一脸无奈，语气却异常坚定，显然有些事儿，她已思考了无数次，并不是一时冲动就说出口的。她伸手去拿被他拎在手上的货物，他直接躲避，没让她碰到。

廖小茹生出了几分恼火："无论是过去还是现在，你和我之间其实根本没有可能在一起，我们本来就不是一样的人……"

"都是一个脑袋两条腿，怎么就不一样了？"邵大河强硬地打断她。

"我的家庭成分……你又不是不知道。"

"现在都什么时候了？连国家都发文说，不让揪着过去的划分标准来将人分为三六九等，你反倒是不愿意放过自己。"

"政策的事儿，谁说得清楚呢？现在是这个样，将来可能又是另一个样。"

廖小茹对于最近新出的政策当然是知晓的。可正如她所说，政策越来越好，生活的环境也越来宽松，但从小到大吃过的苦、遭过的罪那是清清楚楚地存在着的。一方面，她的确有种松了口气的感觉。但与此同时，更多的却是深深的不安，唯恐哪天，历史反复，那些曾经加诸身上的苦难和艰难，会加倍地砸回来。

"将来的事儿将来再去想，事情发生了再去琢磨对策也不迟。我们要过好的是现在。"邵大河提着那沉甸甸的一袋子东西，看了一眼，心底里不知怎的，又是一通莫名的烦躁，"今天都快过不去了，还要去想以后？简直是开玩笑！"

廖小茹见说服不了他，只能叹了口气："既然你说要过好现在，那么我们就说说现在。我和你的那点儿交往，已经是两年前的事儿了。这两年间，发生了不少事儿，比如说你去国外培训，给自己博得了一个光明的前程；又比如，我的生活也有所改变。最重要的一点是，邵大河，我快结婚了。"

邵大河的手指一软，塑料布卷成的大包滑落在了地上，小商品滚落一地。廖小茹惊叫了一声，赶紧蹲在地上去捡那些货。还没收拾妥当，整个人就又被邵大河提着，被迫站了起来。

"你快结婚了？"他的语调里全是不相信。

"嗯，快了，日子就定在立秋那天，男方已经把聘礼送过来了，我答应了，就收下了。"廖小茹声音很低，却讲得很清楚。

邵大河的呼吸沉重起来。没想到，时间过去那么久，他竟然还没彻底放下。察觉到这些，廖小茹不知道自己应该开心，还是难受。她此刻的心情，复杂到连她自己都没法解读。

"廖小茹，这个玩笑一点儿都不好笑。"邵大河用颤抖的声音说。

"我怎么会拿这种事儿跟你开玩笑呢？我们是在去广州进货的时候，在火车上认识的，他跟我一样，家庭成分不太好，吃了不少苦，也没有一份正式的工作，但好在人很勤快，肯吃苦，愿意承担，我看他人不错，就答应和他在一起试试。"廖小茹眼睛里闪烁着泪花，嘴角挂着尴尬的微笑，继续说，"邵大河，等有空的时候，我带他来，让你看看，也算是给我把把关。"

"廖小茹！"邵大河咆哮起来。

廖小茹虽然吓了一激灵，但还是柔柔地说："行了，你别这样，情绪再激动又能有什么用，咱们的确是错过了，不是吗？但错过有错过的好，毕竟你有你的路要走，非要将就着跟我，未来也不一定幸福。所以，你赶紧回去上班吧，别耽误我练摊，我这货是才从广州背回来的，今天必须先开个张，多卖几样出去，我砸了不少本钱呢……"

廖小茹必须靠不停地说话，才能绷住自己的情绪不至于崩溃。她把东西收拾妥当，用手拎着往街上走。走出很远，身后才传来邵大河的声音："廖小茹，我辞职了。"

廖小茹的身体直接僵在了原地。她没有回头看他，但声音明显已经没有刚才那么轻松："你别开玩笑。"

邵大河缓慢地走近她："这种事儿，我怎么会开玩笑？"

廖小茹紧绷着身体："你好不容易才出了国，耗费了多少心血，好不容易完成了目标，你怎么可能会辞职？"

顿了顿，廖小茹像是想到了什么，突然扭头问："你在民主德国的培训是顺利完成的吧？"

他笑了："你还是关心我的，对吗？"

廖小茹气鼓鼓地说："我这不是关心你，我只是心里边有疑惑罢了，说啊，你在那边过得顺利吗？是不是工作上出了什么问题，所以你才……"

话没说完，她忽然像是想到了什么，抬起手直接掐了他一把："你又骗我。"

邵大河疼得直咧嘴，但他却很享受这样子的亲昵，便笑吟吟地说："我骗你什么了？"

"你肯定没辞职，故意说谎吓唬我的，邵大河，你跟谁学的，怎么变得那么坏了？你以前可不这样。"她笃定是上当受骗了，表情反而变得轻松了很多，换了手去拎货，然后很干脆地说，"行了，别跟我在这儿贫了，回厂里去，该干吗干吗，我得走了。"

她走了两步，像是下定了某种决心，回过头来看他："往后别来找我了，我不是很想……"

"我真的辞职了。"邵大河依然是那句话。

廖小茹再次呆住，眼神发飘，悄悄地乱转。许久，她才叹了口气："你辞职，跟我也没什么关系，邵大河，我不想听你的事儿。"

廖小茹在前边走，邵大河在后边跟着。她没回头赶人，他也沉默不语。走过了一整条街，廖小茹才找了个空地，重新把塑料布给铺了起来。她低头整理货物的时候，邵大河也蹲在了一边帮忙。

"廖小茹，说好了咱们要一起走下去的，但你不守信用，一个人悄悄地跑了。"

廖小茹静静听着，不知不觉间，眼前模糊了一大片。以为自己早已做好了准备，可以再次相见时表现得无动于衷，然而事情并没有按照她想象的那样去发展。邵大河单单待在她身边，她整个心都揪紧了，不想关注他的一举一动，可还是敏感地竖起耳朵，把他所说的每句话全都听进心里。

"你可以生我的气，不要再搭理我。"她有点赌气，"谁也没求着让你过来找我。"

"被你抛弃后，我每天都在生你的气，还暗暗下定决心，往后绝对不再想你，哪怕路上遇见也不搭理你，我邵大河一定要混出个模样来，让你好好看看，被你扔掉的我，有多么优秀，还得找个比你更好的对象，让你狠狠地后悔，夜夜以泪洗面，悄悄地骂自己眼瞎，放着这么好的邵大河不要，失去了之后就追悔莫及。"

邵大河把新皮带一个个打成卷，皮带扣朝上，这样子可以一下子就让来来往往的行人能看清楚货品。他做得非常认真，仿佛这就是他自己的摊位，对每一样货品都无比熟悉。嘴里自然也是不饶人地继续念叨："出国之后，最开始的几个月，我的确是做到了不再想你。不过后来，有一天晚上，我梦见了你，在梦里你在朗诵一首德国的诗歌，你说你最喜欢那诗里提到的远方风景，如果你将来有机会，你一定要亲自去看一看世界另一边不同的风光。梦醒以后，我就利用假期，找到那个地方，非要亲自看看才安心。在国外的生活比想象的还要枯燥无味，当我立下这样的目标之后，日子反而有趣起来。廖小茹，我把你梦想之中想要走过的城市，都走了个遍，我还为此写了一本厚厚的日记。但是，等我快回国的时候，我才突然想明白，如果不找到你，当面炫耀一下，那不是很浪费吗？于是，花费了点儿心思，我就找到你了。"

廖小茹静静地听着，满脸的不可思议。邵大河才不管她心里边震撼不震撼，更不关心她信还是不信，反正他想说的话，都已说出来了。

有人路过，看见面前的商品与别家的不太一样，便蹲下来认真挑选。邵大河无师自通，趁机劝着："咱这是从广州拿的货，样式全都是最时髦的，您选着，诚心要还可以搞一搞价。"

廖小茹哭笑不得："谁跟你说可以搞价了？那是我去广州拿的货，只有我才能决定多少钱能卖。"

顾客奇怪地看了一眼廖小茹，好像不是很明白，为什么面前这俩人一人一个说法。

邵大河不慌不忙地说："你拿的货又怎么样？我是家里的男人，我说了算。"

他冲着顾客笑了笑："大姐，您随便挑随便选，看上了，我保证给您最优惠的价格。"

顾客瞬间理解了，这是小两口在闹别扭呢，笑呵呵地跟着劝了几句，接着就拿着一条皮带、两双袜子和两个头花结了账。邵大河给人家便宜了两块钱。

廖小茹一脸的肉疼："你这个败家子，两块钱说抹就抹啊，都够吃两碗羊肉烩面了。"

"好啊，晚上就吃羊肉烩面，你请客。"邵大河直接顺杆爬，回答得理所当然。

"什么啊，谁要请你吃晚饭了？"廖小茹急了。

"我帮你卖货，你请我吃饭，这不是很正常的吗？况且我现在没工作没收入，你不请客，难道还让我这个失业人士请你吗？"

又有顾客蹲下来看货，邵大河忙不迭地介绍起来，他明明今天才第一次接触到这些货，介绍起来却头头是道，说什么牛皮的皮带越系越结实，还劝人家买回去以后，把衬衫扎在皮带里，这样看起来更时髦，还不客气地炫耀自己才从民主德国那边回来，最清楚外国人是怎么打扮的。顾客不信，邵大河竟然不害羞地直接卖弄起了德语，讲了好几句，虽然顾客不明白是什么意思，但也听出来他讲得非常熟练，便也相信了几分。三忽悠两忽悠，竟然让小小的摊位前聚集起了不少人。一个顾客买了腰带，其他人便表现出来相当的兴趣，陆陆续续，十几条皮带竟然全都卖完了。

廖小茹捏着一把票子，简直有点不敢相信自己的眼睛，这可是她准备要卖一周的货，就这样子被邵大河轻轻松松地卖没啦！她在德化街上摆摊儿，也有大半年的时间了，可从来不知道赚钱竟然如此容易。不知从什么时候起，她呆呆地看着邵大河。而邵大河还在专注地卖货，看样子他是一点儿都不想剩下，要把塑料布上摆着的东西全都给售空了。

"袜子还剩下三双，头花和皮筋还剩下四套，两位大姐，你们再犹豫，等会儿就什么都没有了。这么好看的东西，价钱也不贵，你们分一分呗，要不等会儿后悔的时候，再回来找，我也是没办法了。"

两个大姐之前一直在旁边看，看别人在买，她们还在犹豫。邵大河招呼完了那几个主动购买的顾客，也没忘这两位眼巴巴看着的。

"卖完了这些，我俩就要去吃晚饭了，要不大姐帮帮忙，我给你俩最优惠的价格。"

邵大河把袜子、头花和皮筋分成了两堆，一堆四块钱，一口价直接拿走。其中一个大姐特别心动，但还想再搞一搞价。恰好不远处又有行人路过，邵大河说："要就要，不要拉倒，那边来人了，五块钱一堆都会有人要的。"

说完，就不再劝这两位，转而朝着远处走过来的两位年轻女孩招呼起来。那俩大姐连忙掏出钱，把东西往包里一塞，直接走了。

这下，货彻底卖光了。

邵大河慢悠悠地开始折塑料布，叠了个整整齐齐、四四方方，他往廖小茹的布包里一塞："走吧，找个地方坐会儿。"

廖小茹发现自己已经开始有些认不出来邵大河了。人，还是那个人，两年间，面貌变化不大。可是，这脾气和个性，怎么就变了那么多呢？以前的邵大河可一直都是跟在她身后，听从她的吩咐，一个命令一个动作的，眼神里总会带着点儿小崇拜呢！但现在，邵大河又霸道又难缠，她都拒绝了那么多次，他跟没听到似的，该干吗干吗。

邵大河卖完货，还真的拉着廖小茹去了饭馆，选了个靠窗口的桌子，点了两碗烩面，还让店员加了一份凉拌猪耳朵和一份拍黄瓜，那是相当的会吃，没打算跟她客气。

"反正是你请客，我得吃好一点儿。"邵大河理所当然地说，"廖小茹，你能不能别那么小气，你今天可是赚了不少钱呢！这么点儿吃的你还舍不得。别忘了，以前在厂部夜校的时候，每天晚上我都给你带好吃的，我对你可是一点儿都不小气。"

"我也没说不请你吃啊，念叨什么呀？"廖小茹脸颊发烫。她纠结的问题，始终是跟邵大河同坐一桌，她感觉周围有好多人都在悄悄地往这边看呢。可邵大河呢，面端上来，他埋头吃饭，畅快又自然，似乎根本不在乎别人的看法。

这家烩面是传统的炝锅烩面，羊肉鲜嫩，闻着喷喷香，还会送一份油泼辣子，拌在面里，越辣越香，越香越想吃。廖小茹很喜欢吃辣，但又不太能吃辣，边吃边发出"嘶嘶哈哈"的声响。

邵大河突然站起来，走出门去。他留下来的面碗是空的，连面汤都喝得干干净净。廖小茹看得有些发愣，恍惚了一小会儿才想明白，他这是吃完就走了？她朝着门外望了望，鼻子泛酸，心口发堵，莫名其妙地难受。

"走就走呗，他再不走，我也得想办法赶他走的。"廖小茹低下头，继续吃面。好奇怪啊，刚刚还感觉香得连舌头都要咬掉的羊肉烩面，这会儿怎么变得一点儿滋味都没有了呢？就是这辣椒，实在是太辣了，她的眼泪控制不住地往外冒，鼻子也一直无法顺畅地呼吸。

就在这时，一瓶开了盖的汽水，"啪"地放到了她的面前。廖小茹抬头又看到了邵大河，她眼睛里一直在打转的泪水终于决堤了，噼里啪啦地落了下来。

邵大河问她："你怎么哭了？"

廖小茹猛地吸了吸鼻子："辣椒太辣了。"

"所以，你这不是眼泪？"邵大河在口袋里摸了摸，居然掏出了一块洗得干干净净的手绢，递过去给她。

廖小茹擦眼睛的时候，闻到了手帕上的玫瑰花香，那是她最喜欢的味道。这个邵大河，每时每刻都在撩拨着她的心脏，非得勾动起她的回忆，让她彻底沦陷不可。

廖小茹恼羞成怒，带着哭音低喊："是被辣椒刺激出来的眼泪！"

"还以为你是看见我走了，着急地哭出来了呢！"邵大河打趣道。

"你想得美，我为什么要为那种事儿哭？"廖小茹嘴硬，不肯承认。

邵大河不再纠缠这种话题："喝口汽水压一压，我去对面那家小卖部买的，老板挺会做生意，把汽水一直放在水里，握着都冰冰凉，喝起来肯定能解辣。"

邵大河把玻璃瓶递了过去，那热切的眼神，让人忍不住脸红心跳。廖小茹就觉得自己的心跳啊，一会儿快一会儿慢，被他搅得难以安宁了。

橙子味的汽水果然很甜，五毛钱一瓶呢，在当时也算是稀罕物，廖小茹平时很节省，尽管练摊儿存了些钱，却不舍得享受这个。

廖小茹喝了一大口，嘴里的辣味果然瞬间被甜味给取代，太好喝啦！她不自觉地眉开眼笑起来，忍不住又喝了一大口。说来也怪，刚刚还没有食欲的廖小茹，这会儿竟然又开始想吃了。

吃饱喝足，廖小茹的情绪也缓和下来，不再像刚见面时的剑拔弩张。她轻声地问："辞职的事儿，你是骗我的吧？"

邵大河缓慢地摇了摇头："手续都已经办完了。"

廖小茹的声音顿时抬高了不少："邵大河，你究竟是怎么想的？好端端的工作你辞它干什么？你娘肯定还不知道吧？你就不怕又把她给气进医院？"

"这事儿，你怎么知道的？"邵大河敏锐地抓住她话语中无意透露的信息。

"我……"廖小茹一时语塞，"请你好好回答我的问题，不要反过来问我。"

"出国前突然就找不到你了，我一直怀疑你是故意躲着我，我更怀疑你其实一直在我附近，从来没走远过。现在看来，果真如此。"

邵大河的语气一开始还是温柔的，突然之间，他就发难，直接弹了廖小茹一个响亮的脑瓜崩，疼得她龇牙咧嘴，连忙抱头："邵大河，你弹我做什么？你是疯了吗？会把人给弹笨了的！"

"你在我身边，还能躲着不出来，廖小茹，你这个狠心的女人，你是没有心的吗？你怎么舍得那么对待我！"邵大河的脾气顿时上来了。这会儿，大概是真的在生气吧，眼睛都瞪起来了，很吓人。

"我……我不那么做，还能怎么样？让你意气用事，放弃前途？这事儿我可做不出来。邵大河，你可以任性，可我却担不起责任，回头等你事业艰难、人生停滞不前的时候，你想起来全都是为了我才放弃这个放弃那个，你心里边肯定会怪我的。"廖小茹嘴一撇，把脸扭到一边去，拒绝和解，更拒绝承认自己有什么问题。

邵大河真的要被她气笑了："我什么时候怪过你？"

廖小茹神情落寞："人这一辈子，时间跨度是很长的。年轻的时候不怪罪，到了老了，尝尽了生活的艰辛，那时候就会反省自己，把生活的不如意，事业的不顺利，全都归咎到别人身上去。邵大河，你别急着否认自己不会那样，人是会改变的，现在的你也不知道将来的你会有什么样的想法，不是吗？"

"吃饭的时候别激动，对胃肠不好。"邵大河的关注点，与她明显不一样。

"算了，你的事儿，我管不了，我也不想管，爱怎么样就怎么样吧！"

廖小茹猛然起身，朝门外走去。她一路快走，也不管邵大河能不能跟得上，仿佛非得用这种方式，才能排解掉心中的郁闷似的。

廖小茹租住的地方，距离德化街不远，距离火车站更近。这个位置不错，既方便她出去练摊儿，又方便她搭火车去广州进货，最重要的是房租便宜。一个独立的小院，只有她一个人住，每个月也就几块钱的租金。

廖小茹进门之后，立即就要锁门，一只大手撑住了门板，不让她关上。紧接着，邵大河的身子从门内挤了进来，他左瞅瞅右看看："你就住这儿？"

"你跟着我做什么！"廖小茹还在生气，推搡着要把他往门外撵，"别进来，不欢迎你。"

一个女人的力气能有多大，邵大河根本不在意，轻而易举地就把她给推开了。进院之后，邵大河毫不客气地往屋子里走。廖小茹没拦住，心里觉得恼火也没办法，只好锁了大门，跟着走了进来。

邵大河利用这几分钟的时间，已经把三间屋子看了个遍。

东屋是廖小茹住的房间，单人床，干净整洁的被褥，床头摆着一个书架，她在厂里的时候经常读的那些书，居然全都给搬了过来，整整齐齐地摆满了整个书架。除此之外，也没什么别的特别的东西了。

西屋是仓库，放着廖小茹从广州背回来的货。她把货物分门别类地放置，哪些还剩多少，一目了然。因为本钱不多，所以货物还是非常有限。

正中央的堂屋放了个煤炉子，平时也当厨屋来用。一个大饭盒，也被当成饭锅用，底部都被烧黑了。

房子简单得不能再简单了，邵大河一看，仿佛想到了这两年她是怎么过来的。

"你一个人住？"他明知故问。

廖小茹那么聪明，哪会不知道他真正是想要说什么。

"还没结婚，当然是一个人住。"

"筷子一双，饭勺一个，水杯也是一个。"他意有所指。

廖小茹"哼"了声："有需要的时候，一起用就行了，都是要结婚的了，我们不分彼此。"

邵大河闹心透了，可话题是他挑起来的，窝火也不好发作。现在，他已不是她的什么人，也没理由去生气。

"还有什么事儿吗？没有的话你就走吧，孤男寡女的待一个屋里，被人看到不太好，万一被我对象给撞上，我也解释不清楚。"廖小茹板着脸，一副不讲情面的架势。

"接下来，我打算做买卖了。"邵大河突然说。

"你是什么意思？"

"你还记得我以前跟你说过，在没进砂轮厂之前，我的理想是开个饭店，做买卖赚钱，只不过那时候的政策不允许私人开饭店，所以，我才不得不放弃。"邵大河深吸一口气，"可现在不一样了，改革开放，政策放开了，国家是鼓励经商的，所以我打算试一试。"

廖小茹练摊儿半年，对于做买卖有多大的利润，心里是有数的。一听邵大河也打算做，她便忍不住问："你也打算练摊儿吗？"

邵大河点头："先练一段。"

"你来真的？其实你完全没有必要……"

廖小茹的话还没说完就被邵大河给打断了："你的德语那么好，可以去做翻译，也可以去教书，但你都没有做，而是选择出来练摊儿做买卖。连你都能放得下面子，拼命去好好活着，我还有必要端着那点儿所谓的小成绩吗？"

邵大河的话准确地触动了廖小茹的内心，她的眼眶迅速红了。这世上可能再也找不出第二个人，能像邵大河那样，轻而易举地就能拿捏到她藏起来的骄傲。

"往后，你再去广州，我就陪着你一起去，一起进货，一起回来摆摊儿，一起努力，就像在厂里，我们一起学习德语时一样，你陪着我，我也会陪着你。小茹，你把头发留起来吧，不用再担心会遭遇危险，因为我以后打算守着你，不会再让你一个人了，好吗？"他越走越近，越说越动情。

廖小茹的眼睛红得更加厉害，她发现自己今天特别爱哭，让他不费吹灰之力，便拖着自己重回到两年前相处的状态。

"小茹，我们以后都不分开了，好不好？"

有那么一瞬间，廖小茹差点儿就冲动地答应了。可就在这时，院门忽然被人使劲儿地敲响起来。有个男人在外边大喊："小茹，你在家吗？我去德化街找了你一圈，老李他们说你早早就把货卖完了，我想你应该回来了，就来家里看看。"

廖小茹的神情顿时为之一惊。

邵大河阴沉着脸问："门外那个，就是你说的对象？"

廖小茹点了点头。

邵大河冷笑："我出去见见他。"

他才要走，胳膊就被廖小茹给拽住了。

"你不要出去，被四宝看见了，我就解释不清了。"

"四宝？"

"徐四宝，大名徐光明，我对象，我们要结婚了。"廖小茹低着头，像个做错事儿的孩子，喃喃地念叨着。

邵大河觉得心脏像被人拧了一下，他一直以为，廖小茹口口声声念叨着的结婚对象是虚构出来骗他的。没想到，竟然是真的。

徐四宝在门外又敲了好几下，嘟囔了几句，最后仍然不见有人开门，这才相信廖小茹不在家里。不过，他仍然从门缝里塞进来一些东西，有红糖、挂面，还有一些大枣和瓜子。

等徐四宝走后，廖小茹低着头，把东西拾起来，拿进了屋。路过邵大河身边时，她压低了声音说："四宝对我真的很好，一直在照顾我，对我很上心。他家里的成分也高，以后我们两个在一起，算是门当户对，谁也不会嫌弃谁。大河，我这辈子可能就是这样了，你别在我身上多浪费心思。"

　　后来，邵大河已经不记得自己是怎么走出廖小茹所住的院子了。她没有送他，门被打开，又被关上。"咣当"一声脆响，邵大河的心好像坠落在无边无际的悬崖深处。有件事儿，其实是他撒了谎。这几年，不管是在国内还是国外，他没有一天忘记过廖小茹。她在他的生命里画下了浓墨重彩的一笔。在最年轻、最张扬的时候，她陪伴在他的身边，给他鼓励，给他自信。彼此之间，是良师益友，更是亲密爱人。他曾认定了她就是自己要爱的人。可现在呢，邵大河突然发现，他与她之间，竟隔着如此遥远的距离，不可跨越。

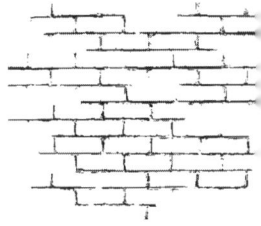

11

奔赴
理想

在城市的另一边，一所大学校园内，邵长江也同样陷入了深深的困惑当中。他的身旁，坐着的是白清然。

"我认真地想过了，有件事儿，我必须跟你说清楚。"邵长江清了清嗓子，艰难地说。

"你又想说什么了？"白清然笑盈盈地望着他，清澈美丽的大眼里，装满了疑惑。

"不管考试的结果如何，我都不打算去读。"邵长江避开了白清然的眼神，按照自己来时已想好的那套说辞讲下去，"铝厂的这份工作，其实很好了，即使读了大学，回去之后我仍会在厂部工作。既然如此，跑出去折腾一趟有什么意义呢？还不如就留在厂里，踏踏实实地做好本职工作。"

白清然嘴角边的笑容，缓缓收敛，直到最后，悄然消失了。

"长江，你在说什么呀？"

邵长江深吸了一口气，察觉到了白清然的失望。他故作轻松，假装什么都没注意到："坦白说，做出这个决定并不容易，毕竟我之前像是鬼迷心窍似的，一心一意想要考学，还努力复习了那么久呢，忽然说要放弃，肯定有很多人会不理解。不过，人活在世上，是给自己活，不应该活在别人的眼光里。当初我是真的觉得有必要，因此才会全力以赴，而现在，我觉得……"

"邵长江！"

不等他将那些连自己都骗不过的说辞讲完，白清然再次打断了他。

"嗯？"

白清然并没有暴怒，事实上，从她的眼神之中，很难看懂她此刻的真实心情。

"你的事儿，的确是应该由你自己来决定。"她首先肯定了他的想法，开口说道，"事物发展都有一定规律的存在，而我始终相信，内因的变化足够强大，才会发生真正的改变，这是我一直跟你强调过的，也算是老生常谈。"

"嗯。"邵长江笔直坐着，认真地听白清然讲话。

"我一直相信，这次考试，你一定能考出一个很不错的成绩，考上一所很不错的大学，然后去校园里生活一段时间，换个全新的角度去感受一下不同的人生。你虽然已经上班了，但你的生活环境始终就是在工厂内，如果一辈子过的都是这种一眼就能看到头的生活，在你最年轻充满干劲儿的时候，放弃开拓视野的机会，你将来真的不会后悔吗？"

白清然的问题，直接而准确地击中了邵长江的内心。邵长江抬眸，诧异地望着她，显然是没有想到，她放弃劝说、阻止，提到的会是这样的事儿。

"我也不知道。"他低语。

邵长江目前所考虑的就只有一件事儿，在将要离开的几年里，白清然会在这所大学内开启全新的人生。她美丽大方，热情奔放，举止得体，富有学识。她毕业于名校，来自首都，一颦一笑之间，都有着一种别人无法效仿的超然。她会在极短的时间内，不用特别做什么，就轻易地让自己成为学校绝对的焦点。即便是在那个情感表达含蓄的年代，仍有不少人会积极地对她展开追求。邵长江来学校的次数并不频繁，但他已经撞上了好几次，这种状况，实在是令他感到不安。放弃出去读书，何尝不是一种妥协。他心里真正想要的，其实是一直守护在她身边，不让别人有机会靠近她，更不准任何人抢走她。要做出这样的决定，并不困难。当白清然突然出现在郑州，笑盈盈地冲着他挥手的那一瞬间，他仿佛已经懂得两人之间是心有灵犀的，只不过没有表达出来而已。

白清然都已经来到了这里，她是一个女孩子，跨出这么一大步，得是多么不容易。邵长江便理所当然地认为，接下来的所有努力，都该是由他这个大男人来完成的。谁知，来到她的面前，那些下定好的决心，就在她平静的注视之下，如青烟随风般悄然散去。

"长江，不要冲动去做自己一定会后悔的决定，好吗？"白清然劝着。

"我不会……"

白清然站起来。

"我要回去了。"她在强行压抑着怒气，都已经说这么多了，他却还是固执地去强调，白清然即便脾气再好，也有些不耐烦了。

不过，临走之前，白清然还是说道："邵长江，你了解我吗？"

这样的问题，实在是难以回答。白清然的身上，永远存在着许多邵长江看不透彻的部分，正是因为追逐着这样的神秘，他的目光始终无法轻易从她身上移开。是的，更多还是不了解。因此他才想要靠近一些，把他无法解读的部分，一一探寻清楚。

瞧着邵长江陷入局促不安的两难当中，白清然抿了抿嘴唇："那你信不信，我白清然是个极其有耐心的女人？"

邵长江没有再犹豫，他用力地点了点头。

"想要获得硕果累累的丰收，必定是要经历冬的酝酿，春的播种，夏的成长，秋的成熟。你觉得，如果没有经过四季的等待，所得到的又会是什么呢？"她的脸红得厉害，已经讲得够透彻了，邵长江若还是不懂，她真的不知该怎样表达了。

"我，回去再考虑一下，好吗？"

邵长江总算没有再固执己见，他又重新燃起希望。

白清然立即回答："那好，你这就回去，仔仔细细地想清楚，等你有了答案，我希望你能来告诉我。"

邵长江心不在焉地回到了家中，在门口遇到了同样心不在焉的邵大河。兄弟俩的脸色一个比一个差，见面之后，竟不约而同地苦笑一声。

"你怎么不进去？"邵长江问。

邵大河摇摇头："你不也不想进去吗？"

转眼间，两人都已长大，再没了小时候的无忧无虑，每个人都有各自的心事儿、各自的烦恼。两人干脆在门外的木桩上坐下来，一起傻傻地盯着远处晚归的行人，等到小街上无人可看时，又不约而同地抬起头，望向深邃的星空。成长，有时候就是充满了这样那样的烦恼。在这个世界上，还有谁比亲兄弟更了解自己？还有谁能够倾听自己内心真实的想法？邵大河开始向兄弟讲述了自己最近的做法，邵长江也向大哥倾诉了自己的心声……

邵中诚的腿上贴了几帖邵大河带回来的外国膏药，又去蒋婶介绍的老中医那里针灸、按摩，渐渐地好起来了。

这天，艳阳高照。邵中诚和老憨碰了个面，正准备组织手下的十几个年轻人再去排查一下河道两岸的植被生长情况。老憨眼尖，看到远处有个人正快步地朝着他们的方向走过来。

"这不是蒋领导嘛，今天又来了，也不知道有什么事情。"

看到一脸心事儿的老蒋，邵中诚连忙上前打招呼："领导，今儿过来是检查工作还是有什么别的事儿要忙？"

老蒋回道："去年在北边种了一大片生态林，说是有很好的挡风固沙、防止水土流失的作用，我一直惦记着那片林子长得怎么样，今天恰好在附近调研，结束后就过来，打算抽时间去看一看。"

邵中诚是知道那片林子的，省里、市里全都非常重视，时不时会有领导带着人过来看一看。他和老憨还负责维护最长、最重要的一段，因此老蒋让他陪着一起去看看。

老蒋亲自开车，邵中诚坐在副驾驶座上，两人朝林地进发。

路上，老蒋长出一口气，意味深长地说："老邵，有件事儿是你家事儿，按理说不该我来过问，但这些年来，咱两家走得近，你是我的救命恩人，我心里边把你当成老大哥来看待，所以想了又想，趁着这次机会见面，我还是想要问一问。"

看着老蒋一脸认真的样子，邵中诚的神情跟着严肃起来："什么事儿？"

"你们家邵大河，不是跟着砂轮厂的培训计划出国了吗？好不容易把技术学成了，厂里边正是用人之际，他应该利用所学好好地干出一番成绩，怎么突然想不开辞职了呢？"

老蒋的话像是一记闷棍重重地砸在邵中诚的头上，以至于很长一段时间里，他脑子里还嗡嗡作响。

"搞错了吧？大河没辞职啊，他每天都出去上着班呢，不可能辞职的，绝对不可能。"邵中诚努力地想挤出笑容，以此来缓解突然冒出来的惴惴不安。

"你还不知道？"老蒋听了这话，也是一愣。

"哪里传出来的这么不靠谱的流言，一定是你搞错了，我们家邵大河才从国外回来没多久呢，他不在厂里边好好干，还能去哪里？你说是不是这个道理？"邵中诚嘴上说着宽慰的话，可是脸色煞白，明显是被惊吓到了。

老蒋长叹了口气："孩子大了，有自己的想法，回去的时候一定好好问问是怎么回事儿，先不慌着发火。砂轮厂那边我有个朋友，答应了替邵大河保留一周职位，你好好劝劝那孩子，别因为一时冲动就做出了遗憾终身的事儿。等到将来撞了南墙尝尽苦头，再想回头，那时可真的没有后悔药可以吃了。"

脸色憋得通红的邵中诚窘迫地说："你等会儿要是回市里，顺路带我一程，我要回家。"

除了老蒋，大约没人知道邵中诚承受了什么样的打击。一个常年不知道休息为何物，365 天至少有 340 天都在黄河之上工作的男人，突然抛下了他最爱的黄河，心事重重地奔回家。

此时在家里，李秀珍也是脸色惨白，手里端着的水盆早已摔在了地上，她嘴唇哆嗦，好半天连一句完整的话都说不出来。

邵大河和邵长江一同站起来，两个小伙子你看看我，我看看你，手足无措。

"你们两个把刚才说的话，再给我重复一遍。"李秀珍的眼泪已经控制不住地涌了出来。

没人开口讲话，或者说，兄弟俩都不敢先开这个口。

"邵大河，你辞职了？邵长江，你考上大学又不想去？你们兄弟俩是疯了吗？还是打算要气死我？"李秀珍嚷嚷着。

李秀珍是最不喜欢在家外边吵孩子的，总觉得家里的事儿家里解决，在外边争吵，除了丢人现眼，并没有更好的作用。刚刚出来倒水，她在门口无意间听到了两个儿子的谈话，李秀珍受到了极为强烈的刺激。她此时已顾不得许多，连将孩子拉回家去再教育的心思都没有，当街嚷嚷了起来。

邵长江说："娘，您别急，您听我解释。考试成绩还没出来，或许我根本没考上，刚刚我和哥说的话全都是猜测罢了，您现在就急着生气，实在是不值得。"

邵大河咬住牙齿："辞职的事儿我一直琢磨该怎么跟您开口，您别急，等我说完，您就……"

李秀珍死命地按住了心脏，呼吸也变得困难起来。

"你还真的把工作辞了？邵大河，你可真是个好样的！"

说这话的时候，李秀珍又使劲儿地揉了几把心脏，表情极其痛苦。两兄弟突然想起母亲曾因为邵大河临时决定不出国当场气得发了病，至今身体都没好利落。

邵长江赶紧扶住了母亲，冲着邵大河一瞪眼睛："快去找装药的匣子，里边有速效救心丸，快点儿去拿！"

邵大河三步并作两步冲进了屋找到药。

李秀珍把脑袋扭到一边，艰难地说："你们两个，我是管不了了，这药我不吃，活着真没意思。"

李秀珍两行泪滚滚而落。她是多么要强的一个人哪，这些年走过来，丈夫经常不在家，一个人拉扯三个孩子，自己上着班还要操持着家务，好不容易两个儿子都上班了，家里负担也越来越小，日子过得有了盼头，她还计划着跟邵中诚一起回老屋那边养老呢。谁想到，两个让人骄傲的儿子，竟然背着她做出如此荒唐的决定。一时间，李秀珍坚信的一切，似乎完全倒塌、碎裂了。

"娘，您先把药吃了，您身子不好，别逞强啊！"邵长江着急地叫喊。

李秀珍呼吸困难，紧闭着嘴唇咬着牙根，再难受也不张嘴。邵大河和邵长江都要给她跪下了。邵永梅从屋子里跑出来，抱着李秀珍的腿哇哇大哭。

"娘，娘……"

小女儿的哭声，终于唤回了李秀珍的一丝理智。她的眼泪跟着涌了出来。瞧着面前的三个孩子，最小的那个，个子都要比她高了。盼啊盼啊，熬啊熬啊，好不容易才把他们三个都带大了。不求享福，只愿一家人平平安安、顺顺利利，可这一辈子，怎么就还是各种波折不断，这边才松了口气，那边又让她把心揪起来。人活在这个世界上，难道就是为了吃苦遭罪的吗？

"娘，您先张嘴把药吃了，有话稍后咱们慢慢聊，一切都好商量的，好不好？"邵长江终于忍不住也哭了起来，"我们不是故意要气您的，我们真的不是故意的，您要是出了事儿，咱们这个家就散了。"

李秀珍长长地叹了口气，心窝上就像是有一双无形的大手紧紧地攥着，随时就能把它捏爆似的。她张开嘴让邵大河把速效救心丸给她塞进嘴里。

两个儿子架起母亲，让她侧躺在床上。邵永梅倒了杯热水让母亲喝下。过了一会儿，李秀珍的心脏总算在药力的作用下舒缓下来。

李秀珍坐起来，正想训斥两个儿子，门外一声响，邵中诚走了进来。他把钥匙往桌上狠狠地一扔，面色凝重地看了看三个子女，又看了看泪痕未干的妻子，一声不吭地去厨房把擀面杖操了起来。

"反了你们啦！"

老父动怒，谁也阻拦不住。这一晚，邵家注定是鸡飞狗跳……

而这一年是1981年，国家正处于改革开放初期，百废待兴，百业待举。中国经济飞速发展，人民的生活发生日新月异的变化。邵家儿女们，正努力地朝着自己所选择的路走下去，这条路不管是阳关大道，还是充满曲折，在理想与梦想的驱动之下，年轻人一腔孤勇，熬过无人问津的日子，他们坚信那些转错的弯，那些走错的路，那些流出的泪，那些滴落的汗，全都会让他们成就独一无二的自己。

"看一看，走一走，您往我这儿瞅一瞅；皮包、皮带、皮夹克，广州拿来的新货，每家每户都需要，往这儿靠，别后退，了解产品不收费。"

"大哥买了送大嫂，大嫂天天对你好；大嫂买了送大哥，生活矛盾一边搁。"

"我在卖，你在看；眼睛看，心也算，算算划算不划算。十块八块不算贵，不用开个家庭会，看上了你就买，货比三家不吃亏。"

……

那个时代，经商还不流行，人们往往看不起那些小商小贩。小商贩们大多脸皮薄，即便是卖些东西，也都是躲避城管的监管偷偷进行，悄悄交易。像邵大河这样厚着脸皮大声吆喝的实属少见，而且俏皮话一套一套的，压着韵脚，好听又好记。如此新颖的推销方式让邵大河的摊位迅速成了德化街上一道亮丽的风景线。

邵大河的小摊儿就摆在一处雕像左边，地上铺着一块塑料布，摆着他的主营产品，除了他吆喝的皮包和皮带，还有几块手表，男女款都有，在这浩浩荡荡的练摊儿大军里，绝对是稀罕物。他身后拉起了一根晾衣绳，挂的是他卖的服装。男款衬衣、女款裙子，一个款两件，最重要的是裙子的款式时髦，在别家几个号称也是从广州、浙江上货的摊位里根本寻不见。邵大河将自己可控制的区域内，每一处都拾掇得干干净净，看上去还挺像那么一回事儿。

三米开外的地方，廖小茹在卖小饰品，有手链、项链、耳环、耳钉，也有发带、发箍、发圈和发卡什么的。她听从了邵大河的建议，专门去找了一块正方形的黑色厚布，缝在了裁剪好的硬纸盒上，然后将那些亮晶晶的饰品挂在上面。到了晚上，弄个手电筒照着，再普通的小玩意在强光之下都是闪闪发光。大姑娘小媳妇儿们走过路过，总会被吸引过来。就是这个小小的创意，让廖小茹的生意变得红火起来。

徐光明也在练摊儿，他的摊位挨着廖小茹，卖的是内裤、袜子等小物件。去广州，他没时间、没精力，也不愿意跑那么远，干脆从一个朋友那里批销一些货，一天下来也不少赚，徐光明感到很满足。

廖小茹在不由自主地悄悄观察着邵大河，觉得这个男人越来越陌生。分别两年，也不知道邵大河经历了什么。他的性格怎么一下子来个一百八十度的大转变呢！

徐光明不止一次地嘀咕："这哥们儿真是豁得出去啊，那么多人瞧着，他怎么一点儿都不害臊呢？这些买货的也太容易被煽动了，人家说好，他们就直接买，哼，等回到家里，发现那些货又烂又假，准得回过头来找他。"

廖小茹听着徐光明酸溜溜的话语，不想搭理他。随着邵大河的生意越做越顺，徐光明的酸话也升级了："瞧着吧，他不会有好下场，做违法小摊贩还做得那么高调，迟早得把执法的人给招来，到时候一整顿，他就得进去，赚了多少都不够罚的……"

廖小茹听不下去："徐四宝，你怎么说话呢？有那个时间去羡慕妒忌，不如好好想想怎么把你自己的货给卖好，大家都在这儿练摊儿，怎么人家能一口气清空摊位上的货，你却每天就守着那么点儿东西，几个小时都不开张呢？"

徐光明张了半天嘴，愣愣地看着廖小茹罕见的坏脾气："你是不是嫌弃我了？咱们说好了谁也不嫌弃谁的？再说，我不吆喝每天也能卖二三十块，这可是不少钱了。"

"我们平日做买卖、过日子，全都是为了自己，总看着别人做什么？时间长了，你的心会跟着歪了的。再说，你盼着他被执法人员抓走，可你想过没有，如果他被抓了，难道我们就能跑得了吗？徐四宝，你是不是傻了？觉得日子过太好，非得咒一咒自己？"

徐光明被廖小茹训得哑口无言。

邵大河卖完货，也不加货，收了摊便走，每天只卖那么几个小时。自从那天邵大河知道廖小茹已经处了对象，他就不再找她。偏偏他摆摊儿，也要选在德化街，摊位就在廖小茹摊位附近。这样两人天天能见面，但也只是时不时相互望一眼，仅此而已。有徐光明在旁边守着，廖小茹偶尔想去问问邵大河，他的那份工作最后是如何处理的，他对未来有什么样的打算，也都没机会。

不过，也不是完全没有机会讲话。如：邵大河教她如何用黑色的底部衬托银色饰品，又教她晚上怎么把手电筒的光打到小饰品上来吸引顾客等。每次话不多，但全有用，可比徐光明只知道讲些酸溜溜的话强多了。

察觉到自己失神太久，廖小茹强迫自己收回心神，小声嘀咕："这次进的货，卖得还挺不错，尤其是那种带着铃铛的小手镯，金色和银色的两个款式都是一摆上去就卖光，我得记着点儿，再去进货的时候，要多进一些……"

徐光明刚刚被训了一通，半天都不想讲话，可一听到廖小茹说这些，忍不住又问："你还要去广州？月初不是才刚去过吗？进来的货都卖没了？"

廖小茹"嗯"了一声，没再说话。处对象是处对象，做买卖是做买卖。别说她现在还没跟徐光明结婚呢，将来就算是真的领了证，她也不打算账目上跟他混在一起。

"我上次看你背了四个大编织袋回来呢，那么多货你都给卖了，真是太厉害啦！"徐光明犹犹豫豫地问，"挣了不少钱吧？"

廖小茹心里有点不舒服，回道："没多少。"

"没多少是有多少？总得有个数吧！"徐光明继续追问。

廖小茹心里烦躁："徐四宝，你今天是怎么回事儿？怎么总打听点儿没用的事儿呢？"

徐光明一扫平时的唯唯诺诺，盯着廖小茹认认真真地讲："这怎么会是没用的事儿呢？小茹，咱俩也都不小了，该考虑结婚的事儿了。要结婚，总得有个住处，还得简单准备一下吧，这全都需要钱。我是这么想的啊……"

"小茹，结婚以后，咱们就不分你我了，我摆摊儿挣的钱全都给你，由你来统一支配。到时候，不管你挣，还是我挣，那不都是属于咱们这个家嘛。怎么我就不能问你一声了？我知道你攒了多少钱，我才好统一去规划一下未来啊！"

廖小茹气愤地瞪了徐光明一眼："你是什么意思？在大马路上求婚？求完了就开始霸占财产了？"

徐光明看出来廖小茹是真生气了，顿时气势弱了下去："我家里的情况你也是知道的，我妈身体不太好，家里还有三个弟弟，都是半大小伙，我得帮着我妈一把，等我们结婚……"

"廖小茹！"邵大河的声音突然响起。

廖小茹愣愣地抬起头来，有些突然，有些意外地看着邵大河。一股羞愤交加的心情突然来袭，她的情绪激动，随时都可能崩溃。

邵大河目光平静："我有事儿找你。"

徐光明不高兴地站起来："你找她做什么？我是她对象，你有什么事儿就跟我说！"

邵大河瞥了徐光明一眼，没有理他，仍跟廖小茹讲话："我要跟你说的事儿很重要。"

"我得看摊儿。"廖小茹整理着摊位上的货物，假装忙碌。

"那边盖着的大楼看见了吗？你看二七塔的方向，再往那边一点点，就是那一栋……"邵大河手指着让她看。廖小茹不由自主地顺着他所指的方向望过去。

徐光明本来想发火，但不知怎的，也跟着一起看，等着听邵大河要说什么。但邵大河什么都没说，指了指已经封顶的大楼，又指了指百货大楼的方向，接着再指了指德化街旁的商场。廖小茹明白了邵大河的意思，眼前一亮。

"时不我待，你若不来，错过了就是错过了，到时候可别后悔。"顿了顿，邵大河笃定地强调，"后悔的滋味可是不好受，我去民主德国那么久，每一天都在后悔，每时每刻都在后悔，那感觉度日如年，想起来都恨不得捶爆自己的脑袋。"

廖小茹明白了，邵大河肯定听到了徐光明说的那些话，所以才说他在后悔，不该出国去学什么技术，不该离开她去奔向所谓的前程，更不该没有当机立断地返回来，才会让她跟徐光明这样的人纠缠在一起。

"做出了决定，便要承担起后果，每个人不都是这样子过的，有什么好后悔的！"廖小茹劝慰着邵大河，也劝慰着自己。

徐光明气得脸色都变了："小茹，你是我对象，不准你跟其他男人讲话！"

"徐四宝，你今天是吃错了药吧？满嘴的胡话！没结婚你就开始惦记我的那点儿钱，自己不努力成天惦记着别人的劳动成果，这些也就算了，现在你居然还说不准我跟其他男人说话！太过分啦！"

廖小茹愤怒了，也不知这股怒气从何而来。她咬着牙，连瞪邵大河的勇气都没有，只敢跟徐光明大吼。

"天底下所有女人嫁给了男人以后，不都是以男人为主，不管到了什么时代，都是那么回事儿！"徐光明自觉理直气壮。

"谁要跟你结婚？"廖小茹超级难堪，此刻若是地上有一道缝隙，她都恨不得直接钻下去。

徐光明大吼："如果还有第二个人能嫁，你也不用把自己熬成个老姑娘吧？廖小茹，有个人愿意娶你都不错了，你最好别给脸不要脸！"

廖小茹像只被踩到了尾巴的小猫，直接冲了上去，她要撕了徐光明。还当她是当年待在砂轮厂任人欺负，谁都能讽刺几句，还不敢说什么的廖小茹吗？不，她早就不是了。她走南闯北，吃过的苦比有些人一辈子吃下的盐巴还要多。她要还是柔柔弱弱地任人宰割，换来的可不是怜悯，而是被别人踩到脚下的鄙视。

一个人拦住了廖小茹，不让她接近徐光明，这人正是邵大河。

"徐四宝！徐光明！你给我竖起耳朵好好听着！我当初愿意跟你处对象，从来都不是为了找个男人嫁，那是看着你这个人还算不错，照顾母亲，亲近兄弟，有责任，有担当，所以才答应跟你处一处，能不能结婚，会不会嫁你，我还要掂量掂量。现在，我考虑很清楚了，我廖小茹一点儿都不担心当一辈子老姑娘，嫁不出去就嫁不出去，我自己能养活自己，好好过完这一辈子。我就是死，也不会跟你这种惦记女人赚来的辛苦钱的男人结婚！"

徐光明指着她的鼻子："你说的，这可是你说的，你别后悔，别来求我。"

廖小茹抬起脚，脱下一只鞋子，直接朝着徐光明的脸上砸了过去。

……

闹成了这样，生意自然是没法再做了。廖小茹索性收摊儿，把东西全都放在袋子里。

邵大河一手提货，一手拉着咬牙切齿的廖小茹。两个人沿着长长的街走下去，没走出去多远，廖小茹大声哭起来。不是为了徐光明，也是为了徐光明。不是为了分手，也是为了分手。

前一段时间，廖小茹之所以答应跟徐光明在一起处处，也是跟邵大河出国后心里空落有关。徐光明家成分也高，在社会上也不受待见。相似的家庭背景，让廖小茹同病相怜，有了认同感和归属感。加之徐光明关怀备至，大献殷勤，常在她困难时伸出援手，这让廖小茹找到了新的精神寄托。

廖小茹想着，就算是邵大河从国外回来，她与他大概率也是没办法在一起的。邵大河是从国外培训回来的专家，年轻又有能力，还掌握了先进的技术，在国营厂，这样的人才可是前途无量。

廖小茹在哭过几场之后，决定忘掉邵大河，与徐光明开启一段新生活。可如今，邵大河突然出现，这让廖小茹一下子乱了方寸，左右为难起来。

"邵大河，离我远一点儿，我也不想看见你。"廖小茹嚷嚷。

邵大河摇摇头："等你哭痛快了，我还有重要的事儿跟你说。"

不知不觉间，两人来到那栋已经准备装修的大楼前。大楼是被围着的，仍在施工当中，不让人进。

"你带我来这儿做什么？"廖小茹哑着声音问。

"这是市里在建的小商品批发市场，马上招商，你有没有兴趣？廖小茹，你说，咱俩得摆多久的地摊儿，才能拥有那么一座商场？"

廖小茹回答："你是发疯了还是发烧了？"

"我们赶上了发展的年代，处处都是机遇，如果不一把抓住，真是辜负了这么好的时代。现在，你和我都在德化街摆地摊儿，我们打听货源，可以跑去广州、杭州、义乌、南京等地进货，路再远，也不觉得辛苦，那是因为我们都知道，这一趟跑下来，利润丰厚，足以消除掉这一路的辛苦。可是，小茹，我此刻问你的还是之前的问题，我们还要摆多久的地摊儿？哪里才是尽头？看着二七塔周围的大楼，拔地而起，每一日都在改变，要不了多久，这座城市就会变得不再是我们记忆里的模样。而你和我都身处在整个社会发展的洪流之中，巨大的改变正在发生。或许是有些冒险，但我真的不想错过这么好的机会。"

"机会？"廖小茹似懂非懂。

"是的！机会！大大的好机会！"邵大河一脸兴奋，手指着身后的大楼，"小商品批发市场，就是我们的机会。"

"你是想要包一个摊位，在商场里做生意吗？"廖小茹总算是懂了，她的眼睛里重新浮现起了亮晶晶的光彩。

"是的！一个摊位，甚至是几个摊位，我们先从广州进货，尝试一下看看。我有预感，这个位置紧挨着火车站，很多人来来往往。等到这里正式对外营业，生意绝对不会差。"

邵大河神采飞扬，显然已千百次地思考过这件事儿了。他知道自己非常疯狂，正在筹划一场冒险。但每每想到此事儿，他没有害怕，而是热血沸腾。

"从小摊位进入大商场，倒是不错。可是，租金得花很多钱吧？我听说，还要有足够的铺货量，另外就是，货源在哪里？一次性进货的钱也需要很多。全部加在一起，先不论能不能赚，投入就得很多。若没资金，我们连进入此处的资格都没有。"廖小茹也觉得机遇难得，但她却很冷静。

"是的，很多。我打听过，好的摊位，只卖不租。商场也好，街道上练摊儿也罢，其实道理都差不多的。只要货物物美价廉，就能吸引顾客。小商品批发市场的位置，真的太重要了。"

"这事儿，我自然能理解。可钱的难题，怎么解决？"廖小茹背着手，在台阶上来回走动，发起愁来。

"邵大河，你是打算跟我一起干吗？"

"起步阶段比较困难，一起努力，一起干，总比一开始就被拒之门外要好，你说呢？"

邵大河满脸期待，这会儿，他真的担心廖小茹拒绝他。

"亲兄弟，明算账，一起做事儿没有问题，但账目上一定要清清楚楚，不能有一点儿马虎。而且，你懂得契约精神吧？以前跟你讲过的，我们要签订合同，白纸黑字，把约定好的事儿全给写清楚，我不想以后为了这些事儿闹不愉快。"廖小茹一脸认真。

邵大河看着她掰着手指头跟自己算细账的样子，不由自主地笑了起来。

廖小茹气呼呼地问："你笑什么？如果你不同意这些，那我绝对不会跟你一起合作，我可不想竹篮打水一场空，我更不想努力奋斗到最后，你又变成了第二个徐光明，一心就只想算计我！"

"廖小茹！"邵大河不高兴地抬高了音量。

廖小茹并不怕他会不高兴："怎么样？"

"没怎么样，我只想告诉你一件事儿。"邵大河勾了勾手指头，示意她靠近些，"还得小点儿声，不能让其他人听到。"

廖小茹真的相信了，往前蹭了一小步，一副认认真真的样子。邵大河却咧开嘴，露出满口白牙，信誓旦旦地说："你不需要担心会被我坑，因为我打算，这件事儿如果真的能顺利进行，就把名字只写你一个人的。"

"你在说什么？我怎么听不懂。"廖小茹屏住呼吸问。她也不是完全不懂，生怕邵大河所说的不是她所想的那个意思。

"营业执照、摊主、银行账户都写你一个人的名字。我不仅会出资，还会尽力。等到赚了钱，你想分我就分我，不想分我，就当给你免费打工，我也心甘情愿。"

廖小茹一听就急了："邵大河，你能不能别跟我开玩笑，不是在聊正事儿吗？你这样子弄，我怎么跟你聊啊？"

邵大河叹了口气："廖小茹，如果当时你拦着点儿，不让我出国，我们俩现在连孩子都有了，还需要在这里一本正经地聊个什么，分什么你我？"

廖小茹乱了呼吸，慌了眼神："你胡说八道些什么？谁跟你有孩子，呸，不要脸！"

说着，廖小茹跑开了。她要离开这里，消失在他面前，再也不要去经历如此难堪的折磨。

"小茹，你慢着点儿。"邵大河想拦住她，可惜没拦住。

盯着廖小茹仓促远去的背影，邵大河笑着喊："今天是商场召开项目洽谈会的日子，等会儿就开始了，我可以带你进去，你要是走了，就错过这个机会了。"

闻听此言，廖小茹停在了那里。

邵大河像是没有看见她慌乱的表情，使劲儿招了招手："别闹了，快点儿回来，咱们该进去了。"

所谓的项目洽谈会，其实就是在一个临时场所，摆了十几排的塑料椅子，因为廖小茹和邵大河来得迟，几乎找不到位置坐了。

"看来窥探到商机的人不少，竞争激烈啊！"邵大河不无感慨。

廖小茹表示庆幸："真好，我们能赶上这么好的时候，一切大有可为。"

"是啊，大有可为，所以我们真的要努力啦！"

洽谈会开始，主持人上台言简意赅地阐述这次会议的目的和意义，展望了一下小商品批发市场的美好前景，介绍了商铺租赁和购买的基本流程。

探索之路，是自上而下，同时进行当中。

大家热情洋溢，各抒己见。廖小茹和邵大河这种只能算小商户，根本轮不到他们发言，两人只有聆听的份儿。

洽谈会原定三小时，会议结束，却已过去了五个多小时。

两人走出会场，外边已是漆黑一片。

廖小茹腿底下一软，她叹了口气："邵大河，我冒了一身汗，好像有点儿虚脱了。"

邵大河回道："我也是。"

精力高度集中，情绪激动，在那个场景之下还不算什么，可一旦放松下来，身体的疲惫感跟着也就上来了。

"我们去找个饭馆，吃一碗面吧？"邵大河提议。

廖小茹摇摇头："我今天没卖多少货，定下的目标没有完成，我就不去吃了，等会儿在路上看看有没有人卖烙馍卷菜的，我随便吃点儿，好出去摆摊儿。"

"你这也太对付了，对胃不好。"邵大河不赞同。

廖小茹叹了口气："邵大河，洽谈会你没认真听吗？这次的摊位只卖不租的。低楼层靠近楼梯的位置最好了，人来人往的，生意肯定好做，不过价格也太贵了，我存的钱根本不够！"

"还有我的呢。"邵大河安慰。

"你能有多少？"廖小茹屏息问。

邵大河说出了一个数字。

廖小茹在心里迅速地进行了核算，然后深深地叹了口气："我们两个的加在一起，距离目标都还有很大差距。完了完了，我真的要开始担忧了，要是因为没钱就错过了这么好的机会，我肯定要气得吐血了。"

"的确是个不小的数目，得想想办法。"邵大河和廖小茹一样，也在心里边盘算着。

"算了，我还是去摆摊儿吧，在交钱之前，能攒一点儿是一点儿。"廖小茹说着，就要去接邵大河手上的袋子。邵大河躲闪了一下，没让她接走。

"你的行为就是临时抱佛脚，用处不是很大。走吧，今天累一天了，先吃饭，然后送你回去，有什么事儿，明天再想办法。"

两人随便吃了点儿饭，邵大河将廖小茹送到小院。邵大河想跟着进去，却被廖小茹坚定地拦住了："晚了，我一个人住，不方便。"

邵大河瞪着她："以前我也常去你宿舍找你，那时候你可没说不方便。"

"那时候是那时候，现在是现在，时间点儿不一样，我们的关系也不一样。"廖小茹公主般抬了抬下巴，说什么便是什么，坚定极了。

"你现在已经恢复单身了……"

"这跟单身不单身没有任何关系，我的确是跟徐光明分了，可我跟你也没特殊关系啊！天都黑了，相处时还是要注意影响的，毕竟我是个女人，我很珍惜自己的名声。"

说完，廖小茹冷酷无情地关上院门，也不问邵大河接下来要去哪里，一副绝情的样子。

"廖小茹，你这是卸磨杀驴吗？我就进去喝口水，也没别的意思。"邵大河捶了几下院门。

廖小茹进屋，根本没有理会邵大河。不过，一想到邵大河在院门外气得直跳脚，便忍俊不禁。

廖小茹并不知道，邵大河在她的院门上捶了几下之后，便背着手，踱步到了隔壁那间民房。这个小院跟廖小茹租住的院子类似，但面积要小一些。邵大河暂时就住在这里。邵大河目前的工作就是摆地摊儿，他需要的住所，第一要大，方便放从外地批发回来的货物；第二要离摆摊儿的地点近，方便来回取货；这第三嘛，他希望就住在廖小茹的身边，哪怕那时候已得知她处了新对象，并有结婚的打算，这个念头依然不改。邵大河倒也没有更多的期待，就想守在自己心爱的人身边。

邵大河站在自家的院子里，踮起脚尖，朝着隔壁看。他分明能看到从她的窗前透出来一缕暖光。那束光很柔，很美，让他很安心。

因为两个儿子的事情，邵家最近的气氛实在是不太好。

对于邵大河的荒唐举动，李秀珍或好言相劝，或威逼利诱，或拿出大家长的权威去压，甚至哭哭闹闹地以命相逼，邵大河却铁了心死磕到底，不为所动。这个家肯定没有办法再待了，有天下午，邵大河趁家人不在悄悄地搬了出去。他还留了一封信，信上说，要按照自己的想法活一回，等他混出个人样来，再来跟母亲赔罪。

邵长江一直待在铝厂的宿舍里，以前是一两个星期回家一趟，现在是几十天都不见人影。家人只知道他高考的分数挺不错，上大学完全没有问题。但他最后选了哪所学校，要不要去读，去哪里读，一点儿都不知道。这一年多，邵长江为了高考，废寝忘食，总算有个好结果，他怎么能说放弃就放弃呢？

这天，李秀珍和女儿邵永梅在家，李秀珍忙着在厨房做饭，邵永梅在看书，门口突然传来了钥匙转动锁头的声音。

"谁？"邵永梅望向了李秀珍，李秀珍也竖起耳朵听。

"你去看看，是你大哥，还是你二哥。"

邵永梅小跑着冲出去。很快，门口传来了邵永梅欢快的笑声："二哥，真的是你回来啦！你都好久没回来了，我好想你、好想你啊！"

李秀珍笑了一下，并没有出来迎接儿子，而是收起笑容，板着脸，继续做饭，一副还在生气的样子。

邵永梅拎着一个包，跑回厨房，忙不迭地报喜："娘，看，我二哥在厂部食堂买了烧鸡和卤猪蹄，今晚上可以加俩菜！"

李秀珍根本不搭茬，板着脸表现着她的不高兴。

邵长江磨蹭着走进了厨房："娘，我回来了。"

"嗯。"李秀珍爱答不理地应了声。

"北京工业大学录取我了，通知书都邮寄过来了，您要不要看看？"邵长江小心翼翼地问。

"你的事儿你决定，我不看！"听说儿子被大学录取了，李秀珍打心眼儿里高兴，可她并不打算立即饶过让她难过了好些天的小儿子，于是生气地回了一句。

"娘，您还在生气吗？"邵长江凑到身边，弯下腰，贴到李秀珍面前，讨好母亲。

李秀珍"哼"了声："我是你娘，注定是劳碌命，你好的时候替你高兴，你犯虎的时候跟着操心。生气，生什么气？那全都是自找的，活该！谁让我生你了？"

"我就知道娘不生气啦！哇，今晚上吃凉拌米皮吗？瞅着真香，娘，我的那份给我多加点儿面筋，我最爱吃那个了。"

李秀珍本来是想气呼呼地说一句"没做你那份儿"，可狠话到了嘴边，怎么都讲不出来了。她突然有些控制不住，泪水"吧嗒吧嗒"地掉下来。

"娘，我错了，以后我再也不惹您生气了，好不好？"邵长江像个做错事儿的孩子似的，扯着李秀珍的衣角，摇啊摇，摇啊摇。

李秀珍觉得自己的衣服都要被儿子给扯变形了，于是没好气地拍了他的手背一巴掌："这话说出来，你自己信吗？"

"我尽力。"

感觉母亲的气性有所缓解，邵长江连忙招呼妹妹去取毛巾。他不管母亲愿意不愿意，硬是给她擦眼泪，一边擦还一边说："我是厂里的定向委培生，学习的是厂里急需的热门专业，这四年大学厂里出钱供我，而且还保留了我的工资和待遇，不仅不用家里供应我，说不定我还可以节约些钱供应小妹读书呢。娘，我的事儿您就不用操心了。"

"你顾好你自己就行了，你妹妹的学费不用你管，你爹还上着班呢，养你妹妹还不是轻轻松松？"

李秀珍只感觉压在心底的两块沉沉的大石头，随着邵长江的回家，终于搬走了一大块。但让她伤神的还有邵大河。老蒋求了朋友，延长了邵大河办理离厂手续的时间，而厂里也是真心不想放走好不容易才培养出来的人才。可邵大河呢？多少人找他、说他、劝他，给他分析利弊，给他讲道理。他倒好，左耳进右耳出，就是要死拧到底。到了宽限的最后一天，邵大河都没回厂子里去。这工作当然是没了。听说，他现在跑去火车站附近的一条老街上摆地摊儿呢。这不是脑壳坏掉了吗？放着好好的正式工作不去干，他跑去摆地摊儿！

李秀珍觉得自己的心脏又因为想起这些事儿而绞痛起来了。

安抚好了母亲，邵长江提出要出门去散步消食儿。在他出门之前，李秀珍犹犹豫豫地说了一句："你知道你大哥在哪儿吗？"

邵长江摇了摇头，表示不知道。随后又小心翼翼地说："娘，我大哥是个大男人了，他知道自己在做什么，会安排好自己的。"

李秀珍立时不乐意了："他知道什么啊知道，不就是出了一趟国，也不知道在国外跟哪个坏东西学了一肚子歪门邪道，早知道他这样，当初就不应该让他出国。好好地留在厂子里怎么就不好了？国营厂的职工找对象比别人都容易，他倒好，根本不知道这几年工作是多难找，别人托关系送礼还进不去呢，他却把好好的前途作没了。"

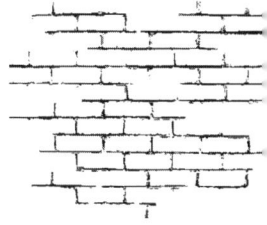

"我出去走走。"邵长江出了门。

李秀珍跟了出来："你要散步，就往德化老街那边去，如果看见你大哥，你好好说说他。长江，他毕竟是你哥。"

"娘，我知道了。"

邵长江嘴上应着，实际上却直奔了公交站。从他家到白清然教书的大学，需要倒三次车，还得走挺远的路。或许是这段路，每天都在心里边走上很多很多次，太熟悉了，以至于邵长江只觉得一晃神儿的工夫，就已经来到了校门口。守门的保安大叔记忆力很好，拦过他一次，又见白清然接过他一次，也就记住了他的脸。邵长江还没多解释，保安大叔就直接放行了。

大学里正在放暑假，也有没有离校的学生在树荫下的长椅上读书。一进校园，就仿佛进入到另一个世界，每一张年轻的脸上都洋溢着朝气蓬勃的气质。邵长江走着走着，下意识地抬头挺胸，好像他也成了其中的一分子。

"邵长江？"从他身后传来一个女孩的声音。

邵长江回头，看见一个穿着白裙子的女孩朝自己跑过来。有那么一瞬间，他还以为是白清然。可走近一看，并不是她，虽然都穿着白裙子，但眼前来的这个，个子矮了一些，是肉嘟嘟的娃娃脸，鼻子上还架着一副眼镜。

"你是？"

"你不认识我了？"女孩佯装生气，"真是让人尴尬，还有点令人伤心。"

"你是白清然的学生，这个我知道，但是我记不起来你的名字了，因为，你并没有告诉过我。"邵长江的记忆力一直很不错。

女孩显得很高兴，大大方方地伸出手，等着他来握："我是白老师的学生，我叫李想，正在读大二。"

邵长江下意识地握了一下手，因为没怎么碰过女孩子的手，所以很窘迫，脸一下子红了。

李想有些胖乎乎的小手，传递来的触感是润滑的，跟白清然的感觉截然不同。

李想问："你是来找白老师的吧？"

邵长江点了点头，"你知道她在哪儿吗？"

"现在已经放暑假了呀，白老师肯定是开学以后才会来学校。"

"放假了？"

"是啊！"

这段时间因为要不要去上大学的事儿，邵长江和白清然意见不统一，他没再给白清然写信或是打电话，白清然也没联系他，就好像是一条绷紧的线，被谁从中间给剪断了。

"喂，邵长江，你怎么在发呆呀？"李想好笑着扬起手，在邵长江的面前挥了挥，"你要是不信，可以去白老师的宿舍看一看啊，没准白老师还在呢。"

"好，去看看。"邵长江的心里立即燃起了希望。

两个人并肩而行，李想突然问："邵长江，你是白老师的男朋友吗？"

邵长江没有想到她会问这样的问题，含糊道："不……不是……"

李想看着他不自在的样子，发出"咯咯咯"的笑声："我猜你也不是，要不然，怎么会不知道女朋友放暑假了呢？这也太迟钝了吧！"

邵长江被她说得哑口无言，可李想并不想放过他，还在继续进行盘问："你打算追求白老师吧，表白了吗？她是拒绝还是说要考虑考虑？"

邵长江苦笑道："你们读大学的女孩子，讲话都是这么大胆的吗？"

李想把头一扬："你都敢追到学校来堵白老师了，还怕我问？"

邵长江也在想，自己魂不守舍地倒了三次公交车，像梦游一样来这里，到底为了什么呢？不就是想要见白清然一面，跟她说说自己听从了她的意见，决定去上大学，以期有一个更好的发展和未来。那么，在白清然的学生面前，为什么自己不敢承认呢？

"嗯，我和白清然，我们是……好朋友。"

邵长江最终还是没有说出自己也很期待的那种关系，因为在脱口而出之前，他想到的是，不能因为自己的莽撞言语给白清然带去什么困扰，毕竟这里是她的学校啊！

"只是好朋友吗？那真是太好了。"李想抱紧了怀里的书本，冒出了这么一句。

邵长江疑惑地看着李想，她回之以灿烂的笑容。李想本就是长着一张可爱的娃娃脸，这么一笑，圆溜溜的一双大眼，闪烁着狡黠的光，还真是很有趣的画面呢！

这一天傍晚，邵长江被李想带着去了白清然的宿舍，又去了白清然的办公室，没找到人。他准备离开时，李想又说可以去图书馆和后边的读书角试试运气，说不定白清然就在那里。

邵长江的心里明明不抱希望，但仍不由自主地顺从了她的意思。看看天色已晚，李想还请他去学校食堂吃了简单的晚饭，这才把他送到校门口，与他告别。分别时，李想主动给邵长江留了自己的通信地址，还礼貌地要邵长江的，并且表明，如果得到了白老师的消息，第一时间会通知他。邵长江没提自己要去北京上学的事儿，耐不住李想的满腔热情，最终还是礼貌地留下了家里的地址。

邵长江迎着夜风离开白清然所在大学，感觉自己整个人都空落落的。

白清然肯定对他失望了，所以，主动切断了两个人的联系，不想在他这个没出息的家伙身上浪费时间。他本以为，他对她而言，是个很特殊的存在。但真实的情况呢？他与她，始终不曾真的靠近过。一切幻想，都只是他一个人的一厢情愿，单相思而已。

在回家的路上，邵长江匆忙间坐错了公交车，本该坐 81 路回家，他却错坐了 18 路车。车窗外的风景，他一点儿也不熟悉，但他完全沉浸在思绪当中，竟然全无察觉。公交车行驶到终点站，他被请下车，邵长江这才发觉自己来到了一处很陌生的地点。这个城市，他生活了很多年，但也做不到熟悉每一个角落。一问才知道，这班公交车已是末班车，司机和售票员各自在做准备，他们要下班了。

邵长江傻住了。那他又该怎么办？

邵大河与廖小茹参加招商洽谈会之后，在摆摊儿的闲暇之余，又连续跑了好几次商场，最终确定下来，要购买三楼左侧的一处小店铺。

那个店铺不算大，长六米、宽四米，比较狭长，店铺中间有一根立柱，将整个店铺分割为一大一小两块区域。因为这个立柱是承重柱，不能拆不能动，还要算面积，很多人看不上。但邵大河几乎是一眼就相中了这里，拉着廖小茹研究了好久，最后廖小茹被他给说服了，也认定了这里。既然心仪的位置有了，那么接下来就是要解决钱的问题。

这天，收摊儿之后，邵大河跟着廖小茹回了家。在廖小茹的家里，邵大河不仅吃了一碗廖小茹用饭盒做的鸡蛋西红柿捞面，还坐在廖小茹的书桌前，与她聊下一步的计划。这种亲近感，令邵大河感到十分愉快。当然，两人也没有从前在砂轮厂的时候那种亲密的举动了。现在的他们，关系定义为朋友，未来还可能是生意上的合伙人。

桌上，廖小茹打开一本日记，在上面写写算算，最终得出一个数字来。

她推到邵大河面前："我能拿出来这么多。"

其实那已经是一个相当不错的数字，对于多年单身漂泊的女孩来说，无依无靠，全靠自己打拼，不仅要养活自己，手里还有一笔存款，令人刮目相看。

"我之前还在想，如果卖得没那么贵，我就不跟你合伙买了。我们一人买一个，各做各的买卖，平时相互照应些，这也是很不错的。真的没想到，最后出来的价，比洽谈会上说的和我们估算的，都要多出好多，差不多翻了倍。"

"你可真是个小富婆，竟然有这么多钱！"邵大河竖起了大拇指，真心夸赞。

过去在厂里的时候，廖小茹在日常生活上，那可是相当的节俭。最难的时候，廖小茹甚至饿晕过，瘦弱得像一根极容易被折断的麻秆，刮大风的时候都能把她吹出老远。

有这么多钱，说明她的日子是过得去的呀！怎么就过得那么辛苦。邵大河对于这件事儿根本想不通，于是问："小茹，你在厂里的时候天天挨饿，怎么不舍得花钱去买呢？你不是挺有钱的吗？"

廖小茹把大眼睛一瞪："有钱就要花吗？"

"至少不能挨饿吧！"邵大河嘟囔。

"挨饿是挨饿，攒钱是攒钱，这是两码事儿。"廖小茹竖起指头，轻轻摇了摇。

"以前还真的没看出来，你既是大才女，又是小富婆，而且还是个小守财奴呢！廖小茹，真是人不可貌相啊！攒钱持家，一把好手！"邵大河又一次冲她竖起了大拇指。

廖小茹没好气地瞪了他一眼："少在那儿胡扯，你快点儿算你的账，能拿出多少钱来，得给我个准确的数，我好做到心中有数。"

邵大河在纸上迅速写出几个数字："这一笔是在厂里上班的时候攒下来的；这一笔是这段时间摆摊儿赚下的；还有一笔，是出国的时候，厂里给的补助，按天来补，平时生活费还要补一些，我吃得比较多，所以就只剩下这么点儿。”

加加减减，放在一起，邵大河能拿出来的钱，还是要比廖小茹多一些，那一笔出国时攒下来的补助费，让他遥遥领先。

“这些还不够，还是差了不少啊！”廖小茹犯了愁，“就算是把店铺给拿下来，上货也是需要一笔钱，商场那边对于铺货量也有要求，没有进货的钱，单单有个铺子有什么用？”

邵大河皱着眉沉思了许久。廖小茹突然一下子趴在了桌上，像是被抽空了力气似的。

“大河，这次的机会，的确是很难得。可是，我们俩本来都是一无所有，一下子就从摆地摊儿到买店铺做生意，这一步是不是跨得太大了些？这样一下子倾尽所有去做一件事儿，让人特别不安。我看，这件事儿暂时先算了吧！咱们再努力干几年，多攒点儿钱，往后肯定还有更好的机会。其实没必要承受着那么大的压力……”

“不行！”邵大河握拳，砸了下桌面，制止了她所说的话，“廖小茹，你怎么能被困难吓倒呢？办法总比困难多，机会的确是留给有准备的人的，但同时也会给那些勇往直前的人。”

廖小茹深吸了一口气：“现在根本没有缓冲的余地，差了这么多钱呢，去偷，去抢，还是找谁借？我在这座城市里，连一个亲人都没有，更别提朋友了。我家庭成分高，谁都不爱搭理我，生怕与我多说一句话都会受到连累，就算是我能拉下脸出去借，谁肯信任我呢？”

听出了她话语里的自卑，邵大河突然放声笑起来。他抬起手，好哥们似的把廖小茹揽过来，揉揉她的头发，捏捏她的脸，百般安慰道：“急什么急什么？就不能学学我，沉着冷静，动脑思考吗？”

“剩下的那部分，我去想办法，距离交费还有一周的时间呢，相信我，等日子一到，我准能把钱给凑到。廖小茹，我来负责钱，你就负责去咨询一下开铺子所需要的各种手续，顺便调查一下市场，等店铺的事儿搞定了，我们就要研究铺子里要卖些什么，这才是生意成功与否的关键。你脑子好，人又聪明，全靠你啦！"

廖小茹满脸疑惑："你能有什么办法？我告诉你，犯法可是不行！邵大河，做人做事儿，得有一个底线，绝对不能走上邪路。"

于是，这些话又换回了邵大河一个不客气的脑瓜崩："你想什么呢？我在你心里，难道就是那么不被信任的人？"

廖小茹吃痛捂住了脑门，有点想发火，她好后悔把这个男人放进家里来。

"你啊，有空的时候不妨琢磨点儿正经事儿，脑子里少点儿胡思乱想，如果实在忍不住，你就去吃东西吧。炉子上我烤了红薯，煮了鸡蛋，柜子里还有牛奶和核桃仁，你要多吃，长胖一点儿才好看。"

"我好不好看，又不给你看，你甭操心。"廖小茹没好气地说。

感情的问题，有了眉目。横在邵大河面前的问题，就只剩下了一个，那就是钱。

这一笔费用，真的不算小。他第一个想到的就是去找原来的工友借。关系要好的，连跑了好几家。这个说没钱，那个说有事儿。哪个不是苦哈哈的工薪阶级呢，挣一个月的工资吃一个月的饭，还有一大家子要养。手里即使还存有一些，也不可能拿出来给邵大河去做生意。更别提，邵大河已经从砂轮厂辞职了。放着好好的国企不要，跑去摆摊儿做生意，还四处借钱，这简直就是不务正业。

邵大河吃了不少闭门羹，也挨了不少冷嘲热讽。想到他在廖小茹面前拍了胸脯做出保证，一定是要把这笔钱给凑出来。可现在呢，他手里才借来两百来块，那还是一起出国培训的哥们硬塞给他，让他应急用的。两百多，两个月的工资，真不算少了。但这个跟邵大河的资金缺口，还是相差太多。

不知不觉间，邵大河发现自己居然走到了家门口。门虚掩着，有暖橘色的灯光透了出来，还能闻到空气里阵阵炒菜的香气。娘肯定是在煮饭了。邵大河禁不住吞了一大口口水，使劲儿地搓搓手："这个时候进屋，肯定要挨顿揍吧！娘准得抄起鞋底子抽过来。"

邵大河想起自己以前做错了事儿，死犟着不改，父母多批评几句，他就离家出走。破旧废弃的小屋子钻过，派出所的拘留室里待过，公园里的长椅上躺过，厂区里的宿舍也住过……每次，他都气愤爹娘不理解自己，但在一个人孤独时，他最惦记的还是他的家人，每次帮他解决困难的还是他们。

邵大河鼓足勇气，敲了敲门。不一会儿，传来娘的声音："谁呀？"

邵大河没有回答。李秀珍把门打开，探头来张望。猝不及防，与邵大河来了个眼对眼。李秀珍"哼"了一声，迅速关门，想把他给挡在外边。得，还气着呢！在被母亲挡在门外的一瞬间，邵大河用手去推门，同时发出了一声惨叫。

李秀珍吓了一跳，赶紧抓住他的手来看："夹到哪里了？很严重吗？邵大河，你是傻了吗？谁让你伸手的？万一把手指给夹断了怎么办？"

"娘，我好疼啊！"邵大河趁机推开门，挤进屋。

成功回家！

家里的餐桌上，果然摆满了好吃的。像是烧鸡、卤肉、红烧大鲤鱼这些只有过年才会出现的菜，竟然也都在桌上。

邵长江穿着一身新衣服，还理了精神的短发。沙发上，堆着三大包行李，其中有铺盖卷、旅行包，还有洗脸盆之类的。显然是邵长江要出远门，难不成他考上大学了？家人都在，各自落座，正准备吃饭。

邵大河被邵中诚盯得头皮发麻，主动上前打招呼："爹，我……我回来了。"

邵中诚正要发作，却被李秀珍给拦住了："长江明天要出发了，大河能回来也很不错，一家人正好吃个团圆饭。今天就不提不高兴的事儿了，来来来，坐下吧，这么多好吃的，快来尝尝。"

但凡邵家有喜事儿，或逢年过节，男人们是可以分一杯白酒来助兴的。

邵中诚拿了酒，给自己倒完，又给两个儿子倒上，又让邵永梅去厨房的水桶里把冰着的汽水拿来两瓶分给两个女人。

"今天的晚饭，是要祝贺长江考上了大学，即将去北京读书。身为父亲，我为拥有你这样勤奋踏实、知进取、懂拼搏的儿子而骄傲。长江，出了家门，你就是大人了。父母不在身边，你自己照顾好自己。四年之后，家里人等你学成归来。"

邵长江端起杯，喝了一大口，这才纠正道："爹，大学里也是有寒暑假的，用不了四年，我到过寒假的时候就回来了。"

"回来做什么？来来回回地在路上，既耽误时间，又得花钱。家里边你就不用惦记，有我在，有你娘在，绝对没什么问题。"邵中诚也喝了一大口酒，他是那种有点酒精就上头的体质，哪怕只喝一丁点儿，脸上都会染了一层深红色。

"爹，我记住了。"

邵长江的鼻子里有点酸酸塞塞的感觉，即将离家居然还会有点不舍得。看着娘红着眼睛，爹闷声喝酒，大哥和小妹不停叮嘱，这种氛围还真的很容易让人哭出来。

邵长江使劲儿抹了抹眼睛，对邵大河说："大哥，我去北京以后，家里就交给你了，多照顾点儿爹娘，还有小妹，知道吗？"

邵大河点了点头："你就放心吧！"

这一顿饭，李秀珍和邵中诚都没有提邵大河辞职的事儿，一家人倒也其乐融融。

等吃罢晚饭，李秀珍催着邵长江和邵永梅去休息，一个明天要出发赶车，另一个要去看新学校，全都是提前安排好的事儿，不能耽搁。

邵大河心事重重地跟在李秀珍的身后，端盘子送碗，洗刷碗筷，就连地面都清扫了一遍。过去在家里，邵大河是很少做这些家务的。

看着表现反常的邵大河，李秀珍叹气道："行了，不用你弄，放那儿我来吧。"

"不用,我都收拾好了,娘,你就别麻烦了,快点儿去歇着吧,都累一天了。"

看看没有什么可收拾的,李秀珍走进卧室。邵中诚正在卧室生闷气,见妻子进来,不高兴地问:"你把他撵走了吗?"

李秀珍摇了摇头。邵中诚狠狠地说:"不是跟你商量好了,好好教训他吗?他这几年,胆大妄为,眼里还有没有这个家?还有没有我这个老子?"

邵中诚越说越气,声音越来越大,多天被压抑的怒火今天终于爆发了:"你让他走,赶紧走,他不是有本事离家出走吗?还回来做什么?有本事一辈子不要回来!"

邵大河站在父母卧室门外,手足无措。

邵长江和邵永梅一起来到了他身边,邵永梅小声劝道:"大哥,你要不要进去道个歉啥的,咱爹真的生气了,我从来都没见到爹生这么大的气。"

"要不,你让爹揍你几下出出气?你忍着点儿,他肯定不舍得打死你。等打过之后,气也就消了。"邵长江跟着出馊主意。

如果挨顿揍就能解决问题,那也没什么。邵大河正打算往父母卧室里走,卧室的门却先一步打开了。邵中诚眼睛都是红的,恶狠狠瞪了大儿子一眼,接着便快步走掉了。

"喂,半夜三更的,你去哪儿啊?死老头子,你的脾气怎么就那么大,不听劝的?"李秀珍跟了过去。

"你别跟着我,我回河上去。"

"砰——"门被暴力拉开,"咣——"又被狠狠地摔上,只留下李秀珍和三个孩子,面面相觑,不知所措。

"娘,对不起!"邵大河懊悔不迭。

"行了,你爹不就是那个脾气,肯定要气上一阵子的。不过,他毕竟是你们的亲爹,再气还能怎么样?"

"娘……"邵大河哽咽着。

"好了，我去把下铺收拾一下，还睡在你原来的地方。你弟弟明天就去北京读书了，好久都不回来，等会儿你们也好好聊一聊，往后再想多聚在一起说说话，那也是不容易了。"

邵大河乖乖地点点头："娘，我知道了。"

这一夜，睡的还是自己原来的床铺，邵大河反而失眠了。邵长江也睡不着，在上铺翻来覆去，把整个床折腾得吱吱作响。邵大河忍不住踢了上铺一脚："长江，你折腾什么呢，怎么还不睡？"

"睡不着啊！"邵长江叹了口气，"我从来都没想过，有一天居然真的能去北京读大学，这事儿一直到现在，我都觉得是在做梦。我呀，被这事儿闹得，都有点儿癔症了。"

"那就说明，你心里边其实是期待着的。上大学，上的还是北京的大学，这是多么光荣的一件事儿呀！邵长江，你小子可以，是个好样的！到了北京，好好读书，争取有个好前程，知道吗？"

"知道了，哥。"

两兄弟沉默了一会儿，各自想着心事儿。邵大河突然想到了什么，抬起长腿，又踢了踢上铺："长江，你那儿有钱吗？"

"有啊，你要用钱吗？要多少？"邵长江翻了个身，望向下铺。漆黑的夜里，没有灯光，邵大河的表情，看不清楚，只听到他闷闷地说了一个数字。

也许是被吓到了，邵长江迟迟没吭声，邵大河解释："想做点儿生意，手上的钱不够。"

"你要的也太多了，我没有那么多，我身上的钱是我的生活费，平时的零花钱没多少。"

邵大河也并不意外，应了一声，不说话了。

"我的工资，都交给娘做家里的开销，平时自己留得也不多。大哥，你如果真的有需要，只能去找娘，或许……"

"娘还在生气，不可能会答应这种事儿。"邵大河有点郁闷，翻了个身，闷闷地讲，"就算不生气，她也不会答应。"

"你知道就好。"

邵长江渐渐有了睡意，在犯迷糊的时候，忽然听到邵大河小声嘀咕了一句："还是想试试。"

第二天一早，邵大河骑着自行车送邵长江去火车站，李秀珍依依不舍。孩子大了，总会有属于自己的生活。作为母亲，李秀珍知道自己能给予的也只有牵挂。

邵大河把邵长江送走以后，转回来又送邵永梅去学校。李秀珍见他忙前忙后，心也软了下来。中午，还特意做了邵大河喜欢吃的炸酱面，配上清脆的黄瓜丝，色香味俱全。

邵大河闷头吃着面，李秀珍在一旁坐着，闲聊："你最近住在哪儿呢？"

邵大河答："娘，我租了个小院，一间做仓库，一间自己住，挺好的。"

"练摊儿还上瘾了？就真比在砂轮厂上班还好？"李秀珍气不打一处来。

"不是好不好，没法儿这么比较，只能说，一个阶段有一个阶段的目标。过去在砂轮厂的经历我非常满意；未来，我还有新的目标，能不能实现还需要我去努力。"

"你说的那些个大道理我是听不明白，我也不想明白。邵大河，你要任性就任性吧，反正都已经这样了。你自己把退路全给堵死了，等到将来，你的日子过不好，觉得后悔了，难受了，你也要记住，路是自己走的，脚上的泡是自己磨的，后悔就只能捶自己，甭指望我同情你。"

"娘，您信我，我有自己的规划，对于将来的事儿，也想得非常明白。我会努力的，您相信我一回，好不好？"

李秀珍瞪了他一眼，没有回答。气也气过了，骂也骂完了。这日子还得凑合着往下过不是。一个劲儿地沉浸在过去的不快之中，除了让一家人跟着糟心，还能有什么呢？

李秀珍这边才安慰好自己，就听见邵大河小心翼翼地问："娘，您那儿有钱吗？"

李秀珍才说服自己不要跟儿子生气，要多想想孩子的长处，多给予邵大河一些信任。这些心理上的自我劝慰还未完全生效，就听到了邵大河在跟自己要钱，数字还不小，就算是把家底全掏出来给他，也根本不够。她简直要怀疑，邵大河在外撞坏了脑子，是不是真的要疯了？！

李秀珍突然明白，邵大河返回家中真正的目的就是为了要钱，谁说他，谁骂他，甚至动手打他，他都不会在意。

"邵大河，你知道不知道自己在做什么？"李秀珍彻底翻脸了。

"娘，我之前工作的时候，也给了您不少钱吧？厂里发的工资和奖金，我几乎全都给您了，如果还没花完，能不能把那一部分的先给我？我不白要，等顶过这一阵子，我赚了钱，准给您加倍还回来。您是我娘，别人不相信我，难道您也不相信吗？我不是要骗家里的钱，我真是有重要的事儿要做。我可以跟您简单地讲一讲，就是火车站附近，不是有一块地，那里……"

"邵大河，你继续编。"李秀珍的声音扬高了起来。

"我真的没骗您。"

邵大河也急了，使劲儿地抓了一把头发，他低吼："您怎么就不信呢？"

"我信你什么？跑出去那么久，连个平安都不知道给家里报一下，现在倒好，一回来就要钱，还要那么多，你是要把家都给拆了是吗？要我们砸锅卖铁去支援你？你！你！行行行，口口声声说是你挣的钱，可是你挣的钱，家里哪个花过一分了？你弟弟自己上班有工资，你爹和我也挣钱，养活着你妹，你那点儿钱，我现在就找给你。邵大河，你把钱拿走，以后别回来了！"

李秀珍这回真的气极了。昨晚上，她为了邵大河，跟丈夫吵了一场，都把老邵给气走了。原指望儿子能争口气，做出个模样来。可儿子根本不争气啊，怎么越看越像满嘴谎言的骗子。她实在是搞不懂，自己那个人人羡慕、个个夸奖的懂事儿子跑哪里去了。出国那么久，在国外学坏了？跟谁学坏的？为什么那么快就像是变了个人似的？连她这个当娘的都不敢认了。

李秀珍把装着钱的盒子，从卧室里拿了出来。当着邵大河的面儿，她打开盒子，里边有两沓钱，厚厚的，用夹子夹着。一沓写着"大河"，一沓写着"长江"。下边是大票，上边是小票，整理得整整齐齐。

李秀珍把写着"大河"的那沓钱扔给他："你的钱，你拿走，从你上班开始挣钱，一直到你离厂不干，你交回家的钱全在这里，我一分都没动过。"

"娘，您别这么生气，我不是那个意思啊！"邵大河接住钱，捏了捏，不由自主地攥在手里，连给她客气一声都没有。李秀珍见他这副模样，气得脸色煞白。

"拿着你的钱，你走吧，赶紧走，别在这儿气我啦！"

对于这种结果，邵大河并不是没有预料到。他在门口又宽慰了几句，可是李秀珍根本不搭理他。

邵大河只好离开。出门之前，他又鬼使神差地瞄了一眼那个装钱的铁盒子，还放在那里，写着"长江"两个字的那沓钱，比他手里的还要厚一些。邵大河的脑子里忽然闪过一个危险的念头……

最近这几天，邵大河没有再来德化街摆摊儿，也没告知廖小茹自己要去哪里。廖小茹第一天不见他，第二天不见他，第三天还是不见他，担心、怀疑、失望、忧虑多种情感交汇在一起，让廖小茹身心焦虑、痛苦不堪。廖小茹的脸上，一直没什么笑容，哪怕自己出摊儿卖出去的货不少，每天的收益都很不错，她依然高兴不起来。

三天之后，倒是徐光明重新来到她面前，搭讪道："小茹，我想过了，咱们不能分手。"

"已经分了，还说这些话就没意思了。"廖小茹很冷淡，将手里的鸡毛掸子挥了挥，做了一个轰赶苍蝇的动作。

徐光明锲而不舍，就是不走："小茹，我那天是一时冲动，才会说那些不好听的话，这不就是话赶话，大家火气都给激起来了。你也是，明知我是个大男人，在人前怎么能不给我留点儿面子呢？你还当着那个邵大河的面儿说我，你明知道我最讨厌他。"

廖小茹摆了摆手："走远点儿，甭耽误我做生意。"

"廖小茹，你一定会后悔的，除了我之外，就没人会要你。这事儿你心里边比我清楚得多，要不然你当时也不会愿意跟我在一起。"徐光明口无遮拦，专挑廖小茹的痛处说。

"同样的话，说了一次又一次，你烦不烦呀？"

徐光明气极了的时候有个毛病，他会不受控制地直打嗝儿，一个接一个地打，喝水都压不下去。从他打第一个嗝儿开始，廖小茹就知道，这场争执，自己又要赢了。果然，一开启打嗝模式，徐光明就说不出完整的话来。

徐光明把地摊儿摆到廖小茹的不远处，学着邵大河的样子吆喝："卖……卖货……嗝儿……好……好货……嗝儿……"

徐光明摆摊儿，从来都是随缘，有人询问就卖，没有就算了，他还专门弄了一本书，一直端在手上，对待顾客也是冷冷淡淡，人家问一句他就答一句，那态度好像别人买他东西是在求他，因此一天成交的买卖非常有限。

廖小茹今天的生意挺不错的。大概是因为摊主漂亮，货品新颖齐全，不用特别吆喝，就吸引大批女顾客光临。看货的，询问价格的，试戴的，这一群刚走开，另一群就围上来……廖小茹忙得不得了，如果不是徐光明在一旁儿，她能一直卖到晚上。可不见邵大河，实在心烦得很，廖小茹还是决定暂时离开。

廖小茹那边一忙，徐光明就又把书本拿起来，最近他准备参加高考，抽时间温习一下功课，万一超常发挥，考上了呢？等他看了几页书，却惊讶地发现，廖小茹不知什么时候收摊儿离开了。

这个臭丫头，竟然不跟他说一声，简直是目中无人！等他考上大学，是绝对不会对她心软的。徐光明再次在心里起誓。可现在嘛，该去挽回还得去挽回，毕竟他对高考并没有那么大的信心。

廖小茹路过公安局门口的时候，脑子里突然冒出来了这样子的念头："这人不会真的去铤而走险了吧？"

而被廖小茹反复念叨的邵大河，此时正顶着大太阳从绿皮火车上跳下来。他用了二十几个小时的时间，倒了三趟列车，才来到浙江温州。

听说，这里有一座已经初具规模的小商品批发市场，汇集了不少浙江省本地的产品。机会总是留给有准备的人，他必须先行一步，在买到店铺之前，把各种事情考虑周全，落实到位。

要问他在国外培训的日子里真正学到了什么，邵大河想说，那些与砂轮制造有关的技术、业务等知识，还都是其次。他真正受益匪浅的是一种学为己用的理念，以及将想法落实到位的执行力。当然，他的沟通能力，也得到了充分的锻炼。如今的邵大河，可以站在德化街行人最多的地方，慷慨激昂地介绍自己的货品，可以跟小商品批发市场的主管方、物业方侃侃而谈，那种气势，可没有人敢小看他。

而现在，邵大河出现在了义乌市。他正向自己锁定的目标——义乌小商品城阔步前进……一个连后路都掘断了的人，勇往直前是他唯一的选择。这一次，他真的输不起！

而在邵家，李秀珍正盯着空掉的饼干盒发呆。前天、昨天、今天……一直到此时此刻，李秀珍都没有说过一句话。

那个饼干盒子里，装着的是两沓钱。李秀珍当时跟邵大河说得清清楚楚，一沓是他参加工作以后交到家里的钱，她给攒着，一分没花，留着他娶媳妇儿用。而另一沓，是李秀珍帮他弟弟攒的，比邵大河的还要多一些。

可那天，邵大河不仅拿走了自己那一份，竟然连邵长江的也给卷跑啦！

李秀珍发现后连忙追出去老远，没追上邵大河。她又去砂轮厂，到原本跟邵大河要好的朋友那里问了再问，就想知道他现在住在哪里，跟什么人搅在一起。可是，竟然没有人知道他的下落。李秀珍着急忙慌地找了三天，最后还是一无所获。她失魂落魄地回到家里，便觉得头重脚轻，好像心脏病又要犯了。

"娘，您怎么了？哪里不舒服吗？"邵永梅发现娘的脸色很难看，担心地问。

李秀珍回过神来，把饼干盒子盖住，压死了，慌忙说："没事儿，没事儿的。"

"您的脸色看起来好差，真的没事儿吗？有没有哪里觉得不舒服？我……我带您去卫生院看看吧？我爹呢，这周都没回来……"

"真的没事儿，心脏有点儿不舒服，已经吃了药了。乖，你去给娘倒一杯热水来，小心点儿，不要烫到自己。"

邵永梅端着水杯返回来了。李秀珍一口气喝了大半杯，长长地舒了一口气："舒服多了。"

"真的吗？"邵永梅有点不敢相信地问。

"真的！今天想吃什么？烩面好不好？"

邵永梅的注意力一下子被吸引过去，要知道，娘做的烩面绝对是超级好吃，如果有羊肉和海带，那味道绝了，想想都要流口水。

"做烩面，还得现去和面，时间来不及了吧？"

李秀珍看着女儿的小模样，顿时笑了起来："不过就是晚吃一会儿，有什么来及来不及的？你等着，今晚上咱们就吃羊肉烩面。"

"还能有羊肉？"邵永梅再次惊喜地跳了起来。

"烩面不就是羊肉的最好吃。"李秀珍理所当然地说，"我出去割一点儿羊肉回来，你在家乖乖等着，我先把面给和上，再把木耳发上，其他材料等会儿我一起带回来。"

"这么晚了你去哪儿买？市场早就关门了呀！"

"秘密。"李秀珍卖了个关子，一出家门，憋了很久的眼泪就流了出来。

残阳似血，在夜未降临以前，炙热地释放着最后的光芒。

在家里，当着小女儿的面儿，李秀珍不敢哭，也不能哭，生怕吓到了孩子。

等明天丈夫回来，她更要不动声色，绝不能让邵中诚知道他的大儿子，这一次又做了什么样的事儿。

李秀珍一路走，一路哭。等到了蒋婶主管的饭店门前时，李秀珍已经没有眼泪，只剩下红彤彤的眼眶了。原来的那个李秀珍曾经工作的小饭店如今旧貌换新颜，许久不见，已变成了富丽堂皇的大饭店了。门口还站着长得极其好看的迎宾小姐，她的身上斜挎着一条"欢迎光临迎宾大饭店"的红标语。

"阿姨，您来用餐吗？是哪一桌的客人呀？"迎宾小姐显然是新来的，并不认识李秀珍。

李秀珍瞬时局促不安起来，她忽然意识到，迎宾大饭店与她曾经上过班的那个小饭店完全是两码事儿，她怎么会想到来这里托熟人买一块羊肉呢？

"我……我没事儿，我这就走。"

还没等李秀珍转身离开，却被一个以前的同事给看到了。她一个箭步从门内冲出来，热情地和李秀珍打招呼，还把李秀珍领到蒋婶的办公室。

蒋婶今非昔比，她穿着漂亮的长裙，踩着精致的高跟鞋，烫着时髦的卷发，还涂着口红，显得风韵时尚、气质优雅。

李秀珍有点不敢相信自己的眼睛，羡慕地说："你这打扮，可真是好看，跟画报上的明星差不多了。"

这么好听的话，是女人都爱听。蒋婶春风得意地大笑了起来："秀珍，你今天怎么有空过来看我了？咱俩可是好久没见了，你说你啊，天天在家待着就不嫌烦吗？没事儿多过来走动走动呗，我可是真的很想你。"

李秀珍眨了眨眼睛，继续盯着蒋婶看，似乎有点不太习惯。

"怎么？不太习惯我这么打扮？其实我也不习惯，可有什么办法呢，现在经营的是迎宾大饭店，跟过去的那个小饭店经营完全不一样。我这个总经理啊，大部分工作是接待那些尊贵的客人，不捯饬得利索一点儿怎么行呢？"

时髦！绝对时髦！

蒋婶的年纪跟李秀珍差不多，可两个人此时一比较，蒋婶看起来比李秀珍年轻十岁以上。还真是佛靠金装，人靠衣装呀！

遇到了熟人，李秀珍算是找到倾诉的对象，将家里最近发生的事儿和憋了一肚子的心里话和盘托出。

"他们兄弟俩之前攒的钱，那可是一笔不小的数字，大河干了这样的事儿，要是被老邵知道了，非得气死不可！大姐，我就是爱絮叨，跟你说说，你可千万别把这丢人事儿给老蒋说啊！"

蒋婶连忙保证，并宽慰道："你家大河可不是坏孩子，那孩子不是我们看着长大的吗？什么品行我们最清楚。秀珍，你也别一直哭一直难受，你得想想，大河拿那么多钱，肯定有自己的事儿要做。"

"就算是有事儿要用钱，也得跟我说明白得到允许后才能拿走。像他这样，直接动手就拿，跟偷有什么两样？"

"可不敢这么说孩子，而且还是他赚回来给你存下的钱，怎么能用偷这么难听的字眼儿呢？秀珍，你那时候身体不好，又看见小饭店装修成了迎宾大饭店，跟你熟悉的那个环境不一样，你就不想再做了。其实，你真的应该听我的，回来继续工作。现在的社会，每一天都有新的变化，想要不被淘汰，就得与时俱进。"

"你们家大河，懂德语，在国外又待了好一段时间，他所看到的，是一个全新的世界，必然会有几分国际视野的。作为母亲，你要对自己的孩子有信心，别脑子里整天想的全都是坏事儿，给他一点儿时间，让他证明给你看。"

李秀珍发现自己一下子就被说通了。

从国外回来以后，邵大河的变化是根本性的。他说话慢条斯理，不吹牛，不说大话，不吸烟，不喝酒，早睡早起，一有时间，除了锻炼身体之外，就是帮助家里做各种事儿。这么一个孩子，既聪明又有头脑，既勤奋又善良，他怎么会去做坏事儿呢？即便是拿到了一大笔钱，他必然想的是干一番事业。作为母亲，李秀珍虽然不懂儿子口中所说的事业，但她应该去信任他，支持他。

"大姐，我懂了，谢谢你！"

新的一天，廖小茹蹲在德化街一处雕像下边摆摊儿，这里是邵大河摆摊儿时最喜欢待的地方，他不在，她便不客气地占据了这个地方。每与邵大河多失去联系一小时，廖小茹就感觉自己的愤怒便多燃烧了一分。

　　"死骗子！邵大河，真有你的，晃了我一下你就跑了，你怎么变得那么快啊！"

　　廖小茹实在生气，她将自己的怒火没来由地发泄在卖货上，大声吆喝道："今天摊主心情不好，清仓处理了，买三送一，全场八元，八元一件随便挑，挑三件送一件，就这么一天啊，错过机会就不会再有了，瞧一瞧，看一看……"

　　廖小茹突然大降价，还买三送一，带来了非常明显的销售效果。本来蹲着还在犹豫的姑娘们，迅速挑选了喜欢的商品，将钱塞给廖小茹后，立即就走，仿佛担心摊主会反悔似的。一批又一批围过来的客人试的试，选的选……

　　廖小茹板着脸，算钱，收钱，找钱……任谁都能看出来，她满脸写着不高兴，好像在给谁赌气。

　　有人就问："小老板，这是谁惹你了？跟对象分手了？"

　　"分手算什么，不就是男人嘛，大街上有的是，我才不会为了那种事儿闹心！"

　　不是为了男人，那就是为了钱了。

　　另一个打趣道："小老板，你是被人骗了吗？"

　　廖小茹点头："你猜得很接近了，我这人，是个财迷，不是我能赚的钱我不会碰，该是我赚的，如果还赚不到，我可是太难受了。"

　　廖小茹似乎在开玩笑，大家也只当她在开玩笑，谁又会当真呢？没过多大一会儿，廖小茹的钱包被塞得鼓鼓囊囊，货物被销售一空。

　　最近天气不太好，天阴着，时不时地会下雨，出来逛街的人少了很多，但周围摆摊儿的比从前增加了不少。

　　徐光明这才想起来，今天还没开张呢。他这会儿有点急了，因为等会儿回去，他娘肯定得找他要钱，家人还等着这些钱吃饭呢。想想以前，他跟廖小茹才来德化街做生意的时候，摆摊儿的人不多，随随便便待一天，赚的钱都够家里边十来天的伙食费，哪像现在，太不景气了。

"都是出来瞎搅和的。"徐光明嘟囔了一声。

看到廖小茹板着一张脸，可他仍过来说好话："小茹，你今天生意不错啊！也学会吆喝了，你可比那个邵大河吆喝得好听多了。瞧，一下子就把货全卖光了。"

廖小茹半蹲着开始折叠塑料布，准备收摊儿，压根不搭理他。

徐光明忍着她的冷淡，继续没话找话："小茹，都怪我不好，让你心情不好，才会选择赔钱清仓处理。你这一趟广州是白跑了吧？降价卖货还买三送一，你咋这么冲动呢？"

廖小茹翻了个白眼，提着袋子就走。

徐光明张开手臂去拦："哎哎哎，你别走呀，我还没说完呢！"

"你能不能别在这儿自作多情？"廖小茹瞪了他一眼，"你离我远些！"

徐光明尴尬地一笑："我找你有事儿。"

"你的事儿，跟我无关，我不想听。"

廖小茹扭头，朝着相反的方向走。徐光明一反常态，追了过来："我真的有要紧的事儿。"

"说！"

"能不能借我点儿钱？"

廖小茹一听"钱"字就炸了锅："我为什么要借给你一点儿钱？我凭什么借给你一点儿钱？你从我这儿借走的钱还少吗？你先还回来，再想着张口来借，行不行啊？"

"你嚷嚷什么呢？那时候咱俩是在要朋友呢，你的钱不就是我的钱，说借也就是好听一点儿，大家不分彼此，花了也就花了。但今天不一样，小茹，我家里什么情况你是知道的，最近都没赚到什么钱，我娘一直不高兴。今天晚上，多多少少要拿回去一些，不然我娘非骂我不可。那样的话，会耽误我复习考试的。"

徐光明如此恬不知耻，廖小茹只想夺路而逃。

"小茹，你又何必折磨自己呢？跟我分开，你都难受成那样了，连生意都做不下去，我看了也很心疼啊！不如，咱俩和好吧，你好好摆摊儿，闲暇时帮我照顾一下家里边，让我用一整年的时间好好复习考试。你相信我，我一定能考上个好大学，将来咱俩结婚，我能让你过上好日子。"

徐光明张开手臂，挡住去路，不让廖小茹离开。

"徐光明！你闭嘴吧！"廖小茹大吼，气得脸色通红。

徐光明想要搂住她，却被廖小茹双手有力地推开。徐光明又想去抢她挂在胸前的钱包："今天挣了不少，先借给我点儿，就一点儿，我真的得把咱妈那边应付过去……"

徐光明嘴上说的是"借"，可实际上，他就是在抢。徐光明虽然不像邵大河那么人高马大，但他也是个结结实实的大男人。廖小茹哪里能拦得住他。徐光明一用力，钱包的卡扣就坏了，直接被他给扯到了手上。捏着那厚实的钱包，他情不自禁地露出了笑容。

廖小茹简直不敢相信眼前所见到的，她被徐光明大力一推，甩得头昏脑涨。

有人见到这边闹得比较厉害，便围过来，想看一看什么情况。

徐光明跟人家嚷嚷："我跟小茹是准备结婚的，我俩的事儿自己会解决，不需要你们多管闲事儿。"

别人一听是小两口闹别扭，也就不再多说什么。

廖小茹着急去夺她的钱包："徐光明，你现在是要抢我的钱吗？我警告你，你敢拿，我立即去派出所报案，你别以为我怕了你，你敢做，就知道要承担什么样的后果。"

徐光明瞧着她的眼睛都红了，也不敢真的刺激她。

"我只是想跟你借点儿钱，这不是遇到困难了吗？你不帮我谁帮我？再说，过去在你的身上，我也是花了不少钱的，你自己说说看，我给你买了多少礼物？你不也全收了！现在轮到我落难，你给撇得干干净净，是不是太无情啦？"

廖小茹被他的无耻气得说不出话。徐光明看这招有效，觉得可以再利用一下。

"你想分开，我努力挽留，实在留不住了，我也没有办法。可是，大家恩爱一场，你总不能见死不救吧？"他掂了掂那鼓囊囊的钱包，"这些就算是你偿还之前收到的那些礼物……的一部分吧，虽然不是很多，我也勉强能够接受。"说完，就要走开。

本来是打算借个十块二十块，现在发现能拿那么多，徐光明藏在心底里的贪婪，便再也抑制不住了。

"你还给我。"廖小茹冲了上去。

"还什么还，这是你欠我的！"徐光明使劲儿一用力，廖小茹整个人摔倒在地，周围的人发出了惊愕的声音。

徐光明满不在乎地说："喊什么喊？自家婆娘不懂事儿，男人如果不教训一下，那还不上房揭瓦了？"

说完，徐光明就要离开。可在他离开的方向，被人给堵住了。徐光明抓在手里的钱包，也被那人一把夺了过来。只见那人轻轻一抛，钱包准确地落在了廖小茹的手上。廖小茹简直不敢相信眼前发生的一幕，她看了看手上失而复得的钱包，又看了看那个消失了好多天，又突然出现在她面前的男人。

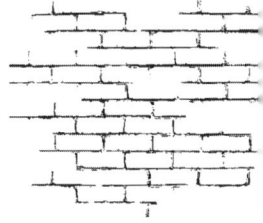

13

化解
危机

"邵大河，你去哪儿了呀？"她好委屈，被人欺负得好惨，好想哭。

"报警抓人，就说德化街这里有个抢劫犯，当街抢钱。"邵大河提醒了一声。

此时不是聊天的时候，邵大河也没工夫解释，他挡在徐光明的面前，恶狠狠地瞪着他。

"你别多管闲事儿，谁抢钱了，她是我的女人，她的钱不就是我的吗？我都强调多少次了，这是我们自己家里的事儿，你……你少在这里狗拿耗子多管闲事儿……"

徐光明嘴上这么说，心里却发虚。他想夺路而逃，却被邵大河挡住去路。

"哥们儿，大家都是在一条街上混，你不用把事情做得这么绝吧？"徐光明咬牙切齿。

"警察还没来吗？廖小茹，你大声喊，德化街上有便衣民警，等把他扔进派出所，看他还如何耍无赖？"邵大河讲话中气十足，的确把徐光明给镇住了。

"最近严打，有个口号特别好记：可抓可不抓的，坚决抓；可判可不判的，坚决判；可杀可不杀的，坚决杀！你当街抢钱，拼命作死，看来离吃枪子儿那一天不远了。"

人群里，不知道谁喊了一声："警察来了！"

徐光明发出"嗷呜"一声怪叫，一把推开邵大河，想要逃跑。

"快点，就是他，当街抢劫，抢了不少钱，警察同志，快点抓他。"有人大声喊。

徐光明惊慌失措，夺路而逃。

邵大河没有去追，转身给大家道谢。众人哈哈大笑起来。

廖小茹见到邵大河，迫不及待地问："你去哪儿了？"

"先回去，我再给你说。"邵大河伸出手，廖小茹心里有一百个冲动，想要立即握住，紧紧握住，死命握住，就像溺水之人抓住了一根救命的稻草一样，再不想松开。

"我才出门办事几天，你怎么就把自己弄得这么惨，还被前男友给抢了钱，小茹啊小茹，你实在太让我不放心啦！"邵大河见廖小茹不知所措，也不管周围有多少双眼睛在看，直接抱起她就走。

那一段路，几分钟就能走完。但奇怪的是，廖小茹完全记不起来，两人是怎么回的家。

院门的大铁锁，应声而落。邵大河进她家，比回自己家还要顺溜。

进了屋，邵大河立即指挥她去烧水煮面，他要吃蒜汁捞面条，鸡蛋得多放几个，因为他最近一直在外头跑，饥一顿饱一顿，吃不好睡不好，急需要补充营养。

邵大河洗了一把脸，回来一看，好吃的已经摆好了。他顿时又惊又喜，闻着味儿都直咽口水。

"看着都要馋死了。"

等一大口面进肚，他忍不住舒心地说："就是这个味儿！太香了！"

廖小茹有点嫌弃地用手扇了扇："别说话，这个味儿太冲了，臭男人爱吃臭大蒜，臭上加臭。"

邵大河顽皮地冲她哈了口气，廖小茹被那一股扑面而来的蒜味，熏得脑壳发晕，她赶紧站起来躲得远远的。

"我的那个黑包呢？进门之前，让你拿着来的，廖小茹同志，你给藏到哪里去了呀？赶紧给我交出来！"

廖小茹气乐了："谁藏你的破包了？不就在门口挂着吗？"

"你赶紧拿下来，打开看看里边有什么。"

"可别，你的包，我可不能动，万一碰一下就说丢了东西，非要我赔，那不冤枉死我啦！"

"廖小茹同志，你是不是忘了，明天要去商场交买铺子的钱了？"

邵大河这么一说，廖小茹才反应过来。她"嗖"地冲过去，激动地把邵大河的黑包拿在手上。

"打开吧。"邵大河宛若土财主似的，趾高气扬地吩咐着。

廖小茹小心翼翼地打开黑包，映入眼帘的竟然是一条带花边的红裙子，很鲜艳。

"给你带回来的礼物，快试试，我觉得你穿着肯定好看。"邵大河讨好道。

"只是裙子吗？"廖小茹有点高兴，也有点失落。原来是条裙子，她还以为是钱呢。看来，邵大河也是没有凑到那么多的现金，才不得不弄一条裙子回来，想要堵她的嘴，让她不好意思发火。

廖小茹抱紧裙子，轻声说："店铺那边的钱，不太好凑吧？"

"是不太容易。"邵大河放下碗，不无感慨，"一穷二白的家庭，没有祖产继承，也没有有钱的亲戚朋友可以借，短时间凑那么多，实在是……"

廖小茹好像早料到会是这样，强装一脸笑容，安慰道："好吧，凑不到也不能硬凑，至少咱们努力过。买不了铺子，咱们就先租一个吧，虽然位置不一定理想，但做生意也不仅仅看位置，还得靠自己经营，你说呢？"

邵大河边听，边跟着使劲点头："你说得特别有道理，快点，谈一谈你的生意经，也让我长长见识，好好学学。"

廖小茹还以为他是在嘲笑自己呢，有些不高兴，轻捶了他一下。邵大河趁机握住她的手，语重心长地说："才认识你的时候，总是觉得你这个女娃实在是厉害得很，既会讲外国话，又懂得当老师。砂轮厂硬是将一群识字不多的大老粗交给你，非让你教会说外国话。这个任务多难完成啊！面对这么一群比熊孩子更难管理的学员，你想尽了各种办法，圆满地完成了任务，给砂轮厂培养出了那么多人才。廖小茹，人们虽然嘴上不说，但心里没有不佩服你的。换成别人，他能做得到吗？"

廖小茹很清楚，邵大河是为了宽慰自己，才讲这些话的。尽管如此，她还是被邵大河的话给温暖到了。听到这些话，廖小茹心底的死结，一下就打开了。

"邵大河，你是我的知己，你懂我，我很高兴。"

"廖小茹同志，既然你这么厉害，我决定，等到铺子开起来的时候，由你来做经理，全权处理铺子里所有经营活动。我的全部身家，包括娶老婆的本钱，就全交给你了。如果你赚钱了，我就可以立刻跟我喜欢的姑娘求婚，今年登记，明年生娃做爸爸，一点都不浪费这好时光。"

邵大河停顿了一下，话锋一转："如果你没有赚钱，把我的老本全压在店铺里动弹不得，那咱们丑话说在前头，你可得把自己赔给我。"

"什么呀？"廖小茹被他绕来绕去给绕蒙圈了。

"黑包里还有东西呢！"

廖小茹继续在黑皮包里翻找，忽然她一声惊呼："这么多的钱呀？"

她伸手进去拿，一叠、两叠、三叠……全都是十元的大面额。

"邵大河，你是不是去做坏事儿了？"廖小茹一边控制不住财迷式地搓指头查钱，一边又十分担心地问。

廖小茹查过了以后，又把钱都给放了回去，铁青着脸说："走吧，我们现在就过去！"

"去哪里？"邵大河好笑地问。

"还能去哪儿？当然是公安局！你把自己做过的事儿一五一十地跟警察同志说清楚，争取坦白从宽。"

廖小茹一只手拎包，另一只手过来拉邵大河。可邵大河就跟一座小山一样，她哪里能拉得动。廖小茹二话不说，立即抄起黑包，使劲砸他。一边砸，还一边生气地喊："你疯了是不是？你怎么可以做那种事儿？谁也没说一定就要把店铺给买回来，你安安稳稳的，不行吗？你出国，一走就那么久，杳无音信的，你知道我想起来这些多么难过！现在好不容易回来，你跑到我的面前，又来撩拨我。邵大河，你怎么那么坏啊？！我告诉你，这次你要是真的因为做坏事儿被警察给抓了，我立刻就找个人嫁了，断了你一切念想，从此咱们桥归桥路归路，彻彻底底断绝联系，就当根本没有认识过！"

"真没想到，你心里边还这么担心我呢！"邵大河感慨道。

"你瞧瞧你，办的都是些什么事儿啊？怎么就那么冲动呢？邵大河，在你心里边，从来都不为自己的前程考虑吗？好好的工作你说辞就辞，好好的日子不过你说犯罪就犯罪……"

邵大河连忙摆手："小茹小茹，你先别骂，我时间不多了，现在趁着我还没走，真的要认真当面问你一句，我要是进去了，你会不会等我？"

"我……"廖小茹低下头去，抿了抿嘴唇，坚定地说出两个字，"我等。"

邵大河咧着嘴，开心地笑了："可能要等很久呀！"

廖小茹抬头，轻轻地说："多久都等。"

邵大河再也控制不住自己，一把将口是心非嘴巴硬的女孩搂进怀里。这么好的她，这辈子，下辈子，下下辈子，他全都不打算放开了。什么徐光明，让他见鬼去吧！再敢来骚扰他邵大河的女人，看不打断他的腿！

"邵大河，你别疯了，赶快放开我，咱们去……"

"咱们哪里都不去。"邵大河用大手揉了揉廖小茹的短发，"小茹，你的算盘呢？快点盘点一下资金缺口，看看还差多少钱。明天一早,咱们就去交钱，千万不能拖延。据我所知，最近盯上这里的人可是不少呢！为了避免夜长梦多，我们还是尽早交钱。"

"邵大河，我都跟你说了这么多了，你怎么还……"

"这些钱的来源一共有四个部分：第一部分是我在国外攒下来的工资和补贴；第二部分是我摆摊儿以来赚下来的；第三部分是跟哥们儿借的，但我朋友不太多，借到的比较少；最后一部分是我在砂轮厂上班时攒下的工资，以及我弟弟存下来的钱，这些本来都在我娘那里存着，前几天我去取了出来。不过，咱先说好，我跟哥们儿借的钱，从娘那里取的钱，都要还回去的。等这边生意步入正轨，有了盈利就得陆续还回去。到时候你可不能心疼，不给我钱，那我就没法跟朋友和家人交代了。"

廖小茹真没想到，这些钱竟然是如此来历。邵大河居然没有第一时间解释清楚，由着她着急，这一点简直不能容忍。这人，这人，这人就是存心的！骨子里透着坏，专门等着看她笑话呢！

"好了好了，以后有的是时间慢慢收拾我。老板娘，咱们真的要先办正事儿才行。来来来，算盘在这儿，您拿好了，咱们先算经济账，等算好了以后，还得再商量一下装修店面和进货销售的问题，开间铺子可跟以前摆地摊儿不一样，得统筹规划，方方面面都得考虑清楚。"

仅凭几句话，就想让廖小茹轻易放过他，那简直是不可能的事儿。邵大河最后还是被廖小茹给狠狠地掐了好几下，疼得邵大河夸张地大叫几声才算了事。

第二天一早，邵大河和廖小茹吃过早饭，穿戴整齐。出发前，两人将那只盛钱的黑包用尼龙绳一头系在皮包上，另一头绑在邵大河的手腕上。这样就算路上遇到有人抢劫，也别想把包给抢走。然而，这一路上，既没有坏人跳出来抢劫，也没有可疑分子尾随试图盗窃。

商场八点上班。八点十五分，邵大河和廖小茹已经捧着一份合同走了出来，白纸黑字，写得清清楚楚，店铺归他们了！

廖小茹还处于一种不敢相信的状态。吃不好睡不好，翻来覆去那么多天，

化解危机

所有问题迎刃而解，她突然感觉一切太过顺利，透着一些不真实。

"就这？"廖小茹把脸颊凑过去，对邵大河下令，"你掐我一下，我得确认这不是在做梦。"

"廖小茹同志，我负责任地告诉你，这肯定不是在做梦。行了，别在那儿自己虐待自己了，我送你回去，把合同和资料都放好，然后我得去建材市场那边打听一下装修用的材料是什么价格。"

"不用回家，咱们直接去吧。我就把合同放在包里背着，反正也不会有人抢这种东西。"

邵大河奇怪地问："你去做什么？"

廖小茹撸起袖子，露出细细白白的胳膊："帮你一起装修店面啊！"

"就你？"

廖小茹一脸的不服气："怎么？邵大河，你可以的，我肯定也可以。你可别忘了，你的德语还是我教的呢！"

"是是是，廖老师，老板娘，您说得对！从今往后，我就在您的领导下，奔向致富之路了。走，咱们这就去建材市场，等看完了材料，我请你吃烩面。"

"吃什么烩面，咱们哪儿还有闲钱？从现在开始，不仅要开源节流，还要延长摆摊儿时间。用钱的地方还多着呢！"

"老板娘，您说得对，都听您的。"

"邵大河，你再贫，我真的要跟你发火了！"

"别别别，不贫了不贫了，媳妇儿，你说得都对。"

……

在北京火车站，邵长江背着铺盖卷，拿着行李包，顺着人流往外走。北京的人可是真多啊！虽然这是第三次来北京，可邵长江依然有种晕头转向的感觉。这座城市，于他而言，繁华又空旷，他孤身一人，完全没有归属感。

在火车上，邵长江就已经计划好了，先去学校报到，把手续全办好之后，周末去白家拜访一下。当然，希望能遇到白清然。到那时候，他可以堂堂正正地告诉她，一切早已安排妥当，他是听从了她的意见才来北京读大学的。她应该很高兴吧！

在出站口，邵长江看见有个年轻人，手里举着一块"欢迎北京工业大学的新同学"的牌子，他激动地走过去，很有归属感地说："我是来上学的。"

"同学，请跟我来，我带你过去，学姐学长们都在那边等着你。"

正值开学季，许多大学都派出了迎新队伍，热热闹闹地挤在了一起，每见到背着大包小包的旅客，都要使劲地把牌子举一举，争取让自家学校的新同学一眼就能看到。这是一种全新的体验，邵长江心里有种说不出来的踏实感。

本来邵长江还犯愁怎么去学校呢，没想到学校早已做好了安排。他是被一辆大巴直接送到学校的。下了车，有人帮他提行李，有人帮他办入学手续，忙碌了一个下午。到了晚上，还有学长过来，带着他去食堂认路，并且陪伴着他吃了一顿丰盛的晚餐。

邵长江这一路听到的最多的话，便是"欢迎你"。他一直都沉浸在一种浓烈而炙热的氛围当中，和在铝厂上班的感觉完全不一样。

宿舍楼上爬满了青苔，有些历史感。一间宿舍，上下铺四张床住着八个男生，一半是邵长江所在化学系的，另一半则是中文系分过来的。虽然都是新生，但年龄差距挺大。

岁数最大的是化学系的李钢，已经三十七岁了。他腰板挺得笔直，说话铿锵有力，一看就是军人出身。听说还上过战场，打过仗，后来负伤转业，有一份很不错的工作。但上了几天班，总觉得按部就班的日子太无聊，恢复高考后，便报名参加，连续两年都没考上，但他越挫越勇，这不，凭借着顽强的毅力，第三年终于拿到了录取通知书。

宿舍里岁数最小的也是化学系的，叫蒋学友，土生土长的北京人，一嘴京腔。他属于天生优越感比较强的那种人，生活的环境比较好，穿着也时尚。

化解危机

他一住进来，就张罗着选宿舍长的事儿，还一个劲儿地提醒，最好不要跟别的宿舍那样，用年龄来区分，排出个什么老大、老二、老三、老四的，这也太老土了。大家都是同学，不如就称呼彼此的姓名，建立一种平凡却不庸俗的情谊。

蒋学友滔滔不绝，一开始大家还礼貌性地听他讲话，后来发现这人的表达欲太过旺盛，就变得敷衍起来。

铺位是事先分配好的，每张床铺上都写着名字，大家按照名字入住即可。邵长江的铺位挨着宿舍门口，还是个上铺，门一打开，便挡住了大半。而男生宿舍的门，通常都是一直开启的状态，这就形成了一个比较隐私的空间，看书时也不会被打扰。邵长江对这个位置很满意。

宿舍里边热热闹闹，大家都在聊天。邵长江对任何事儿都没兴趣，自从来到北京以后，他的脑子里一直乱糟糟的，这座城市始终让他有强烈的陌生感。他极希望在这陌生的地方，寻找到一丝温暖。

白清然，你在哪儿？

邵长江在床铺上半躺着，虽抱着课本，盯着上边的文字，可思绪不知道跑到了哪里。邵长江终于意识到，已经来到了这里，就不要再逃避。他身体内的每一个细胞，都在叫嚣着、催促着，让他快点去找白清然，向她倾诉自己的思念，向她表白自己的真实想法，希望她能接受他，进而与她建立一种长期的、稳定的、极其令人期待的恋爱关系。

邵长江再也控制不住自己，猛然间坐了起来，较大的动作把整个床铺弄得"吱吱"作响。这引起了下铺同学的注意。

住在下铺的同学是中文系的程亮，来自广西，带着一口浓重的乡音。他个子不高，还有点驼背，虽有些瘦小，但精神饱满，神采奕奕。他酷爱文学，尤爱诗歌，床头摆满了各类文学书籍。他说自己可以一天不吃饭，不可以一天不读诗。

他还操着蹩脚的普通话，即兴给大家吟诵了他的新作：

那种感觉，好像是失恋，

当那梳着麻花辫的姑娘看过来时，

你的眼看到的是繁星璀璨，

是银河浩荡；

可那姑娘转过头去又看了别人，

你便觉得一眼千年度过，

万载黄沙倾流，

她还什么都不知道，

你的心里已与她走过了三生三世。

看到程亮如此动情，宿舍内笑声一片，程亮也不恼，依旧沉浸在自我陶醉之中。

见邵长江从上铺爬下来，程亮笑着问："你要出去呀？"

邵长江笑了笑："出去走走，屋子里有点儿闷。"

程亮附和道："的确是闷闷的喔，不过很热闹的喔，等会儿要选宿舍长喔，你要记得早点回来的喔，不然要错过了喔。"

邵长江心想，这位室友还是蛮关心人的嘛，只是每说一句话都要加个"喔"字，一时间听着还很不习惯。

"好的，我尽量早点儿赶回来。"

校园内，仍是一派忙碌的景象。新生陆续入学，还要再持续一两天。每一个新生旁边，总会跟着一位对学校比较了解的学长或学姐，负责做迎新的引导工作。

邵长江突然想起来，第一次来北京，白庚妻子就告诉他，说白清然没在家，是去学校做迎接新生的工作了。白清然当时还没毕业，是校学生会干部，对于一年一度的迎新活动，当然是要全程参与的。

化解危机

如果不是白清然已经毕业了，他还真的很想报考她所在的学校呢。不为别的，单单是想到能被白清然亲自迎到学校里，跟着她一起畅游学校的美好风光，就让人觉得非常期待。

　　邵长江不管看到了什么，想到了什么，或者期待着什么，最终都会不受控制地和白清然扯到一起。他有一个非常强烈的愿望——去找白清然，立即、马上，就是现在，一刻都不能拖延。既然已经到了北京，就在她身边，他还在等什么？！

　　邵长江快步走出学校，赶往附近公共汽车站，恨不得一步跨到白家……

　　而邵长江并不清楚的是，他刚离开没多久，男生宿舍楼下便停下了一部小汽车，从里边走下来一位身穿白色长裙的女孩。她眉清目秀，黑发披肩，举止文雅，是大学里一道美丽的风景线。她的出现让校园里无数男孩驻足观看，更让邵长江的室友惊羡。

　　女孩向一名男同学打听："麻烦你帮我去化学系的新生宿舍找个人可以吗？他叫邵长江，是今年的新生。"

　　……

　　一个小时后，邵长江来到了白家居住的那条胡同。两年多了，这里似乎没有多大变化，遇到似曾相识的老邻居，虽不认识，但他却感到亲切。是的，与白清然有关的一切，他都觉得亲切、舒服。少年人的心哪，热烈地跳跃着，紧张地期盼着。

　　在白家门前，邵长江屏住呼吸，轻轻地敲了敲大门。开门的是白清然的妈妈，对于邵长江的突然造访，她是又惊又喜："长江，你怎么来北京了呀？"

　　邵长江挺直腰板，极力掩饰内心的激动和恐慌："姨，我考上大学，来北京读书了。"

　　清然妈妈先是一愣，可转眼间情绪就高昂起来："真的呀！长江，你考上的是哪个大学？学的什么专业？"

　　等到邵长江一一作答，清然妈妈笑容满面，一边把邵长江给迎进屋，一边不住口地夸赞："这场高考不亚于千军万马过独木桥，你能考上实在是太厉害啦！姨果然没看错你，你真是有出息，你爹娘和老崔他们肯定替你骄傲。对了，你出来读书，工作怎么办？辞职了？"

"我是厂里的定向委培生，学的也是跟冶炼相关的专业，等毕业后，还要回厂工作。"邵长江心不在焉地回答着，眼睛不住地往白清然房间的方向望。

白清然的卧室里亮着灯，她果然在家。邵长江心里一阵激动。

白庚没在家，最近单位事情多，经常加班，还不定时出差，也不知道什么时候回来。清然妈妈与邵长江闲聊了一会儿，才想起来问他有没有吃晚饭，说着就要站起来去给他煮面。

邵长江连忙说自己在学校食堂吃过了，根本不饿，让她不要忙。

两人又聊了好一阵子，并没有见白清然出来。邵长江有些分神地想，是不是白清然在看书，或者在做什么研究，根本没注意到家里来了客人？又或者，她其实早已知道他来了，只是还在生气，故意躲着不出来见他。不论是哪一点，没有见到白清然，邵长江都觉得失落。

临别前，邵长江不得不试探性地问："姨，清然放暑假了吧？不在家吗？"

"你还不知道吧？"清然妈妈有些犹豫地说。

"什么？"邵长江有些不解。

"看来是不知道了。"清然妈妈叹了口气，"长江，你也不是外人，有些事儿跟你说一下也没关系。"

"清然是突然决定去郑州的那所大学，临走之前都没透口风，我和他爸一直以为，她是在准备出国。"

"出国？"邵长江完全不太理解这又是个什么情况。

"是的，我和他爸希望她能够去美国继续深造，在学术上取得更大的成就。国家在发展，所缺的正是高学历的人才。在她读大二的时候，我和你白叔就有这个规划。那时候，清然是赞同这种想法的。中国需要西方先进的知识，只有一批真正具有爱国心，且学习能力强的高级人才走出去，才能学有所成，回来报效祖国。"

"可是，清然去了郑州，其实郑州的大学也很不错的，像清然那么聪明的女孩，不管在哪里，都能发光发热，取得巨大成就的。"

邵长江的掌心全是汗水，他也不知道自己为什么要紧张。他下意识地朝白清然的房间望了望，她不就在那里嘛。

邵长江的心情稍微平静了下说："这件事儿，还得看清然自己怎么想。"

"姨，我去找清然说几句话，然后就得回学校了，宿舍有规定，回去太晚不让进。"看看天色已晚，邵长江不再绕弯子，说明这次来的目的。

清然妈妈摇了摇头："我刚才不是说了嘛，清然是要去美国继续深造的。"

"姨，我没别的意思，只是很久没见到她了，闲聊几句而已。"邵长江明显是误会了，整个人显得局促不安。

"孩子，你还是没懂我的意思。清然已经出发前往美国了。"

"什么时候去的？"

"今天。"

邵长江的脑子轰的一声，半天都没回过神来。他怀疑是不是自己听错了，于是，指了指亮灯的白清然卧室的方向。

清然妈妈连忙解释道："哦，她收拾完行李，屋子里乱糟糟的，你来之前，我正要过去收拾一下，就没关。"

邵长江只觉得自己好像一下子被扔进了冰窖里，身体一下子僵住了。他感觉无比难受，脸色煞白。

"长江，你这是怎么啦？哪里不舒服？"清然妈妈急切地问。

邵长江摇了摇头，嘴唇颤抖了几下，勉强把想要说的话表达完整："姨，你说清然是今天出发？她是什么时候走的？"

"走了有三四个小时了吧，她哥送她去的机场，晚上八点钟的飞机，还有一个小时，应该就起飞了。本来我是想去送她的，可晚上还有其他的事儿，就没去。"

邵长江慌慌张张地告辞，脑子里却只有一个念头，那就是赶过去，立即赶到机场去！

"长江？这孩子，突然间这是怎么啦？"

清然妈妈跟在邵长江身后，追了出来，门外突然传来了刺耳的刹车声。

"糟了！"

就见一辆黑色的小汽车停在自家的门口，而邵长江就蹲坐在车子的正前方，也不知道有没有被撞到。

从车里走下来一位年轻的男人，他腰身笔挺，身上带着雷厉风行的军人气质。他皱着眉，快步走到车前，看着蹲坐在地上的邵长江，关心地问："你没事儿吧？"

清然妈妈已经冲了过来："道然，你怎么开的车？叫你开慢点、开慢点，你在胡同里开那么快，多容易发生危险啊！"

这个男人就是从部队上返回家中的白家长子白道然。

白道然挑了挑眉毛："妈，这位是咱家的客人？我看他是从家里跑出来的。"

"他就是长江，你爸不是跟你提起过，是你崔叔介绍认识的那个孩子，现在出息了，来北京读大学了。"

"哪个大学？"白道然明显是想到了什么。

"好像是北京工业大学吧。"清然妈妈有点不耐烦，都这个时候了，还问什么呢？

见邵长江始终一动不动，她连忙弯腰去扶。结果，才一碰到邵长江，他立即跟触了电似的，一骨碌爬起来说："姨，我没被撞到。我还有事儿，就先走了。"说着，他就火急火燎地往胡同外走。

"究竟是怎么啦？刚刚还好好的。"清然妈妈喃喃地念叨。

白道然钻回到小汽车说："我去送一下他。"

"好吧，这个点儿坐公交车的人挺多，你把他直接送回学校吧！"

"好的。"白道然答应着。

毕竟小汽车的速度快，邵长江还没到胡同口，就被追上了。白道然将车停在他身边，客气地说："喂，同学，上车吧，我送你。"

邵长江看了白道然一眼，认出了这是白清然的大哥白道然。虽然没有和这个男人见过面，但这张脸他是认识的。就在白家相框的家庭合照里，他不止一次看到这个男人和白清然在一起，并且参与了她人生历程的每一个重要阶段。若是心情好的时候，邵长江一定愿意多聊几句。但现在，他真的烦躁透了，谁都不想搭理，更不想在别人身上浪费宝贵的时间，他闷声闷气地说："不用了。"

"我是白清然的大哥，我叫白道然。我有话要对你说，上车！"白道然用一种命令的、不容置疑的语气说。

邵长江心里虽然不舒服，但还是打开车门坐了上去。

"北京工业大学是吧，我知道在哪里。"白道然发动了汽车。

"我想去机场，你愿意送我吗？"邵长江打断了他的话。

这个想法，白道然并不意外。不过让他有点感兴趣的是，邵长江竟然敢当着他的面，提出来要求，果然有几分勇气。

白道然神情和缓了不少："去机场做什么？拦住我妹妹，不让她上飞机？"

邵长江憋着呼吸不回答。

"飞机还有一小时起飞，你现在就算是赶去机场，也根本拦不住她。因为要上飞机的话，需要过一道安检。到了安检，外边的人进不去，里边的人也不方便出来，而且这两块区域没能够直接交流的通道。你没有机票，到了机场你也过不了安检，过不了安检你就见不到白清然。你们根本见不到面。邵长江，你别浪费时间了。"

邵长江抬起手，在开始闷疼的心脏位置，使劲地揉了几把。

"你喜欢我妹妹？"白道然忽然问。

邵长江还是不说话。

"我妹妹非常优秀，人也长得漂亮，方方面面都超过普通女孩子很多，你喜欢她这也很正常。"白道然开着车，嘴上不住地夸白清然。

不过，话锋一转，白道然又说道："优秀且美丽的女孩谁不喜欢呢？从小到大，明里暗里追求她的男人多了，可没有一个入她的眼。你知道这是为什么吗？"

邵长江下意识地就问："为什么？"

白道然微笑："因为他们在我妹妹面前，会自惭形秽，觉得配不上她。一个方方面面都非常优秀的女孩，需要在各方面也都非常优秀的男人才能配上她呀！"

白道然简简单单的几句话，透着骄傲，那是一位哥哥对妹妹的宠爱，但也轻易地戳疼了邵长江脆弱的自卑心。

"做人呢，贵在要有自知之明。"

邵长江有几次想要反驳，但只要一对上白道然的那双眼睛，他的气势好像就弱了下去。虽然从学校到白家坐公共汽车需要一小时左右，但坐着白道然的小汽车，仅仅用了二十分钟，便已遥遥地看到了学校的大门。

邵长江下车之前，白道然轻声地问："你喜欢我妹妹吗？"

邵长江大声而坚定地回答："喜欢！"

白道然笑了起来："就凭你？"

"莫欺少年穷。"邵长江冷冷地留下了一句。

"你若是不能成长到与白清然般配的程度，单凭一句'喜欢'，白家不会有任何人支持你们。年轻人，你若是个男人，就该清楚，在你没有足够的能力给予你喜欢的女孩真正的安稳幸福之前，'喜欢'这两个字，还是不要讲出口。"

白道然说完，踩下油门，车子绝尘而去，只留下一脸涨红的邵长江站在路边暗自生气。

窝了一肚子火的邵长江悻悻地回到宿舍，一进门，却引来其他室友的极端好奇，大家一齐围过来发问，弄得邵长江丈二和尚摸不着头脑。

"邵长江，你怎么有个那么漂亮的女朋友啊？太厉害了吧！"

"嘿，谁说那是他女朋友了，也许是家里的妹妹呢，我看她跟长江长得有几分相似。"

"长江，你小子可以啊！有佳人为伴，还跑来读什么大学，你就不怕不在家，她被别人给抢走了？"

"邵长江，你别发愣啊，仔细给大家讲讲，那个漂亮姑娘跟你究竟是什么关系，如果不是你女朋友，是你家亲戚什么的，能不能介绍给我？"

"滚一边去，应该介绍给我才对，我对她是一见钟情，她也很喜欢我的，她还冲着我笑了呢！"

……

"什么女朋友？"邵长江很奇怪地问。

"你瞧瞧你的床上，给你带来了多少好东西，被褥、枕头、毛巾、脸盆，还有很多好吃的呢。邵长江，那姑娘是真疼你呀！"

邵长江一扭头，果然看到自己的床上放满了各种物品。舍友们没有夸张，的确很多，大袋小袋的全都归类摆放得整整齐齐。还有一封信放在床头，邵长江一看到信封上的字迹，整个人就愣住了。

白清然？她，来过了？

邵长江一把抓住在自己面前晃来晃去的蒋学友，大声问："她人呢？"

蒋学友被吓得一激灵："什么人？"

"回答我，她人呢？在哪里？"邵长江明知不可能，心中依然期待着。

蒋学友用力挣脱邵长江："我怎么知道她在哪儿？不是说了嘛，人家在宿舍楼下等了你三四十分钟，不见你回来，才失望地离开的。喏，除了东西，还有一封信，全给你放那儿了。你赶紧看看信，也许上边给你写了。"

邵长江稍微冷静了几分钟，向蒋学友道了歉，连忙把信拆开。

白清然清秀的字迹，映入眼帘。这个女孩最喜欢练字，也写了一手好字。笔锋之间，宛若藏刃，豪放而有力。那是外人难以模仿的气势，一个女孩子家，得有怎样的心境和胸襟，才有如此的气魄！都说是字如其人，此话一点不假。

白清然的内心世界，普通人怎能理解。信上说，她要去美国了，并不是突然的决定，为此她已准备了很多年，只是她自己也没想到会走得如此突然，但人生有时候就是如此，时机到了就要去做，犹犹豫豫不是她的性格。

她还说，就猜到了他最后一定会想清楚人生最有意义的事儿是什么，也知他迷茫之后决不会放弃求学的机会，只可惜，他没能报考她的学校，给她做个小学弟。带来的东西全都是陆陆续续地准备好的，就等他开学那天拿来送给他的。本想给他一份惊喜，只可惜他却没有看到。

白清然希望邵长江能好好地完成学业，不要辜负这么难得的机会。她飞去另一个国家，最主要的目的也是学习。她将与时间赛跑，竭尽所能地不浪费这段时光，并且约定了两人未来的重逢，只是没有具体的时间。

在信件的结尾，白清然写道："邵长江，我与你打赌，我们还会再见，到那时，我们都已经变成了更加优秀的自己。那么，一辈子还有那么长的时间，能让我们好好弥补这几年的分别。"

读罢白清然的信，邵长江鼻子酸涩起来。他真想当面问问白清然，她写这么一句话究竟是什么意思？是不是他所理解的那个意思，可是白清然已经在飞机上了。

"我会变得更加优秀，直到能与你般配，才会当面说出'喜欢'两个字。白清然，你早点回来，我等着你！"邵长江在心里默默地重复着这句话。

邵大河和廖小茹团结合作，合理分工，精打细算，两个人在装修建材市场、出租屋和德化街几个地方来回穿梭，整整忙了三个月，眼看自己的铺子装修大功告成。这天晚上，在廖小茹的出租屋里，邵大河吃完饭，一边吃着切成块的小香瓜，一边试探着问："老板娘，前几天说的那件事儿，你考虑好了吗？"

"什么事儿？"

"结婚。"

邵大河捏着一块香瓜，喂到廖小茹嘴边去。她习惯性地张嘴接了，正在吃着，一听邵大河说结婚，顿时红了脸："你胡说什么呢？"

邵大河半开玩笑地说："老板娘，你收了我所有的积蓄，收了我所有的劳动成果，收了我所有的时间，顺便也把我给收了呗！"

廖小茹没有立刻答应，她一边收拾房间，一边催促着邵大河赶紧回自己的出租屋。邵大河有点赖皮，跟在廖小茹的身后，她走到哪里，他就跟到哪里，大有不达目的誓不罢休的意思。

"咱俩合作的事儿早传出去了，如此亲密的关系，你要否认的话，外人肯定不信。"

廖小茹回答道："他们信不信关我什么事儿。"

见这招不管用，邵大河再换一招："咱俩把婚给结了，往后进进出出的名正言顺，免得人家说闲话。我也从外人变成你的男人，你想怎么使唤就怎么使唤，我当牛做马，毫无怨言。老板娘，这样的员工你去哪里找？白天当工人用，晚上当枕头用，到了冬天只要有我，不生炉子也热乎得很呢！"

廖小茹都想找双臭袜子塞住他的嘴，不让他喋喋不休。

"老板娘，我马上要交房租了。一个月要四十多块，而且房东要求一次得交一年。有笔账你也要算明白，我所有的存款全部交给你买铺子了，现在身上就有二十几块钱的零钱，那还是给明天摆摊儿预备的找零，所以这笔五百多块的房租，得老板娘你来出。你再想想，咱俩一结婚，这房租不就省下来了吗？五百多块呢，能顶一个工人一年的工资，那可不是小数目呀！"

廖小茹虽没松口，但从她的表情看，邵大河知道，她在认真考虑了。

邵大河一见有戏，便愉快地离开了。

这一夜，邵大河沾床就睡，一夜美梦；而廖小茹辗转难眠，思前想后，权衡利弊，犹豫不决。

第二天，廖小茹做好早饭等着邵大河过来开饭。

"咚咚咚……"

"邵大河是怎么回事儿？用这么大力气做什么呢？"

廖小茹忽地听到自己的院门被砸得乱响，她连忙起身去开门。当她打开门时，一个老女人直冲进来。

那老女人烫了一头卷发，满脸横肉，小眼睛，高颧骨，一看就知道不是善茬儿。

廖小茹一见到这张脸，脑袋瓜便嗡嗡作响。

这个老女人便是徐光明的母亲章彩云，两人打过交道。章彩云三十多岁守寡后，也没再嫁，一个人将几个孩子拉扯长大，自认为劳苦功高，在家里说一不二。

昨天，章彩云追问徐光明和廖小茹的发展情况，徐光明没脸说真相，就跟她说，廖小茹认识了新男人，嫌他不好，把他给甩了。这章彩云是啥脾气啊，一听自己打心眼里看不起的廖小茹竟然敢喜新厌旧甩了她的儿子，顿时火冒三丈，徐光明想拦也拦不住，这不，一大早她就来到廖小茹的出租屋，打算好好闹一闹。

章彩云冲进来，一眼看到了院子里晾晒着男人衣服，顿时就大骂起来，什么难听骂什么。

"我儿子对你那么好，你居然给她戴绿帽，你这个……"

廖小茹哪受得了章彩云这股泼劲儿，连忙解释："我跟徐光明早就分开了。"

"你花了我儿子那么多钱，现在找到新汉子，说分开就分开，天底下哪有那种道理？赔钱，你赶紧给我赔钱，把我儿子送你的东西全拿出来，还有他给你花的钱，也全还回来，不然……不然我就去派出所告你，告你养汉，告你骗婚……"

章彩云像疯了似的，抓起晾衣绳上的男人衣服，扔在地上，拿脚使劲地踩。等发现有人被她的大嗓门给吸引过来时，她竟然一屁股坐在地上，一把鼻涕一把泪地打滚撒泼起来。

　　"大家快来看一看呀，评评理吧！就是这个女的，她就是个感情骗子，骗了一个又一个的男人，我儿子就是上当受骗者之一，给她花了那么多钱，还给了她彩礼，订了婚。她倒好，跟个野男人在这儿同居，这也太欺负人啦！"

　　聚集来的人越多，章彩云的哭喊声也就越大。

　　廖小茹气得脸色铁青："你再胡说八道，我们就去派出所，让警察来判断一下，是谁在胡乱造谣，坏人名声。"

　　章彩云抓起地上的衣服往廖小茹身上砸："谁造谣了？野男人的衣服都挂在你院子里了，你还有什么好说的？"

　　廖小茹扭头冲着围观人群大喊："徐四宝！徐光明！你们母子俩有神经病吧！一个当街抢劫，一个跑我家来闹，我告诉你徐光明，你要是再不出来，躲在外边做缩头乌龟看热闹，我等会儿去派出所报案，你那天抢东西，可是很多人看着呢！"

　　邵大河昨晚睡得比较晚，偷了会儿懒，没早起，他是被廖小茹的叫声吵醒的。他连忙起床往廖小茹这里跑，正好看见章彩云冲过去，想要挠廖小茹的脸，他一看这还得了，想也没想地就拦了上去。章彩云那一爪子正挠在邵大河的胸口，邵大河没有动，她自己倒疼得"嗷"的一声怪叫，感觉手指头都要折断了。

　　"打人啦！打人啦！有没有人管一管哪？这对狗男女一起欺负人，有没有人管一管哪？"章彩云哭嚎着在地上打起滚来，双手还不停地拍打着地面，这种阵仗，简直把邵大河给惊住了，他也是从没见过这样的阵仗。

　　廖小茹也来了狠劲儿："好，你不起来是吧，那你好好地在这儿打滚，我现在就去派出所报案，回头让警察来收拾你！"

　　"谁来我都不怕，我有理走遍天下。"

廖小茹冷笑："徐光明，你妈仗着岁数大，倚老卖老，在这儿胡搅蛮缠。行，你们母子俩厉害，一个在前一个在后，配合默契，但现在这个社会可不是没人能管得了你们这种泼妇无赖。你真以为我廖小茹多在乎名声不名声的，我行得正坐得端，从来不是活在别人嘴巴里。我要是真的在乎人言可畏，我早在几年前就死在别人的口舌之下了。"

邵大河知道廖小茹吃了很多的苦，只不过她好强，凡事憋在心里边，从来不抱怨。她今天当众说出了这些话，那是在自揭伤疤给人看。

"小茹，别说了，我来解决。"邵大河打算直接动手把这个满地打滚的泼妇给丢出去。

"你不要碰她。"廖小茹直接挡在了邵大河面前，冷静地说，"这种人，你挨着她一下，她就敢住进医院，说被你打伤了。我们走，她爱赖着便赖着，我们拿她没办法，总会有人能主持公道。"

廖小茹绕过了章彩云，快速地跑进屋子里，拿了自己的包，关好窗子锁好门，又快步走了出来。

"走吧，去派出所。"

"好。"邵大河非常听话，反正廖小茹说了算，她去哪里，他都会陪着她。有危险了，一定挡在她面前，绝对不会让人碰她一根毫毛。

"你们去哪里啊？你们不管我了吗？哎哟，我的腿被踹断了啊！我的腿……"章彩云还在那儿继续装。

眼见廖小茹和邵大河真的走了，她还在心里冷笑，觉得他们只是吓唬吓唬她而已。她一个老婆子，最不怕的就是吓唬。反正老胳膊老腿，谁敢碰一下，她就讹上谁。

徐光明突然从人堆里跳出来，他坏笑着挡着去路："小茹，小茹你别生气，我妈就是那个脾气，她是被咱俩分手给刺激着了。"

廖小茹冷冷地说："晚了。"

"什么？"徐光明怔怔地问。

"我现在就去派出所，你真当我是说说而已呀？"

"我都说了是误会。"徐光明有点害怕了。

"什么误会？你抢劫时，还打人了，那么多人看着，邵大河就是证人，怎么就是误会了？"廖小茹摆摆手，意思是不用多说，说了她也不想听，"好了，有什么话，等警察来抓你的时候，你再好好地解释吧！"

廖小茹走到派出所时，邵大河回头向后看了看，说："徐光明和他妈没跟上来。"

廖小茹却是直接从派出所门前走了过去。

邵大河惊讶地问："喂，咱们不是进去报案吗？"

"我先去办件事儿。"廖小茹回答。

"什么事儿？"

廖小茹冷冰冰地回答："去街道办事处，开介绍信。"

"介绍信？什么介绍信？开介绍信做什么？"邵大河完全没听懂，一连三问。

"还能干什么？登记结婚！"

"结……结婚？我们结婚？今天结婚？"邵大河又惊又喜，还有点不敢相信眼前所发生的一切。

廖小茹气呼呼地看着傻笑的邵大河："怎么，你后悔了？不想娶我？"

邵大河赶紧抬起手臂，表明立场："我可没说那种话，只不过是有点奇怪罢了，这幸福来得也太突然了，我还以为真是要去派出所报案呢！"

廖小茹撇了撇嘴："派出所等会儿再去，先结婚。"

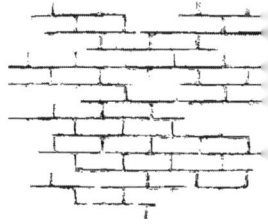

因为要买店铺的关系，廖小茹的包里放着两个人的全部证件。结婚手续办理得异常顺利，一个多小时以后，大红色带着双喜字的结婚证书，就到了两个人的手上。

一人一张，一模一样。

"邵大河，从今天开始，我们就是夫妻了。"廖小茹咬着牙根，气势汹汹地说。

"是啊，我们已经是夫妻了，小茹，往后我肯定对你好，特别特别好，你相信我，你之前受的苦，以后在我这里都不会有了，我会保护你，倾尽全力，我发誓。"邵大河激动得语无伦次。

他在心里边琢磨，这种时刻，是不是应该来点特别的仪式？要不，抱一个？或者，他盯着廖小茹的嘴唇，圆嘟嘟，红艳艳，那么好看，是不是可以——

廖小茹忽然一把将邵大河手上的结婚证给抢了过来，随手塞进包里说："走，咱们去下一个地点。"

"去哪儿？"完全沉浸在幸福里的邵大河不明就里。

"派出所，我要报案。"廖小茹走在前面，"她甭想坏我名声，随随便便地污蔑我。必须把这件事儿了断掉！"

"怎么了断？"邵大河不解地问。

"堂堂正正,名正言顺,用最直接干脆的方式去了断。"廖小茹气呼呼地说,"我就不相信在这个新时代,还能没有地方说理去？"

在派出所里,面对警察的询问,廖小茹底气十足地说了五件事儿：

第一,她跟徐光明曾经有过短暂的恋爱,但因为性格不合,她提出了分手。在恋爱存续期间,徐光明曾经数次向她借款,数额不等。平时那些零零散散的花掉的钱就算了,徐光明有几次数额较大的借款都是写了借条的,她要求派出所能主持公道,让徐光明返还这些钱,以及利息。

第二,她跟徐光明并没有达到谈婚论嫁的程度,她也从来没有收过徐光明及其家人送来的聘礼或彩礼,章彩云和徐光明随意诬蔑,他们得为自己的话付出代价。

第三,章彩云突然跑到她家里大吵大闹,在邻里间造成了极其恶劣的影响,还给她的家庭造成了一定的财产损失。这一点,他们必须照价赔偿。

第四,她已经跟邵大河登记结婚,受到法律的保护,章彩云却四处跟人说,她与人未婚同居,破坏了她的名誉。这一点,章彩云必须赔礼道歉。

第五,她还要报案,徐光明曾当街实施了抢劫,当时有很多人看到,若不是群众的见义勇为,她的钱包就要被抢走了。她曾想过不去追究这件事儿,但没想到,徐光明在发现她没有报案后,竟然以为是她怕了,变本加厉地跑回来骚扰她。这件事儿,她无法容忍。

借条、结婚证等相关证据、证件,一样一样地摆在警察的办公桌上。廖小茹讲话非常具有逻辑性,语速不紧不慢,甚至连抬高声调都没有过。邵大河全程就陪伴在她的身边,支持着她。

当街抢劫是妥妥的刑事犯罪,即便是抢劫未遂,警察还是以最快的速度将徐光明和章彩云一起带了回来。

说来也好笑,警察就是在廖小茹的家里把这对母子给逮住的。警察赶到时，章彩云已经把廖小茹家的门给撬开了，将廖小茹住的房间翻了个底朝天，对围观的人说她是在抓奸夫。

说来也怪，廖小茹屋里竟然没有男人的东西，床是单人床，被是单人被，枕头放的是一个，柜子里就只有几件女人的衣裤。

"肯定是藏在别的屋了。"章彩云有点下不来台，大声嚷嚷着。

这房子挺大，东西两间，后边还有两间，除了廖小茹住的房间之外，其他的房间全都上了锁。

"砸，给我狠狠地砸。"章彩云指挥着儿子动手，完全是一副理所当然的架势，"这个女的本来就是我儿子的对象，她的东西都是花我儿子的钱买的，我现在动的就是我家里的物件，怕什么？砸开，看看屋里边有什么。"

徐光明不知从哪儿找到了一把斧子，对准了锁头，砸了过去……

章彩云把门一推开，整个人都惊呆了。房屋里竟然全都是货，分门别类，依次摆放，工整有序。

"这么多货！"章彩云喃喃自语，"这得花了多少钱啊？"

"儿子，这都是你给她花的钱吧，你怎么这么傻啊！"章彩云突然狠狠地打了徐光明一巴掌，用一股恨铁不成钢的语气，愤愤地说，"你还愣着干什么？她都不要你了，你当然得把东西拿回来。搬！赶紧搬！一样都不能给她留下。"

徐光明被打一巴掌，连连点头："对对对，她都是拿我的钱买了这些，既然她都跟别人跑了，货就是我的了，搬走，都搬走。"

货，便是钱哪！徐光明的脑子一下子充了血。

背货，背货，背货……

当徐光明正背得热火朝天的时候，几名警察推开人群走了进来。

章彩云理直气壮："我儿子跟这家住的女人定了亲，结果被骗了彩礼，这些货就是拿彩礼的钱买的，我们现在要不回来钱，只能拉东西抵账。"

"你说的女人是廖小茹吧？"一名警察问。

"对对对，就是她，她的家庭成分特别高，被国家教育了多年还是不思悔改，警察同志你快点去抓她吧，她可太坏了，她骗了我儿子。"

"你是徐光明？"警察的注意力转到了另一边。

徐光明才背着一袋子货乐颠颠地从屋子里走出来，一抬头看见四名警察威风凛凛地站在那儿，吓得袋子从肩上滑落下来。他的嘴唇直接开始哆嗦了起来："是……是，我是徐光明。"

"有人报案，说你当街抢劫，跟我们去派出所一趟！"

警察都来了，说明廖小茹真的报了案。怎么办？如果跟警察走了，他肯定就……念头一闪，徐光明下了狠心，在警察掏出手铐时，他突然冲出人群，夺路而逃。

"四宝！四宝啊！你跑什么？咱们占着理儿呢，警察肯定会帮咱们的啊！"章彩云瘫坐在地上喊着。

一名警察将她从地上拽起来，戴上手铐。

"你们是不是抓错人了？"章彩云大喊大叫。

徐光明没跑多远，就被追过来的警察给制伏了，也戴上了手铐。

事情经过并不复杂，警察很快就将整件事儿调查清楚。尤其是徐光明当街抢包的行为，已经触犯了刑法，哪怕没有造成严重后果，这种行为的性质也是非常严重。

章彩云和徐光明的行为又涉嫌盗窃、抢劫等，那批货是准备开店用的存货，数额巨大，这一次，这母子俩怕是要吃不了兜着走了，进派出所容易，想要出去怕是难了。

廖小茹和邵大河协助调查，在派出所待到晚上八点多才离开。两人静静地走在路上，廖小茹一只手背在身后，另一只手抓紧了手提包。今晚上没有月亮，漫天的星星，一闪一闪的，又大又亮，单是看着，都觉得心里特别安静。

"小茹。"邵大河的嗓子哑哑的。

廖小茹好像没听见，自顾自地走着。

"媳妇儿？"邵大河美滋滋地又喊了一声，上前抓住了她的手。廖小茹吓了一跳，当街这么亲近，她真是不好意思。想要抽回手，可是被他攥得特别紧，手指头都捏疼了，根本拿不回来。

"邵大河，你稍微收敛点，好多人在看你呢！"显然廖小茹还很不适应。

单单是十指紧扣，还觉得不太够，拐进胡同里时，邵大河手臂一张，直接把廖小茹搂进怀里去。他狠狠地在她脑门上亲了一下："总算是我的啦！"

店铺开业那天，商场做了大量的宣传，还在广播里放了海量的广告。小商品批发商城，主打的项目是批发，凌晨五点各个店铺要铺货，做一系列准备工作，六点准时开门。前来进货的多是省内外的经销商和小摊主。以往他们要去广东、浙江和江苏等地拿货，路途遥远，需要花费大量的时间；而现在，在郑州即可找到不错的货源，只此一点，小商品批发商城在开业之初，便引来了大量顾客。

来进货的人多数都是提前一天赶过来，为了节约成本，他们在附近的旅馆内凑合着住一宿，天还没亮，就已经围在商城门口了。

真正开始做店铺生意后，廖小茹和邵大河发现，经营这样一间店铺与之前的摆地摊儿，情况完全不同。同样是女孩子们喜欢的头花、发箍、耳环、项链和戒指等小饰品，摆地摊儿的时候人来人往，客人很多，新款往往没过多久便能卖空。可这样的货物摆在了店铺内的柜台里，即使打了灯光，摆放得当，销售效果却依然不理想。来看货的人不少，少量拿货的也有，十件起批，那些进货的人，也怕占压资金，一般量都不大。还有不少人总想混批，所有的款式放在一起，批上十件二十件的，看起来也是一大堆，实际上，没有多少钱。本来搞批发的图的就是薄利多销，量大才有利润。

虽然店铺是廖小茹和邵大河买下来的，没有租金，但每个月还有管理费、水电费、卫生费等，也是一笔不小的支出。经营情况没有达到预期，廖小茹怎么算，每天都是在赔钱。她心急火燎，嘴上起了一圈的火疱。

"大河，我是不是选错了经营项目？"

这是廖小茹最苦恼的事儿。当初，针对店铺的主营产品，廖小茹和邵大河曾讨论过无数次，也亲自去了广州、浙江等地走了一大圈，实地做了考察。邵大河想经营女装，随着改革开放的深入，人们的生活水平逐步提高，女人们身上的服装也鲜艳、时髦起来，长裙、短裙、衬衫、牛仔裤……都应该比较好卖。最好从广州拿货，因为广州的服装风格跟着港台走。20世纪80年代，内地流行港台风，港台风格的服装很紧俏，货卖得很快。

廖小茹却坚持经营女性饰品，因为她对这个比较熟，而且成本相对比较低。她和邵大河条件有限，实在拿不出更多的钱去冒险做不熟悉的行业，这个试错的成本，他们负担不起。

两人讨论了很多次，最后，还是邵大河让了步，同意经营女性饰品。

在开业前，廖小茹看着那些摆放在玻璃柜台里闪闪发光的小饰品，脑子里幻想着各地赶来的商家将她的货一抢而空的画面，心里满怀期待。然而，开业后，现实却是相当的残酷。

当别家批发女装、男装、童装、箱包的店铺，每天客人都络绎不绝，大包小包地走货时，廖小茹这边的店铺，却门可罗雀，冷冷清清。十几天下来，货物还积压了许多。这跟廖小茹一开始预期的完全不一样。眼看着又到了进货的日子，却没有回笼资金。如此折腾几回，她手里边那点现金就得赔个差不多。

廖小茹能不急吗？

"事在人为，得想个办法，让货走得更快一些。"廖小茹虽然这么说，却没有具体的办法。

面对一筹莫展的廖小茹，邵大河不发表意见。他没事儿就四处转悠，不仅一个店铺一个店铺地看，还要跟售货员聊上半天。

廖小茹觉得邵大河有点变了。

"这生意，照着这么弄，怕是干不成！"

两人又忙了一天，晚上随便吃点剩饭、剩菜，生意不好，连饭都懒得做。廖小茹心不在焉地依偎在床上，算着账，满脸沮丧。

"万事开头难，中间难，想要持续就更难，慢慢琢磨慢慢整，不要急躁，你一急，就会出麻烦。"邵大河不急不躁，若有所思。

"邵大河，你……"

"你急有什么用？想到什么好办法了吗？"邵大河问。

"我就是想不出来，才找你商量的吗？"廖小茹有点生气。

"为什么我们的生意不行？你分析过原因吗？虽然店铺在室内，但人流量却比德化街那边更多一些。有人的地方，就有无限的商机。这说明，我们的选择没有错。"邵大河分析道。

"照你这么说，那就是我们的经营品种有问题。"廖小茹越说声音越低，不由得低下了头去，"是我坚持要做这个生意的，你本来是想卖女装的。"

生意不好，廖小茹主动承担责任，自我检讨。

"生意才刚开始做，现在就说赚或赔，还太早了些。"

"你能不能别卖关子了？快说啊！是不是有什么好办法啦？"

邵大河憨憨地一笑："莫急莫急，山人自有妙计。"

"你再扯东扯西，我真的要生气了。"

"走货这个事儿，说难很难，说容易倒是也容易。我这几天，一直在商城里里外外地看，我发现……"

院外，突然响起"咚咚咚"的敲门声，一下接一下，很急促。

邵大河被打断了，朝门外望过去："这么晚了，会是谁？"

"好像有急事儿。"廖小茹的心里有一丝不好的感觉。

邵大河拍了拍她的肩："我去看看。"

"你小心点啊！"

"走货的事儿，我们以后再聊。"

邵大河出门后，廖小茹抓了件衣服披在身上，跟了出来。院子里没有开灯，只见有几个人聚在门口，似乎是在撕扯。廖小茹生怕邵大河会吃亏，直接冲了过去，毫不犹豫地挡在了他面前。结果，还没等她开口说话，邵大河又把她重新拉了回来。

"小茹，你怎么出来了？先回去，这边让我先跟娘说一说，做一个解释。"

娘？听到这个称呼，廖小茹眯着眼睛望了过去，果然是李秀珍。她的身后，一边站着丈夫邵中诚，另一边站着女儿邵永梅。女孩子发育得早，现在的邵永梅已出落得亭亭玉立，是个大姑娘了。

廖小茹的心被狠狠地抽了一下。她已经跟邵大河结婚，是邵家实打实的儿媳妇儿了。结婚这件事儿非常严肃，一般来说，必须先见过双方家长，经家长同意，才去登记结婚，筹备婚礼。可她跟邵大河的事儿又比较乱，那天去结婚，纯粹是一时恼火，冲动行事。等领了证以后，又忙着处理店铺的事儿，每天忙得团团转，就把一些必须做的事儿给忘记了。

其实她曾经跟邵大河商量过什么时候回家里去，正式见一见家长，俩人不告知父母就走到了这一步，必然会被狠狠责备一番。但木已成舟，家里人再生气，也得接受不是。三拖两拖，就到了现在。邵家人的这个阵势，肯定是什么都知道了。

"真的不需要我在吗？"廖小茹想说，她愿意跟他一起去面对家人的责骂，这个时候，更应该夫妻同心，有难同当。

然而邵大河语气坚决："叫你进去就进去，在那儿愣着干什么？快走！"

李秀珍的声音从后边传来，因为愤怒，连声调都变了："走什么走？今天谁都不许走！你们俩敢做，就该敢当。邵大河，我可警告你，今天这事儿是家事儿，也不完全是家事儿。你要是不给我说清楚，咱们就去派出所，找警察来评理。"

廖小茹嘴角一抽，心说，悄悄结婚的确不对，但为这事儿就要闹到派出所去，这未免也太夸张了吧！

"娘！这事儿跟小茹没关系，您冷静一点儿，我来跟您说清楚，好不好？"

邵大河手足无措，挨了他爹几巴掌，浑身都在疼，但他不敢还嘴更不敢反抗，因为他心虚。

"跟她没关系？你再说一遍跟她没关系！小商品批发商城的店铺写的是她的名字吧？不经老人同意悄悄去扯结婚证，也有她一份吧？邵大河，事到如今，你说跟她没关系，你是想活活气死我吗？"李秀珍身体不好，又气又急地讲了许多话，心脏在疼，呼吸也急促起来。

邵中诚扶住妻子，小声地说："孩儿他娘，你也稍微冷静一点，身体要紧，你不能生气。"

廖小茹越听越糊涂，怎么又扯到店铺的名字上去了，李秀珍是不是误会了什么？尽管邵大河一直推搡着想让她先进屋去，但以廖小茹的个性，她可不是见事儿就躲的人。

廖小茹冷静地说："既然今天聊的是家事儿，咱们一定要在家门口吵来吵去让外人看笑话吗？能不能先进屋去，哪里有误会，咱们一点点地解开就是了。"

"呵，你也知道吵来吵去地让人看笑话？我问你，那年你是怎么说的？你是不是在我面前亲口承认，你和我儿子门不当户不对，站在一起一点儿都不般配。所以，你愿意让他去过自己该过的日子。廖小茹，这些话是我逼你讲的吗？是不是你站在我面前，红口白牙，拍着心口应承下来的？"李秀珍一激动，就把多年前的事儿给讲了出来。

这次，轮到邵大河目瞪口呆了："廖小茹，你什么时候答应过娘这种事儿？我怎么一点儿都不知道？你们俩，背着我做了些什么？"

他说话的声音有点儿大，邵中诚立马不满了，一巴掌就扇过去："臭小子，怎么跟你娘讲话呢？你做出这么大逆不道的事儿，还有理了是吗？"

邵永梅扶着李秀珍，看着大人们推推搡搡、拉拉扯扯，一个劲儿地掉眼泪。

夜里太静，左右邻居听到了外边的吵架声，陆陆续续地前来围观。

"不管你们愿意不愿意，也不管你们此时生多大的气，我和邵大河扯证结婚这是不争的事实。换句话说，我已经是你们的儿媳妇儿、邵家的一员。爹、娘，你们心里有气，进屋以后，关起门来吵我、骂我，甚至打我都没问题，因为这是咱们自己家的事儿。可如果你们选择在大门口闹，闹得尽人皆知，你们儿子的脸直接没了，往后出门头都抬不起来，你们做父母的愿意看到这个结果吗？"廖小茹摆事实，讲道理，不卑不亢。

"他娘，这话听着也对。"邵中诚拽住妻子，往屋里走，"有话咱们进去关起门来说，好不好？别在门口吵。"

"娘，我扶您。"邵大河搀扶着母亲往屋里走。

廖小茹的出租屋就是她和邵大河的婚房。房子虽大，但多半是被当作仓库使用。两人只用了其中一间作卧室，同时这间卧室也成了待客的地方。

卧室里充满了新婚的氛围，一切显得喜气洋洋：床单、被罩都是大红的，柜门、床头上贴满了大红"囍"字，屋内不多的家具也都用红漆漆了一遍。任何人都能看得出来，他们是新婚燕尔，幸福满满。

邵大河将父母让到椅子上坐下，打发邵永梅去隔壁房间烧点热水，他和廖小茹坐在了床上。

邵中诚担心李秀珍冲动，先开口说："你们两个也别怪你们娘一见面就说狠话，这一次确实是你们做得不对。结婚，是多大的事儿呀？我和你娘还是从别人的口中听说的！你们隐瞒这么大的事儿，眼里还有没有我们家长？你们是不是一辈子不想回这个家？"

"爹，我跟小茹，只是领了证，婚礼没有办。"邵大河小心翼翼地解释。

"领证也不行！你简直就是胆大包天，人都长得这么大了，做事儿怎么还是这么没分寸呢？"邵中诚愤怒地打断了儿子的话。

"爹，结婚证已经领了，现在再说这个，有点晚了。"邵大河抓了抓后脑勺，"这事儿的确是有点草率，我也知道错了。"

"仓促领证，是谁张罗的？"李秀珍突然开口问。

"我们两个，本来就是会走到这一步，当年……"

"我是问，谁张罗去扯证的？"

廖小茹与邵大河几乎同时回答："是我！"

李秀珍立即望着廖小茹，冷笑道："你答应过，不再缠着我儿子的，当年我说得很清楚，你也很认可，你们两个不合适。"

"我的确是答应过的，但是——"廖小茹慌忙解释道。

邵大河一听，两人话中有话，连忙问道："你什么时候答应过这些事儿？我出国之前，还是我回国以后？"

邵大河的问题一出口，先前剑拔弩张的气氛陡然间消失了，廖小茹和李秀珍竟然一起安静下来。

"说话啊，你们两个什么时候见过面？为什么我一点儿都不知道？"邵大河好像被蒙在鼓里，受到了很大委屈，他一定要解开这个谜团。

还是没人讲话。邵中诚欲言又止，想了好半天，最后只是望了望妻子，长叹一声。

见大家都不说话，邵大河步步紧逼："娘？小茹？你们在我背后做了什么？"

廖小茹神情落寞，有些事儿时间过去很久，她已经不太想去回忆。

李秀珍冷哼了一声："你现在是想来指责我吗？"

"我当然没有那个意思，娘，我只是想要知道，你跟小茹有过什么约定？"顿了顿，他开始自言自语地分析，"我回国之后，你跟小茹应该没有见过面，因为我也是在很偶然的机会，才找到她的。这么说，最有可能的，便是你们在我出国之前有过一次见面，那一次，你跟她讲了什么？是不是因为这次见面，小茹才会突然间失踪，连出国送行都没有参加？后来更是直接辞职，彻底与我断了联系？"

从前所有想不明白的事儿，这会儿似乎都有了一个答案。邵大河越说越激动，说到了最后几句，已是控制不住地开始嚷嚷起来。今天，廖小茹的沉默、母亲的愤怒、父亲的叹息，让他恍然明白，原来廖小茹的离开，并不是因为她对他和对这段感情失去了信心，而是因为母亲在某个时候悄悄地做了一些事儿。而廖小茹选择了自我牺牲，独自承担起了所有。

"呵，现在是娶了媳妇儿忘了娘，胳膊肘立刻往外拐，你准备指责我吗？"李秀珍的声音都颤抖了。

邵大河情绪激动，还想解释，却被廖小茹拦住了。

"大河，你冷静一点儿好吗？这是关起门来，家里人在讨论事情，你不要把声调抬得那么高，怪吓人的。"

"可是……"邵大河的眼珠子都红了。

"没有什么可是，你仔细瞧瞧，咱们这不是已经领证结婚了吗？你闹什么闹？过去的事儿已经是过去了，再纠缠，除了伤了自己人的心，还有什么意义呢？"

廖小茹几句话说得邵大河冷静下来，他像是泄了气的皮球颓然坐在那里不再叫嚷。

李秀珍心里也有气，跟着抹眼泪。邵中诚想要跟她说什么，她摆摆手，意思是自己不想讲话。

邵中诚长长地叹了口气说："大河、长江和小梅，你们三个孩子是我和你娘亲自带大的，咱们一家人从东北来郑州，其间吃了多少苦，遭了多少罪，不用提了。为人父母，养儿育女，这是分内的事儿。但是，父母也有老的一天，身子骨大不如前，衰老、疾病、疲惫不堪，大河，这些事儿你想过没有？"

邵大河沉默地点了点头，才想说话，邵中诚却一改之前的温言细语，猛然间暴怒地将手里的茶杯摔到地上。

邵中诚瞪着眼睛说："不，你没想过，你真的一点儿都没想过。如果你想过，你不会一声不吭就结婚，连最起码的知会一声都没有；如果你想过，你不会偷偷拿走家里所有的钱，连你弟弟的那一份也不放过；如果你想过，你不会在做了坏事儿之后，离家出走，到现在连回都不回……邵大河，你到底想过点儿什么？你觉得家人就该无条件地原谅你所做的每件事儿吗？还是说，你只有在外边捅了娄子，需要人帮忙时，才会想起来你还有爹、有娘、有弟弟、有妹妹？"

廖小茹惊愕万分："你偷偷拿了家里的钱？什么时候拿的？"

"我不是要偷钱来用，当时买店铺，钱不够，急等着用的时候借不到，我就想起来我还在娘那里存了一些钱，回去拿的时候，又看到了长江存的那部分。爹、娘，我写了欠条，我一定会如数还回去，这不是偷，这是借。"对于这件错事儿，邵大河从开始做的时候起，就一直承受着沉重的心理压力。

他没有对任何人说，包括廖小茹在内。按照计划，店铺开业，货物出售，资金周转，不超过一年，他一定可以连本带利地把钱还回去。在没有足够的钱之前，他不敢回家，不敢跟父母联系，更不敢去他们面前求得原谅。

结婚这么大的事儿，他怎么会不想大大方方地向家里报喜呢？即使娶的人是廖小茹，会让家人感到惊讶，也可能不会让父母那么满意，但他相信只要自己坚持，爹娘也不会那么绝情。不过所有的一切，建立在他把钱给还回去。这笔钱不还，他哪有资格去说别的事儿呢？

邵大河跪在了父母面前，眼泪控制不住地涌出来。他不住地抹眼睛，仿佛小的时候做错事儿一样懊悔不已。每次只要他真心诚意地认错，父母还是会原谅他的。让人没想到的是，今天晚上，他们会突然找上门来，讨要说法。

"那笔买店铺的钱，你是从家里偷拿出来的？"廖小茹觉得头脑一阵眩晕，身子一软，瘫倒在床上。

"你装什么装？我儿子为了你，变成了现在这个样子，你满意了？报复到我了，你开心了？"李秀珍的怒火因为廖小茹的这句话，彻底爆发了出来。

"我真的……""不知道"三个字，被廖小茹给咽了回去。

她真的不知道吗？她只是不想过多去询问罢了。说白了，也是一种可悲的逃避。她不能在出了事儿之后，理所当然地把所有的责任全推到邵大河的身上。他是她的丈夫，他的事儿就是她的事儿！

廖小茹咬了咬嘴唇："您是大河的娘，我和大河已经结婚，您就是我的婆婆。虽然从前的那些不愉快的事儿还没完全过去，但这并不是仇恨的理由。我们是家人，不是仇人。"

李秀珍本来还想回一句"你说得好听"，廖小茹却苦笑了一下："大河，接下来的事儿你跟爹和娘解释吧。至于那笔钱，不管你是怎么拿来的，终究是家里的钱，你说得对，就算咱们是借用吧。稍后，咱俩快点儿卖货攒钱，给爹娘把钱还回去。如果实在着急要，我们就把店铺给卖了吧。"

"你别这样，咱不说气话，好吗？"邵大河只觉得一盆凉水劈头盖脸地浇下来，透心凉。那个店铺廖小茹花费了多少心思在上边，现在突然因为这种原因要放弃了。虽然说是为了他，但邵大河依然没办法接受这件事儿是这样的结局。

"这可是你说的，我也没逼你。行了，这事儿就先这么定了。我待在这儿心里就烦，相信你看见我也不会觉得舒服。那就这样吧！"

李秀珍站起身，邵中诚也跟着站起来。夫妻俩一起看向了邵大河，几乎同时问："你，回不回去？"

把父母气成这样，已是无比惶恐的邵大河哪里还敢发表自己的意见。他看了廖小茹一眼。廖小茹抛了个眼神："你跟他们回去吧。"

邵大河想问一句："那你呢？"

廖小茹像是猜到了他想说什么，轻轻地勾扯了一下嘴角："我在家等你。"

这种承诺，仿佛一下子就让邵大河放下心来。

"那你一定要等我，回来的时候，我好好给你解释。"

"咱俩已经结婚了，有事儿一起去面对，我不等你还等谁？回去以后，好好地跟爹娘解释，别顶嘴，也别吵，是咱们的错咱们要认，好好承担起来，一家人哪有隔夜仇呢？"

这番话是夫妻俩之间的喃喃细语。李秀珍听到了，心里莫名地一紧。邵中诚给她使了个眼色，扶着她出了门。没过一会儿，邵大河果然跟了出来，低着头，耷拉着眉眼，整个人无精打采的模样。邵永梅悄悄地跟在身后。一家四口，没人开口。脚步踩在地上，沙沙作响。月光皎洁，将四个人的影子拉得长长的，最终却是在影子的尽头处交汇在一起，仍是密不可分。

邵大河一进门就坐在了客厅的沙发上，后背笔直地挺着。

"梅梅，很晚了，你先去睡。"邵中诚催着女儿回了卧室。

邵大河主动去厨房把擀面杖拿出来，交到邵中诚手上。

"爹、娘，我这次犯的错不轻，我也知道你们真的特别生气。要不，您先打一顿消消气，然后咱们再说话。"

擀面杖交到了邵中诚手上，邵大河转头又望向了李秀珍，一脸的讨好样子："等爹打完，等会儿娘也打几下。"

"你这混球，从小就不让人省心，那年在黄河边，都说你掉河里被水卷走了，你爹带着人，下河去找你，大冬天的浑身都是水，棉衣都湿透了。可你呢，明知道大人们急得火上房，你却躲起来，不肯出来。你从小就是这样，一有事儿就想躲，现在长大了，这个毛病不仅没改，还比以前做得更加过分。"李秀珍边说，边使劲地揉着胸口，"我刚才在那里，真想指着那个女的大骂一顿，可说一句，我就说不出来了，你知道是为什么吗？"

邵大河低着的脑袋，轻轻摇了摇。李秀珍看见他这个样子就生气，抢过擀面杖扬了起来，却终究没有办法砸下去。眼前这个是她的儿子，亲生的，亲自养大的。如果有什么不好，那也是她没有教好。即使长得再大，那也是她的儿子，当娘的怎么舍得下手。

"因为我骂了一句，我就想起来你往常做的那些浑事儿，你就是想一出是一出的性格，打算要做什么，直接就做了；不想做的事儿，说破了嘴皮也没用。这样子的性子，怪得了别人吗？这事儿，我一琢磨，八成是你整出来的幺蛾子。"

被娘这么一说，邵大河还真没有合适的理由去反驳，好像就是那么一回事儿。

"娘，你原谅我好不好，我保证把钱给您拿回来，一分钱都不会少。"事到如今，哪怕知道是废话，该讲的也得讲。邵大河的本心并不想父母生气。

"至于和廖小茹结婚的事儿，这不是已经都领证了，总不能离婚吧？"邵大河小心而谨慎地说，"万一小茹已经怀上了，咱们家里内部这么一闹腾，她心情也跟着不好，动了胎气的话，遭罪的可是你俩的大孙子呀！"

邵大河的话击中了邵中诚和李秀珍的软肋，都说隔辈亲，身为未来的爷爷、奶奶，邵中诚和李秀珍只要一想起来大孙子那粉嘟嘟的小脸，再大的气也就消了。

"娘，您相不中小茹的主要原因还是因为她家的成分问题，这在几年前的确是个事儿，但现在就不一样了。国家在改革开放，时代不同了，不仅不再说成分的事儿，还陆续在为过去的冤假错案平反，很多知青都回城了……咱们家就别停留在过去的思想里用老眼光看人了。"

邵大河的眼睛转了转，见父母还是不发表意见，试探着说："您能不能看在儿子和大孙子的份儿上，跟小茹处一处看看？"

李秀珍绷着脸说："他爹，我忍不了了，你揍他一顿吧！"

邵大河是真的挨了一顿揍，不过，邵中诚也没劈头盖脸地打，专挑肉厚的地方抽了几下。没想到，挨了一顿揍后，事情就这么解决了。

"这几天小茹就喜欢吃酸的，早晨起来还一直想干呕，我真的很担心啊……"

李秀珍一听儿媳妇儿犯了口，立即改变了主意："你先回去吧！"

邵大河没走多远，邵永梅又气喘吁吁地拎着两兜东西，跑了过来。

"哥，这是娘让我拿来的，说家里吃不完，让你帮忙吃一点，不然扔了就会很浪费。"

邵大河一看，一个袋子里装的是猪肘子肉和几块排骨，另一个袋子里装的是红糖、麦乳精和罐头。这些全是补身体的，一看这些，邵大河也就全明白了。

父母终究还是心软了。

"其实，我那儿什么都有，不需要给我拿东西回去的。"邵大河有点哭笑不得。

"娘说要我一定送到，哥你就拿着吧，嫂子不是有了小宝宝吗？好好地给她补一补。"邵永梅人小鬼大，吐了吐舌头，好像什么都懂似的。

"谁跟你说你嫂子有小宝宝了？别胡说啊！尤其是在爹娘面前，你可千万别乱说话。"邵大河赶紧强调。

"我哪有乱说话，不是你跟爹娘说的小宝宝的事儿吗？"

她虽然长个子了，但年纪毕竟还小，理解不了邵大河的烦恼。邵永梅忍不住好奇，凑近了小声问："哥，嫂子要是给你生个小宝宝，我是不是就要做姑姑了？"

"是啊！"邵大河尴尬地笑笑。天哪，让他上哪儿给变出个小宝宝呢！他当时说的好像是"万一"小茹已经怀上了……为什么所有人都把最关键的"万一"两个字给忽略掉了呢？

"我还是第一次做姑姑呢，哈哈，我可太期待了。"邵永梅回去的时候，走路一蹦一跳的，还哼起了小曲。

邵大河郁闷地吐了口气，拎着那两袋东西，回了出租屋。

屋内，没有亮灯，一片漆黑。

邵大河担心地叫起来："小茹！小茹！我回来了，你在吗？"喊了好几声，才听见"啪"的一声脆响，卧室的灯亮了起来。

"你怎么把灯给关了呢？吓我一跳。"

"有什么可害怕的？"

"吓死我了。"

"怎么啦？路上发生了什么事儿吗？"廖小茹不解地问。

"不是路上。"邵大河嗓子沙哑，"刚才灯关了，我还以为……"

"以为我离家出走了？"廖小茹明白了他的意思。

"我们结婚了，这里是我们的家，我还能去哪里呢？"廖小茹抬起手，轻轻地拍着他的背，"别担心，有事儿我们一起扛，我哪里都不去了。"

事情远没有想象中的那么严重，廖小茹说的这几句话，就好像一根小小的羽毛，轻轻拂过，熨平了他所有的不安。

"嗯，一起扛！"

这一刻，两人紧紧拥抱在一起，怎么都舍不得分开。有些人，一旦相遇，便终身无悔。过去，他无比坚定地认定了她；未来，他也相信，自己的选择一定没有错。

邵长江陷入一种前所未有的沮丧之中，他躺在宿舍的床上，盯着房顶，那里有几条裂纹，还有一小块蜘蛛网。春暖花开，万物复苏，这小小的蜘蛛也不知从哪里爬进了窗口，拉网结丝，忙忙碌碌。它选的位置有点隐蔽，平时宿舍里人来人往，没人朝上看，也就没人发现它的踪迹。

邵长江心中默默地想着，这可怜的小家伙，想捕捉小虫就得选在外边的草木之间结网，它却倒好，不知怎的竟然爬进了宿舍。尽管它已十分努力，呕心沥血，吐出蛛丝，穷尽所能结出了一张小网，但选的位置不对，再努力也终究白搭。

他思绪烦乱，又一次想到了远方的白清然。她是如此美丽，又是那般优秀，虽然身在异国他乡，但是以她的能力，必然能够绽放出璀璨的光彩。他怎么能要求她放弃自己的理想，留在自己身边呢？他配吗？他有什么资格吗？

正如那天，他清楚地看到了白道然眼里的轻蔑，仿佛他就是角落里的那只小小的蜘蛛，根本配不上——

邵长江正胡思乱想，忽然有人敲门："邵长江，有你的挂号信，在收发室那里，自己去拿。"

邵长江的大脑还没有做出反应，他的身体已经极其迅速地爬了起来，直接冲了出去。

信！或许是从国外寄来的信！从异国他乡，带来了白清然的消息。

一想到这件事儿，邵长江整个人像是瞬间活过来似的，他雀跃着，飞翔着，恨不得一下子拿到那封信。

到了收发室，管理信件的大爷却不在，门锁得紧紧的。隔着玻璃窗，邵长江真的看到了一封写着"邵长江亲启"的挂号信，遗憾的是，右下方的寄件人地址则被其他的信给挡住了，看不清楚。从信件上娟秀的字迹看，好像是女孩子的笔迹。

邵长江在远方，没有什么女性朋友——除了她。那么，这必然是白清然寄来的，他几乎可以肯定。邵长江心急火燎，有那么一瞬间，他甚至有种破窗而入的冲动。信件就在眼前，可他就是拿不到，越是急切地想与远在异国的白清然建立某种联系，越是做不到。

远处的校园，极其热闹。距离收发室最近的便是运动场，而露天的篮球场内，有不少同学在篮筐下挥汗如雨。那曾经也是他最喜欢的运动，平时有时间，哪怕不摸球，单单是看着别人玩，邵长江也可以看一下午。他简直难以想象，自己有一天竟然会对篮球失去了兴趣。

此时此刻，唯一重要的只有那封信。

等了很久很久，看门的大爷终于回来了。

终于，邵长江拿到了那封信。信件沉甸甸的，很厚。邵长江兴冲冲刚要拆开，却发现落款是郑州某所大学，而非跨国信件。但这所大学又是之前白清然教书的地方，邵长江的心里又升起了另一种奇妙的想法。

或许，白清然根本没有出国。出于某种考虑，存在着一些原因，她又回到了郑州。他激动地屏住呼吸，已经没有耐心回到宿舍再拆开，他在附近找了一张无人的长椅坐下。信封被撕开的声音，犹如是一曲美妙的音乐，他的大脑里有个声音在跟着轻轻哼唱。展开书信时，信中夹的一片树叶随之滑落。

长江哥：

见字如面，向你问好。

距离上次见面，已经有很长一段时间，我算着日子，此时此刻，你应该远在北京的校园里，过上了梦寐以求的大学生活吧？恭喜你！

可是，你还会想起来我的样子吗？不不不，首先，你要想起来我是谁。

要不要猜一猜呢？

……

邵长江已经完全没有兴致再看下去了，尽管对方写信的方式俏皮又可爱，带了点忐忑，努力想表达着自己。但对方不是白清然，这一点他很肯定。

如果不是白清然的，这一封信看或者不看，此时看或者明天看，都毫无区别。

邵长江有点想哭，可他嘴角反而泛起了一丝苦笑。他喃喃自语："邵长江，你究竟是在做什么啊？像个失恋的落魄汉，恍恍惚惚，好像害了相思病一样。"但也不可否认，的确是相思病呀！他的爱情已经落在了大洋的彼岸，甚至没有机会来一场正式的告别。

"砰——"一只篮球从篮球场凌空飞来，滚落在了邵长江的脚下。

"同学，麻烦把篮球抛过来。"有人挥手大声喊。

邵长江弯身捡起篮球，正打算用力抛过去，却突然想起与白清然初见的那个中午，两人一拍即合，就决定出去打球。他对白清然所留下的所有深刻印象，不是源自她的美丽和优秀，而是来自那个中午，一个女孩子身上所具有的青春活力与自信、爽快。

那是他最初萌生出喜欢这种感觉的重要日子，就和今天的阳光一模一样，很暖。邵长江站起身，把信胡乱地塞进口袋，抱着篮球，快速来到球场："兄弟，能加我一个不？"

"这是高手局，新手跟不上，你打过吗？"对方问。

邵长江走进球场，站在三分线外，抬手就投。篮球在一股强大的力量之下，化为一道漂亮的弧度，毫无悬念地落在了篮筐的正中央，透网而过。

"漂亮！"全场瞬时叫起好来。

打球的双方，纷纷聚集过来，将邵长江给围住了。

"够十个人了，打全场吧。"有人提议。

立即所有人都赞同地附和了起来，邵长江被拉入其中一方的阵营。他把外套一脱，露出肌肉分明的臂膀。他清楚地意识到，此时此刻，一场酣畅淋漓的比赛才是自己最需要的。一场球打到了筋疲力尽，他很晚才回到宿舍。邵长江这才想起来，口袋里还有一封奇怪的信没有读完。于是，他掏出那封信继续读。

信件是李想寄来的，这个人，邵长江也是想了又想，而且经过信中的提示，才想起来对方是他去大学找白清然时，曾经带着他在校园内逛了很久，还请他在食堂吃饭的女孩。她个子不高，皮肤却极白，一张小圆脸，眼睛像弯弯的月亮，很爱笑。每次笑的时候，就会感染人，哪怕是心情再差，也会不由自主地跟着笑起来。

整封信并没有特别的内容。上次见面之后，李想曾经问邵长江要过学校的联系地址，并且强调说，这是为了以后得到白清然的消息时，方便给他联系。而现在，虽然还没有白清然进一步的消息，可李想算着时间，觉得邵长江已经来学校报到了，于是试着写信过来，表明是问候，但又控制不住地说了很多。整整八页信纸，详详细细地描述了自己的生活。

从信件里掉出来的叶子，一半红色，一半绿色，是她在早起晨读的时候偶然捡到的，夹在了自己的书本中变干后，没想到异常漂亮。这次来信，也一起寄了过来，送给了邵长江，祝他心想事成，快快乐乐。

邵长江将那枚树叶夹在枕边常读的书里，当成了书签。至于回信倒是没有计划。他跟李想并不熟悉，就连印象都只是模糊的。他只觉得这个女孩太热情了些，明明没什么交往，可在信里却像是认识多年的老朋友那样。

邵长江并不擅长与女孩子交往。对于自己不擅长的事儿，他喜欢暂时搁置，不去处理。入梦之前，他忽然闻到了一抹叶子的清香，就在枕边伴他入睡。

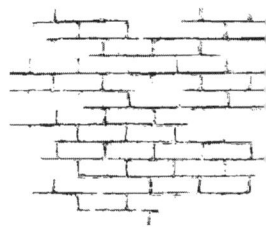

15

商业
起步

清晨的阳光透过薄薄的窗帘，落在了邵大河的脸上，他不由自主地醒来。邵大河下意识伸手去摸廖小茹，没摸到，褥子是凉的，显然她早就起了。他猛地坐起来，看看周围，她的外套不在，鞋子不在，挎包也不在，她去了哪里？

　　"小茹。"邵大河那点困倦的睡意，一下子全吓没了。

　　他急匆匆地抓起衣服往身上套，踩着鞋子，深一脚浅一脚地往外跑。才到门口，就见那道熟悉的身影迎面走了过来。廖小茹一只手拎着在集会上买的菜，另一只手拎着早餐，正往家走，看见邵大河心急火燎的样子，也有点惊讶。

　　"怎么了？你要去哪儿？"

　　"你去哪儿了？"邵大河大声问。

　　看着邵大河惊慌失措的样子，廖小茹差点笑出来："今天前街那里有会，我早起去逛一逛，顺便买了些菜，还给你买了最喜欢的胡辣汤和油条。邵大河，你跟我喊那么大声做什么？"

　　邵大河憋得满脸通红，却无法解释。

　　"你也没说你要去会上，早晨出门的时候也不说，不能告诉我一声吗？

或者喊我一起去，我一个大男人帮忙拎着，不比你自己拎回来要好受得多吗？你这个女人，真是的……"

"大河，你早晨没看见我，是不是又觉得我走了？"廖小茹忽然打断了他。

廖小茹一语准确地命中了邵大河心底的忧虑。

"还是早点生个孩子吧，什么事儿都解决了。"他含混不清地说。

廖小茹跟在他身后，没有听清楚，问道："你说什么呢？"

"没什么，我是说，赶紧回屋，胡辣汤和油条都是趁热好吃。"他说完，又在心里边默默补了一句，等有了孩子，我看你还敢不敢悄悄离家出走。

是的，一个孩子，像她，更像他。两个人共同孕育，也会为了养大孩子而共同努力，这样子的齐心合力，想想都觉得美好。

邵大河心驰神往，笑着出了声，惹得廖小茹一个劲儿地看他，眼神满是异样，还以为自己买的早餐有什么问题。

真是的，这家伙太难理解啦！

店铺的生意仍是不温不火，不死不活，廖小茹急得团团转。得想法挣钱把邵大河从家里拿的钱尽快还上，这事儿只要一天不解决，廖小茹就一天不安心。

邵大河又如往常那样子，楼上楼下地跑，中午快吃饭的时候，他返回来，发现廖小茹在那里瞅着一屋子的货发呆。

"想什么呢？"

廖小茹回过神，恼火地叫道："你去哪儿了？怎么才回来？"

"有客人。"邵大河指了指不远处。

廖小茹瞬时换了一张笑盈盈的面孔，迎接客人。可惜，并不是她所期待的批发客户，而只是普通客人。两位客人一人买了几块钱的饰品，高高兴兴地走了。

廖小茹把钱仔细地放在钱匣子里，打趣道："今天，才开张。"

中午，邵大河在外面买回来两碗糊涂面条，还有两个肉夹馍。

生意不好，廖小茹完全没有食欲："生意这么艰难，咱们是不是不用吃这么好？"

"吃不好，哪有力气做生意？"邵大河反驳道。

"可是，还是要控制开销的，毕竟还有那么多外债要还呢！"

"你太瘦了，得吃好一点。"邵大河把自己的那份肉夹馍放下来，"以后只给你一个人买好吃的，我不吃了。"

"你明知道我不是那个意思。"廖小茹气呼呼地抬高了声音，"你觉得我就是为了一份肉夹馍吗？我的意思是，咱俩的日子要有规划，不可以过得太随意……"

"对不起，我从娘那里拿了一大笔钱，没有提前告诉你。"邵大河说出来憋在肚子里很久的话。

"我当然知道拿爹娘的钱去做自己的事儿，这个不对。但这个店铺对你我来说，是新的开始，新的希望，是咱们共同的事业。机会稍纵即逝，若是当时没有把握住，或许就再没有以后了。而我，不想错过。"

邵大河盯着眼前的糊涂面条，用筷子轻轻地搅着。

"出国让我看到了外国的发展，回国正好迎来了改革开放。直觉告诉我，国家百废待兴，便存在着极大的机遇，但能不能把握，还要看自己。"

邵大河之所以下定决心从国企离开，首先是因为砂轮厂对廖小茹的不公处理，他存在赌气和报复心理；其次是对国家形势的准确判断，他要想按照自己的想法成就一番事业，就必须单干。

"看着吧，咱们俩一起努力，肯定可以。"廖小茹眯起眼，想象着邵大河所描绘的美好前景。

下午的生意比上午还差，连个人影都没有，更别说买主了。

"咱家的生意要是再这样子下去，真是不好干了。"廖小茹懒洋洋地趴在了柜台上。

"不好干,那就别干了。"邵大河突然来了这么一句,把廖小茹都给惊住了。

"你这是……什么意思？"廖小茹听不懂。

"意思是，饰品、箱包、鞋帽和服装、日用百货这一些，目前面临的困境都是一样的。"邵大河分析道，"在店铺开业之前，我已经预料到可能会出现这样子的状况，这座小商品批发商城的规模有限，货源主要依赖于南方的一些工厂，也就是说大家的货品都差不多，没有太多吸引人眼球的地方。它的优点在于，位于火车站附近，四通八达，交通便利，批发货物比较方便。"

邵大河话锋一转，继续说："可是，要形成大规模的货物批发、零售场所，还需要时间。我的意思是，需要让客商知道这里不仅可以上货，而且物美价廉，并形成习惯，这样才会形成比较稳定的客源，整个过程最起码要用一到三年的时间，而在这段时间，我们需要耐心。"

"时间太久了吧！"廖小茹更加上火了。

"只是保守估计而已。困难说完了，我说一说最近想到的办法吧。"

一听到邵大河有办法，廖小茹眼前一亮。

"目前，每天走进我们商城的顾客也不算少，火车站周围的几家大商场，虽然货品齐全，质量上乘，但在价格上没有优势，而咱们这边，毕竟专注做批发，零售也接近批发价，还是吸引了不少市内的顾客，依靠这一点，一天之中总有几个时间段，客人很多，但成交量不大。"

廖小茹若有所悟："所以这段时间，你不在铺子里盯着，上上下下地跑，就是在做这个？"

"观察，确定，得出结论。"邵大河说。

"你继续啊，别停。"廖小茹来了兴致，催着他继续讲。

"我得出的结论是，不论咱们现在卖什么货，面临的局面都差不多的。其实卖女性饰品，这个思路并没有错，很多女的喜欢，将来走货的速度也不会慢。咱们的困境在于，怎么支撑到大家都认可这件事儿的时候。"

廖小茹好像不认识眼前的男人似的，听得一愣一愣的。

"你想到解决办法了，对吗？"廖小茹期待着丈夫的肯定回答。

"咱们的这个店铺，中间不是根支柱吗？"邵大河朝着身后指了过去。

廖小茹看了看那根支柱说："是啊，当时就是因为有这根柱子，价格才低了一些。"

别人看那根支柱，觉得风水不好，挺碍眼的。可每次廖小茹看它，是亲切，是庆幸。

邵大河真正的用意，显然并不是在支柱本身。他沿着支柱的方位，在空中虚画了一条线说："我们这几天，把店铺沿着支柱一分为二。"

"为什么？"廖小茹不解。

"小饰品的生意，用比较小的那一部分空间，柜台完全不要，只沿着墙壁做陈列架，争取把所有的货物全挂在墙上，再买几面镜子，放在中间作为隔断，这样子做的好处是，当顾客进门的时候，不需要让人去柜台里拿他想要的物品，可以随意选择、试戴，少了等待的时间，多了几分随意，会大大增加成交的可能。"他怕廖小茹不同意，又换了种说法，"这就和咱们当时在街边摆摊儿一样，戴上试试才会有感觉。"

"可是，现在放在柜台里，既整齐又直观，客人需要看什么，我就给拿什么，不是也差不多吗？"廖小茹指着那些漂亮的柜台，有些心疼，"这些柜台可是花了不少钱做出来的呢，如果不用了，多可惜啊！"

邵大河发现廖小茹担心的是这个，瞬时笑了起来："柜台还有用。我准备把柜台重新改一下，摆在这边。"

"做什么？"廖小茹越听越糊涂。

"做个小卖部。"

廖小茹不明所以，问道："邵大河，你在小商品批发商城花那么多钱买了一个店铺，你不卖衣服不卖包，不卖饰品不卖鞋，你开个小卖部？"

邵大河无比肯定地点点头："卖吃、卖喝，什么煮玉米呀，烤香肠呀，总之那些方便的吃喝，咱们都可以卖。"

"这不是小吃店吗？"廖小茹好像有点明白了，但有很多疑问。

"咱们没有后厨，小吃店太麻烦了，要请厨师还要办营业执照，而且也和整个商城的营业项目不符。我们只做小卖部，来来往往的顾客需要吃点什么，咱就整点什么。比如，夏天卖冰镇汽水、雪糕，冬天卖点茶叶蛋、煮玉米，顾客也好，摊主也罢，总要吃饭、喝水的吧，只要有需求，咱们的生意就差不了。"

廖小茹被邵大河说得满眼放光。

他们的这个店铺，位于商场的中间层，对面就是楼梯，上上下下的很方便。只要顾客渴了、饿了，就一定会对卖吃的摊位多看两眼。即便不渴不饿，闻着香味儿也得咽口水。一个店铺，两种用途，多种经营，热闹又红火，生意一定不会差。

"目前商城内，还没有这样的店，咱们要做，就得趁早。"

夫妻俩说干就干。这点小活也不用麻烦别人。趁着人少，两个人搬搬抬抬，重新布置。

他们将店铺从支柱那里一分为二，中间用了一块木板固定。在饰品店的那一面的木板上包了黑布，钉了好多个银钉子，再把闪闪发亮的银色饰品错落有致地挂在上边。还别说，黑白相称，视觉效果比之前摆在柜台里还要亮眼，不管是谁，都忍不住多看几眼。

而做成小卖部的那一边，用玻璃柜台围成了一个圈，内部则是摆满了吃的、喝的。邵大河专门买了两个大的电饭锅，一个用来煮茶叶蛋，另一个用来煮嫩玉米。玉米的香味飘散出老远，诱惑力别提有多大，不只是来来往往的客人们受不了，就连附近的店主也被勾了魂。不到中午，两大锅吃的就全卖没了。

整个上午，廖小茹忙前忙后，就没有闲着。因为这些小吃，吸引了大量的客人，无形中带动了小饰品的销量，收入也相当可观。

邵大河又扛了一大包玉米回来，手上还拎着十几斤鸡蛋。廖小茹连忙迎了上去，帮他把东西都卸了下来。

"今天生意还行吧？"邵大河笑着问。

"两锅卖完了，照这样下去，一天卖个三四锅应该是可以的。"廖小茹满心欢喜地回答。

夫妻俩一直忙活到了下午，商城快关门之前，忽然有个收拾得利利索索的中年女人站在柜台前，廖小茹一抬头，看到了她，紧张地叫了声："姨？"

"你喊谁呢？"邵大河在收拾东西，没有抬头。

廖小茹压低了声音说："你娘来了。"

过去，廖小茹见到李秀珍，一直喊姨。虽然现在跟邵大河结婚了，但一直也没有改口。

邵大河立即站起来，有点意外地叫道："娘，你怎么来了？"

李秀珍绷着脸："我来，不行？"

"您快点进来坐，吃饭了没？锅里还有玉米和茶叶蛋，我给您捞点来吃。"

李秀珍被邵大河拉着，坐在了小马扎上，看了看柜台里边堆的、喝的，不解地问："你们两个，在这儿开的是小卖部？"

"一半是小卖部，另一边是卖饰品。"邵大河拉着母亲，转到卖饰品的一边。

小耳环、小项链，还有各种头花等全都挂在黑色的木板上边，灯光一照，闪闪发光，怪好看的。

廖小茹紧张地跟在一旁，不知道婆婆的突然来访，是什么目的。

"卖这些，生意不好吗？"李秀珍叹了口气，开口问。

邵大河回答："倒也不是不好，只是没有预想中那么好。所以，就增添一个项目，试试看能不能多赚一点儿。"

"你跟她，忙得过来吗？"

邵大河憨憨地笑着："早晨来的时候，我和小茹一起把玉米和鸡蛋全煮上，然后她在饰品店盯着，我来小卖部。如果哪边特别忙，还可以及时过去帮一下，这里边不是有个小门嘛，进进出出的很方便。"

"起早贪黑的，挺辛苦吧！"李秀珍心疼起来。

"娘，不辛苦的，我们俩都觉得忙忙碌碌的很有意义。"

邵大河给廖小茹使了个眼色，廖小茹犹豫了一会儿，捧着玉米和茶叶蛋送到了李秀珍面前："姨……"

"你喊错了，应该喊娘。"邵大河打断了她。

廖小茹看上去都快要哭了，可是，她还是顺从了邵大河的意思，小声地喊了声娘。

李秀珍面无表情的，既没有反应，也没有恶语相向。她是那么的平静，平静到令人心生忐忑，廖小茹的呼吸都停滞了，像是在等待着最终的审判。

"拿来吧。"李秀珍终于开口了。

廖小茹没反应过来，眨了眨眼睛，没有动。

"你不是说让我尝尝茶叶蛋吗？"李秀珍提醒道。

"噢噢噢。"廖小茹把茶叶蛋送过去，但立即又收了回来，"我帮您剥好。"

廖小茹手忙脚乱地剥完茶叶蛋，抱歉地说："泡了半天，可能有点咸，我去给您拿瓶汽水。"

"你不用忙了。"李秀珍忙拦住她，可廖小茹还是拿一瓶汽水打开了。

"咱娘不喜欢喝凉的。"邵大河才提醒完毕，就见李秀珍接过汽水，连喝两口，很愉快地说："还别说，做得真不错，逛商城的时候肚子空了，吃个茶叶蛋，再喝瓶凉凉的汽水，疲惫都没了。"

邵大河得到了肯定，便眉开眼笑地说："我的点子很厉害吧？！"

"你也算是实现了自己的愿望。"李秀珍换了个说法。

"什么意思？"邵大河不解地问，廖小茹同样不太明白，于是她认认真真地听。

"你小时候，很想去做走街串巷的小贩，还自己做了小推车，准备卖烤红薯。"

一提起这事儿，邵大河整个人都不淡定了："娘，每个人小时候都或多或少地做过几件蠢事儿，您自己知道就可以了，别跟我媳妇儿说了。她真的会笑我一辈子的。"

"你自己做的那些事儿，还怕说？"李秀珍摇了摇头。

在邵大河的恳求声下，李秀珍转移了话题："你爹回河边的老屋去了，你妹妹放假也跟着去玩，今晚上就我一个人在家，不知道吃什么。"

廖小茹这时候突然反应过来，赶紧说："娘，要不然您去我们那边吃个晚饭吧，尝尝我的手艺。"

李秀珍几乎没犹豫便答应了："等会儿我顺便给你讲讲，邵大河小时候做了多少厉害的坏事儿。"

厉害的坏事儿！这几个字又成功吸引了廖小茹的注意，于是她决定，今晚上割肉炖白菜，再加进满满的宽粉，煮得软软糯糯。这是邵大河最喜欢吃的，相信他娘也同样会喜欢，等到酒足饭饱，可是有的聊了。

邵大河表面上抗议，心里怎么会不清楚，他娘是在释放和好的信号呢！

……

这一顿晚饭无比重要，廖小茹铆足了劲儿去对待。一大锅的猪肉炖粉条，果然让李秀珍吃得心满意足，尤其是廖小茹在铁锅边上贴的玉米面饼，那是东北人特有的吃法，本地人是不这么吃的。廖小茹这么用心做事儿，让李秀珍心里有了一些温暖和感动。同样还是那个廖小茹，今晚看起来却顺眼得多。

李秀珍放缓了语调说："我在家闲着也是闲着，不如来店里帮一下忙。饰品店那边我不太懂，可小卖部这里我还是能做的，煮玉米、煮茶叶蛋这些，我都会做，我也可以帮忙看店，这样子你们两个都能清闲些不是。"

对于婆婆的主动请求，廖小茹颇为意外："这太辛苦了，您的身体一直不太好，我怕累到您了。"

她用征求的目光看看邵大河，邵大河连忙说："娘，店里确实很辛苦，几乎没有空闲的时候。"

邵大河叹了口气："我一直没让您享过福，还总是给家里添麻烦，真的不忍心再让娘跟着操心了。"

李秀珍忙解释道："你不是说，那些钱有一半是你挣的，还有一些是你弟弟的。你的你拿走，本来就是放在娘这儿帮你存着，至于你弟弟的，你也说了是借的，在他需要的时候，你还回来就行了。"

看来娘还是原谅了自己，邵大河颇为意外。

李秀珍叹了口气："店铺那么大，单靠你们两个肯定人手不够，将来还是要考虑找个帮手，如果找外人，总是不放心的。我觉得，如果需要人帮忙，我是最合适的，但最后还是要听听你们的意见。"

邵大河跟廖小茹陷入沉默，过了好一会儿，还是没有声音，李秀珍脸上掩不住失望："你们觉得不合适，那还是算了吧。"

廖小茹轻软地喊了一声："娘。"

李秀珍的心提了起来，觉得廖小茹可能是要拒绝她。

"卖玉米、茶叶蛋这类的小吃，生意好，但真的累。娘，为了您的身体……"廖小茹与邵大河对视一眼，继续说，"我觉得这事儿不要说得那么死，您先过来几天，当成是玩，也陪陪我跟大河。如果觉得累了，您就说一声，随时回家去休息，不要硬撑，也别勉强自己，如果您能答应这一点，明天就来店里吧，咱们一家三口还能凑一起好好聊聊，邵大河……他一直很想您，但他嘴笨，不会说好听的，就让他有个机会，好好孝顺孝顺您。这么安排，您看怎么样？"

廖小茹轻描淡写地说了几句，是给婆婆留了台阶呢。这既满足了李秀珍的心愿，又让她退出时不至于太难堪。

李秀珍爽快地答应下来。虽然她对于邵大河娶了廖小茹的事耿耿于怀，可木已成舟，她再不愿意有什么用呢？事情已经是这样，早一点来解决，还是好的。

母亲虽然答应了，但还不知道爹的意见，邵大河还是心存疑虑，于是问："我爹，他知道这事儿吗？"

李秀珍笑了："我来帮他照看大孙子，他有什么不同意的？"

邵大河刚喝进去的半口白酒直接全喷了出来，接着就是一通猛咳。

李秀珍嗔怒地看了一眼儿子："都要当爹的人了，得稳重点儿。"

廖小茹在一旁眼睛瞪得又圆又大，她给邵大河使了个眼色，询问是怎么一回事儿。邵大河在桌子下踢了下她的脚，意思是说，这事儿稍后再说。

等到送走李秀珍，廖小茹迫不及待地问邵大河："说说吧，大孙子是怎么一回事儿？"

"咱俩结婚了，迟早会有孩子，这是很正常的一件事儿呀。"邵大河努力地想要蒙混过关。

廖小茹认识他也不是一天两天了，哪里会看不出他的心虚。"迟早会有和现在就有，完全是两件事儿。邵大河，你说实话，你对娘说了什么？为什么她以前觉得我家庭成分高，配不上你，现在突然又接受了？"

"咱俩领了证，国家都承认了，她能不认？"

"邵大河！你怎么说话呢？"

"你熊我。"邵大河假装可怜地拽着廖小茹的手臂，"你怎么可以突然那么大声地嚷嚷，都把我吓到了。"

廖小茹被逗笑了。

"我不是熊你。"她解释，"我的意思是，对待家里人，咱们不能欺骗。"

话说到这个份儿上，邵大河也没有什么好隐瞒的了，解释道："我不是故意编你已经怀孕的瞎话来跟家里缓和关系，当时碰巧提到了，我娘便理所当然地觉得你现在就有了，我试着解释，她根本不听。后来我又发现，娘因为这件事儿改变了对你的态度，一切都朝着好的方向发展，那只好让这个美丽的误会继续吧，这样也挺好的，至少能够使家庭和睦，这也是我所期望的。至于孩子——咱俩迟早会有的，而且不止一个。既然着急要，那这几天就努努力，很快，也许孩子就来了。有了孩子，所有的事情不就迎刃而解了，这多好！"

廖小茹恨不得当场给他一脚，让他这么烦人！

李秀珍是个相当勤快的女人，毕竟在小饭店工作过，让她管理小卖部那是轻车熟路，得心应手。

李秀珍起了个大早，早早地将小卖部收拾停当，等邵大河来时，她兴奋地说："生意是真的好啊，一个早晨都没停。"怕儿子不放心，她又朝着钱匣子一努嘴："钱都在里边，等会儿你数数，看数目对不对。"

"都是咱自家的生意，肯定对的。"邵大河满不在乎地说。

李秀珍不赞同地摇摇头："一码归一码，账目还是要算清楚。大河，你媳妇儿还在呢，整不明白钱上的问题，她嘴上不说，心里指定不乐意。"

"娘，小茹不是那样的人。"

对于这个儿媳妇儿，李秀珍在情感上很复杂，也非常矛盾。但所有的喜欢和不喜欢，全抵不过"家和万事兴"这几个字的分量，为了儿子，为了邵家，李秀珍在试着忘掉过去那些不愉快。

"娘，如果您的身体能支撑得住，我希望您能一直留在这边帮我，这样我就有空去做别的事儿。"邵大河跟母亲商量。

"你还有什么事儿？"李秀珍有点儿糊涂，脑子里迅速地闪过了一些不好的念头，不由得有些担忧起来，"大河，你现在的买卖可不算小了，好好守着铺子，也能过得很好。我可提醒你，做人还是要脚踏实地，一步一个脚印地往前走，贪多嚼不烂。你可不能有点小成绩便骄傲自满，更不能出去花天酒地，胡作非为的。"

邵大河哭笑不得："娘，您说什么呢？"

"这是一种提醒。真到了那一步，再说你，再劝你，有用吗？都说男人有钱就学坏，邵大河，你少去跟一些不三不四的人混在一起。"李秀珍的声音变得严厉了起来。

邵大河连忙求饶："您这说得也太严重了吧？我什么也没做呀！"

"没做最好，如果让我知道了，绝对不饶你！"李秀珍把丑话说在前头，以绝后患。

邵大河叹了口气："娘，这边的生意很稳定，你们两个完全能忙得过来，我只是想去寻找一些其他的商机。"

"邵大河，你又打算瞎折腾什么？"李秀珍一听就有点儿恼火。

邵大河慌忙解释："娘，这几年的变化有多大，不用我说，您也看在眼里吧，将来的中国，一定会迎来翻天覆地的大变化。我觉得，应该把握住这个机会尽可能地多做一些事情。具体做什么，我暂时还没有想好。"

李秀珍听得云里雾里，虽没完全听懂，好像也明白一些道理。

"你啊，野心忒大。不过，你想干什么你就去做吧，娘还没那么老呢，帮你照顾着店，照顾着小茹，等你们的孩子一出生，再帮忙带一带，这些事儿都能做得妥妥当当，不会拖你们的后腿。"

提起孩子，邵大河马上不自在起来。廖小茹也不太喜欢撒谎，决定还是跟婆婆说出实情的好，可才要张口，硬是被邵大河拖到隔壁。

"媳妇儿，你刚刚是不是想坦白从宽？"

廖小茹瞪了他一眼："我只是觉得，还是要跟娘把这件事儿说清楚。她是过来人，怀孕的女人身体上有什么变化，她最清楚不过。如果被她发现我们在骗她，她还会原谅我们吗？"

"瞧你说的，哪有那么严重。"邵大河想说，那可是他娘，亲的，天底下他最信任的人，不论发生什么事儿，也绝对不会伤害他的。

廖小茹像是早就猜出了他的心事儿："邵大河，有时候觉得你很聪明，有股子灵劲儿，可有时候你怎么那么木讷呢？婆媳关系本就难处理，更别提你娘从没中意过我。结婚的时候没跟家里说，你还悄悄拿了家里一大笔钱来买这个铺子。这些事儿，随便拿出来哪一件，那都是不可原谅的。你娘心里边就没有恼怒吗？我负责任地告诉你，她有，她绝对有。只是她在忍，她希望家庭和睦，她不愿意跟你闹翻。可是，你我又在骗她，还拿孩子这么大的事儿做借口，你想过她会失望吗？"

廖小茹的话让邵大河陷入沉思。

"好了，你自己好好想想我说的是不是有道理。"廖小茹叹了口气，"你总说她是你娘，疼着你，惯着你，不会真的跟你生气。但你也要记得，她是我婆婆，不是我娘，我们两个因为有你才变得亲近。你变得越来越好，她不一定认为是我的功劳；如果你学坏了，再做错事儿，她一定会认为是我在鼓动。"

最终，邵大河还是认可了廖小茹所说的话，这件事儿是他造成的误会，还是由他来解决。

看着邵大河不再说话，廖小茹信任地点点头："我相信你能解决好。"

"我娘如果知道真相，准得拿擀面杖追着我打。"

"我去药店拿几贴膏药，等你挨完打，给你贴一贴。"廖小茹是一点都不同情他。

"媳妇儿，我还以为你会心疼我。"邵大河哭笑不得。

"挨顿揍也好，长长记性，以后少做一些糊涂事儿。"

此时，有几名顾客顺着楼梯走上来，还没顾上看周围的货品，倒是先被玉米的香味给吸引住了。

"这玉米煮得真好，还带了嫩玉米叶子一起下锅，太勾人了。"

"这个季节的玉米穗最好吃，咱们一人买两穗，边逛边吃。"

"可不是嘛，再过十来天，玉米老了就不好吃了。"

……

等这波人一走，李秀珍把邵大河和廖小茹给叫了过去，说出了自己的忧虑："今天，就数玉米卖得最好，回头过季了怎么办？玉米就不卖了吗？"

邵大河笑了笑："娘，这事儿您不用担心，玉米穗我专挑嫩的，最近找郊区的收了不少，还够卖挺长时间的。"

李秀珍在这件事儿上相当在行："儿子，你也不能存太多，即便是嫩玉米，放时间久了也会渐渐变老。玉米粒太硬，煮出来没法吃，还可能会砸招牌。"

"娘，我一开始就考虑到这事儿了，所以临时挖了个小地窖，虽然不大，但临时储存一些玉米足够用了。"邵大河得意地说。

"地窖？你什么时候挖的地窖？在哪儿挖的？"李秀珍有点不相信。

李秀珍是从东北来的，对地窖有着很深的故乡情结。冬天想储存一些萝卜白菜却苦于没有场地，邵大河却突然挖了一个地窖，做了她心心念念却没机会做的事儿，这让李秀珍惊喜不已。

"我之前租了个院子，结婚后当了仓库。为了储存玉米，就找厂里一名东北的老职工，在院子里挖了个地窖，效果很不错，完全可以满足要求。"

"那院子离你家远不远？我想去看看。"李秀珍来了兴致。

"好啊，等晚上吃完饭，咱们去看看。"

下班后，邵大河陪母亲看完地窖，就听见廖小茹催着他去借自行车，准备接爹来。今天是周末，爹和小妹都会回家，最近生意好，和婆婆相处也融洽，廖小茹特意割了两斤猪肉，炖了一大锅菜，用来招待大家。她还给小姑子准备了一套新衣裳，正好让她试试。

邵大河临出门前，廖小茹又把一卷钱塞到他手里："路上买瓶好酒，整点下酒菜，再买几个肉夹馍回来。"

"媳妇儿，我就知道你是刀子嘴豆腐心，知道我喜欢吃什么。"

廖小茹没好气地瞪着他："谁说是给你买的？等会儿爹和小妹过来。他俩最喜欢吃这些。"

"偏心，我也想吃。"邵大河不高兴地嘟囔。

李秀珍见廖小茹忙前忙后，知道她是在准备家宴。她在一旁帮忙择菜，打打下手。见屋子里只有她和廖小茹两个人，她小声问道："你还没怀上吧？"

廖小茹万万没想到，婆婆早就看透了这些。她的脸有点发烧，窘迫得说不出话来："娘……"

"大河回家时说的那话就模棱两可，我当时也是高兴，当真以为你有了。大河是我儿子，他什么脾气我最清楚，之前那个钱的事儿，也是我一直瞒着没让他爹知道，不然的话，他爹早就抄着棍子找上来了。"

廖小茹切着菜，竖着耳朵静静地听着，不说话。

"不过，后来这事儿被拆穿了，我才知道，原来他爹也是故意装作什么都不知道，他怕我跟儿子生气，怕这个家不得安宁，四分五裂地散了。"

廖小茹鼻子一酸，瞬间体会到这一家人都在小心翼翼地维护着那份亲情。曾经，她也拥有这样一个家，父母皆是知识分子，学识渊博，谈吐不凡。他们对她无比疼爱，给了她最美好的童年，也让她接受了最好的教育。若不是父母因故早逝，家中亲戚断了联系，她的人生或许不会是眼前的这个模样。那又该是怎样的呢？廖小茹想象不到。可如今再看一看邵家，她心里好像突然有了一个小小的轮廓，仿佛家就该是这个样子的。

"你们两个都还年轻，生孩子是迟早的事儿，一切顺其自然。"李秀珍说完又关心地提醒道，"小茹，你以后洗碗、洗菜不要用凉水了，水壶里不是烧着开水吗？兑一点进去，千万不要着凉了。"

对于这突如其来的亲昵和关心，廖小茹受宠若惊。等到大锅菜做好，邵中诚和邵永梅也都到了。邵中诚板着脸，显然还在生邵大河的气。邵永梅倒是开心坏了，一家人快快乐乐在一起，又有好吃的，还有新衣裳，这不年不节的，得到如此待遇还是头一次呢！

这两年，邵永梅的个子长得快，她也继承了邵家人的高个子基因，两条腿又细又长，身上充满着青春活力。小姑娘不光是人长得漂亮，学习成绩那也是一流的，从小到大没有出过班级前三名。

面对廖小茹精心准备的一桌子美食，一家人暂时抛开以往的不愉快，吃了个盘净碗空、畅快淋漓。

饭后，听说邵大河这里有个地窖，邵中诚一改常态，饶有兴趣地想去看看。邵大河正想借机改善与父亲的关系，赶紧领他过去。

地窖设计得很不错，有通风口，也有防止雨水倒灌的设计，里边阴凉干爽，能装不少东西，还通上了电。唯一的缺点就是面积小了点。

邵中诚到地窖看了一圈，表示基本满意："小是小了点，需要的时候，还可以扩建一下。我有时间的话，自己都能干。"

邵大河搓了搓手："那敢情好，就等着爹什么时候有时间，过来再给地窖扩一扩，将来生意好了，地窖肯定是不够用的，咱们把事情提前做了，到时候就不愁了。"

邵中诚"嗯"了一声，表示同意。

看着爹和缓的脸色，邵大河满心欢喜："爹，咱可说好了，这个地窖的扩建就交给您了，您一有空就过来……"

七月，放暑假了。邵长江给家里写了信，告知自己暑假就不回郑州了。他想在北京周边好好走一走。那边有几个很不错的工厂，他要挨个去参观学习一下，为此他还特地请铝厂开了介绍信，做了充分的准备。

八月，面对开始效仿自己的竞争对手，玉米和茶叶蛋都没有之前卖得快了，李秀珍一脸愁容，心想得跟邵大河说说，想想办法。

偏偏邵大河最近也不知道在忙什么，每天早晨到店转一圈，处理一下事情，就不见了人影。

不过，邵大河从家里拿走的钱，已早早地还上了，连本带利，多还了不少。

就在这时候，廖小茹怀孕了，一家人喜出望外。

廖小茹与婆婆的关系因为孩子的到来得到了彻底改善。李秀珍忙前忙后，把廖小茹照顾得妥妥帖帖。

九月，邵永梅跳级，直接读了初二。这已经是小姑娘第二次跳级了，她脑筋好，会学习，成绩优秀，全家都以她为荣。

在这个暑假，邵中诚请了假，真的在家里扩建起了地窖。他干得非常起劲，兴致勃勃地筹划着在小院子里再起一铺大炕，等天冷的时候，再在地窖里积酸菜、腌咸菜、下大酱，东北人的生活习惯，还深深地沉淀在这个男人的血液之中，如今日子好过了，他终于可以随心所欲地去做点自己喜欢的事儿了。

此时，房东急着用钱，想要卖掉这个院子，价格也公道，邵大河二话没说就付了钱。如今，这座小院完全属于邵家人所有了。

在廖小茹的极力恳请之下，邵中诚和李秀珍退了之前租的那套房子，全家都搬到了小院来住。

与邵大河预料的一样，国家正经历着翻天覆地的变化，人们生活水平逐步提高，百业兴盛，新生事物不断涌现。

一天早晨，邵大河才给小卖部里上完了货，又打算出去，被李秀珍给拦下了。

"娘，您有什么事儿吗？这是怎么了，脸色那么差？早晨出来的时候跟我爹拌嘴了？"

李秀珍扬起手，直接给了邵大河一巴掌，骂道："臭小子，你怎么答应娘的？说好了好好干，奔着好日子去。可你呢？这一天到晚不见人影，去哪里浪了？"

邵大河哑然失笑："娘，谁跟您说我出去浪了？小茹吗？"

"你那个媳妇儿，对你也是太信任了，她什么时候会说这种话？是我实在看不过去！邵大河，你媳妇儿怀着孕呢，孩子转眼就要出生了，你也是要当爹的人了，做事儿能不能靠谱一些？做什么事儿之前，你要多考虑考虑孩子。"

一见李秀珍发火，邵大河连忙举手投降："娘！亲娘！咱有事儿说事儿，大道理等晚上回来再讲行不行？我那边还约了人呢，不好迟到。"

邵大河话音刚落，就被李秀珍又揍了一巴掌。

"说，你在外边忙什么呢？"

邵大河疼得龇牙咧嘴："一时半会儿的解释不清楚，而且事情还没有眉目，回头有空了，再跟您好好地讲一讲，行吗？娘，我是您儿子，您得对我有信心。"

李秀珍气愤地哼了声："我就是一点信心都没有，生怕你把好日子给作没了。"

"瞧您说的，怎么会呢？今天这样的生活，我比谁都珍惜。"邵大河幸福地看着已经显怀的廖小茹，傻笑着。

李秀珍见实在问不出邵大河的去向，话锋一转，说起了店里的事儿。

"以前一天要卖十几锅玉米和茶叶蛋，现在也就是两三锅，楼上楼下好几家在卖，这生意是越来越难做了。"

邵大河听了母亲的烦恼，建议道："娘，我给您支个着儿，保证让生意跟以前一样红火。"

"赶紧说！"李秀珍眼睛一亮，催促起来。

邵大河故作神秘地摇摇头："说可以，您得保证以后信任我、支持我，不再打我。"

"行！"

"您等我一会儿。"

邵大河扭头走了出去，不一会儿，左手提着一壶牛奶，右手拎着一堆东西返了回来。

"娘，您去给我拿一包白糖。"邵大河催促。

虽然不知道他要做什么，李秀珍还是按照吩咐去做了。等她从柜台里出来，却愕然地发现，邵大河竟然在往煮玉米的锅里倒牛奶。

"邵大河，你干吗呢？"李秀珍心疼地问。

"小茹不是怀孕了吗？我想给她补补营养，就一直在找卖牛奶的，还别说，真让我找着了。我就跟人家约好了，每两天给我送一回。不过小茹喝得不多，家里还有剩余的。娘，牛奶可是好玩意儿，您和爹也一起喝吧，我跟那个卖奶的多订点。"

"你给小茹喝的牛奶，你往锅里倒干吗？"这件事儿李秀珍还没问明白，就见邵大河又撕开了那袋白糖倒进锅里。

金色的玉米，奶白色的汤。味道瞬间就变得香甜香甜的，跟从前完全不一样。

邵大河弄了一块大纸板，在上边写了几个大字：牛奶玉米，2元一穗。

李秀珍此时已经明白是怎么一回事儿了，心里暗暗赞叹儿子点子多，可再看他的定价，觉得不合适："你卖两块钱是不是太贵了？"

"不贵。"邵大河把牌子给挂起来。

"这个成本不高，即使加了牛奶和糖，也有赚头。您卖货的时候，买两穗玉米，就送人家一个茶叶蛋，搭着卖。"

对于儿子的促销手段，李秀珍相当信服。

"我准备买一台冰柜，放在那个角落里。"邵大河指着一角的柜台，说着自己的打算。

"冰柜？什么冰柜？"

邵大河想了想，形容道："一插上电，就能自己变冷，里边可以放汽水，还能卖奶油雪糕，总之可以放很多的东西。现在是夏天，冰冰凉凉的东西肯定好卖。"

"还有这玩意儿？"李秀珍有点不相信。

"早就有了，不过之前价格太高了，我没舍得买。现在嘛，咱得立即上，一台估计不够，最好是一下子买两台，并排一摆，能冷藏、冷冻不少东西，肯定赚。"

"那得投入不少钱哪！"李秀珍既心动，又心疼。

"娘，这事儿交给我，您不用管了。"邵大河说完远景计划，又指着放了煮牛奶玉米的锅子说，"牛奶的颜色如果淡了，您就再往里兑一些，千万不要舍不得。另外，每天晚上下班前，这锅牛奶水都得扔掉，隔天不可以重复用，因为牛奶很容易变质，放了一晚上之后就有味儿了，做生意不能贪小便宜，砸了招牌。"

李秀珍非常爽快地答应下来，决定按照儿子的说法试一试。

不一会儿，煮牛奶玉米的锅子翻滚起来，玉米的奶香味引来了不少人的关注。很多人好奇地观看："我的天，这是在用牛奶煮玉米吗？真是稀罕，头一次见到这种。"

看到大家好奇的目光，李秀珍热情地揽客："马上就煮好了，等会儿记得过来尝尝，又甜又香，还有营养，好吃着呢！"

　　"一穗两块钱，也太贵了吧。"果然有人看到招牌，提出了不满，"别人家都是几毛钱。"

　　"这是用牛奶煮的玉米，单单是一锅牛奶的成本就很高了。而且咱家的牛奶是一天一换，保证新鲜，卫生又好吃。您觉得两块钱还贵吗？"李秀珍不等那人回答，又继续说，"不过，也可以优惠点，买两穗送一个茶叶蛋，先来先得。今天茶叶蛋煮得不多，送完拉倒。"

　　一个茶叶蛋也卖五毛钱呢，再加上那牛奶玉米实在诱人，马上就有人来买，一锅牛奶玉米一瞬间就卖光了。

　　李秀珍瞬间轻松了不少，觉得这个生意还能长久地做下去。

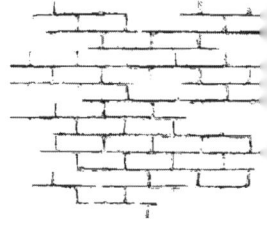

炎热的暑假，邵长江踩着自行车，从郊区的一家工厂赶了回来。这厂子是铝厂的下游客户，以前也有生意往来，关系不错。邵长江这次算是替自己的领导跑了一趟，送一点茶叶，联络联络感情。

邵长江回到学校，就听到室友喊："长江，又有你的信，我帮你取回来了。"

此时，邵长江对于收信已经习以为常了，并没有多激动。他道了谢，接过来瞟了一眼，又是那熟悉的娟秀字迹，便知道是谁写的了。

"长江，你对象可真是够执着呀，一周两封信，周周不落啊！"室友打趣道。

"不是对象。"邵长江不厌其烦地解释。

因为类似的说法，他可不是一次两次听到了。几乎整个宿舍的室友都坚定认为，邵长江在老家早就处好了对象，这姑娘对邵长江是一片痴心，从邵长江上学开始，不仅不间断地写信，还会寄毛衣、毛裤、围巾、手套等衣物。要知道，那个年代女孩子给男孩子织毛衣、围巾，那是爱情的象征呀！这不是对象是什么？如果不是对象，哪个姑娘会对一个大男人这么上心呢？

而邵长江对那姑娘却不冷不热，极少见他回信，也不见他穿戴人家给送的衣物。当然，他更不会承认对方跟自己的恋爱关系。

"长江，你怎么一直都不给人家一个名分啊？这样子可不好！不能因为考上了大学，就做负心的陈世美。在我们校园里，漂亮的女学生当然很好，但老家那个处处关心你的姑娘也不差啊！"明知道邵长江不爱听，室友还得提醒几句。

邵长江见这误会越来越深，连陈世美这种词儿都用上了，知道自己不解释是不行了，连忙说："写信的只是一个小妹妹，也是大学生，在郑州读大学，她是我对象教过的学生。"

"啊？"室友吃惊不小，努力回忆往事，"我想起来了，开学时的确有个特别漂亮的姑娘来找过你，当时还引起不小的轰动呢。"

邵长江痛苦地回答："对，那天来的才是，这个不是。"

"你这个对象还真神秘啊，如果不是亲眼见过，我还真不信。对了，她是在郑州的大学里上班吗？工作很忙吧？后来就没见她再来找过你，好像也很少写信。"

"她去留学了，在国外，通信不方便，联系也不多。"

"长江，你对象的信呢？我想看看信封。听说从外国寄来的信件，书写方式不太一样。对了，她是用外语给你写的吗？"

邵长江尴尬地摇摇头："她没有来过信。"

"什么？她居然没有给你写过信？难道不知道你的地址？"室友不等邵长江回答，先否认了自己的推断，"不对呀，她都来过咱们宿舍，肯定知道你的地址，怎么会那么久连一封信都不给你写呢？"

"也许，很忙吧。"邵长江觉得自己没办法再继续聊这个话题了。

太让人难过啦！如果用忙碌为借口，根本不能说服任何人。再忙，难道连写一封信的时间都没有吗？至少要告诉他，她在国外的地址，这样的话，即使她忙，他也可以给她写信呀。可是没有，什么都没有。

白清然离开了这个国家，便像断了线的风筝似的，再没了消息。他去过白家几次，可是白家的人一致对他守口如瓶，不管他怎么旁敲侧击，或是直接询问，他们都不肯告诉他白清然的地址。他知道，肯定是发生了什么事儿。现在，他唯一能做的，就是等待。精诚所至，金石为开。总有一天，他与她会再次相逢的。

"长江，你啊，有些事儿也要看开些。"室友同情地拍了拍他的肩。

"看开什么？"邵长江没懂。

室友笑了笑，没有再继续讲，有些事儿不愿意说破。大洋彼岸的国家，先进、发达，很多人都以去到那里留学、留在那里工作为人生目标。邵长江的那个漂亮对象，已经到了那里，她真的还会选择回来吗？

"对了，这个经常给你写信的女孩，你也关注一下她嘛。一周两封，坚持了那么久，也算是相当有毅力了，而且人家也是大学生呢，肯定是才貌兼备，你可别太清高，把人家姑娘的心给伤了。"

"可是……"邵长江想说，他并不想与异性有更进一步的交往，哪怕是白清然的学生也不例外。

之所以没有直截了当地跟李想说不要再联系，是因为在邵长江的心里始终存着一个念想。或许白清然会跟李想联系呢，李想答应过他，只要一有白清然的消息，就立即告诉他。他和李想之间有了一个与白清然有关的小小约定。所以，邵长江才会容忍她每周寄过来的两封信，尽管小丫头总是絮絮叨叨地说些自己在学校里发生的大事小情，可邵长江根本不感兴趣。

邵长江只关心有没有白清然的消息，这便是他的期待。这个小丫头，便巧妙地利用了他的期待，每次都要故弄玄虚地说上一句，刻意埋下一颗种子，勾着他去等待，期待着下一封来信。比如，这一次来信，五页信纸，只在末尾提了一句："听说白老师现在进入了某个实验室，她很忙，但更具体的消息还在进一步打听，长江哥哥就期待我的下一封来信吧，没准会有惊喜。"

可每次都用这一招，邵长江早就免疫了。那些所谓的只言片语的信息，全都是用"听说""可能""或许""希望"之类的不确定字眼。他一度还会兴奋，但后来便知道，这或许是李想随意编出来的为了安慰他罢了。

白清然想要跟他联系，她早就该联系了，不会假借别人之手。白清然若是心里有他，哪怕身在万里之外，她也会想尽办法，传递来一些消息，不会让他那么茫然地傻傻等待。

白清然……

邵长江忽然憎恨自己总不受控地去想这个名字。他发现自己已经没有办法完整地回忆起与她有关的画面。怎么办？越来越想不起来她的样子。只是心里好痛，好痛。

坐在桌前，邵长江还是决定给李想回一封信。寥寥数语，没有提起自身的状况。他像是着了魔似的，一边怨念着白清然对于自己的不闻不问，一边控制不住手指，询问李想白清然在哪个实验室，消息是从哪里传来的，并且再次恳求，让她一定想想办法，拿到白清然在国外的地址。

这么卑微的字句，他连第二眼都不忍看，便直接塞进了信封。寄出信的时候，他还想骂自己，邵长江，你究竟是怎么一回事儿？能不能别再有这种愚蠢的行为？他甚至都开始看不起自己啦！

邵大河果然是醉醺醺地回家的，进门之后，直接冲进厕所哇哇地吐，一股恶心的味道弥漫得到处都是。

廖小茹想进来照顾他，他却坚决拒绝，顺手还把厕所门给锁上了："你别进来，味儿太大，你受不了。"

廖小茹一直拍门，让他开开，怕他喝醉了栽倒，她想帮忙都进不去。就算是这样，邵大河依然还是坚持吐无可吐才晃晃悠悠地从里边走了出来。廖小茹想要扶，邵大河却绕着她走，唯恐自己不小心摔倒了，会砸到了她。

邵大河砰地倒在了床上，一股控制不住的眩晕感突然来袭，他喃喃自语："事情办成了，廖小茹，我厉害不厉害？"

廖小茹好奇地问："邵大河，你说什么呢？"

邵大河一动不动，也不回答。没过一会儿，便呼呼睡着了。

"哪有你这样子的,话说一半你又不说了!"廖小茹恼火地轻捶了他一下,邵大河睡得像死狗一样,根本不理她。

廖小茹哭笑不得,泡了一大杯蜂蜜水放在床头,等他渴醒了,随手一钩,就能喝到。她又去厕所,准备把邵大河的呕吐物收拾一下,没想到,推门一看,厕所内的酒味虽没散,但到处都干干净净的。他都醉成那样了,居然还能撑着,把脏东西清理掉,还知道打开窗子通风。

这个邵大河还是蛮细心的!

那一杯蜂蜜水,起到了很大的解酒作用,邵大河喝了水,酒便醒了大半。第二天清晨,邵大河早早起床,先去煮了鸡蛋,热好了牛奶,又出去买了廖小茹喜欢的牛肉汤和泡馍,拎着回来。一进门,看见廖小茹果然醒了,正在叠被。

邵大河赶紧冲过去,夸张地说:"放着放着,让我来。您的纤纤玉手怎么能做这种粗活呢?我来做,你去吃饭。"

廖小茹被他逗得直笑:"怎么?酒醒后,回想起来昨晚上饮酒过度的事儿了?邵大河,你是不是心虚呀?"

"心虚是有那么一点点,但是我报备过了,而且我的酒品其实还不错,喝多了回家,倒头就睡,不磨人,不闹人,不折腾人。所以,媳妇儿,您就既往不咎,大人大量,原谅我这一次吧。"

"真是的,说得跟真的一样,我才不信你。"

廖小茹边吃早餐边问:"你是不是有什么话要跟我说?"

"什么话?"邵大河被问得一头雾水。

"不想说算了。"廖小茹气呼呼地说。

"媳妇儿,咱可是说好了既往不咎的,昨晚上喝酒也是有原因的,要不是有事儿,我也不愿意喝那么多。"邵大河努力地解释。

听着他说话,廖小茹一点表情都没有。

"小茹?你真生气啦?"邵大河的心里有点慌。

廖小茹眨了眨眼睛，眼泪簌簌地流了下来。她其实没想哭，但此刻的这点小崩溃，突然就来了。昨天晚上，他都喝得那么多了，还欢天喜地地跟她来报告情况呢。现在倒好，人清醒了，嘴巴倒是严实了，什么都不肯说，好像昨晚上发生的事儿都是幻觉似的。夫妻之间，需要隐瞒到这种程度吗？昨晚上她有多感动，这会儿就有多失望。怀孕的女人，情绪上本来就更容易激动，身体在变化，心理上也颇为脆弱。廖小茹控制不住地多想，越想就越伤心。

看到她哭，邵大河不知所措："媳妇儿，咱有话好好说，如果我有错你就直接指出来，我改！我改还不行吗？你别哭，一哭我就心慌意乱，不知道怎么办了。"

虽然不知道发生了什么事儿，但先把错认了，完全没有问题。廖小茹从来不矫情，在以往的人生里，也没有让她矫情的机会。没有人在乎她的生死，更没有人在乎她的悲欢，眼泪这种东西就是没有意义的东西，流露出来的脆弱反倒是会成为别人攻击她的借口，直到她嫁给了邵大河。也不知从什么时候开始，她可以放松地卸下自己，想笑就笑，想哭便哭。想闹一闹脾气，也不是不可以，反正邵大河宠着她，哄着她，不会让她受委屈。

邵大河哄了好半天，廖小茹才止住眼泪，哑着声音问："你昨晚上回家跟我说的话，怎么一下就全忘了呢？"

邵大河冥思苦想了好一会儿："我喝太多了。"

"那我问你，你在外边究竟忙什么呢？"他还没答，廖小茹先一步说道，"你想说就说，你不想说也可以不说，但是请你不要骗我，更不要拿其他话来敷衍我，我又不傻，在一起生活这么久，你哪句话是真，哪句话言不由衷，我还是能分得清的。"

"原来你说的是那件事儿。"邵大河有些埋怨地瞪了她一眼，"还以为是什么大事儿呢，吓得我魂都要飞了。"

"怎么就不是大事儿了，我觉得挺大的。"廖小茹的言语里多了几分埋怨，"我自己的男人，每天早出晚归，也不告诉我在忙什么，去了哪里、跟谁在一起，回家倒下就睡……"

邵大河一看妻子误会了自己，连忙讲起了自己最近谋划的事情。

原来，邵大河最近忙着筹划一件大事儿，并不是与朋友吃喝闲耍吹大牛去了。

邵大河从来不是一个安于现状、循规蹈矩的人。小商品城的生意一旦步入正轨，他就又开始将眼光放得更大、更长远。

最初的启发来自自家的小卖部，看着来来往往的客人拥挤在柜台前，催促着李秀珍快点给他们拿吃的。李秀珍有时实在忙不过来，熟悉的顾客就去柜台里自己拿，放下钱就走了。小本买卖，都是三五块钱的事儿，很少有人拿东西不给钱的。这样倒是帮了李秀珍的忙，省了不少事儿，同时也提高了效率。

邵大河多次观察到这种现象，才会冒出那样子的想法：能不能再开一间更大点的小卖部呢？最好开在人多的居民区，销售人们生活所需的日杂百货，人们需要什么自己随便去选，选好统一到门口结账。这样，既提高了效率，又满足了顾客需要，生意肯定火。

邵大河在国外去过一次这样的地方，里面五花八门，什么东西都有，人们把它叫作联合市场或超级市场。20 世纪 80 年代，中国还没有超市的概念，更没有这样的经营模式。

对于这种自选经营模式，因为没有现成的范例可以参照，邵大河只是觉得方案可行，但具体如何运作，心里也是没有谱。

为了了解这种经营模式是否可行，邵大河想到了铝厂的两位民主德国专家。他们见多识广，也许可以给出一些具有参考价值的意见。

于是，邵大河邀约两位民主德国专家出来喝酒，并请铝厂的几个不错的哥们儿作陪。大家多时不聚，一旦聚在一起，相谈甚欢。从德国专家那里，邵大河得到了自己想要的答案，坚定了往下进一步发展的信念，心情异常舒畅，于是放开酒量，喝了个酩酊大醉，尽兴而归。

邵大河简明扼要地讲完以往的经过，兴奋地对廖小茹说："我觉得这种经营模式可行。我们要找个宽敞的地方，一开始货可以不进很多，但是品种尽量要全。我打个比方，有人晚上回家做晚饭，发现盐没了，于是出来买一袋盐，如果去别的店，就只能一手交钱一手交货。如果他进我们的自选商店，他自己可以去货架那边找盐，盐的旁边放着酱油和醋，他忽然想起家里的酱油也不多了，顺手会再拿一瓶酱油，等他路过别的货架时，又可能想起小儿子喜欢吃糖，大女儿喜欢发卡……最终来到柜台结账，发现最初只是想买一包盐，结果去店里转一圈，多买了很多东西，甚至超过了预算，买了许多本没有打算买的东西。你说，如果大家都这样买，生意能不好吗？"

廖小茹听得双眼发光。她有预感，这件事儿做好了，真的是大有可为。可是，这里边的漏洞也很明显呀。

"允许顾客进店自己选货，如果顺手塞进口袋里偷走，又该怎么处理？"

像邵大河所说的那样，让顾客到店里自选，或许会带来可观的收益，但后续也会存在无数的隐患。这些问题在开店前就必须想好解决办法，否则后患无穷。

"如果多请些人来盯着，不仅增加成本，而且也让人觉得不舒服。"廖小茹想到其中的种种困难，连连摇头，觉得这事儿前景虽好，但难度也不小。

"有些问题可以在经营起来之后，一点点地想办法解决，事在人为嘛！"邵大河显然更为乐观一些。

"真正的问题是……"廖小茹欲言又止，声音却放缓下来，"嘿，不能在没做事儿之前就给自己设置障碍。大河，我认为你的想法非常好，我们可以试一试。不过，大河，咱家这个店铺才有一些盈利，留出必要的周转资金，所剩也不多了。你在这个时候要开新店，本钱从哪里来？"

邵大河显然也考虑到了这个问题，有几分把握："这事儿我来想办法，你就别操心了。"

"这个我不是操心，只是担忧，你是我丈夫，你想做的事儿，我不支持谁支持，可目前我们没有这个条件。按照你的设想，这个店铺要比咱们原来的店铺大上许多倍。买的话这么一笔极大的数目，我们绝对拿不出；换成租呢，每年的租金也不会太少。说到底，还是一个"钱"字，巧妇难为无米之炊啊！要不，你先把这个计划放一放，先积累几年再说吧？"

邵大河轻轻地捏了下她的鼻子："都说了这事儿由我来解决了。而且我也不喜欢拆东墙补西墙，从一开始也没想着从店铺那边拿钱。不过，具体如何做，我还在想对策。你先别急，等我有了想法，第一个告诉你。"

这么多年，只要邵大河想做的事儿，没有谁能拦得住他。但廖小茹相信邵大河，他要做一定会成功。

吃完早饭，邵大河踩着自行车送她去店铺。这个季节不冷，但早晨的风还是凉飕飕的，廖小茹整张脸都贴在了他的背上。

"等咱们有钱了，我要买一辆小汽车，到那时，不管什么时间出门，都不会让你觉得冷了。"邵大河吐出了一团白气，奋力地蹬着车子。

那个年代，汽车还是稀罕物。偶尔能看到街上有几辆驶过，总是会引起不少人艳羡的目光。

"等你买了小汽车，我也好好感受一把风驰电掣的感觉。"廖小茹跟着打趣，语气是轻松的，显然没有当真。

"你还别不当一回事儿，我有预感，这个目标迟早能实现。在国外，很多家庭都拥有自己的小汽车，出门刮风下雨全不怕，瞅着都带劲儿。"

商城门口，李秀珍拎着个小包袱，正在等商场开大门。最近，李秀珍的小卖部生意特别好。她这里不仅有牛奶玉米，还有一种东北饭包。牛奶玉米有人学得来，但这种东北饭包是她的独门绝技，别人学不来。她用的是自家做的酱料，拌上蒸熟的茄子、土豆泥、煎鸡蛋，撒上葱丝、芫荽，用嫩嫩的大白菜叶一裹，外边再包上烙馍，甭提多美味了。

商城开门的时候，廖小茹和邵大河也赶到了。

李秀珍挽着廖小茹，避开了人群，慢慢地往里走。进了门，邵大河打理生意，李秀珍则像献宝似的，把小包袱里的宝宝衣服一件件地拿出来给廖小茹看。这都是她晚上有空的时候，一针一线亲手做的。她算好了日子，儿媳妇儿的预产期是在腊月前后，天寒地冻的，可不能委屈了她的大孙子，必须提前做好准备才行。

看着一件件花花绿绿的宝宝衣，廖小茹满眼感激："谢谢娘！"

"自家人，谈什么谢不谢的，你这个傻孩子。"李秀珍笑了笑。

眼前的生活，正是过去许多年苦难日子里，廖小茹最期待却从不敢奢望的梦想。她轻抚着隆起来的小腹，无比熨帖，无比幸福。

未来，着实可期。

一年后，邵大河背着手仰着头得意地看着店前的招牌。经过一年的筹备，历经千难万难，他在脑海之中筹划了千万遍的"大河小铺"终于开业了。

店铺用的是邵大河自己的名字，并谦虚地称呼为"小铺"，但真的走进了店铺，就会发现里边空间相当大。十几排货架一字排开，摆满了各式各样的货品。衣食住行，吃喝拉撒，只要是你能想到的相关商品，几乎都能从货架上找到。大河小铺采用的是自选模式，这种销售模式当时在郑州还是首创。顾客从正门进入，从侧门出去，闭环设计，避免拥挤。在进门处有导购小姐迎接，喜欢什么商品就把它放进小竹篮里，到出口再一块结账。导购小姐每个人守着几个货架，如果顾客有不懂的地方或找不到商品的，她们就会提供帮助，如果哪种商品便宜或者性价比比较高，她们还会把这种商品推荐给顾客。对待顾客，她们好像一家人一样体贴、温暖。

为了让人们知道大河小铺的开业，半月前，邵大河不仅在广播电台上做广告，还在报纸上刊登整版广告，介绍大河小铺的促销活动和促销商品。他告诉广大市民：大河小铺自选商店开业了，开业第一周，顾客进店不仅可以自选商品，部分商品还可以享受半价活动；不买商品的顾客，到店都可以免费领到鸡蛋三枚；购物满 99 元的顾客还可以参与抽奖活动，最高奖是价值

200元的自行车一辆，最低奖也是香皂一块……一时间，整个城市都知道了大河小铺。

开业当天，大河小铺人山人海，拥挤不动。货架上的很多商品被一扫而空，这大大超出了邵大河的预期。一天下来，盘货结算，竟然只是勉强收支平衡。分析原因有二：一是太多顾客购买的是打折的商品，基本没有利润；二是管理不到位，丢了不少的商品。

对于大河小铺的这种现状，员工们各持己见，议论纷纷：

"做生意是为了赚钱，被人趁乱就拿，逮住也不认账，得想个办法。"

"还是改一改店内的布局，把货放进柜台里吧，谁要啥咱们就给拿啥，不要顾客自己碰。"

"邵哥，咱们的生意好，无形中会遭到同行的妒忌。有几个人我都认识，咱们店里一团糟，店外一团乱，那些人都在等着看笑话呢。"

"必须想想办法，赔钱赚吆喝也就算了，有些人根本是拿咱们店当冤大头了。"

"一切还只是刚刚开始罢了。"邵大河冷静地分析，"一开始，遇到了一些困难，这不是再正常不过的事儿嘛。怎么？遇到困难不去想办法就直接放弃，你们不觉得放弃得太早了吗？"

"可是，一直在丢东西呀！"有人郁闷地感慨。

"想办法！"邵大河坚定地说。

能有什么好办法呢？

廖小茹出主意："在顾客比较集中的时候，想个办法限制一下进店的人数，这样大家就能看管好各自的那一片区域。另外，在店里醒目处贴一些'小心小偷''若是偷盗就给扭送公安机关'之类的标语，是不是能起到一些警示作用呢？"

"开门做生意，墙上贴那些标语多难看，这是卖货还是普法呢？再说了，有些做坏事儿的，根本不会理会你墙上写了些什么，该偷还是偷；那些标语干扰到的只会是那些正常购物的顾客，长此以往，对我们的店没有半点好处。"邵大河边考虑，边把自己的想法说出来，"不过顾客集中时限制进店人数，这个倒是有些必要。这样，门口的导购小姐负责做这个限制，咱们这家店，面积不大，同时进来五十个人就差不多了。你们就在门口数着人数，进来五十位以后，其他顾客先拦在门外，说话客气点，好听一点，就说咱们店里太小，人挤人的很容易发生危险，让大家少安毋躁，在门口稍等，等里边的顾客结账完毕，再将他们请进去，如果实在着急，不远处还有几家店，可以去那边看看。"

"这不是把生意往外推吗？从没见过你这样做生意的。"廖小茹不同意。

邵大河嘿嘿一笑："大部分顾客还是冲着当天降价销售的货品来的，他们如果离开，去别家店可享受不到这样的优惠。"

廖小茹点了点头，也觉得有道理，可以试一试。

邵大河立即做了调整，安排了店内两位最伶俐的导购，到门口去迎客。

接下来两天，还是逃不开小偷小摸的问题。

"得让顾客们知道，偷东西是不对的行为，而且还要付出极其严重的代价才行。"邵大河笑了笑，"虽然我不想做得太狠，但事情总要想个办法解决才行。我想好了，要么不做，要做就来个大的。"

"大的？你想做什么？"廖小茹担心地说，"邵大河，咱们开门做生意，讲究的是和气生财，千万不能冲动，把事情给闹大了。"

"瞧你说的，我怎么会在自家的店里闹事儿呢？我的意思是，杀鸡儆猴，这种不正之风想要遏制掉，还是要狠一点儿。"

"你打算怎么做？"

"明天一早，咱们去趟派出所，跟警察同志聊一聊，得请他们帮忙。"邵大河说出了自己的想法。

"能行吗？万一明天没人偷东西，咱直接把警察同志找来，那不是耽误人家工作吗？"廖小茹觉得不太妥当。

"这种情况，派来的一般是便衣，他们是不穿公安制服的。请他们在办公室那边先喝个茶，闲聊一下，如果没有异常情况，咱们就当联络一下感情了，那也是说得过去的。"

邵大河胸有成竹，大家都觉得可以试试。

隔天清晨，廖小茹像往常一样早早起床，先去看了看睡在小床上的儿子，给他把了尿，又让孩子钻回被窝继续睡觉。才满一岁的小家伙长得很壮实，聪明又可爱。邵中诚亲自取的名，叫青阳，小名阳阳。

邵中诚还有几年才退休，李秀珍在小卖部那边忙得热火朝天，廖小茹和邵大河都有各自的店面要管，阳阳从小就在铺子里跟着妈妈和奶奶，你抱抱，我抱抱，就这样慢慢地长大。

"早餐咱们简单吃点，你别忙活了。"邵大河撑着身子坐了起来。

"一天三顿饭，早餐吃好，中餐吃饱，晚餐吃少。所以，早餐最重要，吃不好一上午都没精神。"作为妻子和母亲，廖小茹要尽职尽责。

这时，阳阳醒了，哼哼唧唧的，显然是没睡醒正难受。

廖小茹早饭做到一半，没有时间哄孩子，她抱起儿子塞到邵大河的被窝里。

"妈，妈……"阳阳会说的话不多，喊得最清晰的就是这个"妈"字。

邵大河没好气地轻拍了他一下：“臭小子，让爸搂一会儿不行吗？别一天到晚就知道烦你妈。"

阳阳嫌弃地拿小脚丫蹬他，小身子软得像面团，左扭右扭，哭哭咧咧的就是不肯就范。

"这要是个姑娘，文文静静的该多听话。"邵大河感慨道。他和廖小茹的第一个孩子，他心里边盼的是个女儿，长得跟廖小茹一样漂亮，粉粉白白，可可爱爱的，该多招人爱呀！谁知道盼了好几个月，盼来的是个臭小子。

"臭小子怎么了？怎么？臭小子你就不满意了？"廖小茹抬高了声音问。

"媳妇儿，我满意，我真的特别满意，以后我还指着这小子传宗接代、光耀门庭呢，我怎么会不满意？反正女儿总是会有的，家里有个哥哥在，咱家小姑娘往后不担心会被人欺负。"邵大河讨好地笑着说。

这么一想，再看着儿子的时候，邵大河多了几分笑容。

"以后有了妹妹，你要让着她点，知道吗？你是大哥，大哥要有大哥的样子，不可以跟妹妹争争抢抢，更不能跟妹妹闹脾气，要是做不到，小心你妈妈抽你。"

面对邵大河的挑拨离间，廖小茹哭笑不得："喂，邵大河，你怎么乱说话呢？盼着要女儿的人是你，打算拉偏架的人也是你，为什么你打算无理取闹的时候，要让我过去抽儿子啊？我可告诉你，儿子是我的大宝贝，我跟儿子站在同一战线，抽你也不会抽我儿子。"

"廖小茹，真看不出你竟然有重男轻女的思想。"邵大河嘟囔着。

"等你有了女儿，你再打抱不平吧。"廖小茹揉揉儿子的小脸，顺便拿个小帽子盖住他光溜溜的脑袋。小家伙属于后长头发的类型，直到现在，头发还都是小绒毛，稀稀拉拉的，廖小茹一度很担心，不过李秀珍也说了，邵家的孩子小时候全都是这样，两岁左右头发就全长出来了，而且又浓又黑，特别好。

邵青阳的到来，让廖小茹彻底地融入了邵家，从前的事儿没人再提了，整个邵家都如同这个正在复兴的国家一般，在欣欣向荣地向前发展着。

在大河小铺的办公室里，邵大河正跟两位便衣警察闲聊。其中一位姓陈，为人和善；另一位姓周，军人出身，人高马大，一脸严肃，不怒自威。

邵大河给两位警察倒上茶，说了些感激和客套的话。两位警察不时询问几句，了解了大河小铺的基本情况后，对邵大河面临的困难表示会全力帮助。

"等以后闲着没事儿，我也要以普通顾客的身份，到你店里来转一圈，好好感受一下这种新的购物方式。"陈警官跟邻家大哥似的和邵大河闲聊。

"你们平时可是请也请不来的贵客呀，太欢迎啦！"

而周警官话不多，目光总是透过玻璃窗，观察着店内的情况。这间办公室是邵大河特意选的位置，从这儿一眼就能望见店内的一切。

上午九点整，大河小铺开门营业。只见一名漂亮的导购小姐拿着扩音器大声宣讲：

"大爷、大妈、叔叔、阿姨们，以及所有光临大河小铺的顾客们，本店开业三天了，感谢大家的光临和支持。因店面内空间比较小，同时进入太多顾客不仅会影响到大家的购买体验，还会带来其他危险。为了加强管理，更好地服务大家，每次只允许五十位客人同时进入小铺内购物，等店内的客人选购基本完毕后，再进下一批，由此给您带来不便，还请谅解。"

有人认为这番话有道理，便连连点头。

也有人不愿意，大声嚷嚷起来："来买个东西，还要在门外等，哪有这个道理？"

有人附和道："可不是吗，真当自己是个什么稀罕玩意儿了，什么规定？有钱还不赚了？"

"里边的人如果一直不出来怎么办？我们就要在外面死等着吗？"

对于这种反对的声音，邵大河早有应对方案。

导购小姐依然笑容满面，不慌不忙地说："为了表达对大家的歉意，今天凡是来本店的客人，无论购物与否，除了免费领三枚鸡蛋，还赠送精盐一袋。好了，不耽误大家时间了，现在开门营业，祝大家购物愉快！"

店门打开了，人们按照要求有序进入。

办公室内，周警官提出自己的建议："你这个店生意挺不错，如果一直指望警察来坐镇也不是个办法。你可以招一些保安人员，负责安保工作。"

"这个办法好！"邵大河眼睛一亮，赞同道。

"我有个战友在南方一家工厂里做保卫科科长，他的工作就是保护整个厂子的安全。我觉得，你的店里也可以配一两个这样子的人手，要挑选身材高大的，穿上制服，这样可以对坏人起到震慑作用。"

周警官说着，忽地警觉起来，只见他目光如电，锁定了某个方向。他冲着陈警官做了个手势，陈警官立刻严肃起来。

"有情况了吗？"邵大河顺着周警官手指的方向望过去。

"小河里游来了一条大鱼。"周警官摸了摸腰后，确定该带的东西全带在身上。

"来了就别走了，晚上来一道全鱼宴，缺的就是这条大鱼。"陈警官的目光迅速地从整个店面掠过，显然是在寻找合适的位置。

邵大河有点紧张，跟着看来看去，他除了看到涌动的人群，并没有发现什么异常。

"等会儿在店门外动手吧？"周警官提议。

陈警官点了点头："出口的位置空旷一点，我觉得中。"

邵大河正一头雾水，他的肩膀却被周警官拍了下："要是能顺利地抓到这条大鱼，我保证未来很长一段时间，你都不用犯愁有人会在店里小偷小摸了。"

"究竟是怎么回事儿？有坏人？"邵大河紧张得连呼吸都屏住了。他头一次近距离地看警察抓人，觉得很刺激。

"邵大河，你现在找个借口，去门口盯着你们的店员结账，配合我们一下。"周警官说完，用手点了一下不远处的某个人，"看见那个戴帽子穿黑皮衣的人了吗？我们的目标就是他，等会儿我们把事儿做得漂亮点，让你开开眼。"

"中！"邵大河搓了搓手。

两名警察开始行动，邵大河特意绕了一圈，到出口的收银处。他背着手，站在收银员秋英姑娘身后。

秋英姑娘非常年轻，性格内向，做事小心谨慎。她正在收银，突然发现老板站在身后，立即紧张起来，以为自己哪里做得不对，老板才会一脸严肃地盯着她。

邵大河示意秋英让开："秋英，你这儿做得有点不对。来，你让开，我给你做个示范。"

等秋英让开后，邵大河装模作样地收起银来。他先帮两位老太太结好账，紧跟着，就轮到了那个戴帽子穿黑皮衣的男人了。这人的购物篮里，就放了一袋面包，两瓶啤酒，还有一些小零食。

"欢迎光临。"邵大河接过购物篮，一边算账一边用眼神询问周警官，周警官示意计划不变。

"一共五块五。"邵大河算完，又把身后发愣的收银员给拉过来，"秋英，你看懂了吗？"

收银员完全没明白怎么回事儿，但也得不懂装懂，一副明白怎么回事儿的样子，红着脸，连连点头。

正当那个男人结账之时，邵大河一闪身，绕到他的身后，堵住了他的退路。

收银员接过了那五块五，确认无误，就做了个请的手势。

那个男人抱着东西就要走，周警官从一旁跟了上去。

这时，邵大河突然冲秋英嚷嚷："秋英，你怎么回事儿？这么简单的账你都能算错！"

那个男人走到了门口，下意识地回头看看，发现人高马大的邵大河就站在自己身后。

邵大河冲那人笑了笑："兄弟，你身上是不是还有没结账的商品？"

那个男人听了这话，顿时恼羞成怒："我刚给结过账，不信你问收银员。"

"你放在购物篮里的商品都结账了，但你身上的呢？你腰间鼓鼓囊囊的，肯定有别的东西吧？兄弟，咱家是小本买卖，禁不起这样，还是拿出来吧！"

陈警官、周警官一左一右围了过来，邵大河放下心来。

那个男人阴沉着脸骂道："酒能乱喝，话不能乱说，你可不要血口喷人！兄弟，你哪只眼睛看到我身上还有你家东西？"

"有没有，你把衣服解开就知道了。"邵大河指着他的腰，"我怀疑东西就藏在了这里。"

"兄弟，做事儿不要冲动，也想想后果，我告诉你，我没多拿你家的东西。

你现在把路让开，我不跟你计较，否则，我让你吃不了兜着走！"

邵大河不吃他那一套，去拉扯他的衣服："你偷我家东西，还敢威胁人？反了你啦！"

那个男人皮衣没有拉好拉链，轻轻一拽就露出了里边的东西。邵大河清楚地看见那人腰间斜插一把匕首。

那个男人一脸横肉，眼露凶光。邵大河跳起来，扑上去，将那人紧紧抱住。那个男人犹如困兽般嗷嗷乱叫，使尽全力想将邵大河甩开。两人扭打在一起，将出口处的货架碰倒一片。

周警官和陈警官迅速行动，一人掏出了手铐，一人帮忙控制那个男人。

那个男人身上果然藏有很多商品，一挣扎全稀里哗啦地掉了出来，露出了原形。

人们纷纷围拢过来，议论纷纷：

"怎么回事儿？怎么还打起来了？"

"好像是在店里偷了东西，被店主和警察当场逮住了。"

"哪里有警察？"

"就那两个，穿的是便衣，没看见手铐都掏出来了吗？"

……

有人听了这话，心里开始发虚，悄悄地把夹带的东西给掏出来，放进购物篮里等待买单。不得不说，刚刚发生的这一幕，起到了很好的震慑和教育作用。

那个男人被扭送走了。

周警官处理好了派出所里的事儿，又返回店里。他关心地问邵大河："你怎么样？没受伤吧？"

邵大河坦然地摇了摇头。

"我刚才的意思是，你吸引一下他的注意力就行，抓人由我们来。你啊，胆子还挺大，怎么突然自己就冲上去了？"

邵大河解释道："他身上带着刀，手都捏着刀柄了，这个人随时都会狗急跳墙的，万一让他把刀子抽出来，伤到人怎么办？"

"你这个老板当得不错，小伙子好好干，肯定能成事儿。"

周警官赞叹地拍了拍邵大河的肩膀，对店内的顾客说：

"同志们，我是人民路派出所的警察，我姓周，今天我们在大河小铺附近巡逻，发现了有小偷，并当场抓获，给大家造成了不便，还请谅解。现在，坏人已经被抓住了，大家不要恐慌，继续购物吧。对了，小偷身上带了利器，是大河小铺的店主见义勇为，冲上去死死地按住他，才没让坏人有机会伤害到大家。让我们一起鼓掌，对店主邵大河表示感谢！"

听周警官这么一说，大家才明白怎么回事儿。瞬间，店里响起了雷鸣般的掌声，所有人都朝邵大河投去敬佩的目光。

据周警官透露，邵大河抓到的那个男人不只是个小偷，还是一个在逃的杀人嫌犯，身上有两条人命！

邵大河听到"在逃的杀人嫌犯""两条人命"几个字时，脑门上直接见汗了，他还真有些后怕呢！好在这个杀人嫌犯被抓着了，等待他的将是法律的严惩。

当天营业结束，邵大河让人盘了盘货，收益有了较大增长，显然丢失商品的现象明显好转。

"大家辛苦啦！明天继续努力。"邵大河满怀希望地说，"等到了年底，若是店里的盈利不错，我一定给大伙发奖金。至于奖金的多少嘛，就看这一年的努力了。请大家相信，凡是我承诺过的，绝不会食言。"

邵大河慷慨激昂的一番话，让人听得热血沸腾。在那个年代，肯给员工发奖金的私营老板还不多，况且邵大河给员工开的工资还很高。当时，在国营单位上班多年的职工拿到的工资都还没有大河小铺一般营业员的工资高。在大河小铺，高工资，高福利，邵大河把员工当亲人一样看待；当然，员工们都以来大河小铺上班为荣，对大河小铺的各项业务都非常用心、尽心和热心。

邵大河的诚信经营，为大河小铺赢得了良好的口碑，甚至让它成为城市的一张名片，人们提起大河小铺，没有不竖大拇指的。

在大河小铺，邵大河不仅对员工好，他还十分注重人才的招募和培养，店长李建军就是邵大河从砂轮厂挖来的得力干将。

李建军是邵大河在砂轮厂时的同事，两人一起共过事儿，邵大河对他很了解。李建军二十五岁时就被任命为车间组长，是工厂里的业务骨干，很受领导器重。他上过高中，见过一些世面，头脑灵活，对生产经营很有自己的想法；他做事儿认真，对人和善，人缘很好。

邵大河正是看上了李建军人品好、业务能力强这些优点，才邀他加入大河小铺一起做事儿的。

一开始，李建军也不愿意丢掉他端了多年的铁饭碗，但架不住邵大河三番五次地给他描绘大河小铺的发展规划和美好前景，还承诺给他双倍的工资待遇，年底还有高额的奖金和分红，李建军只好答应试一试。

为了保险起见，李建军办理了为期一年的停薪留职，如果在邵大河这里干得好，一年后再正式加入。邵大河很愉快地接受了他的条件。

业务上有了李建军的鼎力相助，邵大河如虎添翼，他可以很放心地把大河小铺交给李建军来管理，而自己则把精力和时间放在业务的扩展上。

邵大河凝望着远方，心里面有了更加长远和大胆的想法——他要扩大经营，打造自己的商业帝国，让大河小铺成为家喻户晓的品牌——这就是他下一步要实施的目标。

三年后的盛夏，邵长江迎来了他的离校日。是的，他的大学生涯即将结束。开完送别晚会，他将背上行李离开北京，返回铝厂上班。回想这四年的时光，邵长江总有些恍惚，日子如白驹过隙一般，一下子就过去了。

"白清然，我要回去了。"坐在图书馆的楼顶的平台上，邵长江能看到整座校园。

微风拂过，带走了他的喃喃轻语。楼下，有人在唱一首《送别》：

长亭外，古道边，芳草碧连天。
晚风拂柳笛声残，夕阳山外山。
天之涯，地之角，知交半零落，
一壶浊酒尽余欢，今宵别梦寒。
……

邵长江笑了笑，本来还琢磨着要不要去白家再看一看，可回想起这四年来的往返奔波，若是能有结果，他早该与白清然恢复联系了。

白家的人当然知道些什么，只是全都守口如瓶。而白清然自己，也是一去没了音信。

四年,邵长江一想到这个数字,他的心脏依然是钻心的疼。算了,不去了。他决定回家了。

一想到回家，便归心似箭，邵长江好像只是窝在火车座位上打了个盹儿，那座熟悉的城市就已经出现在面前。

离开四年，他在改变，他的城市也在经历着翻天覆地的变化。当他扛着大包小包，走出火车站时，接站口一个娇小的女孩，正费力地挤在最前头，哪怕被人推得东倒西歪，她仍坚持站在第一排，一直踮着脚，期待地看着。当邵长江出现的那一瞬间，女孩像一枚小炮弹似的冲了过来。

"长江哥，你回来了，你终于回来啦！"

她冲动地想直接扑上去抱住这个让她朝思暮想的男人，可女孩子的矜持还是让她在最后一秒止住了脚步。

"李想？你怎么在这儿？"邵长江吃惊地问。

"我猜着，你这几天肯定会回来，所以今天就来碰碰运气。果然，咱们很有缘分，还真的让我接到你了。"李想把话说得简简单单，伸手接过他手上提着的包。

"你怎么拿这么多东西回来呀，这一路肯定累坏了吧？我先送你回家吧，刚好我是骑着自行车过来的，不过你太高大了，我可驮不动你，得你来骑车带着我才行。对了，长江哥，你会骑自行车的吧？"

邵长江还在愣神："你要送我回家？"

"不然呢？我不送你，你就得扛着这些东西去坐公共汽车，从火车站这边出发的车子全都特别拥挤，没准你连车子都挤不上去。你很久不在这边生活了，你真是无法想象火车站附近的公共汽车有多难上。"

"其实，没关系的，北京那边的也差不多。"邵长江仍想拒绝。

下车后，李想是邵长江见到的第一个熟悉的人，她甚至比他家里的亲人还要上心，他根本没透露过什么时候返回，而她却在最准确的时间守在最正确的地点，举起双手，热烈地欢迎他的归来。

看似简单巧合的背后，她不知付出了多少心思！

在这四年之间所保持的那种看似平淡，却是极为紧密的联系里，多了更多的含义。当邵长江突然意识到李想和自己的这种暧昧关系时，他内心是抗拒的；而李想则在热烈地看着他，在她宛若新月一般爱笑的眼睛里，闪烁着幸福的光泽。

邵长江有种想落荒而逃的冲动，于是找借口说："我还有事儿，要去别的地方，暂时不回家的。"

明显被拒绝，李想仍然很坚定，热情地说："今天我既然来了，那就舍命陪君子吧，你去哪里我就送你去哪里。走吧，少废话，咱们路上再看看有没有烩面馆或是羊肉汤馆，我请客！"

邵长江还想说什么，但李想已经把东西全放在自行车上了。她做得很用心，还提前准备了绳子，把大包小包都绑得结结实实。李想娇小的身体里却蕴藏着无限大的力量，坚定而执着。

邵长江只好骑着李想的那辆自行车，带着她穿行在热闹的街道上。这一天的风很大，刮在耳边呼呼作响，街道上人来人往，还有小汽车和公交车从身旁行驶而过。

李想悄悄地伸出手臂，环住了他的腰。她抱得热烈，也无比坚定。邵长江还是第一次和女孩子如此靠近，他强烈地感受到来自对方的发烫体温。这一刻，邵长江的脑海里划过的还是白清然非常模糊的脸，因为分开的时间太久了，他竟然记不起她的样子。与她有关的一切，都像被风吹过，越来越淡。尽管在心底仍是舍不下，放不开，可那又能怎样呢？他和她之间有一条深不可测的鸿沟难以逾越。

邵长江每每想到这些，都会觉得鼻子一酸，今天也不例外。

李想在车子后面突然问："长江哥，你想吃羊肉泡馍还是羊肉烩面？还是想吃些别的什么？你负责选，我带你去。"

"还是回家吃吧，我现在也不是很饿。"邵长江此刻就只想立即与李想分开，她所做的每一件事儿，都令他感到压力很大。

"回家？你不是说有点事儿要先去办吗？现在又想回家了？"李想奇怪地问。

"突然想起来父母还在家呢，我应该先回去看一下他们的。"邵长江语无伦次。

"那好呀，就先回你家吧，不过这个时间，回到家也赶不上午饭了，不如在外边解决掉饥饿的问题，免得回去还得麻烦他们。"李想仍坚持要吃饭。

邵长江虽然闷闷不乐，想拒绝，可是，面对李想那张热情的笑脸，他怎能如此绝情呢！最终还是按照李想的要求，去吃了一碗烩面。

饭后，李想继续坚持要送他。到了家门口，邵长江客气地问："要进来坐坐吗？"

要是一般的姑娘，在遇到这种情况时，即便心中有万千情意，也会百般羞涩，吓得一路小跑溜掉的。李想却没有拒绝的意思，点头说："好的呀，进去认认门也好。"

邵长江无奈地笑笑。恰好有人来开院门，李想推着自行车，笑容满面地往里走。来开门的是邵中诚，李秀珍抱着孙子跟在身后，他们根本没想到进来的人会是邵长江，许久不见的亲人乍一出现在面前，顿时惊喜地叫了起来。

"这位是？"李秀珍好像明白了什么，客气地问。

"她是……"邵长江想要撇清关系，但想了半天也不知道该怎样解释，"她是我的一位朋友。"

"叔叔好！阿姨好！我是李想，在西区的一所大学当老师，我和长江哥是很好的朋友。今天他回郑州，我去火车站接他，看他东西多，就把他送回来了。非常冒昧地登门，您二老别见怪呀！"李想什么都没说，但又似乎什么都说了。

李想说着话，从车把上取下一个布口袋，从里面拿出来一条烟和两瓶酒，她竟然还准备了礼物，看来是早有准备呀！

邵家老两口彼此看了看，颇感意外。

"这太贵重了，我们不方便收。"邵长江想拒绝。

李想已经先一步把东西送到了还在愣神的邵中诚的手上："这只是普通的礼物，表达的是一种礼数，称不上是贵重。再说，我是送给叔叔和阿姨的，你可没资格拒绝。"说完，她还嗔怒地瞪了邵长江一眼，可是那眼神里分明是带着笑呢，哪里是真的在生气。

邵长江突然发现，李想与他心目中的样子不太一样。她如此大胆、主动的追求方式，让他无法再去忽视她的存在。

李想在邵家并没有停留太久，聊了几句便告辞离开。

"我送你。"邵长江沉着脸，也跟了出来。

"你坐了那么久的火车，又刚到家，多休息休息，陪叔叔阿姨说说话吧。我骑车来的，不用你送。"

李想笑眯眯地拒绝，但邵长江不同意，一定要送。

"他爹，今天来的这位，是长江带回来的对象吗？"李秀珍看着邵长江和李想一前一后离开小院，才把心里的疑问说了出来。

"好像是吧。"邵中诚背着手，"是个大学老师，人长得也不错，方方面面的条件都不错，就是个子矮了些。"

"是你们邵家的男人太高大了，李想的身高不算矮，只能说是正常。"李秀珍纠正，显然对李想很满意。

于是，邵中诚笑了笑，没有再发表意见。

他们的预感倒是很一致，邵家明年也许又要办喜事儿了。

可院门外，一离开父母的视线，邵长江就忍不住发起火来："喂，李想，你今天做的这些事儿是什么意思呀？"

李想微笑着，也不恼，平静地说："是啊，我是什么意思呢？长江哥，问题的答案，你可以等我走了以后认真地琢磨琢磨。回头琢磨透了，再来学校找我，我们聊一聊。"

"我不用琢磨任何事儿，因为根本没有那个必要。"邵长江气呼呼地说，"我有对象，我很喜欢她，将来也要娶她。这件事儿你比任何人都清楚，不是吗？"

李想显然有心理准备，继续笑着说："是的，我当然清楚。"

"你既然清楚，那你今天搞这些是为了什么？白清然是你的老师，我是你老师的对象，你不觉得这很可笑吗？"仿佛找到了底气，邵长江提高了音量。

"我想，你搞错了一些事儿。"

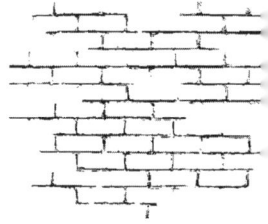

17

往事
如风

李想仍是很平静，她清了清嗓子，坦然地讲下去，虽然有些话可能会让他感到疼痛、难过，但李想觉得自己有这个责任将真实情况告诉他。

　　"白清然是我的老师，这没错。但是你从来都不是我老师认定的对象，更谈不上共度一生的伴侣，我可以肯定，你和她根本没处过对象。你对白清然所有的感情，源于一场单相思，你单方面地喜欢着她，而她也不曾给过你任何承诺。"

　　"你能不能不要胡说八道！你知道什么啊？你凭什么来评价我和她之间的事儿？"邵长江像是被踩到了尾巴的猫，一下子蹿了起来，怒目圆睁。

　　李想根本不怕他，连眼皮都没有眨："这不是评价，这是提醒。长江哥，我理解你，也懂你。可是，我也希望你能认清事实，从幻想之中走出来。你和白清然根本不可能，相互之间差距太大了，双方的家庭、取得的成绩、未来的发展方向等，都不在同一等级上。婚姻，从来不是两个人的事儿，有句话叫门当户对。你和白清然之间若是想有个结果，必然需要白清然为了你放弃一切，委屈自己，才能来到你的身边；她甚至要背负亲人的责骂，与原生家庭决裂。而你呢，承担得起她这样的付出和牺牲吗？先别说她根本不可能为了你放弃所有，就算她愿意，那你愿意让她成为平凡的女人，虚度一生吗？"

邵长江哑口无言。他不是不想反驳，不是不想否定。但李想说的每一个字，都戳在了他的心口上。四年来，一千多个夜晚，每当他静下心来的时候，他就冒出许许多多的想法，而李想所说的这些话，正是他千百次思考过的问题。

他配得上白清然吗？他担得起她的美好未来吗？他能让白清然心甘情愿地跟着自己过一辈子吗？单靠彼此之间的一点点好感，真的能支撑她去做出这样的选择吗？

李想见击中了邵长江的要害，继续讲下去："其实，她与你断联四年，她的家人守口如瓶，这本身就是白清然的选择。难道，你非要她撕破脸面，残忍地说出决绝的话，你才死心吗？"

"你别说了！"邵长江大吼起来。

李想见他仍执迷不悟，也忍不住抬高了声音："这四年的通信，我无数次给你讲，你为什么就是视而不见呢？白清然是你拼尽全部力气，也没办法与她平起平坐的女人，你怎么就认识不到这一点呢？"

"就是没法跟白清然在一起，我也不会选你。白清然看不上我没关系，我也没有必要就退而求其次地看上你。"邵长江恼羞成怒，脱口而出。

邵长江的话太伤人了，李想的眼泪就在弯月一般的眼睛里打转，但她强压着怒火。

"还是别把话说得太满了，会不会选我，那也是将来的事儿。未来的事儿，谁知道呢？你是个执着的人，我也是个执着的人，大家谁也说服不了谁，干脆把一切交给时间，未来总会有结果。"

李想飞身上车，疾驰而去。

此刻，邵长江再也按捺不住压在心里的那团怒火，他"啊啊"大叫几声。李想说的，何尝不是他心中所想呢？只不过，长期以来他一直自欺欺人罢了。

白清然，从她悄然离开的那天起，就已经做出了选择。他，并不在她的人生规划之中，从来都没有！那一点点的好感，不过是年少时的某个午后，暖阳照在身体上所留下来的错觉罢了。她醒得比他早，所以她离开了；他沉醉在美好的错觉当中，直到此刻仍念念不忘。

几乎所有的邵家人都察觉到邵长江的改变，那个怀揣着篮球梦的大男孩完全消失不见了。他脸上没了笑容，眼神里没了神采，仿佛一瞬间就已变成了大人的模样。

在家里只待了两天，邵长江便返回铝厂报到上班了。

离开四年，物是人非。铝厂还是那座铝厂，但厂里很多熟悉的面孔已经看不见了。有的退休，有的离开，有的去世……连提携他的老领导，帮助他、关照他的老同志都默默地离开了这片熟悉的厂区，邵长江转了一圈，回到厂部的办公室，神情愈发失落。

邵长江今天是来报到的，接下来的工作安排，还得等领导开会后决定。目前，他只需要去熟悉和适应环境，调整自己，让自己从学生的那种学习状态转回到工作上来。此时此刻，他内心深处渴望着忙碌，最好是马不停蹄，直至筋疲力尽。这样，或许才能让他从痛苦中获得短暂的解脱。

白清然……

"邵长江，来办公室接电话！"有个声音在走廊里大喊起来。

邵长江猛然一激灵，飞奔出去。他的朋友不多，才回到郑州也没什么人会主动跟他联系。突然有电话打过来，那个人会不会是白清然？她既然知道他是什么时候入学，必然也能算得出他是什么时候毕业离校。那是个极其聪明的姑娘，总是带了几分运筹帷幄的笃定感。那么今天，邵长江是多么希望，突然之间就从电话中听到她熟悉的声音。他的脑海里有一个念头在盘旋——若真是她，他与她的第一句话应该说些什么呢？

"长江，你这周回家吗？你回来得匆匆忙忙，正赶上我和你嫂子都在外地，一家人也没能坐下来吃个团圆饭。我是想，如果你这周有时间，咱们可以聚一聚，难得人齐，咱们再去拍张全家福怎么样？现在可是热热闹闹的一大家了。对了，你把你那个女朋友也带上吧！"

电话那头传来的声音并不是白清然，而是邵大河。他最近去浙江出差，恰好廖小茹那边也需要进些货，于是夫妻俩便一同出发了。回来时，听见家里老人说邵长江毕业回来了，邵大河赶紧打电话过来，催着邵长江回家吃团圆饭。

"哥，我哪儿来的女朋友？你是不是搞错了？"邵长江连忙解释道。

"娘说，你这次回来，带了个挺不错的姑娘回家认门来了，好像还是位大学老师。行啊，长江，这个真是不错。"邵大河打趣道。

邵长江的脸色瞬时沉了下来："哥，没这回事儿，那姑娘是我朋友，普通朋友。"

"你也到了谈婚论嫁的年纪了，这种事儿不需要害臊。咱娘说，那姑娘对你很上心，各方面看起来也挺不错的。"邵大河还以为他是不好意思，很是贴心地开解着。

"真的不是！我现在才回厂里，定岗的事儿还没个说法呢，哪有心思想那些杂七杂八的事儿。另外，这周我就不回家了，等我这边忙完了，咱再回去吃团圆饭。反正我已经回来了，早一天晚一天都不打紧，什么时候方便再说。"

邵长江说完，就把电话给挂了。邵大河有些意外，因为最重要的事儿他还没说出来呢。

李秀珍抱着阳阳凑了上来："怎么样，你弟怎么说？他这周回来不？周几回？"

"他说没时间，什么时候有时间再说。"邵大河如实奉告。

"这小子，他自己招惹了人家姑娘，倒是一躲了之，连影子都抓不着。可家里人怎么办？那姑娘三天两头就来一次，虽然人家什么都不问，也没有多说，可老这样下去，那也不是个办法。"李秀珍愁得不行了，"大河，你是没见过那姑娘，人家是大学老师，言谈举止也很有教养，可她追咱家长江也真够执着的……"

"您不喜欢？"邵大河把阳阳从母亲手里接过来，让母亲坐下来慢慢说。

"我喜欢不喜欢哪有那么重要？我就是担心，你弟弟是不是做了什么事儿，或者已经跟那姑娘许下了什么，要不然的话，她各方面的条件可全都是顶顶好，怎么就一门心思地追着你弟弟跑呢？"

廖小茹本来还在一边忙呢，听到这话，突然笑了起来，接过话说："娘，瞧您说的，对方是大学老师，各方面条件都好，可您怎么忘了，您儿子也是大学生，虽然今年刚毕业，但也有好的工作、好的前程，又是一表人才、相貌堂堂，家里头更是父母双全，兄弟和睦，哪里就比别人差了。她能看上，正说明她的眼光好呢！"

李秀珍听着，不由得笑了起来。廖小茹夸得恰到好处，事实上她心里边也是这么想的。不过，该解决的问题还是要想想办法的。

"说真的，她每次来，我也不知道该跟她说些什么，她也不知道跟我说什么，可是没见到你弟弟，她又不愿意走，干脆家里家外地跟着忙活。这姑娘很会做饭，还会织毛衣，如果说，她真的是一心一意地认定了长江，愿意跟他一起踏踏实实地过日子，撮合撮合倒是没什么不好的。"

听到这里，邵大河和廖小茹这才明白，原来老人家这是已经觉得满意了。

"娘，这事儿还得看长江怎么想。"邵大河隐约想起，从前邵长江是有一位心上人的，他对那姑娘很着迷。但就是不知道，那个姑娘和家里边经常来的这位是不是同一个，"您还是别掺和了，看到了也只当作没看到，您没发现吗，长江毕业回来，心情似乎不大好，铝厂那边的工作也有了一些麻烦，他需要些时间去解决这些事儿。至于感情上的事儿，他心里自有打算，喜欢就是喜欢，不喜欢就是不喜欢，不能强求。"

邵大河虽然还没见到来家里的这位大学老师，可从李秀珍的话中，以及邵长江抗拒的态度来看，这两个人中，怕是有一个是剃头担子一头热。相较于李秀珍抱着撮合的心思，他从男人的角度更能理解弟弟的处境。感情是件很没有道理的事儿，他是过来人，很多事儿看得更为透彻。

"那姑娘也是他自己带回家的好吧，谁逼他带来的？如果是普通的关系，他一个大男人毕业回家，还需要一个姑娘去接站？邵大河，你瞧着吧，这里边肯定还有别的事儿，等以后找个机会，我好好问问李想。"

"李想？"

"就是那位大学老师。"李秀珍不耐烦地摆摆手，"反正我是挺喜欢这孩子的，你爹看着也觉得不错。"

邵大河哭笑不得："我算看出来了，您心里边其实早有了主意，只不过还得打着民主的旗号，去催着长江早点把事情给定下来。"

"小孩子懂什么，听大人的话准没错。"李秀珍笑呵呵地说，也不反对。

"好了好了，这事儿与我没关系，娘想怎样就怎样，我不多过问了。"邵大河立即举手投降，免得引火烧身，里外不是人。

邵大河的大河小铺，在短短的几年间，店面增加了足足一倍有余。扩张的速度之快，是大家没有预料到的。生意好的原因首先得益于国家改革开放的经济大发展，市场活跃，人们生活水平得到了巨大提高，手里有了钱，当然就舍得消费。其次是邵大河经营有方，诚信待客，童叟无欺，从来不卖假货，商品有质量保证。再次，大河小铺的自选模式让顾客在购物时有了更多的比较和选择的权利和空间，让顾客能够买到自己中意的商品。

店长李建军也是个大能人，在大河小铺的经营上花了不少心思。他天天都待在店里琢磨，货品要怎么摆放，店员要怎么服务，什么季节卖什么货最快，等等。

第一年的年底，邵大河与李建军一起给大河小铺做了盘点，最后的盈利让两个年轻人梦里笑醒了好几次。那是一笔任何人看了都要禁不住感到惊叹的财富，别的铺子要用三五年来积累，而他们只用一年，便轻松达到了。

李建军当即决定回厂里辞职，以后一心一意地在大河小铺谋发展。而邵大河大手一挥，要给大家发奖金，分红利。除了按照当初的约定给李建军和几位骨干发双倍的奖金，他还给每一个员工都分了红，连打扫卫生的阿姨都不例外。

美好的未来，要靠大家一起来创造，邵大河从不亏待自己的员工。他还承诺，只要完成来年的既定目标，除了年底分红，还要每月都给大家发奖金、涨工资，逢年过节都要派发红包和送各种福利；满一年的员工还要享受公休假、婚假、探亲假等，和国营单位享有同样的待遇，将来退了休还可以领数目不小的退休金……

这未免也太让人期待了吧！

邵大河的奖励机制大大激发了店员的工作热情，大家以店为家，工作更加尽心尽责。从第二年开始，大河小铺进入了健康发展的快车道，各项经营管理更加完善和科学，生意更加红火，大河小铺几乎成了家喻户晓的品牌。

邵长江毕业的那年夏天，暴雨连连，各地都在闹水灾，省内外都不得安宁。面对洪水，邵大河与李建军等几位经理商量后，决定拿出一大笔钱，分批次捐出去。他不指望出名，更不是要通过这种方式去博众人的眼球，他只想实实在在地做些事儿。如今的邵大河，依然年轻，依然充满激情，也更加懂得自己能够做什么，应该做什么，怎样去做。

廖小茹那边的铺子，生意也还不错，饰品批发和小卖部在一年前全都停了，店铺进行了重新装修，出租出去，每年只赚租金。

衣食无忧的廖小茹现在的心思不在赚钱上，她总遗憾自己当年没机会去上大学。如今，生活一天比一天好，她不用再辛苦工作，店铺的租金和大河小铺的盈利，都能支撑着这个家过上十分富足的生活。于是，廖小茹便提出来想去读个高中，然后再试试考所大学。

邵大河很意外她会有这样子的想法，但并不反对。他唯一的要求是希望她选择市内的大学来考，这样的话，将来考上，那也在市内，离家很近，随时都能回来。廖小茹也没打算去外地，夫妻俩一拍即合，就把这事儿给定了下来。

谁知道，人算不如天算，廖小茹还没完全进入学习状态，倒是突然间开始呕吐、犯困起来，去医院一查，发现自己已经怀孕快两个月了。

邵大河瞬间像是着了魔似的，开始念念叨叨地想要个姑娘。他们的第一个孩子是个儿子，廖小茹本人也从没想过再生一个。但孩子既然突然间来了，也不能不要。

邵大河每天下班回来，总要捧着廖小茹的肚子念叨一阵子，讲讲这说说那，好像胎儿真能听懂一样。

廖小茹的这一胎与之前的不太一样，她太困了，从确定怀孕之后，几乎是一有时间就想睡。之前还说要学习，复习了几天就坚持不下来了。邵大河专程带她去了两次医院，检查结果都差不多，她的身体很好，肚子里的孩子也很好，至于犯困，这种事也不用特别担心。反正女人怀孕本就是不舒服的事儿，有的表现在剧烈的呕吐、吃不下饭，有的表现在健忘，有的一会儿哭一会儿笑，情绪起伏不定……廖小茹摊上的是嗜睡，算是比较舒服的。

大河小铺有李建军坐镇指挥，邵大河便有更多的时间陪伴家人。亲眼看见廖小茹平坦的小腹逐渐隆起，那种感觉十分新奇。之前廖小茹怀邵青阳的时候，他正忙着处理铺子的事儿，夫妻俩年轻，又忙于工作，稀里糊涂就度过了十个月，生了个大胖小子。而现在没那么忙了，也有了悠然的心情，他们便自然而然地更加关注起新生命的到来。

"这次，一定是个姑娘，我邵大河是个有福气的男人，注定是要儿女双全的。"他傻傻地笑着，痴痴地盼着。

"万一，又是个儿子呢？"廖小茹逗他。

"没有万一，铁定就是姑娘，没跑。"

"生下来还是儿子的话，你就不要了吗？"廖小茹才不肯如他所愿呢，专挑反话来说。

"不要？那怎么可能，我的种，男孩女孩我都要。"邵大河连停顿都没有，立即做出反应。

"这胎要再是个男孩，咱们还生吗？"

"你说呢？"邵大河很聪明地把问题给抛了回来。

"我是在问你呢，应该由你来决定才对。"

邵大河犹豫了一会儿，显然是在慎重地考虑这个问题。

"大河？"廖小茹又犯起了困，打着哈欠说。

邵大河回过神来，坚决地摇头："咱就要两个孩子，让他们以后能做个伴，有了他们，咱们就不要第三个了。"

"不要了吗？你不是很想要个女儿吗？万一这胎还是儿子，你的心里边肯定会十分遗憾吧。"

"傻瓜，两个儿子也没什么不好。"邵大河笑了，"这不是还有你在嘛，如果生不出女儿，我就把你当成女儿宠着，你想去念大学，我就供你上大学，你想干什么，我就陪你干什么。这辈子说长很长，说短却也非常短。你之前吃了太多的苦，以后都不会让你再受苦了。"

"大河，你真好！"她心里边好感动，可是这股睡意实在是难熬，她挺着、忍着、难受着，但也只是泛起了一抹微笑。

"这就睡着了？"邵大河笑着帮她拉高了被子，满眼幸福地看着妻子。

人生难得悠闲，闲下来能和自己最亲爱的人在一起，共享一份恬静而又美好的时光，是多么难得和幸福呀！

邵长江的工作很快定了下来，他接下了办公室主任的担子。两年后，还有一个为期半年的考察学习，结束之后，他就走上副厂长的领导岗位，真正成为支撑铝厂发展的中坚力量。

厂里从委派他出去上大学那天起，便对他寄予厚望。他年轻，又有学问，有冲劲，有干劲，肯学肯吃苦，认准目标，便能一鼓作气地干下去。铝厂目前正处于一个变革图强的关键时期。老人们退出了发展的舞台，急需年轻人崭露头角。

邵长江在连续开了几次会之后，深感责任重大。他的脑子里有很多的想法，可真的实践起来，却发现并不是那么容易。邵长江沉稳应对，静静地等待着时机。

工作上的事儿还好说，感情问题可真的难倒了邵长江。白清然依然没有任何消息，他后来给白家打过电话，可是白家却搬了家，原本的电话号码也停用了。从此，他连最后的一点联系都断掉了。

李想依然很积极，她经常去他家，跟他娘聊天，帮他娘带孙子，学校里逢年过节发了福利，她会挑最好的给邵家送来，俨然一副邵家准儿媳的姿态。

而铝厂这边，也有人给邵长江介绍对象，明里暗里来说的真是不少，可邵长江对这种事儿特别挑剔，也没兴趣。

但不管怎么说，中国人有成家立业的观念，不论男女，到了该结婚的年龄，若是没个自己的小家庭，自己不急，周围的人也会跟着着急。

邵大河即将迎来第二个孩子，邵长江的压力陡然变大，因为每次回家，爹娘都会对他进行一番苦口婆心的教育。爹娘都认准了李想这个未来的儿媳，当然都把心思放在她身上。说她既年轻又有学问，年纪轻轻就留校做了大学老师，她能看上邵长江，已经算是他高攀了，邵长江不该这山看着那山高，最后什么都得不到。

邵长江的工作，越来越忙了。铝厂的效益出了问题，产能迟迟提不上去，闲杂人员多，机构臃肿，负担重，这些严重制约了企业的发展，企业到了举步维艰的地步。

邵长江临危受命，接任了副厂长的职位，扛起了改革先锋的大旗。

而同一年，他还是与李想领了一张结婚证，并且办了一场隆重的婚礼。这件事儿发生在他大学毕业三年以后，同样也是他给自己和白清然了断的最后期限。她若回，纵然千难万难，他仍要执拗地向她奔赴而去；她不归，他亦不再黯然神伤，转而踏踏实实地去过属于自己的生活。

李秀珍说得没错，李想是个不错的结婚对象，一直如此。

在邵长江与李想结婚的那一年，邵永梅参加了高考。小书呆子对这次考试信心满满，但在考试的前一天，突然发起了高烧。家人忙前忙后，折腾了一夜，但邵永梅的体温还是三十九度多，烧不退，小姑娘连走路都打晃。

每个人都知道这一场高考对于邵永梅的意义。

"要不然，咱明年再努努力？你还小呢，之前还跳过级，时间上绝对来得及。咱再好好复习一年，然后考个更好的大学。"李秀珍心疼地劝着。

这一夜就这么过去，再过几个小时，就到考试的时间了。而邵永梅的脑门还烫得厉害，小脸烧得布满了不正常的红晕。

"不行！"邵永梅嗓音沙哑，毫不犹豫地说，"娘，把退烧药拿来，我要再吃一粒，然后，我就去考试。"

"大夫说了，退烧药不能连着吃。那东西吃太多，会对身体造成伤害。"李秀珍不同意女儿的要求。

那个年代，因为发高烧吃错药而致残的孩子不在少数，李秀珍不敢去冒那个险。

"娘！我必须去考试！我必须去！"邵永梅使尽全力叫喊。

"去去去，去了又能怎么样？你现在发着烧，能思考吗？能解题吗？万一昏在考场上怎么办？"李秀珍见女儿执拗，也急得抬高了音调。

"我可以！"邵永梅深吸一口气，硬撑着身体坐起来。

最终李秀珍还是给邵永梅吃了一粒退烧药，又让邵大河骑着三轮车，送邵永梅去了考场。

第一天考试，邵永梅精神高度集中，她努力地对抗着身体不适，而将全部的能量都用在解题上。时间过得比想象中要快，上午的考试算是勉强考下来。下午，第二场考试，邵永梅总算写完了最后一道题目，她趴在桌上想要休息一会儿，之后就什么都不知道了。再醒过来时，人已经躺在了医院的病床上，两个哥哥都在，一边坐着一个。

"考试……"邵永梅一激灵，瞬间醒了。

邵大河把她按回到了床铺上："别乱动，你在打着吊瓶呢！"

一条输液管从上方垂了下来，邵永梅感觉到手背上有一丝刺痛，看了一眼，果然药水正缓慢地注入自己的身体中。

窗外早就黑了，也不知道现在是几点。

邵永梅又急得想哭，邵长江却是慢悠悠地开了口："第一天的考试结束了，第二天的考试还没开始，你急什么急？安心打点滴，养好了精神，明天还得去考试呢。"

要么说是流淌着一样血液的亲兄妹呢，邵长江说完，邵永梅身体才放松下来，气呼呼地瞪了邵大河一眼："你吓死我了。"

邵大河一脸无辜："我吓你什么了？我什么都没说。"

"就是什么都没说才吓人，你不能跟二哥学学吗？直截了当地告诉我是怎么一回事儿，我就不担心了。"邵永梅噘起小嘴。

"你啊，看来是退烧了，不难受了。一恢复些，就来欺负你老实的大哥。真是没良心的臭丫头，你也不想想你昏在教室里是谁背你进医院的。现在舒服一点了，就知道去讨好你二哥，忘了大哥的好。"

邵永梅赶紧露出讨好的笑容："大哥和二哥一样好，我也讨好大哥的呀。"

"哼，我才不信呢。"邵大河打趣道。

说起了考试，邵永梅的神情黯淡下来，看了看邵大河，又看了看邵长江："哥，我可能没考好。"

"胡说呢，都拼成这样子了，怎么会考不好。今天才结束两科，明天才是你的强项，都拼到这种程度了，总是要想尽办法拼到底才是。"邵大河可没劝着她放弃的意思。

邵长江在一旁直点头："你别看周围一起考试的考生个个严肃认真，实际上真正复习到了什么程度，也只有他们自己心里最清楚。你这些年的努力可是实打实的，别想其他的，只要你自己坚持下来，做到了能力范围内的最好，也就没有遗憾了。"

"至于结果，那不是现在去考虑的事儿。"邵大河也同意弟弟的看法。

三天考试结束，邵永梅再次病倒。高烧始终在反复，即使连续去医院输液，也是好一天坏一天，始终没有好彻底。邵家人都很着急，想了不少办法给她看病，可效果还是很一般。

接下来几天是估分填报志愿，因为身体原因，邵永梅也没有认真估分，委托老师给填报了志愿。高考成绩出来，邵永梅刚刚过了本科线，不知道能不能被录取。

"梅梅，你别紧张了。"李秀珍看着女儿的样子，真是心疼得不得了。

"娘，万一我考不上，您能不能让我再去复读一年，这一年，我肯定好好地努力。"邵永梅眼巴巴地盼着。

"别说一年，就算是三年五年，娘都让你去读，这事儿还需要问吗？咱家又不是没那个条件。"

邵永梅使劲地抱着李秀珍，亲热地说："娘，你真好，你是世界上最好的娘。我们班有好几个女同学，家里早就说好了，要是考不上大学就得相亲，准备要结婚了。"

"你还小着呢，结什么婚，净胡说。"

李秀珍失声大笑，真没想到，邵永梅真正担心的事儿竟然是这个！她揽着女儿消瘦的身子，轻轻地抚着她的后背："好了，就是我答应，你大哥、二哥也不会答应让你随随便便地找个人嫁了，别人家是别人家，咱们家是咱们家，那根本不一样。"

说来也奇怪，这之后，邵永梅的病竟然好了。

过了几天，邵永梅的同学陆续收到了大学寄来的录取通知书，她满眼羡慕，焦急地期待着自己的大学录取通知书。

又等了几天，还是没有录取通知。邵永梅狠狠地大哭了一场，她猜测，自己可能落榜了。

"今年是身体的原因，不是你的错，明年咱们再继续努力。"

"梅梅跳过三次级，本来就比一起去高考的学生要小几岁，迟一年上大学也不错。要知道，大学不比初中和高中，那是必须离开家去学校里过集体生活的。咱家梅梅这么小，谁能放心得下呢？"

……

吃过晚饭，家人你一言我一语，安慰着已经哭过好几场的邵永梅。

廖小茹抱着二儿子邵书意，一边喂他吃烤红薯，一边插嘴说："我明年也打算复习一把试试，回头咱俩可以一起学习。"

李想怀了孕，肚子高高地隆起，一脸温柔的笑容。她总习惯性地用手托着小腹，生怕一不小心孩子会掉下来似的，这时却毛遂自荐："我可以给你们做家庭教师，有什么不会的，尽管来问我。反正到时候，我也是在家里休产假的，随时有时间帮忙。不就是考个大学嘛，咱家大学生多得很，这个愿望并不难实现。"

李秀珍笑了起来："你们这一个一个的也都太上进了些，好好好，想考就考，想去读书就去读书，咱家又不是没那个条件，大不了，我供你们。"

这当家长的一拍胸口，大包大揽，连学费和生活费都出了。众人一见，顿时笑开了。

邵中诚掐着手指头开始算，手举得高高的，就怕别人看不见。

"老头子，你算什么呢？"李秀珍问。

"算一算我那点退休金，够不够学杂费。"邵中诚一本正经地回答。

"放心吧，你这些年挣的钱我都帮你攒着呢，足够花了。"李秀珍认认真真地说。

邵中诚慢条斯理地收回了手："那我就放心了。孩子们，你们去考大学吧，考上了，爹供你们读书。"

一家人轰然笑了起来。

"你这个老头子，原来是抢着做好人呢。"李秀珍也笑得直擦眼泪。

"当然得抢着做了，总不能只让你老太婆一个人做好人吧，我也要出些力呀。"

平时，邵中诚冷眉冷眼的，话很少，突然冷不丁地来这么一句，既亲切又好笑，逗得大家又一阵大笑。

就在这时，门外突然有人问话："这里是邵永梅的家吗？我是邮递员，有你一封挂号信，好像是大学录取通知书。"

邵永梅猛地站了起来，衣角钩住了桌边，带动整张桌子上的碗碟哗哗作响。

"娘……"小姑娘声音都哆嗦了。

"你愣着干什么？快出去看看呀，你不是一直在盼着吗？"李秀珍哭笑不得地催促。

大家一起拥出小院，果真有位邮递员站在门口。

原来这封录取通知书早就来了，通知书上收件地址写的是邵家原来出租房的位置，邵家早就搬走了。现在的租户也不清楚邵家搬到哪里了。

若是普通信件，遇到了这种情况，肯定会原封不动地返回去。偏偏这是一封很重要的大学录取通知书！

在那个年代，能够考上中专就是一件非常光荣的事儿，更别提还是浙江的一所著名大学呢。于是，负责任的邮递员四处打听才得知邵家的新地址。

对完了身份证，递过邮件，邮递员解释道："瞧你这小姑娘多粗心，居然没留正确的地址，这也就是遇到我热心肠，看到信息不对还想办法给你送过来。万一这录取通知书没及时送到你手上，耽误了上大学，这辈子你得多遗憾呀！"

邵家老小自然是千恩万谢。李秀珍从屋里拿出两包香烟和一些糖果，塞给邮递员。家里有喜事儿，自然要大家分享，邮递员也就欣然接受了。

"娘。"邵永梅喜极而泣，把挂号信交到李秀珍手上。

"给我做什么？你的信，你拆啊！"

李秀珍看着女儿像只受惊的小兔子一样，一下子就跳到自己身后去了。明明是个大姑娘了，可遇到事儿，还像个小孩子一样。只不过，谁不享受被自家小姑娘依赖呢？李秀珍捏着那封沉甸甸的录取通知书，怎么也抑制不住自己的笑容。

廖小茹抱紧小儿子，冲着李想叹气道："看来，明年需要认真复习的人只剩我一个了。"

"等你收录取通知书的时候，也可以让娘帮你拆，这样她才想得起来要去帮你交学费的事儿。"李想跟着打趣。

李秀珍却说："不对呀，你是邵大河的媳妇儿，你去读大学，应该是邵大河供你才对。"

"可是，刚才是您跟爹答应了，小茹考上了就供小茹，梅梅考上了就供梅梅。"李想跟着打趣。

"既然答应了，那还是要供的。"李秀珍点了点头，她看了邵中诚一眼，几十年的老夫老妻，邵中诚也心领神会，一下子就明白了妻子的意思。

"邵大河？"邵中诚一声吼。

邵大河多聪明啊，马上心领神会，瞬间懂了他的意思，拍着胸脯说："爹，我自己的媳妇儿我自己供，您别吼，我心慌。"

"哼！"邵中诚嘀咕道，"算你小子识相。"

大家哈哈大笑起来。

当看到录取通知书正是她想要去的学校但并不是她想要学的专业时，邵永梅露出了不可置信的表情。

"我报考的不是这个专业。"她不敢相信自己的眼睛，看了又看，专业还是没变：铁路轨道交通。

她一个女孩子，听都没听说过这个专业，绝对没有选报过。

"我本来是想学文学的。"邵永梅的眼睛又红了，一团泪水在里边摇晃着，"不是这个，真不是这个。"

邵长江夺过录取通知书看了看，说："铁路轨道交通？这是个冷门里的热门专业。也许是你报考的专业录满了，被调剂过来的吧。"

"极有可能。不过什么叫冷门里的热门专业呀？"邵大河奇怪地问。

李想回答："意思是这个专业方向不是寻常老百姓所经常涉及的行业，相对比较冷门，很多人不懂得学出来究竟是要做什么；冷门里的热门则说明，铁路行业本身就属于国家重视的战略行业之一，学了这个专业，毕业以后，在就业方面是有保证的，一般都是直接分配到铁路系统，福利待遇相当不错。况且，铁路系统跟其他国企单位不太一样，基本上不受市场条件的影响。我觉得还蛮不错的，梅梅将来能在铁路上工作，基本上就等于端上了铁饭碗，什么都不用愁啦！"

"铁饭碗"三个字，让李秀珍和邵中诚眼睛同时一亮。不得不说，对于老一辈的人来说，这三个字是超乎寻常地让人具有安全感，可以踏踏实实、从从容容地度完这一生，这比什么都好。

邵永梅的年纪还小，她酷爱文学，梦想着成为一名作家，梦想着用一支笔去书写人生，表达情感。她喜欢读书，也离不开书，这一辈子，若是能与书本为伴，实在是再好不过了。所以，她千挑万选，最终确定了这一所大学。谁想到，命运会跟她开这么一个大大的玩笑。

铁路轨道交通？听上去便是钢筋水泥什么的，毫无趣味。她真的能学得好吗？即便勉强学好了，她又能去往何处呢？

"郑州铁路交通四通八达，一向被称为'火车拉来的城市'，铁路交通事业可是大有可为呢！"邵大河因为做生意的缘故，时不时地要往全国各地跑一跑，他出行的方式多数还是火车。火车既便宜又安全，比坐长途汽车要舒服。邵大河显然是赞同邵永梅将错就错去读这个专业。

"可是我想学的是文学。"

"大学去读什么专业，关系的是你未来的工作，这与你的爱好兴趣并不矛盾。而且换个思路想，文学是一种精神上的享受，但很难变成生活的全部。

学习文学，在将来的工作选择上范围相对比较窄。梅梅，你还年轻，还是个孩子，对于未来的考虑并不全面，在这种事儿上，还是要多听听家人的意见。"邵长江好言相劝。

邵永梅委屈得不得了，心里像吃了个苍蝇一样难受。

随着去学校报到日期的逼近，摆在邵永梅面前的另一个问题被提上了日程：她要不要去学校报到？去，就只能放弃自己的文学梦想，学一个完全不明白的专业，将来做一份完全不在计划里的工作；不去，她就得再经历一年的复习，再次参加高考，并且结果未知。是呀，再考，就能如愿以偿考得更好吗？

邵永梅最终想明白了，这个专业也挺不错的，许多人想考，还未必能考得上呢！

邵永梅离家那天，李秀珍只送到了大门口，微笑着跟女儿挥手告别。可一转身，她已是泪流满面，怎么都控制不住自己。俗话说，老疙瘩娇十八。小丫头可是她的心头肉呀！

邵大河和廖小茹买了火车票，他们负责送邵永梅到学校，等安顿好了，夫妻俩还要一起去谈几个客户。如今大河小铺已经具有相当规模，在邵大河的邀请之下，廖小茹也加入其中，做一些力所能及的工作。她没有具体的岗位，也没有详细的工作内容，挂的是老板娘的名头，实际上却是"哪里需要往哪搬"。这不，邵大河出差，身边需要一个秘书，廖小茹便当仁不让。

这一次，借着送邵永梅出省上学的机会，夫妻俩也安排了不少工作。

此时，邵长江正在经历着一场巨大的企业改革。国有企业正经历"破三铁"（"铁饭碗""铁工资"和"铁交椅"）的改革阵痛，伴随着职工下岗、分流和再就业等诸多问题，铝厂面临着前所未有的困难。作为改革的急先锋，在企业改制的过程中，邵长江当仁不让地起到了极其重要的作用。无疑，这样的角色要承受巨大的压力，并经历多种严峻的考验。在这样的领导岗位上，邵长江迅速成长蜕变，他是那么沉着冷静，以铁腕之姿，将已经预订好的节能增产计划强力推进下去。

企业改革伤害到了不少人的利益。过去依赖铝厂混日子的那部分人，突然发现自己的日子不好过了。福利取消、工资降低，不仅月度、季度和年度要考核，还增加了岗位末位淘汰制——在年底考核时，垫底的那一部分人将会被辞退。

反对邵长江的声音便如海浪一般翻涌起来。作为一名年轻干部，众多领导对他寄予厚望，给予他充分的信任和支持，让他放开手脚大胆改革。可他的日子依然艰难。一段时间之后，若企业改制失败，产能没有提高，效益没有增加，没有令人信服的满意答卷交上来，那么邵长江的事业也许就此终结。

不过，工作上的事儿，邵长江习惯将之留在单位解决。他每次回家，依然是那副寡言冷淡的模样，纵然眉宇之间写满了疲惫，他却不愿意向任何人去倾诉。

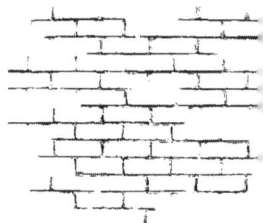

转眼间，又过去两个月。入秋了，天气依然很闷热。

李想挺着摇摇欲坠的大肚子，连走路都有点艰难。

"看样子就是最近几天了。"李秀珍习惯性地摸了摸李想的大肚子，很纳闷地说，"怀孕的时候，也不见你多吃什么，一日三餐之外，就不吃零食了。怎么发胖得这么厉害呢？还有这个肚子，也太大了，比你大嫂那时候整个大了一圈呢！"

李想笑着解释："小家伙吸收比较好，所以长得大。至于我的脸这么圆，其实是水肿呢，等到孩子生下来时，身上的臃肿会很快消掉的。我娘以前怀孕生我的时候，好像也是这样的。"

"还好现在流行去医院生孩子，有医生守着你，我还放心一些。这要是在家里生，孩子这么大，肯定是不太好生。"李秀珍不愿意说些不吉利的话，发现自己有些控制不住情绪，便摇了摇头，还是把没说出口的那些话给咽了回去。

"娘，您就放心吧，肯定很顺利的。"李想反过来去安慰李秀珍。

"邵长江也真是的，都是要当爹的人了，一天到晚在外边忙碌，也不知道抽时间回来看看。"

儿媳妇儿乖巧懂事儿，不愿意让她操心，李秀珍是看在眼里的。正是因为如此，她才更加心烦自己儿子的态度。当时邵长江与李想结婚，的确是带了几分不情愿，还有许多退而求其次的无奈，可既然决定把李想娶回来做老婆，就应该认真地收收心，好好地对人家，这才是一个男人应该承担的责任。现在李想马上都要生了，他还冷冷淡淡，不慌不忙，就跟不是自己家的事情一样，这算怎么一回事儿嘛！

"他厂子里很忙，工作上的事情也是焦头烂额，这一点我是能理解的。娘，从怀孕到现在，你也一直在我身边呢，家里也不是不管我的。真的，我没有怨过他，更不会多想。无论如何，现在还是先把孩子生下来最重要，不是吗？"

李秀珍点了点头，道理全都让李想讲得明明白白，她来讲都不一定有李想讲得好。可这样子，就真的代表李想能看开了吗？同为女人，李秀珍哪会看不出来她在强撑着，即便再掩饰，她眼里的委屈分明写在那里，两个人才聊几句，她都已经快哭出来了。

李秀珍再次下定了决心，准备去公共电话亭，立即给邵长江打个电话。邵家男人从没有亏待自己媳妇儿的传统，怎么，他做了个副厂长，就能破了这个先例吗？

邵长江原本也没打算那么早结婚，之所以匆匆与李想领证，很大一部分原因在李秀珍这里。邵长江倒是孝顺，母亲让做什么就做什么。可做完了以后呢，把李想撂一边，不管不问的，他到底把这事儿看成什么了？

"娘……娘……"李想的小腹开始抽疼了，她喊了两声李秀珍，自己却突然感觉到腿上一热，一股大水，从自己的体内滑落而出。

李想吓得一激灵："娘，我流血了，好多血！"

李秀珍匆忙让李想躺下来，检查之后，她稍微松了口气："不是血，你是破水了。"

"羊水破了吗？"李想恢复了一些镇定，"现在怎么办？"

爱 情 新 生

"傻孩子，当然是送你去医院。看样子，你是快生了。"邵中诚不在家，邵大河和廖小茹送邵永梅去上学至今没有回来。

李秀珍身边带着个小孙子，平时还能忙得过来，遇到这种突发的状况也有点慌。不过毕竟她做过多年生意，应变能力和反应速度还是比一般人要强些。她让李想平躺着不要动，自己抱着小孙子跑出院子。足足十几分钟，她才返了回来，带回了邵大河店里的四个男店员，其中就包括李建军。临时找不到担架，李建军就找了一块厚实的木板，搭在了手推车上，再铺一床棉被，让李想蜷躺在上边。

"医院离这儿不远，我们快点推，半小时准能把人给送到。"

李建军让人骑着自行车，驮着李秀珍和孩子先走一步。李秀珍得去医院先做安排，与其在路上跟着折腾、着急，还不如早点过去，做点有意义的事儿。

"对了，我得想办法通知我儿子，他媳妇儿要生孩子了，他得回来守着。"李秀珍又安慰了李想几句，这才急匆匆地坐着自行车离开。

李想从来没想过，在自己人生中最虚弱、最重要的一天，护送她赶往医院的人里面，她竟然一个都不认识。此时此刻，她多么希望邵长江能在身边，拉着她的手安抚她。尽管大家在努力地照顾她，可她的心就像被石头击中的玻璃窗，瞬间碎了一地。她侧过脸，默默地流着眼泪。

"长江哥，你在哪儿呀？"唯一能带给她安抚和慰藉的男人，此刻不知身在何处。

李想不受控制地胡思乱想，以往那些被她完全压制在心底的念头，此刻更是翻搅个不停，再也没办法用装傻的方式，睁一只眼闭一只眼地蒙混过去。她会去思考这一场单方面求来的热烈爱情是否真的很值得。当初她以为只要得到了他，成为他的妻子，总会有漫长的岁月来培养起感情。事实上，一直以来，她以为自己已经完美地做到了这一点儿，哪怕邵长江不怎么搭理她，她也能一个人自得其乐，不允许自己被他影响了心情。都说"女追男隔层纱"，都说"精诚所至，金石为开"，可直到此刻，她才恍然发觉，有些至理名言或许并不是真的。她忍不住地在想，若是此刻给他生孩子的人是白清然老师，邵长江会不会表现得更加热情一些？一定会的吧？他对白老师那么在乎，简直就是深爱，他怎么舍得她受一点点的痛苦。他会是这天底下最深情的丈夫、最慈爱的父亲。他会牵着她的手，惊喜孩子的到来，陪伴着、等待着新生命的降生。他怎么会舍得她躺在一块木板上，被人像拉牲口似的，一路小跑着送到医院去呢？

"疼，真的好疼！"她都快没办法呼吸了。

可是，这车子依然还是颠簸得很厉害，她渐渐没了力气，就像是一条被强行拽出水面的鱼，想要活命，却只有徒劳无功地张大了嘴巴，在窒息之前努力地做着深呼吸。

李想已经记不起来是什么时候到的医院。这样的一个环境，本该是令人安心的，可她并没有，除了冷，还是冷。医生帮她做了检查，然后就把李秀珍给拉到外边去说话了。门没关，她隐隐约约地听到了他们的谈话。但离得很远，听得断断续续。好像是在说"孩子大""不好生""脐带"什么的。李想闭上了眼睛，眼泪又一次控制不住地流下来。

李秀珍回来的时候，手上还端着午饭："生孩子得有个过程，虽然你是先破水，但还没那么快生出来。趁着阵痛不那么厉害，你要吃点东西，多攒点劲儿。"

"娘，长江呢？你联系上他了吗？他什么时候回来？"李想这会儿脑子里真正关心的，并不是该怎么生孩子，而是那个本应该守着她、陪着她的男人，此刻他人在哪里？

"他……我没联系上他，他办公室的人说今天有个什么活动，很重要的，一大早就出去了，到现在还不见回来。"见李想的情绪瞬间低落，李秀珍连忙说道，"不过我已经把家里的事儿交代过了，等他一回来，他们办公室的人立刻会告诉他。生孩子是件大事儿，没人会耽搁这件事儿。你呢，现在的唯一任务就是把孩子给生出来，在此之前，你不要胡思乱想，更不能情绪波动太大。李想，娘知道你委屈，娘答应你，等邵长江回来，一定让他爹用擀面杖狠狠揍他一顿，好好地给你出出气。你看，这成吗？"

"娘，我没乱想，我知道现在得先生孩子，您别担心。"李想忍不住又想哭。

李秀珍摸了摸她的脑袋，再多安慰的话，此刻也不知道该怎么漂亮地讲出来，只得转移话题，催促着她先把饭吃了。

生孩子果然是一场艰难的持久战，而李想遇到的问题，远远超乎想象。孩子在她体内吸收得太好，而她的骨盆条件又很一般，能不能顺利地生出来还是个大问题。另外，孩子的胎位不正，脐带缠着脖子，这样的生产条件，实际上已经是相当凶险。

李秀珍一个劲儿地劝她抓紧多吃，迅速地储存体力，她已经预见到了这一场异常艰难的生产，不会很容易，绝对不会。李想的情绪太差，根本都吃不下去。

"娘，我想我可以的。"她摇了摇头，不再说话。

李秀珍无奈，只能先把饭盒扣上，又陪着她待了会儿，才找借口出去给邵长江打电话。

邵长江接到电话，只是不紧不慢地说："娘，由您陪着就行了，我很放心。但是您也体谅我一下，我这边的工作确实很忙，现在正是改革的关键时期，每做一件事儿都有人在盯着、看着、评价着，我无缘无故地走了，你让那些人怎么看我，怎么想我？"

李秀珍即便再好的脾气，心里再是向着儿子，听到这话也免不得大骂："你说的是个什么屁话？什么叫无缘无故地走了？家里边现在有多大的事儿你不知道吗？"

邵长江本来是想直接撂了电话，可当他发现李秀珍是真的动了火，想到她的身体一直都不大好，想到可能会因为这个而刺激到她发病。邵长江做了个手势，让办公室里等着跟他汇报的一群人暂时都到外边等待，接着他才挪开了一直按着话筒的手。

"娘，生孩子始终是女人的事儿，我知道肯定会很辛苦，但这种辛苦我回去又能分担多少呢？我不是个没良心的人，我也很心疼李想。但做人做事儿，总是要有始有终的，对吗？给我点时间，让我迅速地把事情给做完，然后我第一时间就赶回去，您觉得……"

"邵长江，李想现在面临的是难产啊！你知道不知道什么是难产？"李秀珍哭了起来，"医生刚才跟我说，她肚子里的孩子是坐胎，而且很大，最少得七八斤，脐带缠着脖子整三圈，很可能大的小的都保不住呀！"

"不会吧？"闻听此言，邵长江的脑子里一片空白，耳边好像能听到很多人在说话，可是他没办法集中精力，也听不太明白是怎么一回事儿。

"老婆是你的，孩子也是你的，你要不要回来，自己认真考虑吧！"李秀珍抹掉了眼泪，撂句狠话，"李想，她是个好姑娘，方方面面的条件都不差，也没什么对不起你邵长江的地方。错只错在，她不应该看上你，执意要嫁给你。你爹不在家，现在医院就我一个人守着，现在李想的羊水已经破了，接下来是她和孩子的生死关，能不能熬过去，我也不太清楚。"

这一天，对于整个邵家来说，注定是个不平凡的日子。

李秀珍教训完了儿子，还得整理整理心情，回来看着李想。这是一个女人最关键的一天，即使李秀珍满腔怒火，到了李想面前，她依然得笑着给李想开解。

"刚才我又跟铝厂办公室通了电话，听他们说，已经把你要生娃娃的消息转达过去了。放心吧，长江已经知道了，他要当爹的人了，肯定比谁都心急，没准现在正着急忙慌地往回赶呢。想儿，你这个时候谁都不要考虑，也别胡思乱想，你得专心一点，把孩子生下来，知道吗？"

李想一听说邵长江已经在回来的路上了，脸上果然浮现出了一抹笑容："他回到市里，还需要点时间呢，路比较远。"

李秀珍连连点头："如果有小汽车送他一段，没准很快到了；可如果临时找不到人，路上慢点也正常。你放心，在他回来之前，娘肯定寸步不离地守着你。"

又是一阵阵痛来袭，李想皱眉，轻声呻吟起来。

李秀珍抱着小孙子，急得也跟着冒汗。可这种事儿，家人再着急，也只能陪着，真正要遭的难，还得李想一个人去面对。

一转眼，就到了傍晚。

邵中诚终于赶过来了，一进门，便想要问"李想生了吗"，但李想就躺在门口的病床上呢，蜷着身子，像个虾米似的，腹部明显有高耸的隆起。邵中诚立即把到嘴边的话给咽了下去。

"你怎么才来呢？这一天是去哪儿了！可急死我了！"李秀珍眼睛都熬红了。

邵中诚连忙把睡在老伴儿怀里的小孙子给接了过去："河道上今年水大，从上游卷下来不少泥沙，清淤工作相当困难。这不，单位把我和几个老家伙全找了去，大家经验比较足，一起坐下来商量对策。"

"坐下来商量？你坐在办公椅上，还能把衣服全商量得湿漉漉的？你个老东西，也不看看自己多大岁数了，一把年纪，居然又上了黄河！你啊，就不怕今年的大水大浪，把你从船上给卷下去？"不能怪李秀珍说些不吉利的话，实在是这几年邵中诚的体力下降了不少，他早已无法适应在河上风里来雨里去的日子，这会儿见他像年轻人一样逞能，李秀珍是既后怕又着急。

"行了，都什么时候了，就别搭理我的那点事儿了。李想怎么样？怎么还没生呢？听说你们早早就过来了。"邵中诚连连使眼色。

"女人生孩子不会那么快的，这才几个小时呀，估计还需要些时间。"李秀珍冲着邵中诚挤挤眼睛，意思是让他别在这儿乱问。做了三十几年夫妻，两人的默契还是有的。

邵中诚虽然心里有疑惑，却还是转移了话题："长江呢？还没回来。"

"路上呢，肯定走到半路了。"李秀珍气得又狠狠地瞪了邵中诚一眼，怎么一点眼力见都没有呢？还真是哪壶不开提哪壶呀！

"娘，您这句话，讲了整整一下午了。"一直没怎么吭声的李想，突然虚弱地接茬儿，"其实，我挺想听一句实话的。他，是不是不打算回来了？如果不回来，那我就不盼着了。"

"傻丫头，说了不让你胡思乱想，你看看你的脑子里都在转悠什么呢？今天是他自己的老婆给他生娃娃，他敢不回来，是想翻天吗？"

李想沉默了好一会儿，忍过了连续几波的痛，才攒足了力气，吐出一句话来："终究是强扭的瓜不甜，我现在算是彻底明白了。"

接下来的时间里，不论李秀珍怎么劝，她都只是那么紧紧地闭着眼，不再吭声了。

又是三个小时过去了，此时已经是深夜。

医生将李秀珍和邵中诚一起喊了出去："你们要有点心理准备，她自己生，恐怕是生不下来了。"

"医生，您想想办法吧，求求您了。虽然的确是不好生，但也得帮帮她，总不能看着她……"不好的话李秀珍怎么也说不出口，她是真的很怕一语成谶，此时此刻，她觉得自己的心都要碎了。

"羊水流了一下午，孩子又很大，而且胎位也不正，从一开始我就跟你沟通过，这一胎会很难，现在果然如此。"医生推了推眼镜，"如今也试了一下午了，确实不行，咱们就要考虑用别的办法。"

"的确还是有办法的，对吗？"李秀珍突然来了精神。

邵中诚抱着小孙子，凑到了跟前，他也在认真地听。

医生笑了笑："这件事儿，我得跟产妇的家属来谈谈，毕竟他是孩子的父亲，由他来做出决定最合适不过。您二老虽然也是产妇的至亲，但是这种事儿恐怕是……"

"孩子的父亲如今在外地，等他赶回来做决定，怕是黄花菜都要凉了。医生，你说吧，只要能让她顺利把孩子生下来，让我们做什么都可以。"

医生见李秀珍如此坚决，而一旁的邵中诚同样是神情笃定，就详细地把医疗计划说了一遍。李秀珍才听了一小半，双腿已经发软地打哆嗦。邵中诚的表情也没好到哪里去，他不停地抿着嘴唇，几次想要插嘴说些什么，但始终是没能把话讲出来。

最终还是李秀珍先回过神，与医生沟通起来："您是说，在我儿媳妇儿的肚子上开一个洞，然后扒开，把孩子给拿出来吗？不行，绝对不行！我们家是正派人家，不会为了得一个孙子，就去害死孙子的娘，这是伤天害理的事儿，是要遭天打五雷轰的。"

医生无奈地笑了起来，之前一直没跟两位老人说这个提议，就是因为他早预见了他们会生出什么样的反应。但现在为了救人，他也只能耐着性子，说得更加详细一些。

"大娘，您别紧张，仔细地听我讲。这种剖宫产手术，是我们医院最近两年正在推广的一个项目，针对难产的孕妇最合适。我们只是在她的肚子上拉开一个口子，等孩子取出来后，还是要消毒、缝合，产妇不会有生命危险。绝对不会出现您所说的那种，为了保小，就要害死大人的事情。"

"不会吗？你确定？"李秀珍揪住了医生的白大褂，她急需一个保证。

"任何手术都是会有风险的，在没有完成之前，我不能跟您打任何保票。但就目前的情况来说，这的确是最好的解决办法。您跟大叔商量商量，抓紧做一个决定，再拖延下去，我是担心产妇肚子里的孩子会因为缺氧而落下残疾。这是很严肃的一件事儿，此刻已是非常危险，您二老要尽快。"医生说完，就朝着办公室的方向走了过去。

李秀珍抹了一会儿眼泪，又跟邵中诚商量再商量，最终两个人共同的意见还是要以顺产为主。李想的这个罪，肯定是要遭大了。等生完孩子，再慢慢给她补吧，总比一尸两命喜事儿变丧事儿的好。

老两口结伴，正打算去找医生。突然见到一个人，从走廊的尽头处朝着他们的方向，一路狂跑而来。哪怕因为光影的缘故，还看不清他的面孔。可李秀珍还是能根据他奔跑时的姿势，认出了他是邵长江。

"这个浑小子啊，你简直要气死我啦！"

邵中诚也朝着他怒目而视："这么大的人了，做事情能不能有点分寸，你是也想挨一顿擀面杖吗？"

"爹、娘，我来迟了，稍后你们再教训我，要骂要打都可以。现在，我得先去看看李想，她人呢？"

李秀珍也止住悲伤，指了指病房的方向。但她没有立即让邵长江去，而是将医生的话原封不动地给学了一遍。

"要剖腹，取出孩子？"邵长江冷着脸，"简直是疯了，那得多疼。"

"医生说是可以打麻药，剖的时候没多大感觉，但是坐月子的时候就有点疼了。"李秀珍叹了口气，"这是你家的事儿，还是你来做决定吧，我跟你爹都老了，承受的能力有点差，还得把这些事儿都交给你们这些年轻人。"

邵长江抿着唇，气冲冲地闯进了医生办公室。没过十分钟，他灰头土脸地走了出来。路过李秀珍和邵中诚身边时，他说："医生已经去准备手术了，麻醉师正赶过来，他们要加个班，把孩子给取出来。"

"抓紧时间吧。"李秀珍推了推他，"这事儿，想儿还不知道呢，你进去跟她说，快去！"

邵长江在病房门口犹豫了足足十几秒，才使劲推开门，走了进去。李想背对着门侧躺，听见门响，她连动都没动，好像睡着了。但走近她，邵长江却听到她强忍着疼痛小声哼哼。邵长江本来在路上准备了一肚子的话要说，可此刻，看着李想臃肿的身形、憔悴的模样和痛苦的表情，他深感愧疚，竟连一句安慰的话都讲不出来。

"李想？"邵长江轻声喊着妻子的名字，明明看到李想身体动了一下，显然她是听到了邵长江的声音，却不搭理他。

气氛一时有点尴尬。李想对他，从来都是热情洋溢，像这么冷漠的对待，还是第一次。邵长江很清楚，这一次她是真的伤心了。

"对不起，我回来晚了，单位……有点事儿，你知道的，这段时间，铝厂那边正在改制，所有的事情都要我来过问，有时候，实在是……"

李想静静地听着，没有说话，两行热泪流了下来。

邵长江充满歉意而又关切地问："李想，你很疼，是吗？"

李想叹了口气，哽咽着说："长江哥，我知道你很忙，我这里没事儿的，只是要生孩子了而已。你那边如果有事儿，就先回去吧，不用陪着我。医院里有医生也有护士，他们会帮我把孩子生下来的。"

"我回来，就没打算走。"邵长江的思绪被李想的几句话给打乱了，他也不知道为什么，此时此刻的心，突然就那么慌。

"长江哥，我错了。"李想睁开眼，撑着笨重的身体，坐起来。她的嘴唇上全都是牙印子，那是刚刚忍痛时咬出来的。

"我知道，你心里边一直放不下白清然。"

"你胡说些什么呢？"

邵长江显然被戳到了痛处。若是往常，李想根本不敢提这样敏感的话题。但今天，她似乎不在乎他是怎么想的，自顾自地就说："你心里装的都是另一个女人，只是她走了，不会再回来，我才觉得自己有一点儿希望，可以在天长日久的陪伴里取代她。这就是我当时的想法，哪怕咱们结婚以后，我还是这么想的。一直到今天，羊水破了，我要生孩子了，我多么希望你陪伴在我身边，关心我，疼爱我，可是……"

"我真的只是工作忙……"邵长江想要解释。

李想摇摇头，打断了他："别再给我任何幻想了，好吗？我已经承认自己错了，这还不够吗？"

"李想，我陪着你，咱们先想生孩子的事儿，好吗？"邵长江几乎是在哀求了。

"的确是要先去想生孩子的事儿。"李想点了点头，"医生已经跟我说了，可以做一个剖宫产，把孩子给取出来，我答应了。等孩子生了，长江哥，咱们找一天把离婚手续办一办吧。你圆了我一个梦，让我们做了几年夫妻，还给了我一个孩子。如今，我的梦醒了，不想再骗自己了。"

"李想！你能不能别胡说了！"邵长江气急了，他明明不在乎李想的，因为他的确不爱她。可今天，当李想万念俱灰地说出了这些话的时候，心慌意乱不知所措的人，反而是他。

"难产，自己生是九死一生，医生帮忙生，得要剖开肚子……无论哪一种，我今天都要经历一场劫难。长江哥，我怕这些话再不说，将来可能就没机会说了。"李想深吸一口气，强作欢颜，"不过，没关系的，真的没关系，等到了你，我就觉得满足了，等会儿进去做手术，如果我出不来，你受累些，一定把咱们的孩子养大，不要因为孩子的妈妈不是你最想娶的那一个，就忽视他，好吗？长江哥，他也是你的孩子，你得对他好一点，你答应我吧！"

"好好好，我答应你，我都答应你，你别再说这些不吉利的话了，听我的，咱们先把孩子给生了，以后我们一起对孩子好，让他幸福快乐地长大，好吗？"邵长江的双手捧住了李想的脸，不准泪流满面的她躲避自己的眼神，"我是个负责任的男人，从结婚那天起，我就记得清清楚楚，李想才是我的妻子，是与我共度一生的女人，这是严肃认真的决定，既然定下了就不能更改的决定。我承认在结婚前，我真的经历了许多思考，反反复复好几次，但最后我还是选择了你，这真的是三思后做的决定，没有一点退而求其次的念头。婚后我工作忙，忽略了你，真的是我的错，我以后一定改正，你再给我一次机会好不好？李想，你一直追着我，撵也不走，骂也不走，躲也不走，都已经把人追到手了，怎么现在又想放弃了呢？我都适应了你在身边，你走了我该怎么办？"

李想在哭，邵长江也是泪流满面。他顾不得自己，慌着给她擦眼泪。在李想的印象里，她从来没见过邵长江一口气讲这么多话，更没见他在自己面前如此宣泄情绪。她的心软了，退让了，妥协了。

"好，我先去生孩子，等生完了，咱们再聊一下，好不好？你别哭了。"

"我陪你去生，你别怕，我不会留你一个人的。"

爱情新生

李想的生产过程还算顺利，三十分钟后，通过剖宫产手术，生下了重达八斤三两的胖小子，取名邵子陌。小家伙在娘胎内发育得特别好，连头发都长得很茂密，浑身上下肉嘟嘟的，看着真像是从年画里走出来的胖娃娃，抱一会儿都觉得沉甸甸地压手臂。

虽然家里已经有了两个孙子邵青阳和邵书意，但对于邵子陌的到来，李秀珍和邵中诚还是极为惊喜的。

老两口低着头，观察着把大人们折腾得人仰马翻，他却是满脸无辜呼呼大睡的邵子陌。

"这小子命大，也就是现在，医学发达，医生们还能做手术帮忙生孩子。若是放在过去，咱们那个年代，谁家怀上这么个娃娃，那可是九死一生了。"李秀珍生过三个孩子，每一个孩子的降生，对她来说都不是很容易的事儿，所以她特别能体会生孩子的艰辛。

邵中诚忧心忡忡地说："孩子送出来好一会儿了，怎么还没把大人给推出来？不会有什么事儿吧？"

"你儿子在里边呢，能有什么事儿啊？你个糟老头子就甭操心了，赶紧地帮我抱一会儿邵书意，今儿我都抱一天了，沉得不得了。"等邵中诚把孩子接过去，李秀珍一边给自己捶肩膀，一边看着婴儿车里睡着的邵子陌，她不由得叹了口气："老邵，咱家三个孙子了。"

"嗯，是啊，小孩越多越好，家里头热闹。"邵中诚笑呵呵的，他一向喜欢孩子的。

"我是说，你们邵家怎么盼来的全都是男孩呢？一个接一个的，就不能给个孙女？"提起这个，李秀珍难免会想到当年的事儿，"我那时候也是，生了老大生老二，再怀老三的时候，我心里就在想，可给我来个小闺女吧，半大小子吃垮老子，如果家里边一口气养着三个，回头这日子可怎么过呀？没想到，我是这个命，我两个儿媳妇儿也是这个命。"

"女孩好，男孩也好，来啥要啥，咱不挑。"邵中诚超级开心，虽然怀里抱着一个，可还有点心思想抱抱婴儿车里的这个。看哪个都觉得可爱，看哪个都有点爱不释手。

在手术室内，医生给李想缝合了伤口，就把她留在那儿，需要再观察半小时才能送出来。邵长江一直留在她身边，将挂在上边的帘子拉好，还不忘把她身上的被子披紧了些。

"我娘说，女人坐月子的时候千万不能见风，不然很容易吹着。你生孩子的时候已经遭了挺大的罪，接下来得好好养着，绝不能留下月子病。"

邵长江念叨着，殷勤地走来走去，看看窗子关没关紧，查查被子有没有盖严，生怕凉风吹在李想身上。

"长江哥，你坐下歇会儿吧。"李想敏感地发现，经过这一次，邵长江对她的态度突然就变了。自然而亲近，关怀又柔和。她受宠若惊，心脏跟着不争气地乱跳，她用恋恋不舍的眼神看着邵长江，唯恐这是一场梦，下一秒梦醒，可能所享受的这点儿美好就烟消云散了。

李想一召唤，邵长江立即回到她身边，小心地握着她的手问："想想，你肚子还疼吗？"

"麻药劲儿还没退，只是不舒服，不觉得疼。"她看着他的眼睛，"你呢，刚刚看见生孩子的过程，是不是还觉得不舒服？"

"我只是心疼你。"邵长江诚实地说出了自己的想法，"今天发生的一切，我这一辈子都忘不了。"

此刻，从邵长江一双干净的眼里，李想看到的是关爱和体贴。如今，她是不是真的追到了他，可以与他手牵手，一起向前走了？李想的目光滑落到了两人交缠在一起的手指上，她的手肉嘟嘟的，而他的手指纤细修长，两人的手紧紧地扣在一起，似乎只有两个字能够形容——那便是"幸福"。

李想在医院里住了七天，邵长江也陪了七天。出院那天，邵大河和廖小茹已经从外地赶了回来，他们开着一辆小汽车，把裹得像个北极熊似的李想给接回了家。邵子陌则早早地被李秀珍老两口抱回了家。

上车时，邵长江十分认真地叮嘱邵大河："大哥，等会儿路上开慢点儿，看见坑坑洼洼的地方记得要轻轻地过，想想她肚子上的那道伤口愈合得不太好，动作稍微大一些还会疼。"

"想想？你指的是李想？"廖小茹诧异地问。她看看李想，发现李想满脸通红，整个人有点不知所措。

"对啊。"邵长江可没觉得他给李想取的小名有多亲热，一副理所当然的样子，"大嫂，等会儿你帮我劝劝想想吧，她居然嫌自己胖，着急要减肥。女人生孩子不都是要胖一些嘛，等坐完月子自然而然就瘦下去了。再说了，胖点有什么不好的，别人想胖还没那个条件呢。她啊，整天脑子里也不知道在想什么，太爱臭美了。"

听邵长江这么说，廖小茹差点没让自己的口水给呛到。这还是她记忆里那个冷漠寡言、无悲无喜的邵长江吗？一个人的变化怎么可能会如此之快！难道是当了爹的男人，也经历了一次脱胎换骨，变得爱家、顾家了？

廖小茹与邵大河交换了一个神秘的眼神，没有回头，两人也能听到坐在后排座的邵长江夫妻俩在小声地商量，他们在研究要在市里边安个家，只属于他们一家三口的小家，买在哪里，怎样布置，这些全都提上日程。

嗯，邵长江与李想的家终于有了个轮廓，并且渐渐清晰起来……

大河小铺是邵大河拉着哥们儿、同事和信得过的朋友一起合伙做起来的事业，钱的大头是他投的，主要负责管理的是李建军，当整个店面运转起来后，店里的每个人都成了这个店的主人。因为店面的盈利与年底的个人分红有着直接的关系，所以连店里的保洁员、保安员和导购员，都把店当成是自己家里的，勤勤恳恳地工作。大河小铺的生意越来越红火，店面也越来越大，从最初的一大间，变成了整整一层，到后来的整栋楼。

当时，国内刚刚流行超市，邵大河赶了一把时髦，索性把大河小铺改为大河超市。邵大河也从一个小小的商店老板，变成了别人口中的邵总。不过，在大河超市内，上上下下，不论职位高低，都愿喊他一声大哥。他年岁渐长，经历的事儿也多了，少了几分浮躁，多了几分沉稳。店员、顾客，还有周围的邻居，每个人都喜欢他。他也喜欢每一个人，店里来老人，他把人家当成了自家爹娘，扶着、搀着，处处照顾着，唯恐老人在店里边消费不舒坦。店里来了小孩，他把他们当作自己家孩子看待：孩子们喜欢玩，他就在超市里建个儿童游乐场，免费玩，爱玩多久就玩多久；孩子们喜欢看书，他就在阅读区，摆放各式各样的小板凳，还提供了免费的茶水和糖果……在大河超市，顾客是真正的上帝，怎么舒服怎么来。在这里，人们不仅可以购物，还可以休闲、娱乐、聊天，享受着五星级宾馆的服务，体会着宾至如归的感觉。

现在，人们来大河超市，不仅仅是为了购物，它似乎成了人们的生活方式，是城市生活不可或缺的一部分。能做到这一点，邵大河觉得自己做了一件很有意义的事儿，这么多年，他没有白忙活。

有一年夏天，一连几天下着暴雨。午后，邵大河望着窗外如注的暴雨，愁容满面。廖小茹推门而入，发现他在抽烟，整个办公室内都弥漫着呛人的烟味。

"邵大河，你抽这么多烟做什么？你不是戒了很久了吗？怎么又抽上了？"

邵大河赶紧把窗户开得更大一些，外边的雨水趁机飞溅而入。

"你今天不是去给孩子开家长会吗？回来得这么早？"邵大河端起茶杯，用力地喝了一大口。

"雨，太大了，外边到处都是水，听说学校的教室里都进了水，学生上不了课只能放假，老师通知，家长会取消了，说是等雨停了再找时间开。"廖小茹望向了窗外，一脸郁闷地说，"今年的雨水怎么这么多、这么大呢？就好像谁一下子把天给捅漏了似的，下起来没完没了。家里都没有干爽的衣服了，被子也都是潮乎乎的。"

"是啊，雨也太大了。"邵大河像是想到了什么，他喃喃地说，"没有水的日子不好过，会干旱，寸草不生，万物灭绝；可是水太多了也不好过，会变成灾的啊！"

"你说什么？"廖小茹越听越疑惑，她总觉得邵大河今天看起来特别不对劲，便凑过去摸了摸他的额头，"没生病啊，你怎么回事儿？跟梦游似的。"

"小茹，你出去把李建军给我找来，就说我找他，急事儿。"他在办公室内转了一圈，又伸手去摸烟，但碰到以后却想起来廖小茹不喜欢烟味，于是将烟连同打火机一起，全都扔进了垃圾桶。

"另外，你找到李建军后，再去找一下财务，算算咱们账面上还有多少钱，我需要一个准确的数字。"

廖小茹瞪了他一眼："你就不能把话说明白，再使唤我去办事儿？"

"等会儿我跟李建军聊的时候你在一旁听听就明白了。"

廖小茹还能说什么呢？自己的男人是个什么个性，她比谁都清楚。

李建军一路小跑，冲进了办公室，问："大哥，什么情况？听说你在找我，特别急的事儿？"

邵大河正在笔记本上涂涂抹抹地计算着什么，见李建军进来，随手将笔记本放在一边，说："建军，你看看这场雨，下了足足十七天了，我查了下天气预报，不止咱们这儿在下，江西、浙江、江苏、广西也全都在下，越往南雨水越多，并且可能还要持续一星期左右。"

李建军最近也在为下雨的事儿犯愁呢，听见邵大河提起雨来，连忙汇报："仓库那边也都进了水，多亏值班员发现得早，早早做了调整。除了在仓库门口堆放了沙袋，还把低处的货物全部放到高处的货架上，咱们没遭受什么损失。但下雨天，人们不爱出门，顾客少了很多。"

廖小茹带着财务部主任一起走进来，发现李建军在做汇报，她示意财务部主任在空椅子上坐下。

"你们来得正好，大家都到齐了，我来说说我的想法。"邵大河看了一眼窗外，轻叹了口气，"这场雨，恐怕已经变成了水灾，不只是郑州，整个河南，乃至全国，目前大半地区都泡在这场雨里。所以，我觉得不能再等下去了，还是得行动起来，做一点儿实事儿才行。"

廖小茹有点意外，但也并不意外。之前邵大河就一直很努力地用自己的力量去帮助那些需要帮助的人，大大小小的捐助和慈善活动几乎每个月都在进行。他总是感念自己赶上了改革开放，赶上了国家发展的好时机。不愿意忘本的邵大河，总想实实在在地做些事情。

李建军若有所思，轻轻地点点头："我赞同大哥的想法，大哥怎么说我就怎么做。关键是受灾面积太大了，咱们应该首先去哪里帮助？又该用什么样的方式去帮？"

廖小茹推了下财务部主任，让她做一个简单汇报。财务部主任便把超市的营收情况做了简单汇报。听说账上资金没有问题，邵大河心中便有了底儿。

"咱们先拿出一半来，把大河超市的救援队组建起来吧。"邵大河下定决心，开始制订计划。

"拿出一半？那么多？"廖小茹有点震惊。

"不多的。"邵大河摇摇头，"钱花出去，咱们可以再赚。账面上存再多钱，只不过是一组没有意义的数字罢了，我想让钱变成有用的更实际的东西，让钱去做它该做的事儿。"

"嗯。"廖小茹轻声表示认同。

李建军边记边问："捐赠的数字定下来，那么捐赠的方式呢？全部捐给慈善机构吗？"

邵大河摇摇头："这个时候，灾难太大，慈善机构怕是也忙得不行，他们没有足够的人手去把钱变成物资，再把物资送到位。所以，我计划分两步走：外省的就捐钱出去，本省的除了捐一部分钱，再由大河超市牵头，购买救灾所需物资，我亲自带队给灾民送过去。"

"亲自送？"廖小茹简直不敢相信自己的耳朵，这个决定，显然是十分疯狂的。

"对，我去送。"邵大河将眼睛望向窗外，坚定地说，"这是十分有意义的事儿，冒点儿险也值得。"

"邵大河，外边闹洪水呢，你知道不知道洪水是什么意思，很大的水，很多的水，很深的水，你居然打算自己去送，万一路上出点什么事儿该怎么办？万一遇到了危险怎么办？万一你有个三长两短，我和两个儿子又该怎么办？"廖小茹担心地问。

"媳妇儿，咱俩聊过的，做事情之前先想好最坏的结果，做出心理准备，再奔着最好的成就去全力以赴地努力，这种思路当然是十分重要的。但与此同时，也得综合去考虑，不能太计较个人得失……"

廖小茹真的急了，顾不得还有别人在场，她继续打断他的辩解："你计划着想去投资的时候，我什么时候拦过你？我没有过吧！那是因为我很清楚，你即使是输了，也不过是倾家荡产，把从前赚到的钱全赔进去，我和你既然白手起家，有了今天这份产业，就不怕从头再来；可现在，你不是去投资，你是去玩命，万一有个万一，你可就回不来了，你让我别太计较个人得失？我可能不去计较吗？"

李建军见这对从来都是温和相对的夫妻，竟然真的吵起来了，便有心要劝一劝："嫂子说得也有道理，其实这事儿也容易解决，大哥是公司的总经理，当然是要坐镇指挥，至于送物资的工作，我和几个经理商量着分配一下，我们去送就可以了。"

"你们肯定要去，我也会去，这事儿是个结论，不是征询你们意见。"邵大河的脸色很不好，但他也理解廖小茹的担心。于是，他克制着情绪，手指着门口说，"我现在还要与建军他们一起商量接下来的工作安排，暂时没时间安抚你的情绪。廖小茹，你现在去隔壁办公室，认认真真地考虑一下这个事儿，等你彻底冷静下来，我们再来好好谈一谈。"

廖小茹被他冷冰冰的话激得差点跳起来，最后还是被人硬拉着，才离开邵大河的视线。

以大河超市的名义组建起爱心车队，拉着人员、物资同时出发，尽可能到基层去。其中，老人、孩子和妇女是救援的重点，速度要快，效率要高，配合着政府派出的救援队伍，随机应变。

另外，邵大河还安排了后勤保障人员，确保他们采购的物资及时到位。而大河超市这边，则留下廖小茹坐镇指挥。

廖小茹尽管一肚子委屈和不情愿，但她知道邵大河的秉性，一旦做出决定，十头牛也拉不回来。在众人面前，她还要给足邵大河面子，支持他的工作。

"危难面前，挺身而出，大家都是好样的。我跟大河已经商量好了，你们只管放手去做，家里我看着，店里我守着，你们只要平平安安地回来就好。"面对亲爱的丈夫和可爱的员工，廖小茹发自内心的期盼。

邵大河竖起了大拇指，他以她为骄傲，在人前人后，都是如此。

小家越过越好，是因为国家越来越好；没有大家，哪有小家呢？如今大家有难，小家怎能袖手旁观呢？

邵大河有多爱这座城市，又有多爱生活在这里的父老乡亲，廖小茹再清楚不过。她理解他，也愿意支持他。

为了避免邵家两位老人担心，一切都在悄悄地进行，直到邵大河领着二十几辆满载救援物资的车辆出发，邵中诚和李秀珍都仍被蒙在鼓里。

廖小茹回了一趟家，把孩子送了过去，跟二老说最近因为一直下雨，大河超市那边异常忙，要防止仓库进水货物被泡，她要跟邵大河一起全天候守在店里，孩子不用上学，拜托给二老照顾。

邵中诚退休在家，每天除了伺候院子里的小菜园，就是陪着几个孙子。都说隔辈亲，面对三个孙子的打打闹闹，他一点儿不嫌烦。

今年的雨水特别大，阴雨连绵，下起来没完，孩子们圈在家中，眼巴巴地盼着雨停，就想出去玩一玩。邵中诚忙活着给院子里排水，闲着没事儿，又给小孩们修了个临时小池塘，反正到处都是雨水，那些菜苗早就被冲得一塌糊涂，他索性在院子里挖个弯曲的小河。一个撑着雨伞的老小伙领着三个穿着雨衣的小小孩天天在泥水里玩航船的游戏，那场景还是蛮温馨，充满了乐趣。

邵大河他们忙着事业，一天到晚不见人影，邵中诚和李秀珍早已习惯，尽管几天没来，也没当成一回事儿。但邵大河出去救援的事儿，后来还是被二老知道了。

那天，邵青阳用纸盒糊了一辆小汽车，做得非常精巧，轮子能朝着内侧翻上去，再将底部的纸板扯平出来，就能变成船，在水上漂着向前跑。他很得意，跟两个弟弟炫耀说他制作了一辆会变形的小汽车，平时在路上呼呼地跑，到了河里又能变成船，继续前进。他还抻开车子后边拉着的小木板，说用它可以拉很多的货，这样，他爸去救人的时候，就可以让很多很多的小孩都坐在上边，全都拉回家里来，陪着他们玩。

小孩说着玩的事儿，可是又说得有鼻子有眼儿，邵中诚觉得不对劲儿，一问，邵青阳便把他爸出发那天晚上，怎么跟他妈交代要糊弄他爷爷、奶奶的事儿，绘声绘色地给讲了一遍。

邵中诚气得鼻子都歪了，也不管外边水有多深，他套上雨鞋，蹚了几条街，去了大河超市。到办公室找了一圈，不见邵大河，也不见平时比较熟悉的那几个人。等他找到廖小茹一问，还真是这么回事儿，于是，他大骂邵大河背着他们做决定，简直不把二老放在眼里。

廖小茹还得替邵大河解释："爹，邵大河是个啥脾气，您还不清楚吗？他只要认定的事儿，就一定去做，十头牛都拉不回来。不跟您和娘讲，也是怕你们担心。他一个人在外边闯荡，那么多员工陪着，料想也不会出什么事儿。"

"我当然知道抗洪救灾是件好事儿，我也决不会拦着他去做这种积德的大好事儿，可是……"说到一半，邵中诚硬生生地把话给咽了下去，气呼呼地转了话题，"你说得没错，咱家也没有十头牛，即便是我早知道，也拉不住这头倔驴。行了，随他去吧！"

事到如今，生气又有什么用呢？廖小茹只得赔着笑，把老人送回家。

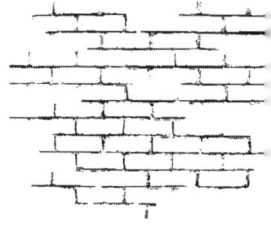

19

家运
国运

大河超市捐赠的救灾资金和物资，陆续到位，可以想象，会有很多失去家园的人获得帮助，渡过难关。

　　有人向报社方面提供信息，说是看到一支车队，挂了大河超市的横幅，向着灾情最严重的几个县而去，一路上救助了很多人，也做了很多好事儿。

　　报社方面得到这条新闻线索后，如获至宝，赶紧派人来大河超市，详细报道。廖小茹接受采访，详细介绍了大河超市的救灾情况。

　　危难之际，个体的力量毕竟有限。国是所有人的国，家是所有人的家。一方有难八方支援，本就是分内应尽之事。

　　日报、晚报对大河超市的救援行动进行了整版报道，电视台的记者也来到了大河超市，打算进行实地采访。

　　大河超市的救援行动在社会上取得了极好的反响，一时间，有钱的出钱，有力的出力，大家心往一处想，劲儿往一处使，开展了轰轰烈烈的全民抗灾救援行动。

　　廖小茹心中有了一种强烈的期盼，她家邵大河应该很快就能回来了吧。

　　有一天，一身泥水的李建军突然推门而入，痛哭着说："嫂子，对不起……”

廖小茹的心脏一阵狂跳，她有一种不祥的预感，连忙问：“建军，快说说什么情况，到底怎么啦？”

“嫂子……”李建军照着自己的脸狠狠地打了几个耳光。

廖小茹连忙拦着李建军：“有事儿说事儿，你这是干什么？”

“大哥……大哥被洪水给冲走了，已经找了七个小时，到现在还没找到。搜救队说，那个地方的河道很复杂，淤泥也多，要么可能陷到泥里，要么可能被冲进河里……”

“咚”的一声，廖小茹瘫坐在了地上。

“大嫂，你得坚持住，千万要坚持住……大哥已经出了事儿，如果你再有个三长两短，那我……”

“李建军，你给我闭嘴。”廖小茹抬高了嗓门，大吼一声，“邵大河死了吗？尸体找到了？”

“死没死，不确定。至于尸……也……也没找到，水流太急，一下子冲出老远，转眼没了影，大家想要救，根本来不及……”

廖小茹闭上眼睛，头脑冷静地问：“没找到尸体，那就还有希望。我问你，他是在哪个地方出的事儿？救援还在继续吗？你跑回来了，有没有留人在那里继续盯着？”

被廖小茹这么一问，李建军也变得头脑清醒起来，他简单明了地回答了廖小茹提出的几个问题。

“我知道你说的那个地方，是淮河的一个支流。”廖小茹拽着桌子腿，站了起来。而后，她拿起电话给报社的赵记者打电话。

出于职业的敏感，赵记者一听廖小茹说邵大河被水冲走了，便知道自己捕捉到了一条足以震惊全国的大新闻。记者手上的人脉，超乎想象，他一口答应廖小茹，马上参与邵大河的救援。挂断电话，赵记者便多方联络。当地的水利局、公安局和消防局，立刻行动起来，参与到邵大河的救援中，相信用不了多久，就会有消息传过来。

"李建军，我现在要去把邵大河接回来。"廖小茹挂断电话，一把拽着发愣的李建军，大声说，"大河超市是邵大河多年的心血，你比我更加清楚。从现在起，我把超市交给你管理，请你一定管好它。"

"我……我一定好好管，尽心尽力，必须管好！"李建军坚定地说。

廖小茹给邵大河带了一件厚外套，坐在大河超市的越野车上，她紧紧地抱着它，仿佛还能闻到他残留在衣物上的味道。她坚信邵大河还活着，他那么顽强，怎么可以不声不响地离开她？

整整一上午，车子在大雨和积水中颠簸前行，饥饿、焦虑和颠簸，让她极度难受，她晕车了。

"到了吗？"廖小茹问司机。

司机摇了摇头："前边都是水，车子熄火了，咱们过不去了。"

廖小茹这才发现，不知从什么时候开始，周围已经被一大片发黄的浑浊洪水包围着。放眼望去，村庄、道路、植被、庄稼……天地万物，全部浸泡在水里。而那些水始终在滚滚流动着，不知道有多深，也不知道哪里才是洪水的尽头。

"距离目的地还有多远？"廖小茹又问。

司机指着导航说："大约二十七公里。"

"不算远。"廖小茹抓过背包，把邵大河的厚外套塞进去，然后背在身上。她凑到车前，看了看地图，明确方向。

"廖总，您打算怎么办？"司机有点着急，因为他不太懂廖小茹的意思。

"车子坏了，你在这儿慢慢修，如果能修好，你开着过来，把我接上。"廖小茹打开车门，跳了下去。

洪水瞬间淹过了她的膝盖，水很冰，似乎要将她身上的温度全都给带走了似的。

"你去哪儿？"司机也跟着跳了下来。

"我要去找邵大河。"廖小茹连半点儿迟疑都没有。

等司机想着阻止的时候，却发现她就那样蹚着水前进，速度极快地走出老远了。这个时刻，没人能阻止她前进的脚步，就连这脚下的滔滔洪水也不能。

廖小茹的心中异常坚定。二十七公里的路程，她花费了足足八个小时。从正午走到了傍晚，眼看着天色越来越黑，她不停地给自己鼓劲打气，才终于来到了邵大河出事儿的地点。

廖小茹从来都没想到，迎接她的，会是邵大河憨憨的笑容。廖小茹最初都不敢相信自己的眼睛，她还以为是自己出现了幻觉。

邵大河已是筋疲力尽，但还是把她紧紧地搂在怀里："小茹，真的是你吗？你怎么来到这儿的？就只有你一个人吗？"

邵大河视线所及的地方，全都是涌动的洪水。廖小茹就是一点点地蹚着，来到了他的面前。

"你，你没有死！我就知道你没有死！"这是廖小茹在激动和惊喜之中，说出的唯一完整的话。

邵大河又惊又喜，劫后团聚，哪怕怀里实实在在地拥抱着她，他却依然不敢相信，她真的就在这里。

"茹啊，你怎么来的？没人送你？"邵大河抬眼望向了周围，除了廖小茹之外，根本看不见半个人影。

"你疯了是不是？这么大的水，你来这儿做什么？"

廖小茹不说话，只是哭，放声痛哭。

"好了，不哭了，我也没有要熊你的意思。咱们不是说好了吗？我在外忙活，你待在超市。那么大的门面，老板不在家，老板娘也出来了，那怎么得了？"

"都什么时候了，你还关心……就关心你的超市，你不是被洪水卷走了吗？他们都说你没了！邵大河，你怎么可以没了！"说着，廖小茹握起了拳头，使劲地捶着他的胸膛。

邵大河听完，顿时气得直乐："谁跟你说我没了？呸呸呸，说的这个晦气，我邵大河福大命大，出来抗洪抢险，帮助灾民来的，老天爷都要护着我一路平安顺遂，怎么可能说没就没？这个李建军啊，我真是不知道该怎么说他好，这几年挣了点钱，胆子却愈发小了。多大点事儿啊，他也不先确定一下，竟然跑回去报信了。你平安到达这里，路上顺利，没发生意外。真的要是连累你出了事儿，我回去捶死他的心都有了。"

廖小茹听了，又是一阵痛哭。

这时，周围陆续有人过来，有的是大河超市的员工，有的是赶来救援的人员，也有带着照相机的摄影记者，对着他们夫妻俩便是一通狂拍。

在返回的路上，邵大河给廖小茹讲述了他这几天的遭遇。

原来，大河超市共派了四辆车参与救援，运送救灾物资。一开始，各项救援工作还算顺利。他们不仅将大批吃的、用的及时运送到灾民手中，还和其他救援队一起将受灾群众及时转移到安全地带。问题出在路过一座年久失修的小桥时，前三辆车都有惊无险地通过了，第四辆车行驶到一半，桥体突然垮塌，后边两个车轮陷在了水里，车子摇摇欲坠，眼看就要被大水冲走。在这千钧一发的危急时刻，邵大河跳到水里，先是在车轮下垫上石头，后又在车后奋力推车。在大家共同努力下，车子终于脱离了险境，但邵大河却被洪水冲走，没了踪影。

众人在附近寻找了好几个小时，也没有找到邵大河。李建军一边安排人继续寻找，一边返回市里报信。

至于邵大河为什么最后没事儿，大概是因为他运气好，老天爷都愿意帮他吧。据他回忆，他被洪水冲走后，就晕过去了。再醒过来时，发现自己被卡在水中一棵大树上，要不是被那根树杈给拦住，他还不知道会漂到哪里呢。从小在黄河边长大的邵大河，自然水性不错，他游到一个浅水处，等待救援。出乎他预料的是，第一个出现在他面前的却是廖小茹，劫后夫妻团聚，怎不令人又惊又喜，感慨万千呢？

各大媒体对邵大河的救援队进行了全方位的报道。一时间，邵大河、廖小茹夫妇成为人们议论的英雄模范人物，大河超市也声名远播，许多市民都是慕名而来，大河超市的生意愈加兴隆。

之后，又有一件事情让邵大河的生意上了一个新台阶。

有一天，邵大河下班后路过超市门口，见一大群老太太提着大兜小兜的东西相拥着从超市里出来，邵大河连忙上前询问："老人家，你们从哪里来呀？买这么多东西怎么带回家呀？对大河超市的服务还满意不？"

其中一位老人说："我们从郊区来的，听村里人说，大河超市的东西便宜，没有假货，我们是慕名而来呀！"

另一位老人说："超市服务不错，我们很满意，不过，就是远了点儿。我们为了来这里，转了两三次车，怪麻烦的，要是有直达的公交车就好了。"

还有一位老人说："要是能在家门口买东西就好了，可惜，我们那里没有这样的超市。哎，大河超市怎么不在我们家附近开连锁店呢？"

邵大河说："谢谢你们对大河超市的信任和支持，有关你们购物不方便的事情，我们马上想办法解决，请你们放心！"

第二天，针对前一天老人购物不方便的事情，邵大河召开了专门会议，讨论对策。

邵大河首先介绍了前一天的情况，他说："随着大河超市的名声越来越大，来这里购物的群众越来越多，有的甚至不远几十公里，从郊区转了几趟车来这里，这说明什么？说明人家看得起咱们，信得过咱们。咱们的服务要跟得上，对得起这些消费者。大家说说，下一步咱们该怎么办？"

李建军接着介绍说："是啊，最近这样的顾客确实很多，他们看了电视，听了广播，知道咱们大河超市参与救援的事儿。有几位老太太是坐了很久的公交车过来的，年纪大了，腿脚也很不利索，买了不少东西，大包小包地拎着也很不方便。"

邵大河关心地问："你没安排人给她们送回去吗？"

李建军难为情地说："要是离得近，我肯定得安排人送一段，可她们在郊区，来回得一两个小时，耗在路上的时间太多了。最近，超市缺少人手，也没有这么大的车辆，所以就没有送。"

邵大河摇摇头："得想个法子，不用车送送她们，实在对不起顾客对咱们的信任呀！"

李建军知道邵大河对顾客好，把顾客当亲人对待，尤其老人和孩子，但李建军觉得邵大河的这个想法不切实际，于是反驳道："您是说用车接送这些老太太？大河哥，您也清楚，每天来逛超市的老人有数百人。您安排人送他们，一个两个当然没问题，十个八个也能做得到，但是还有那么多呢？咱们总不能把所有的员工都派出去接送顾客吧？"

"你们看，咱们可不可以这样，买几辆中巴，设计几条路线，免费接送顾客呢？每天在顾客比较集中的区域，设立站点，像公交车一样一站一站地接，等顾客购完物再一站一站地送回去。这样子，不就能够最大限度地做到'车接车送'了吗？"邵大河显然有所考虑，说出了自己的想法。

还没有等人提出不同意见，邵大河继续说："买车的事儿交给李建军去做，第一次先采购六辆中巴，争取覆盖到市区大部分区域；线路的设置既要科学，又要切合实际，还可以把所有的路线设计成圆圈，车子始终跑在路上。瞧，我们这样做，是不是真正解决了顾客的出行购物难题呢？"

李建军佩服地竖起大拇指。果然，每次从邵大河的脑子里冒出来的念头，都是那么新奇。买中巴接送顾客，这种疯狂的点子也就只有他能想得出来。无疑，这会增加超市的运营成本，但从服务的角度看，这样做绝对没有错。

邵大河是真的把顾客当成了上帝，一切服务都是为顾客着想。站在顾客的角度看，有这样好的购物服务，你能不去那里购物吗？邵大河的超市想不火都难！

邵大河开设购物专车的事儿，再次轰动整个郑州。一时间，坐大河超市专车购物成了城市一景。

一年后，邵大河将购物专车增加到了十二辆。不仅如此，他还在全市增开了七家超市连锁店。下一步，邵大河要把大河超市的业务扩展到全国各地去，让大河超市的优质服务惠及千家万户。

三年后，邵大河再进一步，成立了大河商贸集团公司，并担任董事长。

邵大河的商业帝国越做越大，越做越强，他的下一个目标是上市……

铝厂经过了三次大的改革，如今已变成铝业集团公司，邵长江也从副厂长变为了副总裁，主抓生产。公司人员虽然减少一半，但经济效益却提高了三倍。照此发展，公司如果连续三年盈利，也可以成为上市公司。

一年一度的年终总结大会一结束，邵长江回到办公室瘫软地坐在木椅上，好半天不想动。连续加了一周的班，周末他终于可以放松一下了。这段时间，劳心劳力，消耗过度，实在有点累了。不过，今年的各项考核指标还算可以，比预期的还要好些，这些年的努力付出总算没有白费。

晚上公司有庆功宴，邵长江却不准备参加，他把小包收拾了一下准备回家。有了儿子之后，邵长江在李想单位附近买了一套三居室，方便李想上下班照顾儿子。李想和儿子都在新家等着他，晚饭肯定预备得很丰盛，回去晚了他们娘俩会责怪他的。回去以后，还得去爹娘那边一趟。从爹娘那里搬出来后，一晃三年多过去了，邵永梅即将毕业，还不知道工作如何安排，邵长江非常关心，得去过问一下。

就在这时，"咚咚咚——"有人敲门。

"请进，门没锁。"邵长江站起身说。

一道纤细的倩影步履轻快地走进来，他与她的目光猝不及防地对上，时光瞬间静止下来。邵长江曾无数次设想过与白清然的重逢，但在那些画面里，从没有一种如同此刻般突然。

白清然笑盈盈地站在邵长江办公室的门口，十年光阴，并没有在她脸上留下多少痕迹，她还和十年前一样靓丽。

邵长江眼神一亮，随即黯淡。他想过千万种对白来迎接她的归来，可真的到了这一刻，所有的言语都不那么合适，一时间邵长江竟不知所措。

"怎么？认不出我了吗？"白清然笑了。

当然是认得的，怎么可能会认不出来！

"你怎么回来了？"邵长江脱口而出。

"我不能回来吗？"白清然不答反问。

邵长江尴尬地笑道："我不是那个意思。我是想问，你什么时候回来的？"

"三个月前回国，三天前到郑州，比较忙，见了几个老朋友，又联系不上你，只有亲自跑一趟了。"白清然指了指沙发说，"我们，坐下聊？"

邵长江这才如梦初醒，赶紧让座，并给她倒上一杯白茶。

白清然往日最喜欢喝白茶。自从她离去之后，邵长江也养成了喝白茶的习惯。这白茶一喝便是十年，他不知道自己是不是喜欢这茶的味道，喝白茶只是一种慰藉和寄托罢了。

"真好喝。"白清然赞叹了一声，"没想到，你这儿竟然有白茶。"

"办公室嘛，什么都有，你想喝绿茶、红茶，或者咖啡，我这儿都有。"邵长江掩饰着自己的慌乱，看起来很随意的样子。

仿佛只是一场平凡的老友相聚，寒暄，询问过往，两个人始终客客气气，尺度把握得刚刚好。

白清然感慨道："原以为三五年便可以回国，但人生总是有着许许多多不可想象的意外发生。我刚到国外的时候，废寝忘食，抓紧一切时间学习，总想往前赶提前学，这样就能提前完成任务，然后便可以提前回国。我的确做到了，可就在我欢天喜地准备回国时，命运与我开了个玩笑，我不得不去往另一个国家。长江，我们这一生，总是受命运摆布，有那么多的不得已。"

"你愿意与我说一说吗？"邵长江眼中写满期待。

白清然摇了摇头，目光平和。她思虑了一会儿，说："过去的事儿都过去了，不是吗？"

邵长江的眼神瞬时黯淡下来，他苦笑了一下，这一刻千言万语归于平静。

"我辗转了好几个国家，回国后忙着工作一时又脱不开身。一直想趁着假期，过来看一看老朋友，竟然又等待了那么久，直到今天才有点闲暇时间。"白清然随意岔开了话题。

"是啊，时间总是不够用的。"邵长江明白了，这就是她给自己的解释。这种解释放在几年前，他会去质问她，是不是只有她的学业、她的事业，才是她唯一想要的。他呢？他邵长江又算是什么？在她的心目中，将他放在什么位置去考虑？而现在，邵长江有了可爱的儿子和亲爱的妻子，他只是平静地跟着感慨一番。

"我与你失去联系很多年，在这些年里，我总是琢磨着要怎么样跟你取得联系。长江，身处两个国家，沟通起来是个很复杂的过程。"

邵长江曾一度想去质问：你十年间对我不闻不问，如今来说这些，又有什么意义？请求原谅吗？大可不必。他们只是普通朋友，谁也不是谁的那个谁。为了理想和事业去拼搏是个人的选择，他没有权利去干涉。

邵长江不答话，白清然便继续讲下去："十年间，物是人非，即使是来到这座属于你的城市，想要找到你也不那么容易。长江，我去过你家里，可是你们早已搬家；我想联络我们曾经共同的好友，但他们的联系方式同样是一变再变，比你还难找。"

"你最后是怎么找到我的呢？突然间想起来我还在铝厂上班？"邵长江好笑地问。

白清然还是摇头："我从来没想过你还会回到这座工厂，我知道你的志向不在于此，你喜欢打篮球，喜欢读书，身上有一种敢拼敢干的狠劲儿，你可以为了你的梦想全力以赴。我出国前，你已经在北京，已经一脚踏进了你想要的生活，你怎么还会回到这里呢？"

说到最后，白清然突然叹了口气："我的判断还是错了，其实，你一直都站在最初的地方，根本没有走开过。"

"也许，你对我的了解，还不是那么深吧。"邵长江心里说。

这便是分别十年，必然留下来的鸿沟吧。他站在这边，她站在那边，他们只能隔空相望。

白清然试图靠近他，急需一个拥抱、一个热吻，但邵长江却很木然，这让白清然很受伤。

"当我得知你还在这里时，坦白说，我很意外，却也不那么意外。一时间，千头万绪，来的路上我一直在想，见到你之后，第一句话要说什么，我们又该聊些什么。"白清然滔滔不绝，用一双深情的眸子望着邵长江，"可是，我忽然发现，你对我的过去似乎并不感兴趣呀！"

"你的十年，与我的十年，相差太远了，那是一段没办法共情的岁月，就算是问了，我也没办法感同身受。"邵长江表面上很平静，解释也十分合理，其实他的内心却有一个声音在大喊，"你怎么可以决绝地从我生命里退出之后，又这般若无其事地重新回来？你想要我说什么？我还能说什么？还有什么好说的呢？"

"就在我找得快要绝望的时候，我突然想起了一个人。"白清然继续说，"还记得李想吗？我在大学里教过的那个学生，脸蛋圆圆的，像是个红苹果，人特别热情，也特别可爱。"

邵长江的神情变得有些古怪：那是他妻子，他怎么会不记得？

白清然显然并没有解读出这份古怪的神情代表着什么，她笑吟吟地继续讲了下去："我去大学里讲了一堂公开课，她竟然也来了，原来她毕业以后留校工作。我知道你们是认识的，试探性地问了一下她是否还与你有联系，真的没想到，她不仅有你的工作地址，还有你的办公室电话。"

邵长江面无表情地听她讲着，这让白清然有种特别紧张的感觉。她还以为邵长江是在生气自己没有提前知会一声便跑过来，赶紧解释："关于要不要打电话提前跟你说一声，我也犹豫了很久。长江，我们太久没联系，这样突然打电话，不只是你觉得不习惯，我也非常不适应。见面尚且如此，电话里怕是更说不清楚，那不是我想象之中的久别重逢。所以，我就没打。"

"打不打没什么关系。"邵长江的眉头拧着，突然像是想起了什么，他拿起了小包，站了起来，"我今天还有事儿需要回市里，不能陪你多聊了。"

"你要回市里？"白清然有点不知所措，"那咱们……"

"你最近不走吧？不如咱们再约个时间聊，怎么样？"邵长江截住了她的话。

白清然叹了口气，也只能答应："好吧！"

冬季的天短，晚上六点半，天就已经黑透了。李想没开灯，屋内一片漆黑。孩子下午就送去爷爷奶奶家过周末，她本来打算在家等着邵长江回来，两人一起回爹娘那里吃晚饭的，怎么也没想到，突然就出了那么个事儿。

白清然，她突然就回来了，一下子打乱了她幸福而平静的生活。博士、学者、科技带头人，她的身上披着无数的光环，学校领导全程陪同，众星拱月似的簇拥着她进进出出。

虽好多年不见，可当李想第一眼看到她，还是马上认出了她，因为白清然的容貌几乎没有任何变化。岁月特别眷顾美人，她只穿着一条简简单单的长裙，却硬是穿出了独属于自己的风姿。白清然，一位睿智、知识丰富的学者，同时又拥有令人怦然心动的美貌，并且还是邵长江的初恋情人，看到她，李想一下感到了自卑，同时也受到了严重的威胁，多年的防线几乎一下就崩塌了。

那一刻，李想是想要逃走的。但白清然的目光在锁定了她以后，便始终不曾从她身上离开，她当着许多人的面，跟她打招呼，并跟学院的领导介绍，李想是她最骄傲的学生。

有师生这层关系在，李想只好顺从地跟在了白清然的身后。寒暄之后，她果然问到了邵长江。李想的脑子嗡嗡作响，竟然不敢跟白清然对视，因为她感觉自己好像小偷一样窃取了原本属于白清然的东西。如今，白清然回来了，找上门来了。在白清然面前，自己那些与邵长江的浪漫过往突然有些见不得阳光。她匆匆忙忙地给了白清然邵长江的联系方式，便借机与她道别，一路逃回了家。整个下午，她心神不宁，总感觉着有不好的事情要发生——一对老情人又要见面了，能不干柴烈火般燃烧吗？她的爱人邵长江还会是她的爱人吗？……她不敢想，但又不断想。一个人颓然地蜷在沙发里，瞪着窗外发呆。

每周的这个时间是一家人团聚的日子，邵长江若没有要紧的事儿，一般会准时下班赶回来，一家三口在爹娘的小院度过一个愉快的周末。

李想习惯了这样安心的日子，她不曾想到，有一天这普通得不能再普通的生活，竟毫无预警地被打破了。

"邵长江和白清然，肯定在一起叙旧了。"李想胡思乱想着，差点没直接哭出声来，"久别重逢啊……"

门锁发出一声脆响，邵长江喊了一声："想想，你煮饭了吗？我好饿啊！"

李想吓得坐了起来，抹了一把眼泪。

邵长江走了进来，一边换脱鞋一边嘀咕："怎么没开灯呢？这丫头跑哪儿去了？说好了一起回爹娘那里的，居然不等我！"

"长江哥？"李想小心翼翼地开口。

灯光大亮，邵长江瞪着她："你在家呀，也不开灯，你也太会省钱过日子了，真是个好老婆！"

"你怎么回来了？"李想连鞋子都没穿，直接奔着他跑了过去。

邵长江叹了口气，又从鞋柜里给她拿出了一双拖鞋，放在她脚下，催着她快点穿上去。

"你看你问的这个话，周末了，我回家看老婆孩子，这还有什么稀奇？不是说好去爹娘那里吃饭嘛，你赶紧收拾一下，我们得快点赶过去，要不他们该着急了。"

李想动情地抱着邵长江，眼泪不受控制地往外涌。

"怎么突然哭了？你啊，情绪波动太大，这样很伤身的，知道吗？"邵长江有点心疼地去拿毛巾，帮她擦去眼泪，"你说你，既然不愿意看见我跟她联系，为什么还要把我的地址给她呢？居然连办公室电话都给了，我还以为你变大度了呢！"

李想最纠结难受的事儿，突然被邵长江用这种随随便便的语气给讲了出来，她完全没想到会是这样。

"你见到她了？她还是那么好看！现在还是个博士，特别优秀。"就这几个字，李想都是边哭边说，断断续续地讲出来的。

"她好不好，跟咱家有关系吗？媳妇儿，我真的饿了，不想讨论别人的事儿，我就想先把肚子填饱。"邵长江发现，偶尔看到李想争风吃醋，其实是件很好玩的事儿。

李想是那种天生喜欢照顾别人，讨好别人，恨不得能让周围的人全都喜欢她的性格，平时就在无限地压制着自己的真实想法，经常会做委屈自己成全别人的事儿。邵长江提醒过她很多次，可性格上的事儿，哪有那么好改变的。

结婚这么久，李想不乱翻他东西，不打听他的工作，不过问他的去向，可以说，给了他足够的自由，也展现了妻子的足够宽容和大度。

邵长江的双手捏了捏她的小脸："好了，你先去洗把脸，把眼泪擦干净，免得爹娘见了，还以为我在家里欺负你，又来训我。等会儿路上我告诉你发生了什么事儿，我打赌，你肯定好奇得不行。"

李想就是好奇得不行，她本来想说一句"我不好奇"，谁知邵长江就像是能猜到她的想法，在她没开口之前又来了一句："你要是说你不好奇，那我就不说了。"惹得她没好气地瞪了他一眼，硬抿着小嘴，跑去洗脸了。

路上，邵长江踩着自行车，让她坐在后座上，前一句后一句，就把白清然跟他见面时候说的话，详细地给李想讲了一遍。

当李想听到邵长江竟然还去问白清然，知道不知道他和李想目前的关系时，李想脑袋"轰"的一下。

"你真的这么问了？"李想有点不相信。

"下次你再见到白清然，你当面问她，看我有没有说一个字的谎。"邵长江坦坦荡荡地说。

"她是怎么回答你的呢？"

"她说她不知道我们是什么关系，因为你什么都没说。然后她又问我，我和你是什么关系？"邵长江说起这些事儿，并不是如他所表现出来的那样子轻松，他心里其实有说不出的痛，可真的做了他认为该做的事儿之后，在那种沉闷的痛楚之上，又多了几分快意的感觉，"我告诉她，你是我媳妇儿，是我儿子的妈妈。"

李想"咕咚"一下，从自行车后座上掉了下去，结结实实地摔了个大屁股蹲儿。

邵长江赶紧停下自行车，跑过去扶她："你想什么呢？这么不小心？摔疼了没有？"

李想眼泪汪汪地说："你真的那么说的？"

"那是必须的。"邵长江弹了下她的脑门，"你啊，就是不淡定，跟你说过多少次了，遇事儿不要慌嘛！"

李想气呼呼地瞪了他一眼："除了你的事儿，我什么时候为了别的人慌过？我还没跟你发脾气呢，你倒打一耙，先来批评我了。"

邵长江也不吭声，就那么一眨不眨地盯着她看，一双眼里全都是笑意。李想只绷了几秒，就坚持不住了，不过她认为自己这样轻易妥协，实在不甘心。

"好啦，想笑就笑吧，你我是夫妻，又不是外人，不会笑你的啦！"

李想瞬时笑出声来，眼神里写满了幸福。邵长江叹了口气，心里的郁闷，随着李想的笑声彻底消散了。

过去的事儿，已经过去了。会有遗憾，但遗憾本身也是一种残缺美。邵长江是个俗人，从来都只贪着眼前的和和美美，一向如此。

除夕前一晚，邵永梅踏着清雪，敲响了小院的大门。

邵中诚已经睡下了，听见声响，一翻身坐了起来："我家梅梅回来啦！"

李秀珍被他吵醒了，声音里透着一抹睡意："她怎么会大半夜地赶回来，提前也没跟家里说。"

"肯定是咱闺女。"

邵中诚笃定地说完，趿拉着鞋，快速走了出去。外边可是真冷啊，他才从热腾腾的被窝里出来，顿时打了一个激灵。

院门一开，邵永梅笑盈盈地站在那儿，大声地喊着："爹，新年快乐，给您拜年了。"

"哈哈哈，你这丫头，你这丫头啊，快乐，你爹快乐，你娘也快乐，你回来过年了，全家都快乐！"

邵中诚已经高兴得不知道该怎么办才好了，看着女儿放在地上的两个大皮箱，还有两袋子的东西，像小山似的，从学校到家要坐火车，还得倒公交车，上上下下的，真不知道她是怎么样运回来的。

"你啊，来来回回地拿这么多东西做什么？家里什么都不缺。傻丫头，以后不能这样子，若是再碰到了晚归的情况，你提前跟爹知会一声，爹去接你，多晚都接。"

邵永梅的脖子上围着一条漂亮的手工编织红围巾，身上套了一件奶白色的呢子大衣，就这么简简单单的红白配，把人衬得俏生生，年轻的面孔出奇地好看。

她想拎东西，可邵中诚说什么都不肯，把人往院子里一推，让她抓紧进屋暖和去，接着他才费劲地把行李全给拿了进来，安放到邵永梅的小屋里去了。

"几个娃呢？没有在这儿睡下吗？一个都不在呀！"邵永梅找了一圈，有点失望。

"各回各家，各找各妈，全都被接回去了，你两个嫂子说，要烧热水，给这帮皮猴子好好地搓一搓，明儿洗得干干净净，再给送回来。"李秀珍走进厨房，开始给邵永梅煮面条，磕两个鸡蛋，炒个西红柿，再加几片绿叶青菜，色彩丰富，一看就让人十分有食欲。然而这还不算完，李秀珍另外捣了蒜泥，加点醋、酱油和香油，将芫荽切碎往上一撒，简直绝了。

"娘，大半夜的还给我吃蒜，味儿太冲了。"邵永梅假意地抗议了一声。

等到李秀珍把蒜面条给她端到桌前的时候，她二话不说，狼吞虎咽，呼噜噜一口气吃了个精光，看来是真的饿坏了。

李秀珍披着衣服坐回到炕上去了，打趣地说："你不是嫌有味儿，那你还吃？"

"别提了，出门在外，想的就是这一口，在学校里吃的那些东西跟娘这一碗面比起来，那就不叫饭。"

"咱闺女，在外边受了苦了。"邵中诚心疼得不行。

"爹，我只是没吃到可口的饭菜，要说吃苦那是真的不至于。比起我大哥、二哥那时候顿顿白菜炖土豆，我在学校还能吃到肉，美得很呢！"

几分钟，风卷残云般把面吃完，邵永梅很放肆地打了个饱嗝。

李秀珍嫌弃地把准备好的生花生塞她嘴里："这股蒜味，赶紧嚼嚼，然后立刻去刷牙。"

"娘，明明是您给我煮的蒜面条，结果最嫌弃的还是您。"邵永梅真真假假地说着，还得乖乖地听话，仔仔细细地去刷牙。

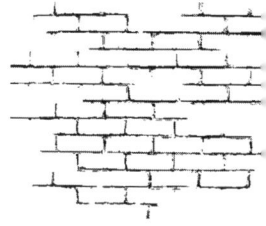

第二天便是大年三十，一大早，邵大河和廖小茹早早到了，开着小汽车，车子后备箱里装满了年货，连车子的后排座上都是，两个儿子被挤在一堆好吃的中间动弹不得。他们把东西全卸在了小院门口，廖小茹组织全家老老少少，齐心协力地往里搬，而邵大河则开车去邵长江家，不一会儿，果然把那一家三口给接来了。李想也准备了很多年货，也将后备箱塞得满满当当。

"这么多东西，怎么吃得完呀？"邵永梅的眼睛都笑弯了。

三个可爱的小侄子，发现姑姑回家了，立即一阵欢呼，争着抢着给邵永梅送零食。

转眼间，邵永梅的桌子上便堆得满满当当，她连连说自己是世界上最幸福的姑姑了。她将两个行李箱打开，给小侄子们分发礼物，有玩具也有吃的，有穿的也有用的，全都是从学校那边买来的。

邵永梅被两个嫂子一通夸赞，脸早就红了。

"这些是用一学期的时间慢慢攒的，也没有刻意地去收集，就是平时看到了，赶紧带回来，反正宿舍有柜子，我就摆在里边，等学期末一齐带回来就好。"

"有心了。"廖小茹和李想纷纷说着。

等邵大河和邵长江进来时，聊天的话题自然而然地转到了邵永梅的工作上边。她即将去铁路上实习，而实习结束，大概率就要被对口单位要下了。因此这段时间对她来说，非常重要。

"你有什么想法吗？想去哪个岗位？更擅长做什么？都可以跟二哥说一说。"如今的邵长江，已是今非昔比，想要替妹妹好好筹划筹划，在关键的点上，还是能说上话的。

邵家兄妹的脾气其实都差不多，都有自己的想法，也清楚自己能做什么，该做什么。

"我也不清楚我擅长什么，在学校里，我学了很多的课程，铁路信号设计与施工、枢纽建设、设备维护，甚至我还会绘制铁路地图。我想趁着实习，每一个岗位都去感受一下看看，将来若是有机会，我还特别想在省里的每一条铁路线上走一走。哥，书上写的跟亲自去看的，感受真的不一样。而坐着小汽车到达、坐着火车到达，以及一步步地走着到达，所获得的感受还是不一样。"邵永梅的眼睛亮闪闪，大学里读了几年下来，她将书本上的知识学活了。

不知从哪一天起，邵永梅的爱好不仅仅是读书，她还更喜欢钻研，研究与铁路相关的东西，这些年她的学习和努力真的非常有意义。

"那么，你的工作问题，真的不用二哥帮忙？"邵长江说这话的时候，神情间虽微微有些失落，但声音里却透着自豪和赞许。

"不用不用，我自己来就好，我可是铁路方向的大学本科毕业呢，学校又好，脑子也活，单位肯定争着抢着要我，相信我，我可以！"邵永梅信心十足。

邵大河正蹲在地上认真地收拾一条大鲤鱼，这是除夕夜餐桌上的一道主菜。往年一般是邵中诚来收拾，后来不知从什么时候开始，邵大河将这极有意义的重任给接了过来。邵永梅跟邵长江闲聊时，他没插嘴。

等他们聊天结束，邵大河突然来了一句："梅梅去铁路上感受一下吧，如果工作愉快，心情舒畅，那就好好奋斗；如果哪里不顺心，觉得不适合自己，你可以直接辞职，大哥在呢，想来大哥的集团工作，大哥就培养你做接班人；不想去呢，你要是想创业，大哥给你拿资金。"

家里就这么一个妹妹没安顿好，无论如何，邵大河都不会坐视不理。

"谢谢大哥，大哥真好。"邵永梅的眼圈都红了。

"二哥就不好了吗？"邵长江不满意了。

"二哥也好，都好都好。"

预感到再聊下去，可能会把自己给绕进去，邵永梅赶紧岔开话题，她喊着："有没有人陪我出去放小鞭炮呀？"

三个小侄子一溜烟地凑了过来，一齐举起了小手："我去我去，姑姑我去。"

"我去陪他们放小鞭炮啦。"邵永梅赶紧撤退。

李秀珍正在和面，手上还粘着面团，赶紧跟了出来："梅梅，放炮危险，你可盯着点，孩子们还小呢，别崩到了。"

"娘，您就放心吧，我们要拆一挂 200 响的短鞭，拆下来的小鞭炮引信长得很，我再一人给他们点一根长香，点上立即就跑，绝对没问题。"

这种事儿，邵永梅和邵大河、邵长江在小时候可是没少干，如今他们已经长大了，新的一代也已经长了起来，是时候让他们把传统给接过去了。

有些家传的东西，那是满满的回忆，可传承，不可丢。似乎中国数以百万计的小家庭，全都遵循着这样的传统，一代一代，生生不息。

邵永梅的婚礼，是在她大学毕业后的第三年进行的，婚礼办得隆重而盛大。她穿上了西式的婚纱，长裙的摆尾是邵家的三个小侄子一起抬着。

如今的邵家，已经是人丁兴旺的大家族了。

邵永梅出嫁那天，大家都来了，围坐在了一起，热热闹闹地吃着饭。

邵中诚绷着脸，酒是一杯接一杯地喝，眼睛都是红的，眼角水润润的，好像是才哭过没多久。

李秀珍推了他一下："老头子，女儿大喜的日子，你这是干啥呢？"

"我高兴呢！"

邵中诚心情复杂地瞪着自己的女婿，这小子叫任南飞，在铁路系统上班，做的是信号通信之类的工作，平时背着个皮兜子到处走，看上去跟普通的电工没什么区别。不过，据说他也是大学生，在校期间学习成绩特别优秀，被铁路局"抢"来的，负责的是极其重要的工作，平时还要做一些学术性的理论研究，经常要发表什么论文，还时常会被单位派出去学习交流——以上这些，全都是他闺女说的，简直是优秀得不能再优秀，邵永梅崇拜得不得了。

可在邵中诚的眼中，任南方平平无奇，个子不高，也就一米七零上下，比邵永梅还矮了些，女孩子本就显高，任南飞天生一对短腿，他们站在一起很不般配。

邵永梅遗传了李秀珍的好相貌，圆嘟嘟的一张脸，看上去就喜气，皮肤白皙细腻，头发又黑又密，简简单单地扎着两条麻花辫，干净利索，谁看了不得夸一句呢！再看任南飞，经常在户外工作、调研的缘故，皮肤晒得黝黑！想想看，一个黑瘦黑瘦的小男人，完全跟高富帅不沾边呀！当然，这都是一位不舍得女儿出嫁的老父亲，戴着强大的有色眼镜观察出来的结果。

其实任南飞在任何人眼中都是一副书卷气十足的儒雅形象，他对待每个人都很和善，说话轻柔，从不轻易发火动怒，还烧得一手好菜，在单位能独当一面，在家也是敬老爱幼，兄弟友善，更是一位将邵永梅捧在手心真心疼爱的好男人。他陪着邵永梅第一次回来，便赢得了邵家人的一致认可，除了邵中诚根本不给他好脸色外，对于他们的结合，家里人高票通过。

两人恋爱一年，决定结婚，这是顺理成章的事情。

每个人都很期待这一场婚礼，唯独邵中诚心疼又难受，这会儿都在吃席了，心里边还在遗憾着刚刚任南飞敬茶的时候，他撂下的那几句狠话不够到位。又一杯酒下肚，酒气上冲，他继续瞎琢磨，要不要等会儿任南飞过来的时候，再找个由头训他几句呢？才进门的新女婿，下马威还是要有的，该敲打的时候，还是不能手软。

"老头子，今天是咱闺女大喜的日子，你这个当爹的可不能带头搅局。"李秀珍警告道，"女儿大了，迟早是要出嫁的，谁家不是这样？就你矫情，就你闹心。咱嫁闺女又不是卖了闺女，出嫁了随时还可以回家嘛，公交车就三站路，走路也才十几分钟，你闹心什么？咱闺女一辈子结这一次婚，你全程拉着脸，闺女心里得多难受？"

邵中诚又闷闷地喝了两杯酒，没吭声。道理他都懂，但就是控制不住，他难受，他不舒服，他不高兴……

就在这时，任南飞和邵永梅敬了一圈酒，返回主桌吃饭了。

邵中诚本来心情好了点，一看到任南飞，脸就又拉下来了。

"爹，您这是要闹别扭到什么时候呀。"邵永梅叹了口气，小声嘀咕。

任南飞笑呵呵地看着李秀珍，丈母娘和新女婿之间是有那么一点点默契的，她端着碗站了起来，让了自己的位置让女婿坐。

于是，邵中诚的左边是自己闺女，邵永梅抱着他的手臂，轻言细语地哄，右边坐着女婿，一言不发，专门伺候着老丈人喝酒。

人心都是肉长的，邵中诚只是舍不得，倒不是对任南飞真有多大的意见。

瞧着女儿女婿这副担忧的模样，邵中诚叹了口气："你们两个以后要好好的，尤其是南飞，我这闺女从小娇惯，我宠，她俩哥哥也惯，没受过苦没遭过罪，你们结婚以后，要彼此多担待一些，有什么困难尽管回家里来说，咱这一大家子这么多人，齐心协力，没什么事儿解决不了的。"

说了些柔软的话，邵中诚喝一杯酒，等着任南飞又给他满上，突然间话锋一转："只是有一件事儿，咱们丑话要说在前边，每一个家庭里琐事儿都很多，鸡毛蒜皮，零零散散，再恩爱的夫妻也难免有闹脾气的时候。你们夫妻俩关着门过日子，我们做老人的，他们做兄弟的，决不会去掺和你们的家事儿。但是，有话好好说，摆事实，讲道理，唯独不可以动手，一根手指头不能碰，一根头发丝不能掉，这是邵家所有人的底线。"

邵永梅才想张口解释，任南飞已先一步用温柔的眼神给了她暗示。

"爹，我保证，不会做这种混账事儿。自己的老婆自己疼，自己的好日子是自己经营出来的，这些道理我都懂。能娶到小梅是我的福气，我们将来一定会好好地过，不会让二老操心，不让哥哥嫂嫂们操心。"任南飞认认真真地承诺，虽不胜酒力，却也给自己倒了一满杯，与邵中诚碰了一下，一饮而尽，算是男人之间的约定。

邵中诚的眼睛里又浮现起了些许湿润，不过这一次，他倒是没再给新女婿脸色看。

趁着结婚大喜，一家人全在，邵大河专程请来的摄影师为他们留下了一张和和美美的全家福，在此之后，每一个小家的墙壁上，始终都挂着这张照片，每每看到，都能勾起很多美好的回忆。

邵永梅与任南飞的婚假只休了三天，便回单位上班去了。正值铁路系统改革的开始阶段，像他们夫妻俩这样的高学历、有能力的人才，身上要肩负起来的担子太多了。

任南飞要跟着团队，顺着铁路沿线的站点，一站一站地进行检修、确定，并且要完成图纸，这是为了下一步的火车提速做准备。任南飞是个慢性子，很少发脾气，却是个工作狂，哪怕是结婚这种人生大事儿，他也不会拿来作为拖延团队工作进度的借口。

而邵永梅的工作，也不是待在办公室里就能完成的。她成了系统内年龄最小的团队带头人，领着十几位可以做她叔叔、阿姨的同事，开始了沿着铁路线辐射到全省各处的漫漫勘察之路。

夫妻俩每天都行走在路上，是铁路局公认的最般配的一对。

邵永梅喜欢这样子的评价。她和任南飞有一个相同之处，那就是他们都希望能做一个有用的人。

读书的时候，拼命地去获取更多的知识。工作以后，也不能虚度年华，庸庸碌碌地混日子。

毕竟这一生，多么美好呀，总是要活出自己的精彩！

时光荏苒，转眼又是三十载。

三十载徐徐，带走了李秀珍，留下了垂垂老矣的邵中诚。

三十载匆匆，将年轻的邵家三兄妹的发间染了斑驳的银霜。

三十载漫漫，邵家的第三代已健康长大，他们是邵家的希望，也是这个国家的希望。

如今，如漫天繁星一般散居在全国各地的邵家人，正遵从着内心深处的某个声音的召唤，匆匆踏上了归家之旅。

环绕邵家的老院子，几十层的高楼林立，处处车水马龙，这里是市中心，是整个郑州最热闹繁华的地方，站在院子里，环顾周围，竟然找不出一丁点儿与旧时有关的记忆。

那种完完全全的陌生感，充斥在每个人的心中。

三十年前，谁曾敢去想，一座城竟会有如此翻天覆地的变化。

三十年后，置身于此地，哪怕是亲眼见证了一切的邵家人，仍是感叹连连。

"这次的家族聚会非常有意义，过了这个新年以后，咱们这个老院子也要拆迁了。下一次来，这里也会建起摩天大厦，人们来去匆匆，却再想不起，原来此间还有一座漂亮而又温馨的小院。"邵永梅颇为感慨。

全家出动，打扫小院。耗费了整整两天，才让这里变回到原本可以居住的样子。

邵永梅腰酸腿疼，却也忍不住长长地舒了口气："等他们都回来，这儿就又变回原来的样子了。"大哥、二哥都有自己的事业，也陆续搬去了别的地方，爹的身体不好，长居海南。虽然每隔一段时间都会与这个、那个见一下，但真正意义上的合家团聚，还是需要机会。

一家人说说笑笑，忙着开始做饭。

邵永梅很久没用这种大锅煮饭烧菜了，她很有兴趣地要亲自动手，但弄了好一会儿之后，又觉得非常不适应。

"妈，等会儿姥爷和舅舅他们都回来，十几口人呢，您煮的菜怎么够吃？还是用我定的酒席吧，全是我们饭店里最拿手的好菜，我早就张罗好了，准时准点地送过来，保证热气腾腾。"

在吃这件事儿上，没有人比任夏莹更加擅长，她早觉得邵永梅的计划不现实，但如果不让老妈亲自去试试，她肯定不会同意这么重要的聚餐，饭菜要由酒店那边来提供。

邵永梅试过了，虽不甘心，也只能干摇头。

"不服老不行，我年轻的时候，经常跟你姥姥一起，围着这口大锅给全家人煮饭吃。你姥那时候也是一个人做全家人的饭菜，也没见她怎么费劲，轻轻松松，一会儿大家都能吃到嘴里。"

任东宝和任夏莹交换了一下眼神，知道再说下去，怕是邵永梅又要哭了。今年他们的姥姥没了，邵永梅去奔丧之后，始终缓不过来这股劲儿，就连夜里梦到姥姥，醒来时也是要哭一场的。看见母亲这样，两个孩子也是心疼。

生老病死，是每个家庭都要面对的。他们无法改变事实，只能用别的方式去舒缓。

"妈，我和莹莹要去接大舅、二舅他们了，我去机场，莹莹去高铁站，你跟谁走？"任东宝晃了晃手上的车钥匙。

果然，邵永梅很快就转移了注意力，她说她去机场。那去高铁站接人的，自然就是任南飞和任夏莹了。

一家四口，分两组出发。等到晚上八点多，陆续返回来时，小院内外，灯火通明。

邵家第四代，已经能够满地奔跑打闹了，几个小家伙把他们父亲玩过的玩具，全给翻了出来，有很多是邵中诚亲手做的木头枪、木头小车，虽然没有电子产品那么吸引人，但小家伙们竟然出奇地感兴趣，一人分一个，拿着不撒手，偶尔要交换玩耍时，还得认认真真地讲明规则，做到有言在先。

每个邵家人看了，都要会心一笑。

"他们的爸爸小时候，就是在这个院子里淘气，没想到，这么多年过去了，又轮到他们的儿子了。"

"生命不息，希望不止，咱们老了，孩子们慢慢长大，人不就是这样子过着重复却极其精彩的生活嘛！"

邵中诚在热炕上躺着歇了会儿，走了出来。

"大河、长江、小梅，我很想出去走走，你们陪着我。"

"爹，您这一路疲惫，还是先歇一会儿，吃了晚饭，咱们再出去吧？"邵大河很担心老爷子的身体。

"不饿，不累，不想休息，走吧。"邵中诚背着手，慢悠悠地向前走。

出了院门，外边已是一派繁华。

霓虹灯璀璨，音乐声悠扬，隔着两百米是一处大的公园，免费对外开放，所以在比较空旷的地方，总是能看到一队又一队正在跳广场舞的人们，他们踏着响亮的节拍，身姿矫健，动作一致，洋溢着全身的活力，舞动着，舞动着。

"与从前，完全不一样了啊！"邵中诚感慨。

"是啊，这几年，市里边的变化非常大，拆的拆，建的建，郑州如今已是国家中心城市，新一线城市，一切都欣欣向荣，充满活力。"

邵大河的感触，无疑比任何人都要深。他的事业蓝图，最早便是在这一片区域起步，先是摆地摊儿，后来开店，办超市，开全国连锁，成立商贸集团，在香港上市，生意越做越大，每隔几年，人生都会有一个质的飞跃。

而此刻，他就站在一切开始的地方，他的心脏，跳得好快。

"咱们再去砂轮厂看看吧！"邵中诚逛了一圈，兴致勃勃。

尽管电话已经催促了几次，要他回去吃饭，但老人家根本不愿意停住脚步。身体上的疲劳算得了什么呢？他贪恋着眼前的风景，舍不得拖延浪费。

"砂轮厂经过几次改革，如今已经不存在了，不过在它的旧址上，修建起了漂亮的文化产业小镇，原本的那些德式红砖房都没有拆除掉，有人说，这是历史留下来的宝贵文化遗产，是可以传承下去的、具有温度的记忆和符号。咱们确实应该去看一看，但可以把行程放在后边。"邵长江挽着父亲的手臂，轻声劝着，"我也有回原来铝厂看看的计划，到时候，您也陪我一起去吧？"

邵中诚兴致很高地点了点头。

相隔近三十年，旧时旧景，难免生出陌生的感觉。时间与空间产生奇妙的重叠，过去与现在重逢于一瞬，他们曾共同经历了这一段记忆，笑着、聊着、回忆着，说不完的话，叙不完的情。这一生，漫长又短暂。每个人的心里都盛满了沉甸甸的东西。

邵永梅提议带大家去看看新的事物，她坚信，如今这座城的一切，都与过去大不相同。

她开车，带着全家人驶过了黄河公路大桥，绕过了将军坝，最终到达了花园口。一家人站在黄河大堤之上，远望着滔滔黄河，柳绿果红，远离风尘，回归自然，感慨万千。

他们一家人守着黄河守着城，度过了漫长的一生，经历了悲欢离合。可如今，每个人都是震惊的表情。只是离开了一阵子，再回故地，竟有种不相识之感。

"变化，真的大呀！"邵中诚发出了一声感叹。

他抹了抹眼睛，竟是忍不住泪眼蒙眬。

从贫穷到繁华，只用了几十载光阴。纵观人类历史，上下五千年，泱泱大中华，几十年如白驹过隙，平凡到不值一提。但也正是这全民携手奋斗的几十年，整个国家的面貌焕然一新。邵家几代人经历于其中，自是感慨良多。

他们是参与者，更是见证者。

这盛世，终是如你我所愿。

那未来，已在眼前徐徐展开。

郑州二七塔留影

美艳照相馆

岁

景

願
景

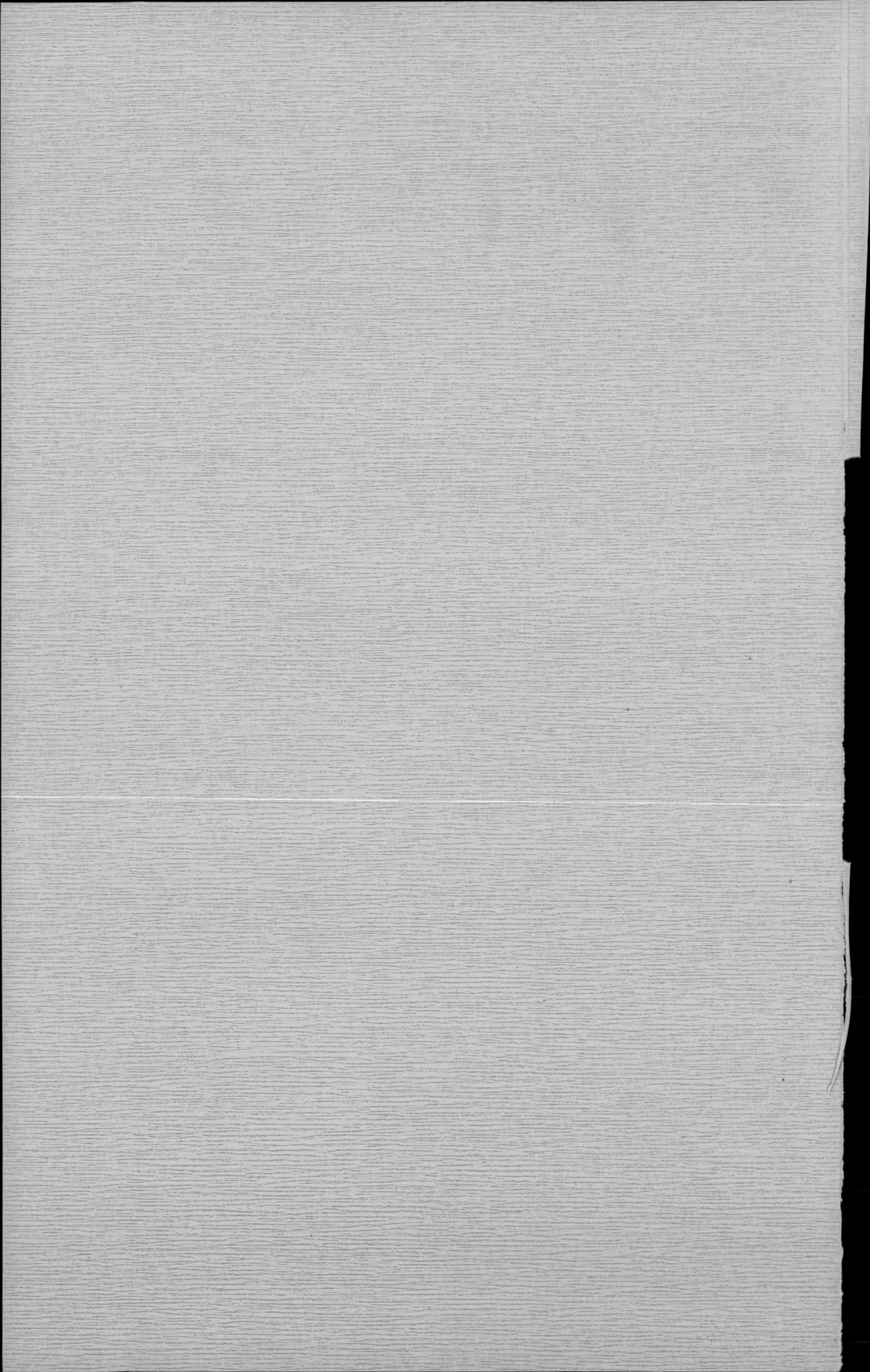